SPELTEORIE

'N KATERINA CARTER-MISDAADROMAN

COLLEEN CROSS

Translated by
LEANE ROKEBRAND

SPELTEORIE

'n Katerina Carter-misdaadroman

Colleen Tompkins skryf as Colleen Cross

Kopiereg © 2019 deur Colleen Cross, Colleen Tompkins

ISBN: 978-1-989268-44-5 Sagteband

ISBN: 978-1-989268-43-8 E-boek

Gepubliseer deur Slice Publishing

Vir meer inligting sien www.colleencross.com

OOK DEUR COLLEEN CROSS

Katerina Carter bedrog-misdaadromanreeks

Uittreestrategie

Spelteorie

Uitbarsting

*Wette is spinnerakke waaruit die groot vlieë ontsnap en die kleintjies
vasgevang word.*
Honoré de Balzac (1799–1850)

SPELTEORIE

'n Katerina Carter-misdaadroman
Katerina Carter bedrog-misdaadromanreeks

Forensiese rekenmeester, Katerina Carter se bedrog ondersoek lê 'n
massiewe Ponzi-skema bloot wat verbind is aan die skimagtige World
Institute, 'n globale dinktenk met 'n ysingwekkende geheime agenda.
Kat is vasgekeer in 'n hoogspeel politieke komplot waar die spelers by
niks sal stop om te kry wat hulle wil hê nie, in 'n spel wat sy nie kan
bekostig om te verloor nie.

LOF VIR SPELTEORIE

"As jy van 'n goeie komplot hou, sal jy mal wees oor Colleen Cross se finansiële spanningsverhaal, *Spelteorie*. Finansiële bedrog ondersoeker, Kat Carter word gekonfronteer met die baie werklike moontlikheid van 'n wêreldorde komplot in hierdie slim en boeiende boek, wat byblywend verband hou met die huidige globale ekonomiese en politieke klimate. Was die ekonomiese krisis geskep? Is die nuus wat ons gevoer word ontwerp om ons menings en aksies te rig? Is ons almal maar net pionne in iemand anders se spel? Jy sal hieroor begin wonder nadat jy *Spelteorie* gelees het. Stof tot nadenke en wonderlik vermaaklik!"

—Karen Cantwell, skrywer

"Nog 'n aangrypende, meesleurende boek van Colleen Cross. Spanningbelaai om een plot wringing na 'n ander te verskaf. Hierdie geloofwaardige verhaal van globale bedrog en valuta dominansie trek jou in en laat nooit gaan nie. 'n Intelligente en opwindende boek!"

—Sandra Nikolai, skrywer

HOOFSTUK 1

Hy lyk nie soos 'n man wat nou gaan sterf nie. Hulle doen nooit. Deel van die opwinding is om op hulle lot te besluit. Dit het net bietjie beplanning geverg.

"Staan bietjie terug. Net 'n bietjie." Sy het hom in haar sig. Hy is maklik dubbel haar ouderdom, maar verbasend fiks vir sestig. Hy het haar treë vir treë bygebly soos hulle geski het en toe die steil Summit Trail met sneeuskoene uitgestap het. Wou haar in die bed hê, net soos elke ander man. Sy het lank terug besluit om dit tot haar voordeel te gebruik.

Hy tree terug, nader aan die sneeukranslys wat ongesteund by die krans oorhang. Sy was versigtig om van die oostelike kant te kom sodat hy nie die gevaarlike oorhang sou sien nie. Haar pols word vinniger met die afwagting van wat nou gaan kom. Grys spotvoëls vlieg verby op hulle verkenningstog. Die klein grys voëltjies sirkel en duik af om kolwyntjie-krummels vanuit die man se uitgestrekte hand te aas.

Dit is 'n Woensdag oggend en die landskap is verlate. 'n Ander man in sneeuskoene het hulle meer as 'n uur gelede in die teenoorgestelde rigting verbygesteek. Hulle is alleen.

"Glimlag." Sy zoem-in, klik die sluiter en voel 'n stroom van opgewondenheid. Haar gesig sal die laaste een wees wat hy sien, haar stem die laaste een wat hy sal hoor.

Hy glimlag breed terwyl hy sy gewig verplaas en sy Gore-Tex baadjie ooprits. Die son skyn deur die wolke en gooi vreemde skaduwees oor die sneeu.

'n Halwe sekonde later trek sy gesig, selfvertroue vervang met ontmaskerde vrees. Sy mond hang oop en sy oë is hol van vrees. Dit is haar gunsteling deel: die jagter word die prooi en haar slagoffer wat weet dat sy iets daarmee te doen het.

Besef vries op sy gesig soos die grond onder hom in stukke breek, nie daartoe in staat om sy gewig te dra nie. Die sneeukranslys breek van die krans af en hy val na die vallei honderd meter na onder.

Sy geskreeu eggo deur die canyon. Dan stilte, behalwe die grys voëltjies wat vir sekondes terug draai.

Sy glimlag. Amper te maklik. Sy gooi die kamera oor die rand. Geen ammunisie, geen gemors. Geen spoor, tensy iemand vóór die volgende sneeuval kom soek, wat voorspel is om oor 'n paar uur te begin. Selfs al vind hulle hom voor die lentesmelt, sal dit soos 'n ongeluk lyk, 'n toeris wat nie vertroud is met die agterland sneeu-omstandighede nie. Sy strooi die res van die kolwyntjie vir die voëltjies. Hulle pik mekaar, baklei vir wat van die krummels oor is.

Net soos sý eens gedoen het. Nie meer nie. Sy sal haar regmatige deel kry, selfs al moet sy daarvoor moor.

HOOFSTUK 2

Katerina Carter skuif in die harde plastiese stoel rond en steek haar hande onder haar bobene in. Haar vingers is op beide hande gekruis, kneukels vasgedruk in die onvergeeflike stoel. Dit gaan alle logika te bowe, maar sy het dit in elk geval gedoen. Wat het sy om te verloor?

Oom Harry leun vorentoe langs haar, elmboë op sy knieë, reg vir Dr. McAdam se volgende vraag. Sy eerste mini geestesgesondheidsondersoek was ses maande gelede, direk na die ongeluk. Die vroeëaanvang Alzheimersiekte-diagnose beteken die verlies van sy bestuurslisensie en die onafhanklikheid wat daarmee saamgaan. Hy is van daar af depressief met sy geheue wat dramaties verswak.

Die klein ondersoekkamer huisves skaars die drie van hulle. Vanaf die diagnose het die dokter aangedring dat 'n familielid hom vergesel. Dit is Kat, gegee tannie Elsie se hartaanval en skielike dood 'n jaar gelede.

"In watter stad is ons, Harry?" Dr. McAdam rol sy stoel terug terwyl hy op 'n antwoord wag.

"Vancouver." Haar oom haal 'n sakdoek uit sy sak uit en vee sy wenkbrou af. 'n Dun laag sweet bedek sy voorkop.

"Goed. Wat is jou huisadres?"

"Maklik, 418 Maple." Harry glimlag breed.

"Goed. Watter jaar is dit?"

"Dit is 1989."

"Hmmm. Watter maand?"

"Junie."

"Watter dag van die week?"

"Saterdag."

Desember 5, 2012, 'n Woensdag. Die weerstasie het dit uiteindelik vandag reggekry. Nat sneeu, kans op vriesende reën vanaand.

Kat kyk op haar horlosie. Meeste van die middag weg met 'n volle dag se werk wat vir haar in die kantoor wag. Soos meeste dae deesdae – planne omvergegooi, hele dae en weke verdamp in 'n oogwink. Om Harry veilig, gevoed en kalm te hou, is omtrent 'n voltydse werk.

"Jy beter maar vir jouself 'n kalender kry, dok. Sal jy my nou help om my lisensie terug te kry?"

"Kom ons hanteer eers hierdie, Harry." Dr. McAdam wys na 'n tekening. "Wat sien jy in hierdie prentjie?"

Harry gooi 'n steelse blik na Kat. "'n Horlosie."

"En die?" Dr. McAdam glimlag vir hom.

"'n Pen. Sien? Maklik."

"Nou vir bietjie rekenkunde. Begin by eenhonderd, tel af deur elke keer sewe af te trek."

Harry vou sy hande saam. "Hoe gaan hierdie my lisensie terugkry?"

"Hou net met my uit, Harry." Dr. McAdam kyk na Kat.

"Oom Harry, ontspan net. Vat jou tyd." Kat se ma het twintig jaar gelede in 'n soortgelyke toets misluk toe sy eers met Alzheimersiekte gediagnoseer is. Die bui en geheue veranderings was onmiskenbaar, selfs vir 'n veertienjarige meisie.

Kat se pa het haar ma na die afspraak vergesel. Kort daarna het hy hulle albei verewig verlaat. Dit is toe dat sy by die Dentons ingetrek het. Alzheimersiekte is 'n wrede doodsvonnis.

Harry het ten minste twintig jaar meer bewussyn as sy suster gekry. Vroeë-aanvang Alzheimersiekte soos haar ma sin is blykbaar in die familie. Het sy die geen geërf? Sy wil eerder nie weet nie.

"Een honderd."

Stilte.

"Drie-en-negentig." Harry se wenkbroue plooi.

Kat vou haar vingers saam soos haar maag grom. Kat se middagete is in die wiele gery deur 'n twee uur lange oponthoud om Harry te oortuig om die huis te verlaat. Harry neem nou ál sy maaltye saam met haar en Jace, deels omdat hy altyd vergeet om op sy eie te eet.

"Drie-en-twintig."

Sy maak een hand los en kyk kantelings na Harry. Sy is eintlik regtig nie so honger nie. Sy voel 'n bietjie siek. Harry het ook die laaste paar dae van maagkrampe gekla. Dit moet daardie griep wees wat die rondte doen.

Harry tel na drie getel en gooi sy blik op die deur. Hy neurie saggies.

"Harry?"

"Dok? Is ons nou klaar?"

"Nie heeltemal nie." Dr. McAdam sug en gee vir Harry 'n potlood en 'n knipbord. "Ek wil hê jy moet 'n klok teken. Teken dan die klok met die hande wat na tien voor twee wys."

Maklik genoeg. Harry lees nie meer nie en doen nie soggens die blokkiesraaisel nie, maar hy weet steeds hoe laat dit is. Hy het altyd met Kat geraas as sy laat is.

Harry tik die potlood teen sy lip en staar na die leë bladsy op die knipbord. Stadig sak hy sy arm en begin teken.

'n Wankelrige, langwerpige sirkel, maar dit ís 'n sirkel.

Kat asem uit.

Harry laat die potlood op die knipbord val en bring sy hand na sy gesig toe. Hy vee sy indeksvinger oor en weer oor sy lip. Hy tel uiteindelik die potlood op en druk die lood teen die papier. Een lyn. Dan 'n tweede een.

Onderstebo, 6:35.

"Kan ek nou my lisensie terugkry?"

"Harry, onthou jy jou karongeluk?" Dr. McAdam haal 'n pen uit sy sak uit. "Jy kan nie jou bestuurslisensie terugkry tensy jy weer die toets oordoen en slaag nie."

Harry het sy kosbare 1970s Lincoln deur die venster van Carlucci's Pasta House gery toe hy die petrolpedaal en briekpedaal misgis het. Gelukkig het die ongeluk gebeur net na die middageteskare opgebreek het. Niemand het seergekry nie, maar die skade was gedoen.

Sy lewe het daarna agteruit gegaan. Hy het 'n menigte afsprake gemis, sy bure van diefstal beskuldig en mees onlangs, sy kombuis aan die brand gesteek nadat hy vergeet het om die stoof af te sit. Gelukkig het Kat betyds aangekom om die vuur dood te maak en die skade na 'n swart muur te beperk. Sy sidder om te dink wat dalk kon gebeur het.

Harry stoot die knipbord terug in die dokter se hande in. "Een ongeluk in amper sestig jaar! Jy vat my lisensie daarvoor? Nie regverdig nie. Ek het die reflekse van 'n dertig-jarige." Harry beduie aan Kat. "Sê hom, Kat." Kat gee voor of sy haar selfoon in haar handsak soek.

"Kat?"

"Minder om oor bekommerd te wees, oom Harry. Ek kan oom na oom se afsprake vat."

"Ek wil nie hê dat jy my moet rondry nie. Ek is heeltemal in staat om syself rond te ry."

"Nee, jy is nie. Jy verdwaal en..." Die woorde tuimel by haar mond uit voor sy dit kan keer. "Ek dink dit sal makliker vir oom wees, dis al."

"So julle twee is saam in hierdie ding? Ek mag dalk afgetree het, maar ek is nie dood nie. Of dom nie." Sy gesig word rooi en hy draai na Dr. McAdam toe. "Laat my toe om die bestuurslisensie oor te doen."

Dr. McAdam pers sy lippe saam. "Ek is nie seker dat dit 'n goeie idee is nie."

"Jy is nie veilig daar buite nie, oom Harry. Wat as dit weer gebeur?"

"Dit sal nie. As jy my nie sal help nie, goed so, Hillary sal."

Kat maak haar mond oop, maar keer haarself voor sy antwoord.

Dr. McAdam frons. "Hillary?"

"Harry se dogter." Sy sidder om net aan Hillary te dink. Haar niggie het tien jaar terug verdwyn, kort nadat sy 'n ses-figuur lening by Harry en Elsie aangegaan het en hulle nie terugbetaal het nie. Hulle het geweier om nog enige geld vir haar te gee. Nie dat hulle kon nie, aangesien sy hulle spaarrekening leeggemaak het en dit hulle jare geneem het om daarvan te herstel. Harry praat deesdae dikwels oor haar. Alzheimers het onlangse herinneringe van hom gestroop en ou herinneringe terug gebring, soos rivierklippe wat onder water erodeer.

Dr. McAdam staan en vee sy palms aan sy wit baadjie af. "Jou probleme is veel groter as bestuur, Harry. Ek stel voor jy kry jou sake agtermekaar en vinnig ook. Alzheimers kan baie vinnig vorder."

"Alzheimers? Dit is absurd. Ek het nie Alzheimers nie." Harry spring van die stoel af op en stoot verby Dr. McAdam. Hy draai by die deur om. "Gaan hel toe. Albei van julle!"

Hy gooi die deur oop en slaan dit agter hom toe.

Die Harry wat sy ken sou dit nooit gedoen het nie. Kat probeer haar trane keer terwyl sy opstaan. Sy gryp die agterkant van die stoel, skielik duiselig, swart kolletjies wat haar sig belemmer.

Dr. McAdam hou sy hand omhoog, onbewus van haar toestand. "Wag, hy sal in die wagkamer kalmeer. Ons moet in elk geval gesels. Wat het jy verder opgelet?"

Kat se sig keer terug en die duiseligheid waai oor. "Hy het waan-voorstellings. Praat oor tannie Elsie asof sy nog lewe. Hy dink dat plakkers in sy huis ingetrek het en hom probeer doodmaak."

"Tipies." Dr. McAdam skryf iets op sy voorskrifblad neer en gee dit aan Kat. "Laat hy hierdie probeer. Dit kan met die hallusinasies help en mag dalk die vordering van die siekte vertraag. Jy moet nou ook versorgingsopsies begin oorweeg, hierdie siekte verg 'n groot mate van deskundigheid en aandag. Die beter plekke het waglyste, waarop jy sal moet kom. Bel môre my kantoor sodat ons kan reël dat Harry 'n ander dokter sien."

"'n spesialis?"

Hy staan in die deur en staar na sy skoene. "Ek sal nie meer vir Harry kan sien nie. Met sy Alzheimers en alles..."

"Jy los hom as 'n pasiënt? Net wanneer hy jou die nodigste het?" Kat sluk die harde knop in haar keel.

"Dit is ingewikkeld. Hy sal in elk geval beter af wees met 'n geriater."

"Maar hy is al jou pasiënt vir naby aan veertig jaar. Hoe is dit beter vir hom om 'n dokter te sien wat hy nie ken nie?"

"Dit gaan nie vreeslik saak maak nie. Maar ek sal iemand voorstel – bel net môre die kantoor." Hy kyk op sy horlosie. "Ek is bietjie agter skedule, so as jy my sal verskoon..."

"Maar..."

"Sterkte." Dr. McAdam trek die deur agter hom toe.

Na veertig jaar is dit omtrént 'n afskeid.

HOOFSTUK 3

Die middag se **nat sneeu het** met sononder in vriesende reën verander. Dit brand Kat se oop gesig en hande en week deur haar leerskoene. Sy tik Jace se nommer in, maar kry vir die hoeveelste keer net sy stempos. Waar is hy?

Sy lui af sonder om nog 'n boodskap te los. Sy was doelbewus vaag in haar oorspronklike boodskap en het hom net gevra om haar voor die mediese gebou te ontmoet.

Harry was vir minder as vyf minute alleen in die wagkamer. Nou is hy weg en dit is geheel en al haar skuld.

"Kat."

Sy skrik van die stem, amper onhoorbaar bo die swiepende reën.

Jace waai van 'n half-blok weg terwyl hy vinnig na haar toe beweeg. Selfs in sy dik ski-baadjie lyk hy lank en atleties. "Jammer, ek was uitgeroep. Ek het so vinnig as moontlik gekom."

Hy hou haar styf vas en soen haar. "Buite-die-grense-skiër. Gebreekte been – hy is gelukkig ons het hom gevind voor die sneeustorm losgebreek het. Sou nooit die aand oorleef het nie." As 'n soek-en-redding vrywilliger bo in die North Shore-berge, word Jace gereeld uitgeroep vir verlore skiërs en stappers.

Dieselfde weerstelsel in die stad beteken eindelose spoelreën.

Vancouver reën smoor jou stilletjies; 'n smoorgreep wat weke en maande duur. Stadig, maar onophoudelik. Weskus weer moker jou in onderdanigheid in vóór jy dit nog weet. Dit is hoekom daar meer self-moord hier is.

Die reën vertroebel diagonaal in lakens soos die wind deur die tonnel sirkel, wat deur die onderdorp wolkekrabbers gevorm is. Kat kan nie onthou nie – het oom Harry sy reënbaadjie of sy liggewig, nie-waterdigte windbreker aan?

Hy treë terug om na haar te kyk. "Wat gaan aan? Waar is Harry?"

Sy vermy sy blik. "Weg."

"Weg? Wat bedoel jy weg?"

Sy breek sy omhelsing en wys in die rigting van die beton wolke-krabber agter haar, waarin die mediese kantoor is. "Ons was vandag by sy dokter. Hy het uit die wagkamer verdwyn."

Jace weet nie van Harry se Alzheimers diagnose ses maande gelde nie. Hulle het net 'n paar maande vóór dit hulle romanse hervat en sy het gewag vir die regte tyd om hom te vertel. Dis net dat die tyd nooit reg gevoel het nie en dit was net te maklik om die erns van Harry se probleem weg te steek – daar word van ouer mense verwag om vergeetagtig te wees.

"Is hy steeds siek? Griep moes nou al oorgewaai het..."

Sy verander die onderwerp. "Hy is al vir ure weg. Ek weet nie waar hy moontlik kan wees nie." Kat verduidelik hoe sy herhaaldelik die gebou en omliggende strate deursoek het. Sy het orals gesoek. Maar geen Harry nie.

Vier ure later het sy niks om van haar uitgebreide soektog te wys nie. Sy is papnat gereën, uitgeput en weet nie wat om volgende te doen nie.

Sy verstrak toe haar maag kramp. Sy moes Harry se griep gekry het.

"Hoekom het jy niks van Harry in jou boodskap gesê nie? Ek kon dalk vroeër hier gewees het. Vier ure is 'n lang tyd. Hy kan teen die tyd op enige plek wees." Kat stoot hom weg. "Dink jy dat jy beter kon doen?"

Jace se lippe pers in 'n frons saam. "Nee, ek sê net dat twee koppe beter as een is. Betrek my net, voor dinge buite beheer raak."

Sy treë terug en kruis haar arms. "Dinge is nie buite beheer nie. Ek kan dit hanteer." Hoe meer sy Jace uit dit hou, hoe beter. Mans loop as dinge ongemaklik raak. Soos haar pa gemaak het na haar ma se Alzheimers diagnose.

"Nee, jy hanteer dit absoluut nié. Jy is in 'n toestand." Hy raak aan haar nek. "Hoekom laat jy my nie toe om jou te help nie?"

Jace het reeds Harry se huisverbeterings gedoen, inkopies gedoen, en baie meer. Sal hulle verhouding oorleef, of sal die las van sy sorg dit onherstelbaar maak?

Sy trek haar skouers op, weet nie wat om te sê nie. Jace is reg. Sy het net nooit verwag dat Harry buite haar sig gaan wees nie. Veral nie aangesien sy doktersafspraak nie die enigste rede vir die uitstappie was nie. Nou is hy weg, 'n fout wat sy nie kan terugtrek nie.

Hy praat sagter. "Het jy die dokter vertel hoe hy goed vergeet?"

Kat knik haar kop. Jace dink eenvoudig Harry is vergeetagtig.

Die eindelose krisisbestuur van die laaste paar maande het aan haar gevreet en sy is uitgeput van min slaap. Om vir Harry te sorg en haar voltydse bedrog-ondersoekpraktyk te bestuur, is onmoontlik. Sy is bekommerd dat sy belangrike foute in haar werk gaan maak. Sy kan nie bekostig om kliënte en haar reputasie te verloor nie, maar belangriker nog, sy kan nie vir Harry verloor nie.

Kat steek 'n lok hare agter haar oor soos sy sukkel om Jace oor die wind te hoor. Die wind fluit deur die wolkekrabbers, die vlaag neem toe met elke uur. Sy raak toenemend bekommerd oor Harry. Is hy veilig?

Kat bestudeer Jace. Sy kalmte trek haar in en omhels haar soos 'n aura. Sy blik rus op hare asof niemand anders bestaan nie. Dit is wat sy die liefste van hom het. Sy gesig is nou met 'n tikkie kommer gevlek, ten spyte van sy poging om dit nie te wys nie.

Dr. McAdam wou Harry in 'n langtermyn sorgsentrum geplaas het. Kat word woedend by die gedagte. Harry het vir haar gesorg; nou moet sy dieselfde vir hom doen. Sy wil aan hom vashou vir so lank as wat sy kan. Kat laat sak haar blik van Jace se helder blou oë en volg die waterstroompie wat aan die voorkant van sy baadjie afloop.

"Ek wou jou nie pla nie. En jy was in elk geval besig om aan jou storie se spertyd te werk." Sy moet harder praat om oor die wind gehoor te word.

"My pla? Is ek nie belangrik genoeg in jou lewe om ingesluit te word nie?"

"Ek het dit nie so bedoel nie, Jace. Dis net dat ek – ek het net nie geweet wat om te doen nie."

"Jy moes my steeds gebel het." Jace trek haar nader. Selfs deur sy baadjie voel sy die krag van sy omhelsing. Haar vingers loop oor die kurwe van sy boarmspier soos sy sterk arms haar omsirkel.

Net nog één ding en sy val uitmekaar en breek in stukkies. Stukkies te klein om weer heel te maak. Sy trek van Jace se omhelsing weg. "Ek sal. Maar ons kan nie nog tyd mors nie."

Waarheen sal sý gaan as dementia haar brein verdof? Huis toe. Maar oom Harry sal nie onthou hoe om daar te kom nie en dit is te ver om van onderdorp-Vancouver te stap. Nie dat dit hom sal keer nie. Hy is nie baie logies nie.

"Moenie kwaad vir my wees nie." Jace treë terug en draai weg. "Ek probeer net help."

Nou voel sy nóg slegter.

Die straatligte gooi 'n koue geel lig op Jace terwyl hy na haar kyk, arms gekruis.

Gore-tex en Timberlands, gereed vir enige iets, altyd onder beheer. Sy voel 'n tikkie verwyt, maar sy is dankbaar. Niemand anders los alles wanneer sy hulp nodig het nie.

"Jammer," sê sy. "Eks moeg. Die Barron-verhoor is môre en ek is nie gereed nie." Zachary Barron se toekomstige netto waarde rus geheel en al op haar skouers.

Forensiese rekenmeesters soos Kat spesialiseer in bedrogopsporing en oopvlekking van geheime bates. Of, in hoë nettowaarde egskeidings soos syne, verskaf hulle valuasies en deskundige getuienis. 'n Lelike egskeiding, 'n skansfonds magnaat met 'n kort lont, onmoontlike verwagtings en miljoene op die spel, beteken geen ruimte vir foute nie.

"Jy sal oukei wees."

"Ek weet nie, ek het nog ure se werk om te doen." As dinge verkeerd gaan kan Zachary Barron haar reputasie met een oproep vernietig. Sou hy wen sal die publisiteit van onskatbare waarde wees.

"Dit sal uitwerk."

Dit doen altyd vir Jace. Haar gedagtes keer terug na die dokter se kantoor. Wat as Harry iewers beseer is, of erger? Sy sal Jace oor die Alzheimers vertel as Harry eers veilig en gelukkig is. Sy kreun toe nog 'n kramp haar maag tref.

"Kat?"

"Hê?"

"Ek sê ja, kom ons gaan na die huis toe. Maar ons moet eers die polisie bel. Hulle sal baie effektiewer as die twee van ons op voet wees. Ek weet jy wil nie..."

Harry bel die polisie ten minste twee keer 'n week vir verbeelde inbrake en diefstalle. Nie alle polisie is simpatiek wanneer hulle uitgeroep word vir 'n ou man se delusies nie, valse alarms. Harry wil in sy huis bly leef en solank as wat Kat 'n oog op hom hou, het sy gedink dat hy veilig sou wees. Tot nou. Dinge raak veel erger en vinniger wat sy ooit kon verbeel.

"Nee, dis oukei. Bel hulle."

Jace voer die nommers op sy selfoon in terwyl hulle na die ondergrondse parkering stap. Kat kyk weer op haar horlosie terwyl hulle by die helling afstap. Die verhoor is in minder as elf ure.

Soos hulle om 'n hoek na die eerste vloer van die parkering stap, maak die gloed van die helder fluoressent ligte skaduwees op die grys beton mure.

Toe sien sy hom. In die ver hoek, 'n figuur opgekrul in 'n fetale posisie. Hy kyk in hulle rigting, sy rug teen die hoek waar die twee mure ontmoet. Sy bolyf is gedeeltelik met 'n stuk karton bedek. Sy kan nie seker wees nie, maar dit lyk of hy 'n grys windbreker dra.

"Oom Harry?" Sy begin hardloop.

Die man sit regop en trek die karton weg. Hy glimlag.

Dit is Harry.

Kat is by hom en hou haar hand uit om hom op te help.

"Kan ons nou huis toe gaan?" vra Harry onmiddellik.

HOOFSTUK 4

Die regter gaap terwyl Kat haar getuienis klaarmaak. Slegte teken. Finansiële analise is dikwels die verskil tussen finansiële meevaller en algehele finansiële ondergang in hoë-profiel egskeidings. As 'n forensiese rekenmeester weet sy dat dit altyd 'n nommerspel is. Hoë risiko word deur die streep van 'n regter se pen besluit. In hierdie geval, 'n verveelde regter.

Dit maak nie saak hoeveel keer Kat al deskundige getuienis gelewer het nie, sy is altyd op haar senuwees. Sy voel ook altyd persoonlik verantwoordelik as dinge vir haar kliënt skeef loop. Zachary Barron se saak is geen uitsondering nie. Sy is vies vir haarself oor haar min voorbereiding. Sy is nie haarself nie. As sy so 'n hoë-profiel saak verloor sal dit haar reputasie vernietig en dalk selfs haar besigheid. Dit is die laaste ding wat sy kan bekostig. Sy het nou meer as ooit vantevore geld nodig vir Harry se sorg en sy kán dit nie opmors oor 'n tekort aan slaap nie.

Zachary Barron se oë boor in hare in. Hoekom staar haar kliënt só na haar? Het sy iets gemis? Iets verkeerd gesê? Nee. Sy moet ophou om haarself te betwyfel.

Uiteindelik kyk Zachary weg.

Sy asem uit. *Ontspan*.

Net tien minute in die hof en dinge is reeds buite beheer.

"Lyk of jy 'n paar nulle op jou sakrekenaar vergeet het, Me. Carter."

Kat verwag half dat Connor Whitehall gaan knipoog asof sy sopas 'n goedkoop truuk opgevoer het; 'n grys-haar regsgeleerde wat 'n baie jonger getuie oor die vingers tik. Sy ouerwordende nuusaanbieder voorkoms, duur pak en dertig-iets jaar ouer as sy, skep 'n kragtige indruk. 'n Indruk wat hy gebruik om haar te diskrediteer.

"Ek het niks gemis nie." Kat probeer om nie verdedigend te klink nie. Sy vou haar hande saam soos sy in die getuiebank sit. Die hof is leeg, behalwe vir die twee oorlogvoerende eggenote en hulle regsverteenwoordigers. Victoria en Zachary Barron sit aan teenoorgestelde kante van die hof, vermy ywerig oogkontak.

Whitehall skud sy kop. Hy kyk na die regter en stap na hom toe. Die regter se kop ruk op van wat ook al hy besig is om te lees toe die klank van Whitehall se voetstappe die stil hof vul.

Kat dink sy sien 'n kyk wat hulle deel. Die regter dink ook seker sy is dom. Dalk is dit hoekom hy nie geluister het nie.

Wat as sy 'n fout gemaak het? Met minder as drie ure se slaap en geen tyd in die oggend om deur haar werk te gaan nie, is sy beswaarlik op haar beste. Sy het weer oom Harry saam met haar na die hof toe gebring, aangesien sy uit moontlikhede gehardloop het. Om hom alleen te los, is te gevaarlik. Hy is oortuig die 'plakkers' in sy huis probeer hom vermoor. Sy het hom die keer in die koffiewinkel in die voorportaal gelos en die kelnerin omgekoop om 'n ogie oor hom te hou. Sy voel skuldig daaroor, maar sy het alle ander alternatiewe opgebruik.

Sy het niks gemis nie, stel sy haarself gerus. Whitehall gebruik net ou prokureur truuks om haar te breek. Sy is die enigste forensiese rekenmeester in die hof en die enigste gekwalifiseerde bedrogdeskundige. Steeds, om 'n geldmagnaat se bates op te spoor is nooit eenvoudig nie.

"Jy het honderde miljoene gemis!" Whitehall draai in die rondte terwyl die hoeke van sy mond in 'n moedswillige glimlag verander. "Tog, jy noem jouself 'n forensiese rekenmeester?"

Whitehall aarsel voor hy terug loop na waar Kat in die getuiebank sit. Hy leun naby aan haar, asem koffie-asem in haar persoonlike spasie uit. Kat hou haar asem op. Hoekom voel sý soos die een onder verhoor?

"Beswaar!" Zachary Barron se regsverteenwoordiger spring aan die werk. Uiteindelik. Kat voel asof sy aan die wolwe oorgelaat is, of erger, 'n roofsugtige regsgeleerde.

"Volgehou." Die regter se stem is ontneem van enige emosie terwyl hy op sy horlosie kyk. Tel die minute tot middagete.

Egskeiding bring die slegste uit mense uit, meer as kriminele bedrog, witboordjie-misdaad, of enige iets anders. Hierdie klein oorloë is egter die brood en botter van haar forensiese rekeningkunde praktyk, wat 'n gesonde kontantvloei inbring.

Vir eens is sy aan die kliënt met geld se kant. Hy sal haar rekening betaal, ten volle en betyds. In haar weke van grondwerk, het sy al die bates geïdentifiseer, al die valuasies geverifieer, waardasies en regstitels, en selfs 'n paar verrassings opgegrawe. Sy moet dit net deurvoer en dan is dit in twintig minute verby.

Kat kyk na haar kliënt. Zachary Barron sit kop ondertoe soos hy nóg 'n boodskap op sy foon tik. Hy is in sy middel-dertigs, net soos sy, maar met meer geld as wat sy in haar leeftyd sal sien. Hy kan moontlik die meeste daarvan verloor in die volgende tien minute as Whitehall sy sin kry. Daar is soveel op die spel, tog hanteer hy die verhoor soos 'n afleiding. Sý stres egter baie en dit is nie eens háár geld nie.

"Me. Carter?" vra Whitehall.

"Vra jy 'n vraag?"

"Ja, ek vra jou 'n vraag. Ek betwis die valuasie wat jy aan die matrimoniale bates toegeken het."

"Dit klink nie soos 'n vraag nie." Kat staar terug na Whitehall met haar beste uitdrukking van verbystering en konsternasie. *Parmantig dalk, maar twee kan hierdie speletjie speel.*

"Me. Carter! Hierdie is nie *Jeopardy* nie. Jy het die matrimoniale bates op dertig miljoen gevalueer. Hoekom het jy die familiebesigheid uitgesluit?" Hy tik sy pen teen haar uitstalling, 'n bietjie harder as nodig om 'n punt te maak.

Goed so. Sy het uiteindelik Whitehall opgewerk gekry.

Selfs Zachary kyk op van die lêer wat hy lees en glimlag. Een ding waarvan sy seker is, as sy miljoene op die spel gehad het, sou sy beslis nie met kantoorwerk opgevang het nie.

Victoria Barron, Zachary se amper eksvrou, eks-deeltydse finansiële bestuurder en lopende advertensie vir plastiese sjirurgie, sit by die teenoorgestelde tafel en kruis en ontkruis haar bene. Haar uitdrukking bly strak, behalwe vir 'n klein alomteenwoordige glimlag. Kat lei af dat dit 'n oorblyfsel van te veel plastiese sjirurgie is.

"Mag ek?" vra Kat.

Sy staan van haar sitplek op en loop na die esel wat haar uitstalling van die Barrons se bates ophou. Kat fokus haar laser op die Zachary kant van die finansiële-organisasie grafiek.

Op Edgewater Investments.

Dit is gekompliseerd. Bedryfsmaatskappye, beheermaatskappye en buitelandse trusts. Zachary was versigtig om baie min daarvan op sy eie naam te hou. Sy spandeer die volgende tien minute om die komplekse web van ooreenkomste en verhoudings onder die entiteite te beskryf.

Whitehall lig sy wenkbroue, loop weg en sak in sy stoel langs Victoria Barron neer. Hy kruis sy arms en gee Kat 'n veragtelike lyk.

Sy glimlag terug. "Sal ek voortgaan?"

Hy gluur haar aan.

Victoria Barron, Zachary se amper eks-trofeevrou gaan nie net vir amper die helfte van die matrimoniale bates nie, maar ook die helfte van Zachary se besigheid. 'n Honderd miljoen rus op Kat se interpretasie van wat ís of ís nie in die matrimoniale bates ingesluit nie. Zachary het egter 'n huwelikskontrak.

"Edgewater Investments is Mnr. Barron se besigheid. Dit is duidelik nie gemeenskaplike eiendom nie, daarom het ek dit uit die matrimoniale bates, wat geskei moet word, gelaat." Sy trek die laser bo die Edgewater boks, na twee ander bokse, beide beheermaatskappye. Een word deur Zachary Barron besit, die ander deur sy pa, Nathan Barron.

"Nie waar nie. My kliënt is geregtig tot die helfte daarvan."

"Indien dit die geval is, moet ons dieselfde logika op Mev. Barron se besigheid toepas."

"Dit is hipoteties," proes hy. " Sy het nie 'n besigheid nie."

Sy is in werklikheid in die besigheid van trou, waarvan die derde een amper gaan eindig. "Is jy seker daarvan?" vra Kat.

"Natuurlik is ek seker!" Whitehall spring van sy stoel af op en marsjeer na haar toe. "En ék is die een wat die vrae vra, nie jy nie."

"Jy moet regtig met jou kliënt praat. Volgens my rekords het sy merkbare beleggings, ook 'n gesonde inkomste. Het sy niks hiervan vir jou vertel nie?"

Whitehall treë terug, duidelik verbaas. Hy gooi 'n woedende blik in Victoria Barron se rigting. Haar oë rek en haar mond vorm 'n perfekte ronde botoks O.

Kat slaan na 'n tweede grafiek oor en rol deur die besonderhede van Victoria Barron se suksesvolle wyn en eiendomsbeleggings, endossement ooreenkomste van haar plastiese sjirurgie realiteitspro-gram en onlangse parfuum ooreenkoms met 'n kosmetiese maatskappy. Sy het dit goed versteek deur profyte in 'n buitelandse maatskappy in die Cayman in te tregter. 'n Spreiblad is egter 'n dode-like wapen in die hande van 'n forensiese rekenmeester.

"Daai is nie beleggings nie," sê Whitehall spottend. "Dit is persoonlike eiendom."

Kat kyk na Victoria. Haar perfek gevormde skouers sak ineen en haar oë maak momenteel toe. "'n Paar bottels wyn, dalk. Sy het egter laasjaar 'n tweehonderdduisend-dollar wins gemaak op haar wynbelegging alleen. Haar eiendomsportefeulje is agt figure. Dit is omtrent 'n stokperdjie." Haar analise het die afhanklike huisvrou mite weerlê. Nou moet die regter besluit. "Dit vergelyk hoege-naamd nie met honderd miljoen nie." Whitehall se toon is plat en verslane.

"Wat sê sy nog nie vir ons nie?" Kat draai om en glimlag vir die regter, maar sy kop is gesak, lees die koerant wat sy vroeër opgemerk het. Hy het dit onder die vouer aan die kant van sy lessenaar weggesteek.

Whitehall bloos terwyl hy na sy sitplek terugstap, sonder om iets te sê. Onvoorbereid, seker aangeneem dat hy nooit bevraagteken sal word nie. Sy het hom en hy wéét dit.

"Dit is net een van die dosyn verkope wat sy oor die laaste jaar gemaak het. Of het sy jou nie vertel nie?"

Die rooi van sy gesig verdiep tot karmosyn. Selfs van twintig voet kan Kat sien dat sy kneukels wit word soos hy hulle in die verweerde eike tafel indruk. Stilte.

"Hoekom vra jy haar nie self nie?" Kat beduie met haar pen. "Soos jy kan sien, skuld sy Mnr. Barron, nie anders om nie."

Geen antwoord.

Zachary is woelig.

Kat voel hoe haar gesig rooi word. Het sy dinge te ver gevat?

"Daar is nie 'n manier nie, Me. Carter, jou nommers is 'n bogspul."

Kat neem 'n diep asem en blaai na haar finale grafiek toe. Sy beplan om te verduidelik hoekom Whitehall verkeerd is toe die hof se deure oopbars. Sy kyk op, verskrik.

"Kat!"

Oom Harry staan in die deur en waai sy sleutels.

"Jy moet my help! Ek het die Lincoln verloor."

Oom Harry vergeet weer die ongeluk.

Kat beduie dat Harry moet sit. Regters is onvoorspelbaar. Dit is presies die soort ding wat die golf teen haar kan laat draai.

Oom Harry gooi sy hande op 'n oordrewe wyse in die lug, maar sak dan in 'n stoel in die tweede ry in. Sy hoop hy kan vir die volgende paar minute stil wees.

"'n Vriend van jou?" Whitehall lig sy wenkbroue.

Kat ignoreer hom.

Harry se stem klink weer op, 'n ongerieflike gevolg van die kamer se akoestiek.

"Verdomde sleepmaatskappye! Hoekom kan hulle nie 'n nota los of 'n telefoonnommer of iets nie?

Die regter beduie na die balju aan die agterkant van die kamer.

"u Edelagbare, ek vra om verskoning. Gee my asseblief 'n minuut." As sy dit nie reeds opgemors het nie, het sy beslis nou. Sy stap so vinnig as moontlik na Harry toe, sonder om te hardloop.

"Waar, oom Harry? Op die sypaadjie?" Kat fluister soos sy aan sy arm raak. "Nog tien minute. Dan soek ons jou kar." Die Lincoln is veilig in Harry se motorhuis parkeer. Sy het die motorhuisdeur se knippie afgeskakel as 'n ekstra voorsorgmaatreël aangesien hy geweier het om van sy karsleutel afstand te doen.

"Hulle kon my ten minste gebel het." Hy trek sy lip en kruis sy arms.

Whitehall draai in die rigting van die regter. "U edelagbare, moet ons regtig na meer luister."

"Nee advokaat, ek dink nie ons hoef nie."

Whitehall verlekker hom.

Kat keer terug na die getuiebank. Sy kyk na Victoria Barron wat besig is om in 'n handspieëltjie na haar grimering te kyk.

Victoria se glimlag verdof toe die regter praat.

"Uitspraak vir drie miljoen in matrimoniale bates wat eweredig verdeel sal word. Saak afgewys."

Zachary Barron slaan sy lêer toe en kom orent, gee skielik ten volle aandag. Asof iemand 'n skakelaar geklik het.

Kat behoort goed te voel, maar egskeidingsake kry haar altyd onder. Hoe kan twee mense verlief raak en dan mekaar binne drie jaar haat? Geld bring die slegste uit mense uit. Hulle sal daarvoor doodgaan, lieg en selfs moor. Sy het dit telkemale in haar werk gesien.

Dit is hoekom sy nooit sal trou nie. Nie eens met Jace nie, ten spyte daarvan dat hy gevra het. Hulle het 'n argument daaroor gehad, selfs daaroor uitgemaak twee jaar gelede. Hulle het weer vir die laaste jaar die waters getoets as 'n paartjie en sy gaan dit nie opmors deur te trou nie.

Sy druk haar papiere is haar aktetas en loop reguit na Harry toe.

"Kom ons gaan uit." Sy hak haar arm by haar oom sin in en stuur hom na die voorportaal toe. Dit is die tweede keer vandag wat oom

Harry dink dat hy sy Lincoln verloor het. "Oom Harry dalk is dit tyd dat jy..."

Harry hou sy hand in protes op.

"Sal jy ophou, Kat? Dit is my godgegewe reg om te bestuur. Ek bestuur beter as al die ander idiote op die pad. Dit is hulle wat die probleme veroorsaak."

"Bestuur is 'n voorreg en 'n gerief. Wanneer ons egter ouer word, is dit somtyds beter om..."

"Moenie daai 'ons' toon op my gebruik nie, jong dame! Ek mag dalk oud wees, maar ek sal nie neergebuig word nie!"

Harry se stygende stem eggo in die spelonkagtige marmer voorportaal. Groepe regsgeleerdes, eisers en ander draai om en staar, meeste van hulle gee haar suspisieuse kyke.

"Moenie ontsteld wees nie, oom Harry. Ek is net bekommerd oor Oom."

"Ek weet." Sy stem kraak. "Dit is frustrerend. Wat gebeur met my, Kat?"

Harry vee 'n hand oor sy bles kop.

"Dit is oukei, oom Harry." Kat raak aan sy arm. "Jy is besig gewees. Ons almal vergeet somtyds."

Tannie Elsie se onverwagse hartaanval, net na die Liberty Diamantmyn saak uitgekom het, het Harry hard getref. Dr. McAdam reken dat die stres die agteruitgang van sy geestesgesondheid versnel het. Nou is Kat die enigste familie om van te praat. Wat dalk volgende op die dementia reis kan kom, maak haar ook bang.

"Dit is makliker om die bus te vat. Geen kar of parkeringkaartjies om oor te kommer nie." Kat druk sy hand. "Ek kan oom vat waarheen ook al oom nodig het."

"Nadat jy jou kar laasjaar in die Fraser Rivier ingery het?" Harry trek sy hand weg. "Nee dankie."

Sy langtermyn geheue is steeds goed.

"Kat, wag."

Kat draai om. Zachary Barron maak homself van die skare los en marsjeer na haar toe. Mense skuif aan albei kante uitmekaar uit, maak 'n pad vir hom oop asof hy koninklik is. 'n Skoongesig man in 'n

Ermenegildo Zegna-pak wat sukses en mag fluister. Kat se arm in arm reis met Harry 'n minuut vroeër was meer soos 'n steekspel, soos sy mense elmboog en deur die skare sigsag.

Zachary kan nie moontlik kwaad oor die skikking wees nie. Of kan hy? Spaar 'n kliënt 'n honderd miljoen en hulle vind steeds iets om oor te kla. Hy het nog nie eens haar rekening gesien nie.

"Kat? Ons moet praat."

"Oukei. Jy besef dat jy 'n baie goeie uitslag gekry het. Dit is moeilik om..."

"Dit is nie oor die egskeiding nie." Hy kyk rond om te sien wie dalk kan hoor, leun dan vorentoe. "Jy hanteer bedrog, reg?"

"Ja, natuurlik." Korporatiewe bedrog en egskeidings is beide groot dele van haar forensiese rekeningkunde praktyk. Maar Harry is onthuts; sy moet hom kalmeer en sy aandag van sy Lincoln aflei.

Harry. Kat draai om, maar hy het verdwyn. Die middagete skare het Harry se pad ingesluk. Sy soek deur die skare, 'n lewensgrootte *Waar's Waldo?*-raaisel. Niks. 'n Vlaag paniek waai oor haar. Hoe kan sy 'n kort, bles tagtigjarige in dié see mense opspoor?

Sy sien hom uit die hoek van haar oog. 'n Flits grys hare, 'n beige reënjas. Harry, of ten minste iemand wat soos Harry lyk, verdwyn om 'n hoek.

"Zachary, kan ek jou later vanmiddag bel? Iets het nou opgekom."

Sy druk spoedbel op haar selfoon, probeer om Harry te bel en hom terug te lok. Selfs al het hy sy foon sal hy nie antwoord nie, maar dit is die moeite werd om te probeer.

"Dit is dringend," sê Zachary. "Ek sal vanmiddag na jou kantoor toe kom. Twee uur."

Dit is 'n opdrag eerder as 'n vraag. Kat kyk van haar selfoon af op om te protesteer, maar Zachary Barron is weg.

HOOFSTUK 5

Kat en Harry peusel aan die oorblyfsels van die Sjinese wegneemete wat sy bestel het nadat sy twee uur gelede Harry op die trappe voor die hof gevind het. Die kos maak haar rustig en dit voel goed om uiteindelik na die oggend se hofdrama weer terug by Carter & Associates te wees. Haar kantoor se honderdjaaroue baksteen mure sal nie 'n sterk aardbewing oorleef nie, maar vandag voel dit soos 'n fort. Die rowwe buurt en rustiek-meubels voel gemaklik, veral met haar oom uiteindelik veilig en gelukkig.

"Sy is terug, Kat. Dis is asof sy nooit weggegaan het nie." Harry se oë blik terwyl hy praat.

Hillary se terugkoms is een van Harry se delusies waarsonder Kat kan klaarkom.

Sy sidder as sy dink aan haar eerste week by die Dentons. Sy het van die skool af huis toe gekom om Hillary by die kaggel te vind, grinnikend. Sy staan voor die knetterende vuur, Kat se foto's in haar hande terwyl sy Kat nader wink. Toe gooi sy dit in die vuur, een vir een. Die foto's van haar ma, verewig weg. Al wat sy oor het is herinneringe en dit verdof verder met elke verbygaande jaar.

"Regtig?" Kat speel saam. Ten spyte van haar gevoelens, om Harry te herinner dat dit nie waar is nie, veroorsaak net ongelukkigheid. Niemand wil weet as hulle besig is om mal te word nie.

"Jip. Wonderlik nè?"

Kat vat 'n tweede Sjinese rolletjie. "Wanneer het sy terug gekom?"

"'n Tydjie terug. Sy gaan terugtrek huis toe. Ek wens dat Elsie hier is om haar te sien. Sy sal so trots wees."

Harry beman die ontvangstoonbank terwyl Kat kruisbeen op die bank sit. Sy voel meer ontspanne na 'n vinnige draf. Sy het 'n trapmeul in die spaarkantoor ingetrek sodat sy steeds fiks kan bly en 'n ogie oor haar oom kan hou.

"Trots?" Trots dat sy dogter die vermetelheid het om haar gesig te wys na wat sy gedoen het?

"Sy het 'n nuwe werk."

"Wat doen sy?" Hillary het nie 'n dag in haar lewe gewerk nie. Tensy jy reken dat om mense uit hulle geld te kul en manipuleer 'n loopbaan is. Sy het Harry en Elsie oortuig om al hulle aftree-spaargeld vir haar te leen, met die belofte dat sy dit terug gaan betaal. Hulle het nooit weer van haar gehoor nie. Sommige goed is beter vergete.

"Kan nie onthou nie, maar dit is iets regtig belangrik."

"Ek is seker dit is," sê Kat. As dit nie is nie, sou Hillary dit vinnig ornamenteer, of meer waarskynlik die hele ding opmaak.

"Sy sien ook uit om met jou op te vang."

Kat voel skielik angstig. Niks oor Hillary kom sonder koste nie. Dit is egter simpel – Hillary bestaan nou net in Harry se verbeelding.

"Sake-ete?"

Kat spring op aandag by die man se stem. Sy het niemand vir nog 'n uur verwag nie.

Zachary Barron staan in die deur, staar na haar. Sy is skielik bewus van hoe sy voorkom: draderige bruin hare, gedroogde sweet op haar gesig van haar draf. As sy nader kom, sal hy haar klam, stinkerige drafskoene ruik. Sy kou haar mond vol Chow Mein so vinnig as wat sy kan, maar toe red Harry haar.

Harry swaai om die ontvangstoonbank, verbasend vinnig vir 'n tagtigjarige.

"Ek dink nie ons het al ontmoet nie. Ek is Harry Denton, Kat se vennoot."

Harry hou sy hand uit. Zachary skud dit en is gaaf genoeg om nie te noem dat hulle vroeër vandag ontmoet het nie.

Die naamplaat op die kantoordeur sê Carter & Associates, maar in werklikheid is Kat vennootloos vandat sy die kantoor twee jaar vantevore oopgemaak het. Nietemin het oom Harry altyd verskonings uitgedink om te kom, so Kat het dit amptelik gemaak.

Ten minste maak sy teenwoordigheid by die kantoor dit moontlik om 'n ogie oor hom te hou, belangrik vandat hy belangstelling verloor het in bykans alles en almal anders. Sy maatjies by die krullingbaan vee nou die ys sonder hom en onkruid is nou ál wat in sy eens goed-versorgde tuin groei.

Soos hulle tyd saam toeneem, word sy toenemend bewus van die agteruitgang van sy geestestoestand. Maak nie saak wat nie, sy geniet dit om hom by die kantoor te hê en reken dat die kontak met mense goed vir hom is.

"Um, jammer." Kat sluk 'n mondvol noodles. Sy staan op en vee haar hande op haar broek af. "Ek is nie gewoonlik..."

"Geen rede om te verduidelik nie. Ek sal hierdie vinnig afhandel."

Vinnige rykdom, vinnige huwelike, vinnige egskeidings. Is daar enige ander manier met Zachary Barron?

"Het jy nie twee uur gesê nie?"

"Ek doen nie regtig afsprake nie. Kan ons praat of nie?" vra Zachary.

HOOFSTUK 6

Zachary Barron sit op die rant van die leerarmstoel oorkant Kat se lessenaar, sy ontwerperpak en das teenstrydig met haar kantoor se armoedig-elegante dekor. Hy blyk nie bewus te wees van die meubilering en die miljoen-dollar uitsig buite nie.

Kat se kantoorvensters raam 'n uitsig op die Vancouver-hawe, skouspelagtig selfs in die reën. Die skeepsdokke is egter verlate. Die massiewe reisvaarte wat die Alaska Inside Passage reis, is weg vir die seisoen. Die enigste waterfront aktiwiteite vandag is 'n dosyn vet seemeeue wat vir kos aas.

Zachary leun vorentoe, sy elmboë op Kat se lessenaar. "Ek wil hê jy moet my vennoot ondersoek."

"Jou vennoot? Is hy nie jou..."

Zachary se mond verhard in 'n frons in. "Nathan Barron. Ja, hy is my pa. Dit maak hom nie 'n duit minder tot bedrog in staat nie."

"Hy het Edgewater gestig." Kat weet weens Zachary se egskeidingsaak van die pa en seun se gekoekte web van interverbinde maatskappye.

"Twintig jaar gelewe. Die maatskappy wat hy begin het, is egter niks soos Edgewater vandag nie. In daai tyd was dit net klein verhandelings, meestal tafelafval wat sy universiteitsvriende sy kant toe gegooi het. Besigheid was besig om op te droog."

"Wat het verander?"

"Ten jaar gelede het ek by die maatskappy aangesluit. Ék het Edgewater gemaak wat dit vandag is."

Beskeie is hy nie. "Hoe so?"

Zachary leun terug en maak sy das reguit. "My prioriteit verhandelingsmodel het Edgewater in die tweede grootste skansfonds wêreldwyd verander. Die finansiële uitslae dui op ons sukses, maar waar is die geld? Ek het moeite gehad om 'n verhandeling laas week te vereffen. Die bank het gesê ons het nie genoeg geld nie. Hoe kan dit wees?"

"Dalk was dit 'n tydsberekeningkwessie?"

"Nie 'n manier nie. Vir 'n multibiljoen dollar skansfonds is ons besigheid baie eenvoudig. Ons koop en verkoop valuta deur my eienaarsmodel te gebruik. Verhandelings vereffen 'n paar dae later en die makelaarsloon word betaal as deel van die vereffenings. Behalwe kantoorhuur, salarisse en uitgawes is daar niks anders om geld op te spandeer nie." Zachary gee Kat die mees onlangse Edgewater jaarverslag.

"Nathan het altyd die agterkantoor dinge hanteer en ek die verhandeling. Ek het nooit aandag gegee aan die administratiewe kant tot laas week toe die bank gesê het dat ons kort is nie. Waarheen gaan al die geld?"

Kat ken die voorlopige jaareinde-uitslae: dit was deel van die Barron-egskeidingsprosedures. Sy maak die verslag by die inkomstestaat oop. Haar mond hang oop. Sy het nie die finale geouditeerde uitslae tot nou gesien nie. "Edgewater het twee biljoen dollar na belasting gemaak? Baie hoër as wat ek gedink het."

Het Zachary die vrystelling van die jaarverslag beplan om sy egskeiding te begunstig? Of hy dit beplan het of nie, dit het beslis so uitgewerk.

"Dit is my punt. Waarheen het die geld gegaan?" Twee biljoen in opbrengste, maar tog net 'n paar miljoen in die bank. Edgewater het sy kredietfasiliteit ten volle gebruik. Hoekom is daar so min kontant terwyl die meeste van ons verhandelings honderde miljoene dollar is?"

"Dit beteken nie noodwendig bedrog nie, Zachary. Dit kan wanbestuur wees." Kat is skielik bewus van oom Harry wat buite haar kantoordeur rondhang. Hy loop oor en weer, sy voorkop 'n frons.

"Is dit veronderstel om my beter te laat voel?"

"Nee, maar ons moet alle moontlikhede oorweeg. Ek sal dit nietemin opvolg. Wanneer het jy dit nodig?" Kat hoop om die spertyd uit te rek. Sy kyk na die gang buite. Sy moet onmiddellik 'n afleiding vir Harry vind.

"Gister. Sonder kontant kan Edgewater nie vir meer as 'n paar dae bedryf word nie."

"Het jy met Nathan hieroor gepraat?" Kat weet van Zachary se egskeidingsaak dat dinge stram tussen pa en seun is. Haar valuasie van Edgewater Investments het 'n gelyke vennootskap weergegee. Nathan het egter verskil en het selfs oorweeg om regsstappe teen sy seun te neem.

"Nee. Ek wil hê jy moet eers rondkrap voor ek met hom praat. Ek het al die feite nodig."

"Ek kan dit doen. Wat van investeringsverliese? Dit kan ook jou kontantbalans uitwis." Kat steek haar nek na die gang uit net soos Harry weer verdwyn.

"Onmoontlik. Ons het 'n goeie jaar gehad. Ten minste drie boflopies en tweesyferopbrengste. Ons behoort oor die geld te struikel. In stede daarvan is ons amper bankrot. Ek is nie betrokke in die daaglikse bestuur nie, Nathan doen dit, maar op die verhandelingvlak weet ek presies waarop ek gebie het en die persentasie opbrengste."

"Wat van aflossings? 'n Paar groot beleggers wat verkontant kan jou kontant voorhande verminder." Oom Harry is weer binne, tjekboek in die hand. Sy moes geweet het. Hy probeer dit al vir weke balanseer, maar wyer enige hulp.

Zachary frons. "Nee, presies die teenoorgestelde is aan die gebeur. Beleggers skarrel om in ons fonds in te kom. Nuwe beleggings oordonder die afleggings met meer as twee teen een. Die Evergreen fonds het uitstekende opbrengste – alles te danke aan my verhandelingsmodel. Ons beleggings is veel beter as die van ons kompetisie.

Oom Harry loer angstig by die deur in.

"Oom Harry? Alles oukei?"

"O, ja." Harry kyk op sy horlosie en verdwyn dan weer by die gang af.

Kat draai terug na Zachary. "Ek sal toegang tot jou kantoor en al Edgewater se finansiële rekords, betaalstate – enige iets wat betalings of ontvangs behels – benodig. En toegang tot die boekhoustelsel." Sy kyk op haar horlosie. Dit is net na drie. "Ek kan vanaand begin."

"Wonderlik. Ek sal by die kantoor wees tot omtrent tien uur. Nathan is alweer weg, kom so gou as wat jy kan." Zachary staan op. "Ek moet gaan."

"Voor jy gaan, hoekom is jy so seker dat daar bedrog is? Nathan het Edgewater gestig. Hoekom sal hy daarvan steel?"

"Hoe anders sal die geld verdwyn? Nathan is 'n dief." Zachary spoeg die woorde uit.

Blykbaar nie op goeie voet nie. Hoe slaag pa en seun daarin om elke dag saam te werk? 'n Onlangse wrok of 'n langdurende een?

"Enige bewyse vir jou agterdog?" Kat leun terug in haar stoel en bestudeer Zachary. Forensiese rekenmeesters is 'n klein bietjie soos finansiële sielkundiges. Haar psigoanalise is gebaseer op oop-einde vrae. Wanneer mense vrylik praat openbaar hulle altyd meer.

"Nee, maar jy sal dit vind. Daarvan is ek seker."

"As daar regtig bedrog is, hoekom skielik nou? Hoekom nie vyf of tien jaar gelede nie?"

"Hoe meer suksesvol ek is, hoe meer wrewelrig word hy. Dit kan nie die geld self wees nie. Hy het alles wat hy nodig het. Jy kan nie eens die aantal geld wat ons inbring spandeer nie."

Harry is weer terug. Hy wag dié keer egter nie in die gang nie. "Kat, jammer om te onderbreek. Jy moet my help. Ons moet by die bank uitkom voor dit toe maak. Ek het 'n lening nodig."

"Oom Harry, gee my 'n oomblik." Kat voel sleg om Harry te vra om te wag, maar 'n betalende kliënt sit reg voor haar. Sy draai terug na

Zachary. "Dalk is om te steel Nathan se manier om jou terug te kry. Soos jy gesê het, biljoenêrs soos Nathan het nie nóg geld nodig nie."

"Mens sou dink dat hy dankbaar sal wees. Die fonds het astronomies gegroei toe ek by Edgewater aangesluit het. My verhandelingsmodel kies wenners en ons prestasie is beter as enige iemand anders sin. Hy kry die glorie sonder enige van die werk."

"Wat is so spesiaal aan jou model? Hoekom kan hy dit nie sonder jou doen nie?"

"Valutaspekulasie is deels tegniese analise en deels basgevoel. My model doen die somme, BBP, regeringskuld, rentekoerse en ander ekonomiese data. Dan gebruik dit spelteorie om elke moontlikheid te evalueer."

"Spelteorie?" Kat onthou die wiskundige teorie van skool af. Spelers kompeteer of werk saam om hulle eie individuele opbrengs te maksimeer.

"In die eenvoudigste terme beteken dit dat almal uit is vir persoonlike gewin selfs ten koste van ander."

"Ek weet wat dit beteken, Zachary." Kat veg om haar irritasie te beheer. "My vraag is hoe dit by jou model inpas."

"Jy hoef nie die besonderhede te weet nie." Zachary wuif haar weg. "My model bepaal die waarskynlikheid dat enige gebeurtenis gaan gebeur of nie, gegrond op hoe lonend dit vir die betrokke spelers is. Dan maak ek my bie en kry 'n monopolie van die verhandeling. My bie alleen maak die valuta beweeg omdat ons fonds so groot is. Die regte beloning is wanneer die verhandelaars volg, dink dit is 'n sekere ding. Dit word 'n selfvervullende profesie, wat Edgewater selfs groter profyt gee. Die ander verhandelaars maak steeds geld solank as wat hulle uittree voor ek my posisie verkoop. Dan keer die geluk om."

"Jy manipuleer die valuta."

"Absoluut nie. Ek neem 'n posisie. Dalk 'n groot een, maar ek is nie 'n rottevanger nie; ander spekuleerders hoef my nie blindelings te volg nie. Net omdat hulle doen beteken nie dat ek hulle manipuleer nie."

"Meeste van daardie volgers sal egter verloor. Soos 'n warm patat, die groot spelers of ingewydes skep die profyt ten koste van die wat koop wanneer hulle gereed is om te verkoop. Wie ook al laat in die spel intree, kry swaar. Is dit regverdig?" Zachary en sy pa is elk biljoenêrs in hulle eie reg. Wat meer het hulle nodig?

"Daar is geen slagoffers hier nie. Hulle weet dat my motiewe is om 'n profyt te maak."

"En verswak só die valuta verder."

"Dit is 'n vrye wêreld. Vrye keuse, vrye wil."

"En dan treë die regering tussenbeide?"

"In teorie. Hulle koop hulle valuta op om dit op te prop. Hulle kan dit egter nie regtig beheer nie, die valutamarkte doen. Die markte verhandel omtrent vier triljoen dollar per dag, beheer deur meestal spekuleerders soos ek. Regeringsreserwes is minder as 'n tiende daarvan."

"Massief," stem Kat saam. "So jy kan bie, gestel, dat die US dollar gaan val. Wat gebeur volgende?"

"Alle valuta verhandel in pare. Gestel ek bie teen die US dollar. Ek sal dit verkoop op dieselfde tyd wat ek 'n ander valuta koop, of bie dat dit op sal gaan. Kom ons sê dit is die Euro. Die US dollar sal val omdat ek meer verkoop het as wat ander koop. Die euro sal teen die US dollar lig bloot omdat ek 'n massiewe posisie daarvan gekoop het."

"Vraag en aanbod," sê Kat. "'n Eksklusiewe speletjie wat net 'n paar kan speel."

"Enige iemand kan speel."

"Slegs met genoeg geld. Jy het 'n massiewe aantal nodig om die mark te beweeg. Kleiner spelers kan die volgers wees."

"Tegnies, ja, maar mense wat my volg kan potensieel baie geld maak."

"As hulle die tydsberekening reg het."

"Natuurlik. Tydsberekening is alles. Of hulle kan net in Edge-water se skansfonds belê."

"Is die minimum belegging nie vyf honderd duisend nie? Dit is te ryk vir meeste beleggers."

"Dalk." Zachary staan op. "Ek kan nie oor ander mense bekommerd wees nie. Ek fokus op wat ek die beste doen – geld maak."

"Is jy seker jy wil nie eers met Nathan praat nie? Dalk is daar 'n logiese verduideliking."

"Geen punt, hy is nooit in die omtrek nie. Hy is op een van sy seereise, of dalk grootwild jag in Afrika. Hy sê my nie wanneer of waarheen hy gaan nie."

Zachary hou waarskynlik daarvan so. Hy bestuur die besigheid sonder veel inmenging van sy pa. Meeste bedrog word stil gehou. Niemand wil verantwoordelikheid vir die diefstal neem nie en tensy dit noemenswaardig die besigheid en die profyt van die aandeelhouers beïnvloed, dwing bestuur normaalweg die skuldenaar om stilweg te bedank. Bestraffing is raar: die geld is gewoonlik reeds spandeer.

Kat skryf 'n paar aantekeninge op haar notaboek. "Wat as jou verdenkings bevestig word en ek wel bedrog vind? Wat gebeur volgende?"

"Ek sal hom vernietig."

HOOFSTUK 7

Kat en Harry **wag in** die klein, vensterlose kantoor terwyl die bankbestuurder Harry se bankrekords kry. 'n Inmandjie, ses-voet hoog met lêers en geskuifspelde dokumente, sit aan die linkerkant van die verweerde lessenaar. Langs dit is 'n koper naamplaat waarop *Anita Boehmer* staan. Verskeie diplomas en 'n kind se tekening hang op die enigste muur. Drie glas skeidings met 'n half-oop hortjie omring die res van die kamer.

Geen wonder Harry is so onthuts nie. Volgens sy bankstaat is hy geheel en al platsak. Kat beduie na 'n transaksie in die middel van die bladsy. "Dit sê dat jy reeds 'n lening het."

"Doen dit? Laat ek dit sien." Harry trek sy vinger tot langs Kat sin. "Tien duisend dollar? Dit moet 'n fout wees."

Kat dink ook so. Oom Harry is spaarsamig tot die punt van waansin. Hy koop by liefdadigheidswinkels, hergebruik Saran Wrap en dra dieselfde paar versoolde skoene vir so lank as wat Kat kan onthou.

Sy spoedlees die res van die dokument. 'n Hele aantal tjeks vir aantalle in die duisende is ook gelys. Sy blaai deur die stapel gekanselleerde tjeks. Dit is alles vir kontant uitgemaak. Haar hart klop vinniger. Dit is glad nie soos Harry nie.

Anita Boehmer is terug met 'n paar lêers. Sy sit dit op haar lessenaar neer en glimlag vir Harry. Sy gaan sit op die hoërugstoel agter haar lessenaar. "Ek sien wat die probleem is."

"Ek doen ook." Harry kruis sy arms. "Jou rekords is verkeerd. Ek het nie 'n lening uitgeneem nie."

"Ek is bevrees dat jy het, Mnr. Denton. Ek onthou, want ek het dit self goedgekeur. Laas maand. Jy het gesê dat jy geld vir opknappings nodig het. Onthou jy nie?"

"Dit is onmoontlik," sê Kat. Harry finansier nooit iets nie. Hy het beslis ook nie opknappings gedoen nie.

"Hier is die leningooreenkoms." Die bankbestuurder trek dit uit die lêer en draai dit onderstebo sodat Kat kan lees. Waaragtig, dit het Harry se handtekening aan die onderkant, 'n maand gelede geteken. Maar hoekom? Waarheen gaan al hierdie geld?

Kat bestudeer die dokument. Dit *is* sy handtekening, alhoewel sy groot krullerige *y* nou wankelrig is. "Dit is jou handtekening, oom Harry. Jy het seker vergeet."

Harry ontvou sy arms en leun vorentoe om die dokument te bestudeer. "Nee, ek het nie." Sy stem verhef soos sy gesig rooi word.

Sy vryf die bokant van sy hand. Dit voel breekbaar en sy voel hoe dit bewe onder haar aanraking. "Kyk na die handtekening."

"Laat ek kyk." Harry ruk die papier van Kat af weg. "Dit lyk soos my handtekening, maar dit kan nie wees nie. Dit moet vervals wees."

Kat sug. Harry is weer besig om paranoïes te wees oor iemand wat hom besteel, nog 'n Alzheimers delusie. Sy handtekening is egter reg voor hom op die vorm, in blou ink. Die ware vraag is hoekom hy geld nodig het en wie hom bank toe gevat het. Sy draai na Anita. "Hierdie is heeltemal buite Harry se karakter. Het jy nie daaraan gedink om hom te vra hoekom hy 'n lening vir die eerste keer in sy lewe uitneem nie?"

"Katerina, ek is jammer, maar ons kan nie elke persoon wat vir geld vra in verhoor neem nie. Ons aanvaar hulle, tensy daar 'n voor-die-hand-liggende fout is."

Sy is natuurlik reg. Harry se dementia is nie voor-die-hand-liggend nie. Tensy jy vir omtrent twee minute met hom praat. Die leningaansoek het sekerlik langer as dit geneem. Het Anita nie agtergekom hoeveel Harry homself herhaal nie? Dit is te laat om nou enige iets daaraan te doen.

Kat herfokus op die bankstaat. Sy beduie na die volgende reël op die staat. Dieselfde tien duisend dollar is die volgende dag oorgedra. "Anita, waarheen het hierdie geld gegaan?"

"Na 'n ander bank oorgedra. Al wat ons het is die bank en die rekeningnommer. Ek is bevrees jy sal hulle moet kontak. Jammer."

Kat omkring die transaksie met haar pen. As sy die ontvanger kan identifiseer, sal sy een stappie nader wees aan uitvind wat aan die gang is.

HOOFSTUK 8

Kat volg Harry **by die** krakende trappe na daar voordeur toe. Kat en Jace het die ou Victoriaanse huis laasjaar by 'n belastingverkoping gekoop. Die trappe is net een van baie herstellings wat op die nimmereindigende te-doen lys staan.

Hoewel hulle herstellings nie uitgestel is nie, is die *te koop* teken wel. Kat en Jace het oorspronklik beplan om die plek reg te maak en dan weer te verkoop vir 'n vinnige profyt, maar hulle het aan die Victoriaanse huis geheg geraak. Dit is een van die oudste huise in die Queen's Park buurt, gerieflik twee blokke van Harry af geleë.

"Jace? Ons is tuis." Sy stop om die vernuwende reuk van basil, oreganum en tamatie in te neem.

"Hierbinne. Hoop jy is honger."

Kat volg Jace se stem na die kombuis toe. Hy staan by die stoof, roer die bron van die wonderlike reuk. Kat se oë beweeg van sy gespierde arms na sy vormpassende swart t-hemp. Hy lyk selfs aantreklik in 'n voorskoot.

Hy knipoog vir haar. "Spaghetti?"

"Graag." Sy soen hom en wens dat sy kan bly. "Jy lyk gelukkig."

"Ek is. My eiendomsbedrog-storie is op die voorblad. In môre se koerant.

"Hmmm, wonderlik. Gee dit jou rock-ster status by die *Sentinel*?" Jace het 'n regte eiensomsbedrog ontdek wat talle eksklusiewe eiendomme in Vancouver se welgestelde westelike kant behels. Die oëverblindery het opgeblaasde waardasies gebruik om eiendomme te swaai.

"Nie heeltemal nie, maar ek is weer in McCleary se goeie boekies. Hy dink hy kan 'n reeks daaruit kry." Jace se nugterdenkende redigeerder is welbekend moeilik om gelukkig te maak.

"Goeie nuus." Kat kyk na Harry. Hy sit by die kombuistafel, kop op sy bors en snork.

Sy praat sagter en sê vir Jace van die banklening en die nimmereindigende soektog na die Lincoln, maar nie van die Alzheimers nie. Nog nie. Om dit hardop te sê maak dit te werklik voel. "Harry se probleme is veel erger as wat ek gedink het."

"Kan die bank nie uitvind waarheen die geld gegaan het nie?"

"Nee, en ek weet nie wat om te doen nie. Dit is duidelik dat Harry nie meer op sy eie kan regkom nie. Eers die vuur, nou hierdie." Sy voel 'n knop in haar keel en draai weg met die hoop dat Jace dit nie opmerk nie. Alleen bly het 'n ernstige gesondheidskwessie geword.

Hy sit die lepel op die kombuisblad neer en vou sy arms om haar middel. "Hy kan hier intrek. Ons het baie plek."

"Ek weet nie, Jace. Dit sal 'n groot verandering vir jou wees." Kat trek weg van sy omhelsing. Jace weet nie wat hy offer nie, waarin hy homself begewe nie. Hy sal oornag in Harry se paranoïese wêreld ingesleep word. 'n Wêreld wat met elke verbygaande dag van dementia erger word. Dit kan te veel vir Jace wees.

"Dit is niks verskrikliks nie. Ons is in elk geval die heeltyd by Harry se huis." Jace tik die lepel teen die rant van die souspan. "Dit kan makliker vir albei van ons wees."

Kat loop katvoet na die kombuistafel om seker te maak dat sy nie oom Harry wakker maak nie. Sy vat 'n ompad om die deel van die vloer wat kraak, maar dit help nie. Harry skrik wakker toe sy haar stoel uittrek. "Vaak?"

"Hoekom sal ek nou vaak wees? Dit skaars middagete." Harry staan op en skuifel badkamer toe. "Ek gaan myself bietjie verfris."

Dit is eintlik na ses, maar Kat doen nie die moeite om hom reg te stel nie. "Ek weet. Ek is klaar honger." Harry het reeds sy dag in die hof en Kat se kantoor vergeet.

Jace skep twee opgehoopte borde spaghetti en sit dit op die tafel neer.

"Ek kan nie lank bly nie, Jace. Ek begin vanaand aan die Edgewater-saak werk."

"Werk jy nou in die aande? Zachary Barron mors nie tyd nie, doen hy?"

"Seker nie." Kat tel haar vurk op en draai bietjie pasta daarom. Die porsie op haar bord kan 'n klein weermag voer. "Dit sal in elk geval goed wees om met die wegspring voor te wees en te sien waaroor hierdie saak gaan. Veral terwyl Nathan Barron uit die prentjie is." Sy lig hom oor die Barrons in – Zachary se vermoedens en Edgewater Investments.

Harry kom uit die badkamer uit. "Vertel jy Jace van my banklening? Sjoe, die bank is besig om my blindelings te beroof. Kan jy dit glo, tien duisend dollar, Jace? Kriminele!"

Kat lig haar wenkbroue vir Jace, verbaas dat Harry nog onthou. "Ons was pas by die bank. Hulle sê dat Harry laas maand 'n lening uitgeneem het."

"Regtig?" Jace kyk na Kat. "Wat koop jy Harry, eiendom?"

"Ek het niks gekoop nie. Die skelms het my handtekening vervals! Weet jy wat, ek gaan die polisie bel." Harry gryp die kombuis telefoon. "Wat is die nommer, Jace?"

"Um, Harry, hoekom eet ons nie eers nie?" Jace draai na die stoof en skep nog 'n bord spaghetti op. Hy sit dit op die tafel oorkant Kat en Harry. "Ons sal die polisie na ete bel."

"Mmmm, dit is lekker Jace." Kat het nie besef hoe honger sy is nie. Harry sal oor 'n paar minute heeltemal vergeet van die polisie bel. Dit los egter nie die probleem op van wie die lening bewimpel het nie. Harry kan nie die bank op sy eie besoek nie, aangesien iemand hom daarheen moes bestuur. Hy verlaat selde die huis deesdae. Hy gaan nêrens alleen nie, behalwe dalk die winkels of koffiehuis. Het hy iemand by enige van daardie plekke ontmoet?

"Ek het 'n bedrogspul oopgevlek, Harry. Dit is môre se voorblad-storie" Jace glimlag breed. "Hulle het huise gekoop en eiendomswaar-derings vervals om die eiendomme se waarde op te stoot. Hulle het massiewe lenings uitgeneem en toe met die geld weggemaak."

Kat maak 'n snybeweging oor haar nek. Lening is 'n ses-letter woord.

Jace se glimlag verdwyn en hy sê onhoorbaar *jammer*. Hy gaan dan nietemin voort. "Hulle het die banke dit laat oproep. Ek het ten minste twee dosyn eksklusiewe huise op die westelike kant opgespoor en dit oopgevlek. Tot my storie was dit nie eens op die polisie se radar nie."

"Humph," sê Harry soos hy die pasta om sy vurk draai. "Weet jy, ek voel nou bietjie siek. Ek dink ek het genoeg gehad."

"Eet, oom Harry." Kat bestudeer haar oom. Geen wonder hy voel siek nie, hy het skaars iets geëet. Sy gesig is bleek en afgemat; die onlangse griep het sy tol geëis. Hy het al die kalorieë nodig wat hy kan kry.

"Goed so."

Hulle eet die res van die maaltyd in stilte. Ten spyte van haar beroep voel Kat dikwels dat geld die oorsaak van alle kwaad is, of die meeste daarvan in elk geval.

"Ek is nou net bly om my storie klaar te hê." Jace sit sy vurk neer en kyk op sy horlosie. "Nou kan ek ontspan. Haai, die yshokkie is op. Wil jy die wedstryd kyk, oom Harry."

"Om 'n klomp sorgelose miljoenêrs te sien wat 'n skyf rondjaag? Nee dankie."

HOOFSTUK 9

Kat volg Zachary deur die swaar houtdeure wat Nathan se kantoor bewaak. Sy het haar besoek vir na-ure beplan sodat dit nie agterdog onder Edgewater se personeel wek nie.

'n Massiewe, ryklik gekerfde mahonielessenaar domineer die middel van die vertrek. Aan die linkerkant, ingeboude boekrakke wat oorvloei met leerbedekte volumes en meer onlangse hardeband-boekomslae. In die regterhoek, 'n donker bruin leerbank en stoel wat teenoor 'n tafel met 'n albaster skaakstel staan. Die muur bo is met prente in swaar houtrame uitgevoer. Die vensters geraam met gedeel-telik geslote, swaar damask gordyne.

Ten spyte daarvan dat Kat twintig vloere op is, voel sy of sy na 'n negentiende-eeuse landgoed vervoer is. Die lug dra 'n flou reuk van sigare. Selfs met Zachary se teenwoordigheid voel sy ongemaklik, asof sy in 'n jagter se blyplek oortree. 'n Jagter wat dalk enige oomblik kan terugkeer.

Kat se skoene sink in die dik Berber-mat in soos sy nader wandel om na die foto's te kyk. Nathan Barron is in elke een van hulle. Ver-skeie liggings, posture en plekke, maar hulle almal betrek Nathan wat saam met iets poseer wat hy pas geskiet of gespies het. Meestal bere, leeus, ander katte. 'n Roofdier tussen roofdiere.

Kat beweeg langs die muur af na die laaste foto wat, gegrond op die raam, die mees onlangse is. 'n Stewige sestigjarige man staan langs 'n seekoei. Kaal bolyf, met net kakies aan en 'n rewolwer oor sy skouer. Met 'n grynslag wat sê *boaan die voedselketting.* Dit stuur rillings deur Kat.

"Laasjaar. Selous reservaat. Tanzanië. Dit word as stroping beskou om 'n seekoei dood te maak, maar hy gee nie om nie."

Kat skrik vir Zachary se stem, herstel dan. "Ek moet die voor-die-hand-liggende vra. Hoekom sal 'n biljoenêr van sy eie maatskappy steel? Hy hoef dit nie te doen nie."

"Eenvoudig. Nathan is 'n goedkoop bliksem. Edgewater is vyftig persent myne. As hy deur Edgewater betaal, kry hy 'n vyftig persent afslag."

"En die risiko neem om tronk toe te gaan?" Kat koop dit nie. Iets meer as geld dryf die bedrog. "Hoekom? Hy het reeds meer geld as wat hy in 'n leeftyd kan spandeer."

Kat sit in Nathan Barron se stoel, probeer 'n gevoel kry vir 'n man wat sy nog nie ontmoet het nie. Die lessenaar se oppervlak is leeg, behalwe vir 'n leë inmandjie en 'n telefoon. Dit kontrasteer met Zachary se kantoor waar ongeorganiseerde hope papier en drie reke-naarskerms vir aandag kompeteer.

Kat maak die kant lessenaarlaai oop. Sy trek 'n dik hoop papiere vanuit 'n lêer. Sy bestudeer die boonste vel, 'n spreiblad. 'n Reeks nommers is opgetel en afgetrek in elk van die omtrent dosyn kolomme.

Sy blaai deur die papiere daaronder. Dit is alles in dieselfde formaat, net die opskrifte en nommers verskil. "Wat is hierdie?"

"Ek weet nie," sê Zachary. "Gister was die eerste keer wat ek hier-binne was. Hy hou altyd sy kantoor gesluit."

"Jy het nie 'n loper nie?" Vreemd dat Zachary, as mede-eienaar nie 'n sleutel tot elke kantoor het nie. Sy keer haar aandag terug na die eerste spreiblad. Aan die hoof van elke kolom is 'n stel voorletters en nommers. Dit is 'n kode van die een of ander aard. Indien so, moet dit kripties vir 'n rede wees. Wat het Nathan Barron om weg te steek?

Zachary skud sy kop. "Nathan het 'n spesiale slot vir sy kantoordeur laat maak. Ek het gister 'n slotmaker gebring om vir my 'n sleutel te sny."

Kat sit die spreiblaaie opsy. Sy het amper twee ure terug by Edgewater aangekom. Voor sy Nathan se kantoor deursoek het, het sy alle tjeks wat deur Edgewater Investments self en die skansfonds, Evergreen uitgemaak is, nagegaan. Dit was vreemd om na hulle te kyk, aangesien baie daarvan Victoria se handtekening gedra het; sy het die maatskappy eers verlaat na haar formele skeiding van Zachary. Behalwe vir die gewone betalings vir uitgawes soos huur, kantoortoebehore en betaalstaat, het Kat 'n paar baie groot fakture en gekanselleerde tjeks vir beleggingnavorsing opgemerk. Sy haal die lêer met die dokumente uit haar aktetas en oorhandig dit aan Zachary. "Wat weet jy van hierdie?"

Zachary gaan sit by sy pa se lessenaar en maak die lêer oop. Hy sif deur die eerste paar bladsye. "Research Analytics? Nog nooit van hulle gehoor nie."

"Moet jy nie van hulle weet nie?"

Zachary kyk van die fakture op, duidelik deurmekaar. "Waarom sou ek?"

"Hulle is Edgewater se grootste uitgawe," verduidelik Kat. "Hulle verskaf navorsingsontleding op valuta, jou kennisgebied. Moet die naam nie aan jou bekend wees nie?"

"Jy is reg, maar dit is nie." Zachary sluit Nathan se onderste laai oop en blaai deur die lêers.

"Kan ek?" Kat ruil plekke met Zachary en sit Nathan se rekenaar aan. Sy heg 'n losstaande hardeskyf aan die rekenaar en kies om Nathan se lêers daarop te dupliseer. Terwyl sy vir die data wag om te dupliseer, trek sy die lêers een vir een uit die laai, opsoek na nog leidrade. Behalwe vir sy lêers en kantoorbenodighede, behou die lessenaarlaaie 'n paar kredietkaarte en bietjie kleingeld. Sy is nie te hoopvol nie, Nathan spandeer amper niks tyd op kantoor nie. Dit beteken dat hy waarskynlik baie min op sy rekenaar het.

Nadat Nathan se lêers suksesvol op haar hardeskyf gedupliseer is, klik sy op 'n paar van hulle, een vir een. Niks betekenisvol kom na vore nie, net 'n paar bemarkingsbriewe oor die prestasie van Edgewater se fonds.

Zachary staan agter haar stoel toe sy die laaste lêer toemaak. "Niks?"

"Niks. Daar is egter nog een ander plek wat ek graag wil uitkyk." Sy maak Nathan se e-pos oop en bekom sy kontaklys. Honderde kontakte kom op, in sterk kontras met die geringheid van sy rekenaarlêers. Sy gaan deur die lys, let biljoenêr filantrope, koninklikes en staatshoofde op. Nathan beweeg in 'n verdunde sirkel.

Naby aan die onderkant van die lys vang iets haar oog. 'n Groep onder *W* gelys, wat die *World Institute* genoem is.

"Zachary, wat is die World Institute?"

Hy leun nader en trek sy oë skrefies voor die skerm. "World wat?"

Sy klik op die inskrywing om 'n lys name daarbinne te ontbloot. "Hierdie World Institute groep, al ooit daarvan gehoor?"

"Nie seker nie... ek dink dit is een of ander internasionale dinktenk waaraan Nathan behoort."

"Wat doen hulle presies?" Sy vluglees deur die lys. Huidige en voormalige staatshoofde. Die hoof van die Internasionale Monetêre Fonds, saam met lede van ten minste twee koninklike families.

"Iets te make met valuta-teorie, ek dink. Nathan het dit een of twee keer genoem, toe ons nog met mekaar gepraat het."

"Valuta-teorie, sou dit nie jou belangstelling prikkel nie?" Hoekom weet Zachary nie meer van iets wat duidelik verband hou met sy kennisveld nie?

"Nie regtig nie. Ek verhandel valuta, ek teoretiseer nie daaroor nie. Teorie is vir die akademici." Hy rus sy hande aan die agterkant van haar stoel terwyl sy deur die lys name spoedlees.

Kat skryf 'n nota vir haarself om meer uit te vind. Sy haal haar hardeskyf uit en sit dit in haar aktetas. Sy sal byt vir byt deur die oorblywende rekords sif wanneer sy terug op kantoor is.

"Kyk hierna." Zachary buig oor en pluk 'n papier uit Nathan se asdrom uit. "Hy steek dit nie eens weg nie."

Kat bestudeer die papier.

"Wat is fout met 'n vlug na Londen?" Dit is 'n reisprogram. 'n Vlug en ses nagte in 'n luukse hotel.

"Om mee te begin, hy is veronderstel om ons New York-bankiers te ontmoet, Londen het niks met ons besigheid te doen nie. Natuurlik gee hy nie daaroor om nie."

"Die lyn tussen persoonlike- en besigheidsreis verdof somtyds. Dit is algemeen in familiebesigheid."

"Familiebesigheid?" Zachary spoeg die woorde soos gif uit. "Ons is familie in naam alleenlik."

"Die vlug was gister. Enige idee wat in Londen aangaan?"

HOOFSTUK 10

Kat se asemhaling word vinniger soos sy die heuwel uitklim, nie daartoe in staat om te konsentreer op enige iets anders as haar stadige draf by die styl heuwel op nie. Oom Harry se huis is halfpad op, naby maar steeds 'n onmoontlike dertig meter weg.

Haar bene brand, nie gewoond daaraan om by 'n lang opdraand op te hardloop nie. Dit is alreeds Vrydag en dit is haar eerste draf van die week. Met Harry se toenemende behoeftes en haar groeiende werkslading is dit moeilik om 'n ordentlike draf in te kry of om enige tyd vir haarself te vind. Hierdie kan dalk haar langste draf in 'n wyle wees, so sy wil hê dit moet seer maak, dit maak tel.

Die styl helling gee die illusie van 'n pad wat nêrens heen gaan nie, styg amper vertikaal tot dit die horison raak, eindig skielik. Ten minste, dit is die uitsig van die onderkant af. Toe sy groot geword het, nadat haar pa geloop het en sy by Harry en Elsie kom bly het, wou sy net aangaan. Na die bokant van die heuwel, waar sy sou maak asof daar niks anders bo die teerpad as lug is nie. Daar sal sy van die aarde wegval, weg van haar verlede, hede en meer spesifiek, weg van Hillary.

Sy het vroeg opgestaan om 'n twee-uur drafsessie in te werk voor

Harry wakker word. Die konstante reënval het in 'n stortbui verander. Nie dat dit meer saak maak nie. Haar klere is sopnat en haar draf-skoene sjoep van in te veel plasse land.

Kat bereik uiteindelik die heuwel en verslap haar pas tot 'n loop op die kop. Harry se Cape Cod huis is in sig, 'n halwe blok weg. Dit is nie naastenby in die onberispelike toestand waarin Harry dit altyd gehou het nie. Mos het die werf oorgeneem en verf dop van die vensterrame af.

Na die karongeluk het sy begin om elke oggend by Harry in te loer, hom ontbyt te gee en hom na die kantoor toe te bring, of na haar huis op naweke. Sy klop aan die deur en wag 'n paar minute. Geen antwoord. Die televisie blêr. Judge Judy is besig om iemand uit te trap oor 'n wisselkapmotor wat nie aan hulle behoort nie.

Sy sak af en lig die briefgleuf op, haar bene reeds besig om styf te word.

"Oom Harry? Dit is ek, Kat."

Voetstappe skuifel agter die deur. Metaal klik soos Harry 'n half-dosyn grendels oopmaak.

"Lekker om jou te sien!" Harry glimlag vir haar.

Asof hulle mekaar baie lank laas gesien het. Asof sy nie elke oggend inloer nie.

"Wat maak jy hier?" Harry het 'n kortmou Hawaiiese hemp aan en 'n wol broek met 'n belt vasgemaak. Hy het te veel gewig verloor met Elsie se dood laasjaar.

"Loer maar net in. Voel jy beter as gister?"

"Hoekom? Wat het gister gebeur?"

"Jy het siek gevoel." Kat sak haar blik na Harry se voorarm toe, pers van die kneusplekke. "Het jy geval?"

"Hoekom sal jy dit nou vra?" Harry maak die deur toe en frons.

"Jou arm." Sy hou dit op en dui op die kneusplekke.

Harry kyk na sy arm in verwondering. "Ja, ek moes seker, maar ek raai dat alles nou oukei is."

Harry beduie dat Kat binne moet kom. "Dit is omtrent tyd dat jy kom kuier, Kat. Ek het jou weke laas gesien!"

Sy volg Harry tot in die gang, waar 'n muur van hitte haar aanval.

'n Hoop briewe sit op die sytafel. Sy tel dit op en sif daardeur, opsoek na rekenings of enige iets anders wat onmiddellike aandag verg. Twee Visa-state, 'n MasterCard-staat, 'n telefoonrekening en sy nuutste bankstaat.

Sy maak die eerste Visa-staat oop en snak amper toe sy die balans sien.

Twee-en-twintig-duisend dollar en kleingeld. Die ander kredietkaartrekenings toon soortgelyke transaksies. Alles saam is dertig duisend. Saam is dit baie pensioen tjeks.

Haar hart pons in haar bors toe sy die state in haar sak steek. Sy loop na die badkamer toe, maak die deur agter haar toe sodat sy die state kan bestudeer sonder om Harry agterdogtig te maak.

Ses duisend by Tiffany's. Wat op aarde kon Harry moontlik by Tiffany's gekoop het? Nog vier duisend by verskeie ontwerper klerewinkels. Kommerwekkend aangesien Harry net by liefdadigheidswinkels koop. Rente en balans oorgedra maak die res van die bedrag op wat geskuld word. Is dit 'n fout? Waarskynlik nie, gegee die verdagte lening. Nou ontdek sy drie verskillende kredietkaart balanse.

Sy maak die nuutste bankstaat oop en kyk na die balans. Harry se oortrokkefasiliteit is veel hoër as wat sy in Anita Boehmer se kantoor gesien het. Die rekening wat Harry na die bank toe gebring het was egter 'n maand oud.

Sy hou haar asem op en blaai na die laaste bladsy. 'n Verbandlening, wat amper drie weke gelede uitgeneem is, word saam met die huisopgraderingslening gelys. Anita Boehmer het dit nooit genoem nie. Wat de hel is aan die gang?

Kat sug. Die lening, tjeks wat vir kontant uitgemaak is en nou die kredietkaartrekenings en 'n verbandlening. In net 'n paar maande het Harry se finansies heeltemal buite beheer geraak.

Sy kom uit die badkamer en kyk na die termostaat. Vier-en-tagtig grade. Sy draai dit na twee-en-sewentig en strompel na die kombuis toe.

Die klein televisie op die kombuisblad blêr die oggend nuus uit. "...Fredrick Svensson tuimel na sy dood in 'n sneeuskoen ongeluk."

Die CBC-verslaggewer vee los hare van haar gesig af soos die wind om haar gesig wip.

"Die ongeluk in die berge word beraam om twee dae gelede te gebeur het, toe Svensson laaste in die agterland gesien is. Soek-en-redding het sy liggaam vroeg vanoggend gevind, maar sal die terug-kryging daarvan tot ten minste môre uitstel vanweë die naderende storm."

Die lug agter die verslaggewer is donker, met lae wolke wat die pieke van die sneeubedekte berge agter haar verdoesel. 'n Klomp mans belaai met rugsakke en skis op hulle rûens staan aan die regter-hoek van die kamera.

Kat draai die volume af en sluit by Harry by die kombuistafel aan. Stapels boeke is op die tafel gepak, wat beswaarlik ruimte vir sy lemoensap oorlaat.

"Het jy geëet, oom Harry?"

Hy teug aan sy lemoensap. "O, lank terug."

Die hitte in die huis is neerdrukkend. Soos gewoonlik is al die vensters toe. Kat maak die venster in die ontbythoek oop.

"Wat het jy geëet?" Sy steek haar kop uit en asem die koue lug in.

"Kan nie onthou nie. Moenie daardie venster oopmaak nie, die boewe gaan inkom."

"Dit is bedruk hier binne. Hoe kan jy asemhaal?" Iets ruik vrot. Sy maak elke kas een vir een oop. 'n Half geëte hamburger in die derde kas het 'n grys pels uitgespruit. Sy tel dit versigtig met 'n stuk kombuis-papier op en dra dit na die asblik toe.

"Wil jy lemoensap hê, Kat?" Harry tel sy glas van die kombuistafel op en beduie aan Kat.

"Asseblief." Kat vat 'n glas uit die kas en stap na die tafel toe. Sy sien die lemoensap beker agter 'n hoop koerante en skink vir haarself 'n glas in. Sy vries toe sy oom Harry se kaal ringvinger sien. "Waar is jou ring, oom Harry?" Hy het nog nie sy trouring van Elsie se afsterwe afgehaal nie, of in die veertig jaar van hulle huwelik voor dit nie.

"O." Harry lig sy hand na sy mond toe. Die hoeke van sy mond verander in 'n verleë glimlag in. "Ek dink dit het by die drein afgeval."

"Regtig? Watter wasbak?" As dit nog in die wip is, kan Jace dit dalk uitvis. Sy sal hom vra om vanaand te kom kyk.

"Um, die kombuis wasbak. Nee, dit was die badkamer."

Kat sluk haar sap af. Dit verfris haar normaalweg na 'n lang draf-sessie, maar hierdie proe bietjie af. Harry het dit seker te lank buite die yskas laat staan. Sy stoot 'n hoop boeke opsy en sit haar leë glas op die tafel neer. "Kom jy vandag kantoor toe?"

"Sekerlik."

"Wonderlik. Ons kan saam ry. Ons sal by my huis vir ontbyt stop. Ek moet in elk geval 'n paar goed optel." Jace sal na Harry omsien terwyl sy stort en vir werk aantrek. Dit is deel van hulle roetine om seker te maak dat Harry eet. Kos sal ook dalk help om haar maag te bedaar. Sy krimp ineen toe nog 'n kramp haar maag tref.

Kat se gedagtes keer na Harry se Visa-rekening. Dit is onverklaar-baar, net soos die verbandlening, huisopgraderingslening en duisende dollar in tjeks wat vir kontant uitgemaak is. Alles is besig om buite beheer te raak en sy voel magteloos om dit te keer.

HOOFSTUK 11

Kat gaap, vaak na haar dutjie. Die oggend se bestudering van Edgewater se finansiële rekords het niks opgelewer nie. Tussen ogies op Harry hou en om sin te probeer maak van Edgewater, voel sy fisies en emosioneel uitgeput.

Sy kyk na Harry. Hy sit by die ontvangstoonbank kop na onder soos hy in daardie verdomde tjekboek van hom krabbel. Dit sleep hom heeltemal in. Sy moet eerder sy aandag aflei of dit sal hom ook dalk doodmaak.

Die middagson stroom deur die lang vensters in en illumineer stofdeeltjies soos hulle grond toe dryf. Sy probeer nog steeds Research Analytics uitpluis. Edgewater het die maatskappy vyftig miljoen die jaar betaal en tweehonderd-en-twintig miljoen laasjaar. Tog weet Zachary niks daarvan nie. Watter besigheidsdiens ook al Research Analytics verskaf, is duidelik winsgewend.

Sy bel die nommer wat op die Research Analytics faktuur gelys is en staar by die venster uit terwyl sy op 'n antwoord wag. Die stormwolke het uiteindelik versprei, wat die North Shore-berge in al haar sneeubedekte glorie ontbloot.

Kat tel ses luitone en is van plan om neer te sit toe 'n vrou antwoord, klink uitasem uit. 'n Ligte 'n aksent. Kat kan dit nie plaas nie.

"Ja, ek wil graag bietjie inligting oor julle beleggingsnavorsing hê."

Lang pouse, net asemhaling aan die ander kant.

"Kan ek vanmiddag 'n draai ma..."

Klik.

Kat bel terug. Die keer word haar oproep nie beantwoord nie, wat haar agterdog aanvuur. Wettige besighede ignoreer nie kliënte of sit die foon in hulle ore neer nie.

Sy blaai vir 'n tweede keer deur die Research Analytics fakture. Baie van die nommers op die fakture is in volgorde. 'n Bedrog rooi vlag. Meeste regte besighede het meer as een kliënt. Veral besighede met honderde-duisende miljoene in jaarlikse verkope.

Research Analytics het óf geen ander kliënte nie óf die ander kliënte wat hulle het, is baie seldsaam. Kat raai dat dit die vorige is.

Die Research Analytics fakture het 'n adres op East Broadway, net 'n paar minute se ry van haar kantoor af. Sy sal later vanmôre 'n besoek gaan aflê. Sy soek aanlyn om te sien wat sy nog van die maatskappy kan uitvind. Niks, nie eens 'n webtuiste nie.

"Moeilikheid?"

Kat is so verdiep in waar werk dat sy Jace nie eens hoor inkom nie. Hy staan agter Harry, oorgebuk.

"Dis net hier, jy het vergeet om die I oor te dra."

Harry mompel iets binnensmonds. Kat skiet 'n waarskuwingskyk na Jace se kant toe. Harry raak opgewerk wanneer ook al iemand probeer help.

Kat se gedagtes keer terug na Nathan se rekenaardata. Die hele oggend se trol deur die data het niks substansieel in die oorblywende rekenaarlêers ontbloot nie. Behalwe vir sy indrukwekkende kontaklys, die wies wie van internasionale mense wat dinge laat gebeur. Die World Institute inskrywing fassineer haar in besonder. Behalwe vir rykdom en mag, wat het die lede in gemeen?

Sy kyk na Harry soos hy sy tjekboek met sy regterarm toehou.

Jace staan agter Harry, kyk oor sy skouer. Harry is egter nou meer opgewerk.

Kat wag vir Harry se onvermydelike uitbarsting. Dr. McAdam is ten minste reg oor een ding: dit is beter om saam te stem, selfs al doen jy nie.

"Hou op, Jace, grom Harry. "Jy maak dat ek my hare wil uittrek."

Nie 'n goeie tyd om Harry te herinner dat hy al vir dekades bles is nie.

"Oukei." Jace gee voor om te pruil. "Ek probeer net help."

"Laat dit bietjie staan, oom Harry," sê Kat. "Laat my toe om jou te help."

"Verdomde bank! Die lening was erg genoeg. Al hierdie ander uitgawes is ook foute. Dit sê dat ek 'n oortrokkefasiliteit het, maar dit kan nie reg wees nie. Hoekom kan hulle nie hierdie state minder kompleks maak nie? Dit is soos om Grieks te lees!"

Harry gooi sy pen neer en staan van sy stoel af op. "Los my uit. Albei van julle!"

"Oom Harry, ek kan dit in 'n uur uitsorteer. Gee dit hier." Kat staan van die bank af op en stap na die lessenaar toe. Sy kyk af na sy lessenaarlaai. Dit is heeltemal oopgetrek, dien die dubbele funksie van 'n moenie-kruis-lyn. Die laai is met gekoekte rekkies en bondels skyfspelde bestrooi. En natuurlik, 'n metaal brandkas, sy weergawe van 'n kleinkluis.

"Nee." Hy kruis sy arms en gluur haar aan. "Ek wil dit self doen. Dit hou my skerp."

"Maar jy werk al weke daaraan. Ek hersien heeltyd bankstate. Laat my net toe om jou tjekboek op datum te kry. Ek sal al die bank se foute opskryf sodat jy hulle kan bel."

"Ek het dit amper. Net nog 'n paar ure..."

"Ek het jou nodig om aan iets anders te werk," sê Kat. "Dit is tyd sensitief."

"As jy dit só stel, dink ek ons moet elk op ons eie area van deskundigheid konsentreer." Hy trek die laaste sillabe in 'n lang *heeeeid* uit soos hy sy papiere bymekaarmaak.

"Wonderlik. Ek het nodig dat jy hierdie fakture in datumvolgorde plaas." Kat oorhandig die Research Analytics-lêer, wetend dat hy daarvan hou om onmisbaar te voel, veel meer as wat hy van wiskunde hou.

"Oukei, baas." Sy frons verdwyn. "As jy enige iets anders nodig het, skree net."

Kat hou haar hand uit. "Gee daai eerder vir my."

Harry oorhandig sy tjekboek en bankstate onwillig oor. "Belowe dat jy nie die werk wat ek reeds gedoen het sal ontrafel nie? Ek moet tred hou van waar ek dinge gelaat het."

Kat glimlag vir hom, maar is bekommerd oor watter ander verrassings sy tjekboek kan inhou. "Belowe."

Sy steel 'n kyk na Jace, maar hy vermy haar oog. In stede daarvan strompel hy na die bank toe, sy breë skouers in oorgawe gesak. Hy sit en maak sy das los. Iets is verkeerd. Die netjiese pak waarin hy vanoggend die huis verlaat het, is nou gekreukel en vol voue. Sy honderd-amp glimlag is ook afwesig.

"Is dit jou verslonsde joernalis voorkoms? As dit is, kry jy dit perfek reg."

Geen antwoord.

"Jace, ek moet regtig met jou praat." Sy beduie dat hy haar moet volg. Jace se tree val agter hare in soos hulle na die kantoor toe stap.

"'n Taak vir my ook?"

"Dis Harry." Sy laat sak haar stem. "Harry het groot finansiële probleme, selfs groter as wat ek gister van uitgevind het. Hy het hoë kredietkaart balanse. Hy is omtrent bankrot. Lyk hierna." Sy gee vir hom 'n afskrif van Harry se bankstate, wat die massiewe verbandlening vir die volle waarde van Harry se huis toon. "Hy is kniediep in verbandlenings en het niks in die bank nie. Elke keer wat ek omdraai is daar nog 'n nuwe lening of kredietkaart uitgawe. Hy is egter dag en nag saam met ons. Waar vind hy die tyd om hierdie dinge te doen?"

Jace trek sy skouers op. "Dalk aanlyn?"

Kat skud haar kop. "Hy is naby aan sy huis verloor."

"Soos ek vroeër gesê het, Harry kan by ons intrek. Hy kan die huis verkoop."

Jace sal nie dieselfde voel as hy eers besef wat in die toekoms wag nie. "Hy weier. Sê ek verraai hom. Hy verstaan nie meer nie en hy het geen herinnering van die lening uitneem nie. In die tussentyd het sy finansies buite beheer geword. Wat moet ek doen, Jace?"

"Ek weet nie." Jace val op die stoel oorkant haar neer en sug.

Iets *is* verkeerd. Jace het altyd 'n antwoord vir alles. Hy lyk ook ellendig. Sy voel hartseer deur net na hom te kyk. "Wat is fout? Jy lyk asof iemand dood gegaan het."

Kat maak 'n plek op haar lessenaar leeg en sit Harry se papierwerk daarop neer. Dit kan nog 'n paar minute wag.

Jace buig vooroor, elmboë op sy knieë. Hy hou sy voorkop in sy hande, steeds stil.

"Jace? Wat is fout?"

"Die *Sentinel* het my pas afgedank."

"Nee! Hoekom jy?"

Jace leun terug en trek sy vingers deur sy hare. "Ek dink ek weet hoekom. Daardie eiendom-storie. Dit moet verbind wees aan iemand belangrik."

"Wie?" Sy voel selfsugtig omdat sy haar probleme voor syne gesit het.

"Dit is wat ek nie kan uitpluis nie. Hulle het nie net my voorblad-storie teruggetrek nie, hulle het ook vir my gesê dat my dienste nie meer benodig word nie."

"Dis mal. Jou redakteur was mal oor jou storie." Jace het die maatskappy vir oor 'n maand ondersoek. Kat het met die analise gehelp wat uiteindelik die oneerlike eiendomswaardering blootgelê het.

"Ek dink nie dit was sy besluit nie. Iemand hoër op moes dit doodgemaak het. Niemand sê my niks nie. Hulle het my uit die gebou begelei, Kat. Na tien jaar. Te netelig, seker."

"Is dit nie wat nuusberigte veronderstel is om te doen nie? Dinge omverwerp, bespreking uitlok? Kwaaddoenerry blootlê?"

"Blykbaar nie by die *Sentinel* nie. Hoekom dan egter vir my sê om met die storie te gaan as hulle beplan om op die ou end dit dood te maak?" Hy laat die koerant op haar lessenaar val. "Sien jy hierdie? Hulle sal eerder advertensies oor eiendomsontwikkelings as 'n wuif van polemiek hê." Die volbladspei toon 'n twintig-iets paartjie op 'n bank gedrapeer met 'n gedekte tafel en gourmet kombuis in die agtergrond.

"Hulle kan nie eens vir my die waarheid daaroor vertel nie. Hulle sê hulle vervang die verslaggewers met sindikasie, maar ek is die enigste een wat uitgeskop is."

Die *Sentinel* se verslagdoeningpersoneel is reeds verklein toe 'n globale mediagroep hulle laasjaar gekoop het.

"Hulle kan jou nie afdank nie. Jy is nie 'n personeellid nie, jy vryskut." Kat spring van haar stoel af op en stap om die lessenaar. Sy leun oor en soen Jace op sy kop. Sy haat dit om hom so terneergedruk te sien nie.

"Semantiek. Dit is dieselfde eindresultaat – geen inkomste. En as vryskut kry ek nie 'n diensbeëindigingspakket nie. Die koerant was my enigste inkomste vir meer as 'n dekade. Wat gaan ek doen, Kat? Hulle is die enigste koerant in die dorp oor."

Dit is waar. Niemand lees meer koerante nie. Alles is aanlyn, vereenvoudig tot monosillabiese woorde, en verniet.

Kat sit op die punt van Jace se stoel en gee hom 'n drukkie.

"Daar is baie aanlyntydskrifte." Kat probeer om positief te klink, al glo sy dit self nie. "Jy kan dáár iets doen."

"Ek twyfel. Alles is deesdae gesindikeer en hulle betaal pennies per woord. Dit is nie genoeg om van te lewe nie. Ek moet die rekenings betaal."

"Jy sal iets vind. Jy is 'n goeie joernalis." Jace het beroeptoekennings drie jaar in 'n ry gewen.

"Ek is nie so seker nie. Met al die samesmeltings word alles deesdae deur minder en minder mense besit. Niemand stel aan nie."

"Ek kan ons uitgawes dek, Jace. Ek het pas 'n lekker houer van my nuwe saak gekry. Jy sal vinnig werk kry, ek is seker daarvan."

Hy skud sy kop. Ek moes 'n ander loopbaan gekies het. Wie sou kon dink dat joernaliste dieselfde pad as ystersmede en tikmasjien herstellers sou gaan? Obsoleet."

"Jy is nie obsoleet nie. Mense het steeds nodig om die objektiewe waarheid te hoor."

"Dit word erger." Jace maak die koerant by die finansies afdeling oop. "Lees die."

Kat lees die opskrif. *Winskopies volop in plaaslike eiendom.* "Dit is die presiese teenoorgestelde van jou storie oor waarderingsbedrog en 'n oorspanne mark." Sy skud haar kop. "Dit maak nie saak nie, Jace. Dit is hulle verlies."

"Natuurlik maak dit saak. Hulle het my oor een of ander toesmering afgedank. Ek wil weet wat dit is."

"Dit is beter vir jou gemoedsrus om dit te laat gaan." Jace weet nooit wanneer om op te gee nie. Hy is so hardnekkig soos 'n hond met 'n been. Dit is somtyds goed, soos wanneer hy met kontrakteurs werk op die nimmereindigende huisherstellings, maar om magtige mense aan te vat werk selde op die ou end uit.

"Dit is presies wat hulle wil hê ek moet doen. Daar is duidelik meer aan die storie as wat ek oopgevlek het. Ek gaan uitvind wat dit is. Hulle kan my nie muilband nie. Die waarheid is altyd die moeite werd om voor te veg."

"Somtyds, maar dit kom altyd teen 'n prys, Jace." Kat wou glo, maar meedoënlose mense wen teen enige koste en dikwels ten koste van idealiste soos Jace. Hulle dink niks daarvan om oor die liggame, harte en verstand van ander te trap om voor te kom nie. Konfronteer hulle en hulle sal jou begrawe, in 'n gat wat somtyds te diep is om uit te kom.

Soos oom Harry en sy geld. Of daai kleiner beleggers wat Zachary se valuta dobbelary volg. Jace sal beter af wees om sy verlies af te skryf en aan te beweeg, in stede daarvan om dit erger te maak. Jy moet jou stryd kies. Die swart en wittes. Die wat te kosbaar is om te verloor.

HOOFSTUK 12

Kat **marsjeer by die bank in**, reg vir 'n geveg. Sy ignoreer die tellers se kyke en pyl reguit op Anita Boehmer se kantoor af. Jace is reg. Sommige dinge is die moeite werd om voor te baklei. Aangesien Harry dit nie self kan doen nie, sal sy. Hoe kan die bank sy eie belange bo blatante finansiële mishandeling plaas. Is om 'n paar dollar te maak regtig so belangrik vir hulle? Dit is krimineel. Sy asem diep in, fokus haar gedagtes en wil haarself om kalm te bly. Om oorlog met banke te voer is nie vandag op haar te-doen lys nie.

Jace het Harry geneem om inkopies te doen, wat Kat 'n geleentheid gegee het om aan Harry se tjekboek te werk. Sy wou dit vir hom versoen voor hy teruggekom het. Sy finansies is baie erger as wat sy besef het.

Na 'n diep ondersoek van sy state vir die laaste ses maande, het sy nog meer opgelet. Beide huisbetalings was omgekeer weens gebrekkige fondse. Harry was altyd iemand wat gespaar het, nou is hy skielik tot sy oortrokkefasiliteit gerek.

Kat kyk af op 'n verskrikte Anita Boehmer in die bankbestuurder se kantoor. "Hoekom het jy nie Harry se verbandlening genoem toe ons gister hier was nie?"

"Ons was besig om oor die huisopgraderingslening te praat. Daar was geen besondere rede om die verband te noem nie." Anita gaan staan langs haar lessenaar.

"Geen besondere rede nie?" Kat gooi Harry se bankstate op die bankbestuurder se lessenaar neer. "Ons het hierheen gekom om 'n ongewone transaksie te bespreek. Wat sál 'n goeie rede wees om ander verdagte transaksies in 'n tagtigjarige pensionaris se rekening te noem?"

Anita sug en sit weer. Sy beduie dat Kat dieselfde moet doen. "Soos ek gister vir jou gesê het, hy het heeltemal normaal voorgekom toe hy die lening uitgeneem het. Wat die verband betref, die lenings-amptenaar sou dit behartig het." Anita lig haar arms op, palms na Kat gedraai. "Ek sien nie wat so verda..."

"Hy is tagtig jaar oud, Anita! Hy lewe op 'n vasgestelde inkomste, met geld in die bank. Skielik is al sy geld weg en hy is in die skuld. Sou jy toelaat dat jou bejaarde ouers hulle huis verband?"

"Ek kan nie vir hom sê om dit nie te doen nie, dit het niks met my uit te waai nie."

"Hy het Alzheimers. As jy hom nie help nie, wie sal?"

Anita kyk net stip voor haar uit, asof sy dit altyd hoor.

"Stilte is net so sleg. Ek veronderstel jy het seker 'n paar punte tot jou maandelikse kwota gevoeg." Kat het geen idee of bankamptenare aansporings kry of nie.

Anita se gesig word rooi. "Ek is jammer dat sy finansies in so 'n toestand is. Ek is régtig. Dit is eenvoudig nie ons besigheid om mense se geld te bestuur nie."

"Nee? Wanneer word dit jou besigheid? Nadat die bank elke produk onder die son aan hulle verkoop het?" Kat beduie na Harry se bankstaat. "Nadat jy hulle ruïneer?"

"Ek is jammer, maar ek sien nie hoe die bank vir enige van dié verantwoordelik is nie."

"Anita, jy het hom gehelp om die leningaansoek in te vul. Kat beduie na die vorm. "Hierdie is nie my oom se handskrif nie."

"Ek onthou wel dat hy moeite gehad het om dit in te vul." Anita byt op haar lip.

"Presies my punt. Hy kan nie dinge van een uur tot die volgende onthou nie. Hy kan nie sy tjekboek balanseer nie en hy kan nie die papierwerk doen nie. Tog is jy gemaklik daarmee om vir hom 'n lening te gee?" Harry se tjekboek is vol foute. Sy berekenings dui op 'n balans wat duisende dollar hoër as sy bankstaat is.

"Ek kon hom nie weier nie. Hy het gekwalifiseer en die nommers het geklop. Dit is egter nie my handskrif op die aansoek nie. Iemand anders het hom gehelp."

"Wie?" Sy sal daai persoon gaan spreek.

"Niemand van die bank nie. Hy het die vorm huis toe geneem."

"Dit maak net nie sin nie." Kat sê dit meer vir haarself as Anita. Selfs al het Harry onthou om die aansoek te voltooi, sou hy vergeet het om dit terug te bring. Behalwe die feit dat hy nie meer bestuur nie en amper vier-en-twintig uur saam met haar is. "Wie was saam met hom?"

"Niemand. Hy het alleen gekom. Beide kere." Anita gee Harry se staat terug vir Kat. "Ek weet dat dit vir jou moeilik moet wees, maar die bank het niks verkeerd gedoen nie."

Kat staan op. "Dalk nie volgens die wet nie. Maar moreel. Ek sal nie 'n bejaarde, met dementia, 'n verband en 'n lening gee om 'n vinnige geldjie te maak nie. As jy en die bank nie 'n gewete het nie, wie het?"

Anita staar net na haar, sprakeloos.

"Wie kyk uit vir kwesbare mense soos Harry?" Sy het nie net nodig om Harry uit hierdie finansiële gemors te kry nie, maar moet ook uitvind wie hom in die eerste plek in die gemors gekry het.

Vyf minute later sit Kat in haar Subaru in die bank se parkeerarea, woedend. Soos meeste mense het Anita haar eie behoeftes voor dié van ander gesit; haar kwota voor 'n kwesbare mens se welstand. Tegnies gesproke is Anita reg; sy het net haar werk gedoen. Volgens die wet kan sy nie morele oordele oor kliënte vel nie. Dit is egter deel van die probleem. Wette en reëls is nooit van toepassing tensy iemand seer kry nie. Mense soos Harry, die mees kwesbare in die samelewing, word keer op keer gebruik en misbruik voor iemand in die eerste plek die wette maak.

Haar sleutels hang in die ontstekingslot terwyl sy probeer kalmeer. Terwyl sy nie met die bank saamstem nie, moes sy dalk nie in 'n tirade met Anita betrokke geraak het nie. Beter om te fokus op wie hierdie gedoen het en die geld terug kry. Maar met Harry se onbetroubare geheue en geen leidrade nie, waar moet sy begin?

As forensiese rekenmeester begin Kat altyd by die bedrogdriehoek van motief, rasionalisering en geleentheid. Dit dui bykans altyd op die swendelaar. Daar is in Harry se geval egter geen geleentheid nie. Harry is konstant saam met haar of Jace, behalwe as hy huis toe gaan om te slaap. Sy is amper seker daarvan dat hy vir maande niemand in sy sosiale kring gesien het nie, aangesien meeste van hulle haar gebel het uit besorgdheid oor sy afwesigheid en vergeetagtigheid.

Sy het minstens 'n waarskynlike verdagte in haar Edgewater-saak. Een gedagte bly haar by vandat sy die geouditeerde state vanoggend nagegaan het. Selfs al het Zachary nie die verlore geld opgemerk nie, hoe het dit die ouditeurs se noukeurige ondersoek verbygegaan? Met soveel geld wat onverantwoord is, moes die jaarlikse oudit die alarm laat afgaan het. Ouditeurs teken nie af op 'n maatskappy se finansies sonder om rekeningbalanse te verifieer nie. Hulle het óf nie die bankbalans nagegaan nie, óf hulle het doelbewus die bedrog toegelaat.

Sy gryp die Edgewater-jaarverslag van die passasiersitplek af en maak dit oop. Die ouditeursverslag is geteken deur Beecham & Company. Vreemd dat 'n maatskappy so groot soos Edgewater deur 'n klein plaaslike firma geouditeer word en nie deur een van die groot internasionale rekenmeestersfirmas nie.

Sy kyk na die adres. Net 'n paar blokke van die bank af. Sy besluit om by Beecham 'n draai te maak. Sy sit die Subaru in rat en trek by die parkeerarea uit.

Minute later het sy 'n antwoord, net nie die een wat sy verwag het nie. Sy stop langs die sypaadjie van 422 Cedar Straat en klim uit. In stede van 'n glas en metaal wolkekrabber, staan sy voor 'n leë plot, agter 'n ketting-skakel hek gesluit.

HOOFSTUK 13

Laatmiddag stap Kat uit die hysbak en treë Edgewater se luukse, stil kantore binne. Die ontvangsdame roep Zachary en beduie Kat na 'n oorstopte stoel in die wagarea. Zachary verwag haar nie, maar die openbaring van die ouditeurs verg onmiddellike aandag.

As Beecham nie bestaan nie, is Edgewater se finansiële state nie onafhanklik geouditeer nie. Doelbewuste misleiding beteken net een ding: vervalste finansiële uitslae. Iemand steek iets weg. Sy gryp haar selfoon en tik Jace se nommer in. Sy laat 'n boodskap wat hom vra om Beecham se agtergrond na te gaan.

Tien minute later groet Zachary haar by ontvangs en begelei haar na sy ruim kantoor. Hy stoot 'n stapel papier na die kant van sy lessenaar en beduie vir haar om te sit. Kat lig hom oor Beecham se denkbeeldige adres en haar vermoedens in.

"Dit is onmoontlik. Die reguleerders vereis van ons om geouditeerde state te hê. Nie te praat van ons kliënte nie. Hulle sal nie in ongeouditeerde fondse belê nie." Zachary skud sy kop.

"Het jy ooit met die ouditeurs ontmoet? Hulle nagegaan?"

"Ek het nooit nodig gehad om dit te doen nie. Soos ek gesê het, Nathan hanteer die agterkantoor kant."

"Jy het egter gesê jou verhandelingsmodel is gekompliseerd. Die ouditeurs sou nodig hê om dit te verstaan om Edgewater te kan oudit. Wie het dit aan hulle verduidelik? Nathan?"

Besef blyk op sy gesig. Skielik fokus Zachary soos 'n laser op Kat.

"Nathan het nooit daaroor na my toe terug gekom nie. Hy gebruik Beecham ook al vir jare, selfs voor ek hier begin werk het." Hy sak ineen en rus sy voorkop in sy hande. "Hierdie kan nie besig wees om te gebeur nie."

"Wel, dit is. Tensy Beecham vanuit 'n leë erf bedryf word."

"Dalk het hulle getrek?" Zachary vee 'n dun lagie sweet van sy voorkop af.

Kat lig haar wenkbroue. "Beecham bestaan waarskynlik nie. Ek het iemand wat nou op hulle inkyk."

"Maar die ouditeer se handtekening is op die state. Sê jy dat dit vervals is?"

"Enige iemand kan 'n handtekening knip en plak. Edgewater se jaareinde was 'n paar maande gelede. Was daar nie ouditeurs in die kantoor nie?" Ouditeurs werk normaalweg in hulle kliënte se kantore vir deel van die jaareinde-oudit. Vir 'n maatskappy so groot soos Edgewater sou die veldwerk ten minste 'n paar weke geduur het.

"Nie wat ek onthou nie. Ons kry nie besoekers nie, nie eens ouditeurs nie. Agterkantoor dinge is nie juis my sterkpunt nie, maar steeds, hoe kon dit reg onder my neus gebeur het?" Hy slaan sy vuiste teen die lessenaar toe hy opstaan. "Hoe kan ek so dom wees?"

"Dit mag dalk ooglopend met nakennis wees, maar tot mens uit geld hardloop, het jy nie rede om iets te bevraagteken nie." Net soos oom Harry en sy lenings.

Selfs Zachary lyk klein soos hy heen en weer loop teen die agtergrond van die groot vensters. "Ek moet hierdie ding stopsit. Wat is volgende?" Sy skouers sak verslane vorentoe.

"Dink aan waarom die finansiële state vervals is. Ek sal die uitslae van jou finansiële stelsel herkonstrueer om te sien wat die werklike nommers is."

"Die werklike nommers?" Hy stop skielik en staar.

"As die finansiële state vervals is, kan jy seker wees dat die werklike nommers anders gaan wees. Ook nie op 'n goeie manier nie. Ek het volledige toegang tot jou boeke en rekords nodig. Ons sal saans werk terwyl jou personeel weg is." Asof sý ander personeel het om te help. Herkonstruering van die finansies kan baie tydrowend wees. Dalk kan Jace help.

Zachary se voorkop kreukel. "Liewe donner. Geen wonder Edgewater het nie geld nie. Ek sal my prokureur bel, 'n hofbevel kry. Vries die bankrekenings en die vondse."

"Zachary, dit sal ook my eerste reaksie wees, maar..."

"Moenie vir my sê om te wag en sien nie. Ek moet hom keer." Zachary stap in die rigting van sy kantoordeur, selfoon in die hand.

"Goed, bel jou prokureur, maar hy sal ook bewyse wil hê. Iets wat Nathan nie weg kan praat nie. Veral as jy wil hê enige aanklagtes moet bly staan."

"Dit kan dae neem. In die tussentyd word Edgewater geplunder?" Zachary draai skielik en kyk na Kat. "Ek kan dit nie bekostig nie. Ons sal wat ook al jy mee vorendag kom teen Maandag gebruik."

"Maandag?" Vrydag is bykans verby. Siende dat Zachary se hele toekoms van haar ondersoek afhang, is 'n paar dae belaglik. "Ek het ten minste 'n week of twee nodig nét om die finansies te herkonstrueer. Edgewater is 'n multimiljoen-dollar maatskappy."

"Maandag." Zachary is al in die gang voor sy nog 'n kans het om te antwoord.

HOOFSTUK 14

Kat spandeer die aandure in Nathan se kantoor, besig om data van Edgewater se kliënterekordstelsel te onttrek, die eerste stap in die valuasie van die maatskappy se inkomste. Edgewater verdien sy fooie as 'n persentasie van die kliënte se beleggingsprestasie. As die kliënte se beleggings groei, doen Edgewater se inkomste ook. As dit egter geld verloor, of selfs gelyk breek, verdien die skansfonds niks.

Dit is die probleem. Volgens haar berekenings werk Edgewater se fooie uit op 'n fraksie van wat werklik in die finansiële state op verslag gedoen is. Met uitsondering van 'n onontdekte bron van inkomste, is die maatskappy se inkomste met biljoene ooraangegee. Het sy iets gemis? Onwaarskynlik ná haar uitvoerige analise. Alles is nie pluis nie. Sy moet met Zachary praat voor verdere prosessering.

Daar is ook die probleem van Beecham se leë erf adres. Op 'n vermoede tik Kat Beecham se 422 Cedar Straat adres in Snoopy in, haar eie ouditanalise-sagteware. Sy druk *enter* en wag terwyl die sagteware al Edgewater se rekeninge-betaalbaar data deursoek. Sy is verbaas om te sien dat die uitslae nie een nie, maar twee ondernemings met dieselfde adres uitspoeg. Die tweede naam klink bekend, maar sy kan nie heeltemal plaas hoekom nie.

"Zachary?"

Geen antwoord. Sy sal in 'n minuut na sy kantoor toe gaan. Sy moet eers nog bietjie grawe. Om twee Edgewater ondernemers by 'n nie-bestaande adres te vind is 'n bedrog rooi vlag.

Sy staar na die skerm vir 'n oomblik, wonder waar sy die naam *Svensson* vantevore gehoor het. Toe onthou sy: Fredrick Svensson is die man wat in die sneeuskoen ongeluk gesterf het. Sy is seker dat dit die naam is wat sy vanoggend op Harry se radio gehoor het.

Sy tik *Svensson* in die soekenjin in en druk *enter*. Aan die bokant van die bladsy verskyn 'n halfdosyn uitslae van Woensdag se sneeuskoen ongeluk. Sy kliek op die eerste een. 'n Stylvolle man met grys hare en 'n netjies geknipte baard en John Lennon sonbrille kyk vanuit die foto. Die opskrif lees *Nobel-genomineerde ekonoom sterf in sneeuskoen tragedie.*

Hoekom sal Edgewater 'n Nobel-ekonoom betaal? Sy kyk na Svensson se ondernemingsrekord in Edgewater se boekhoustelsel en kliek op die transaksie besonderhede. 'n Reeks fakture is in die laaste twee jaar betaal, alles vir soortgelyke bedrae van agt of nege duisend dollar. Sy kliek op een en lees die beskrywing: konsultasiefooi. Konsultasie vir wat? Wat het Svensson en Beecham in gemeen?

Belangriker nog, wat het Svensson en Edgewater in gemeen? Kat blaai deur die res van die stories. Behalwe vir sy liefde vir die natuur, het Fredrick Svensson baie spesifieke menings op valuta gehad.

Sy kliek op 'n ander artikel, met 'n datum van laasjaar gemerk.

Een wêreldgeldeenheid – maak dit ekonomies sin?

Fredrick Svensson, die Nobel-genomineerde ekonoom en pionier op valutahervorming, het vandag by die Davos Ekonomie Beraad gepraat. Sy werk op valutahervorming is welbekend en kontroversieel. Hy argumenteer dat talle geldeenhede ondoeltreffendheid en versperrings tot wêreldhandel en algehele ekonomiese welvaart skep. Svensson sê dat hierdie versperrings hoër transaksiekostes tot gevolg het en ontwikkelende lande benadeel. Hy het gepraat oor die behoefte aan een wêreldgeldeenheid as 'n stap na globale voorspoed.

Kat spoedlees deur die res van die artikel. Edgewater en Svensson het valuta in gemeen. Edgewater verhandel in geldeenhede en

Svensson is die preëminente internasionale deskundige. Hulle bena-dering tot valuta verskil egter dramaties. Svensson se teorieë, indien dit aangeneem word, sal Edgewater direk aanraak. Edgewater buit verhandelingskoerse van geldeenhede uit, presies wat Svensson voor-stel om te elimineer. So hoekom sou Edgewater vir Svensson 'n konsultasiefooi betaal?

Kat druk die *print* knoppie en gryp die artikel uit die drukker. Sy staan 'n oomblik by Nathan se massiewe skaakstel, en stap dan in die gang uit. Zachary mag dalk daarvan sin kan maak. Hy het 'n paar uur gelede na sy kantoor teruggekeer.

Sy let vir die eerste keer op dat die mure met donker houtrame bedek is, elk met 'n verouderde banknoot van die een of ander aard. Sy kyk na die name – Mississippi, die South Sea Company en ander. Waardeloos, behalwe as versamelaarsitems. Hoe ironies dat Edge-water se mure bedek is met finansiële instrumente van vroeëre finan-siële swendelarye. Het Nathan of Zachary dit gekies? Die gang is onheilspellend stil. Geen stemme, geen getik, net die klank van haar skoene wat in die dik mat insink.

"Zachary?"

Geen antwoord. Sy roep weer, harder die keer. Sy het aange-neem dat Zachary iewers anders in die kantoor is aangesien sy niemand hoor kom en gaan het nie. Kat loop om die hoek in Zachary se kantoor in. Hy is nie daar nie. Sy het verkeerd aangeneem.

Sy haal haar selfoon uit en tik Zachary se nommer in. Sy spring toe sy dit naby hoor lui. Zachary se selfoon sit op die lessenaar, maar sy baadjie is weg.

Kat vloek binnensmonds. Hoekom het Zachary nie vir haar gesê dat hy gaan nie? Gaan hy terugkom, of het hy verwag dat sy die hele aand hier gaan werk? Sy het nie eens 'n sleutel om mee toe te sluit nie. Sy los 'n boodskap vir hom om haar so gou moontlik te bel, wetend dat dit waarskynlik nie gaan help nie.

Sy keer terug na Nathan se kantoor en sit haar skootrekenaar af. Sy maak Edgewater se finansiële state, rekening inskrywings en kliëntestate bymekaar. Terwyl sy nog nie begin het om die kliëntetotale met die finansies te versoen nie, is daar een totaal in besonder wat haar pla.

Die Edgewater bankrekening het nou 'n balans van minder as 'n honderd-duisend dollar in. Vir 'n biljoenêr wat swaar in sy eie maatskappy belê het, is daardie bedrag ondenkbaar. Nie net dit nie, dit verskil ook van die bedrag op Zachary se nettowaarde-staat van die egskeiding. As die balans akkuraat is, is sy nettowaarde veel laer as wat hy geglo het, aangesien dit geheel en al in Edgewater vasgevang is. Dit beteken dat Victoria Barron se egskeiding skikking gebaseer is op geld wat nie werklik bestaan nie.

Kan Zachary regtig so blind wees tot die waarde van sy eie besit? Hoe sal hy reageer as hy die waarheid uitvind?

Sy steek die dokumente in haar aktetas en gryp haar baadjie. Alhoewel Zachary se sperdatum om die draai is, is sy verby die punt van konsentrasie. Behalwe vir haar maagkrampe, voel sy 'n koors aankom. Sy het slaap nodig voor hierdie griep haar onderkry. En om op Harry en Jace in te loer.

Sy staan by die deur stil en draai dan terug in Nathan se kantoor in. Sy maak weer haar aktetas oop en bestudeer vandag se laaste bankbalans. Volgens haar rowwe berekenings sal Edgewater se kontant teen Dinsdag droogloop, net 'n paar dae van nou en een dag na Zachary se sperdatum.

Zachary se noodgevoel is akkuraat. Maandag mag selfs te laat wees as sy Edgewater se kontantbrand en Nathan Barron se gulsigheid onderskat het.

'n Sleutel draai in die voordeurslot.

Nou is so goed soos later om hom te vertel. Kat laat haar baadjie en aktetas op Nathan se bank val en begin na die deur toe loop.

Dit is egter nie Zachary nie. 'n Vrou se lag breek die stilte.

Kat vries. Haar hart klop soos sy die kantoor deursoek vir 'n plek om weg te kruip. Dan tref dit haar: sy ken daardie stem. Dit is Victoria. Hoekom is sy hier? Hoekom het Zachary na so 'n lelike hofstryd nie die slotte verander nie?

Die voordeur slaan toe. Kat draai in die rondte opsoek na wegkruipplek. Die enigste deur lei reguit na die ontvangs en Victoria.

Agter die bank? Nee. Victoria mag dalk in die kantoor inkom. As sy sit sal dit op die bank of lessenaar wees.

Victoria se hoëhakskoene klik oor die ontvangs se marmervloer en word dan stil toe sy die Berber-mat in die gang bereik. Kat hou 'n nies in toe die sterk parfuum na haar toe aandryf. Sy duik agter die swaar damask gordyne in. Hulle is tans in die mode, lank genoeg om in 'n poel op die vloer te lê en gelukkig bedek dit haar voete.

Victoria fluister iets – Kat raai sy is op haar selfoon. Sy is nou in Nathan se kantoor, te naby.

Kat kyk af en besef met 'n skok dat lig onder die gordyn by haar voete insypel en die punt van haar skoen buite die gordyn uitsteek. Sy trek haar voet stadig in, hoop dat die beweging nie aandag trek nie.

Wie is saam met Victoria? Sy het nie enige ander voetstappe gehoor nie. 'n Laai kraak en papiere ritsel.

Kat maak haarself teen die muur plat, wens dat sy nie so 'n groot middagete gehad het nie. Bult sy by die gordyne uit? Sy kan nie sê nie.

"Oukei, het dit. Bel jou later."

Kat hoor skaars die gefluisterde woorde. Victoria móét op haar selfoon praat. *Het wát?*

Sy asem van verligting uit toe Victoria se hakke van die voorportaal se marmervloer afklink. Sy is baie voorbarig om hierheen te kom, aangesien sy vanaf die egskeiding nie by Edgewater werk nie. Gee sy nie om as sy Zachary raakloop nie? Of het sy op die een of ander manier geweet dat hy nie hier is nie?

Die buitenste kantoordeur slaan. Kat hou haar asem op toe die sleutel in die slot draai.

Sy luister vir die hysbak klokkie en wag dan vir 'n volle vyf minute voor sy van agter die gordyne verskyn. Victoria se swaar parfuum bly hang, kielie haar neus. Sy nies.

Soos Kat vir 'n snesie soek, sien sy haar baadjie en aktetas op die bank. Het Victoria dit gesien? Sy spring toe haar selfoon lui. Sy kyk na haar skerm en sit die luitoon af. Dit is Jace. Sy durf hom nie van hier af terugbel nie. Victoria mag dalk terugkom en Kat sal in elk geval oor twintig minute tuis wees.

HOOFSTUK 15

Kat se oë is gespanne van uitputting. Dit is amper drie uur in die oggend. Sy smag na slaap, maar kan nie rus tot sy die skade vir Zachary bereken het nie. Edgewater blyk die slagoffer van 'n massiewe bedrogspul te wees, groter as enige iets wat sy nog gesien het.

Vandat sy 'n paar uur gelede van Edgewater by die huis aangekom het, het sy aangehou om die individuele kliënterekenings teen die afskrifte van die state wat sy in Nathan se kantoor gevind het, te analiseer. Dit is 'n noukeurige, oogvermoeiende proses. Sy het oor die honderd-en-vyftig rekenings nagegaan en het sover nie daarin geslaag om 'n enkele staat te kry waar die papierstaat by die rekenaarrekords pas nie. Die papier afskrifte spog met tweesyferopbrengste, maar meeste state op die rekenaar het balanse naby aan nul, met beleggingsverliese in stede van wins.

Die beleggingsopbrengste op die papierrekenings is ook merkwaardig konsekwent. Eintlik té konsekwent. Elke rekening wat sy nagegaan het, verdien presies 'n twaalf persent opbrengs, ongeag die tyd van die kliënt se belegging. Konsekwentheid soos dié is statisties onmoontlik, gegee dat die fonds self fluktueer. Dit belê in verskillende geldeenhede met ewigdurend veranderende winste en verliese.

Die wind huil buite en sy smag na die warmte van haar bed.

"Nog steeds aan die gang?" Jace staan in die deur van die kantoor op die boonste verdieping, hou twee koppies stomende koffie vas.

"Kom kyk hierna, Jace." Sy beduie na haar rekenaarskerm. "Die kliënterekenings is altesaam omtrent eenhonderd-en-vyftig miljoen dollar. Nie die biljoene wat op Edgewater se finansiële state staan nie. Ek het dit kruisverwys met die rekeningstate wat ek gekry het. Dit lyk nie goed nie." Sy het lêers met papierstate in 'n geslote liasseerkabinet by Edgewater gevind. Niks versoen met die balanse op die rekenaar-stelsel nie.

Jace gee haar 'n koffie en trek 'n stoel nader. "'n Honderd-en-vyftig miljoen uit drie biljoen? Jy bedoel dat 8,8 verlore is? Hoe kan dit so groot verskil?"

"Dit lyk of Nathan 'n massiewe Ponzi-skema bedryf. Hy vat beleggers se geld en plaas dit oor sodra dit inkom. Hierdie moet afskrifte van vervalste state wees. Dit is hoe hy tred hou. Sien jy hierdie?" Kat dui na die rekenaarskerm waar sy beleggingsopbrengste herkonstrueer het vir 'n groep van twintig Edgewater beleggers. "Al hierdie beleggers het presies twaalf persent per jaar vir die laaste drie jaar verdien."

"Dit is indrukwekkend. Ek maak minder as twee persent by die bank. Dalk moet ek my geld skuif?"

"Dit is vervals, Jace. Alles opgemaak. Elkeen van die kliënte het op verskillende tye belê. Sommiges is nog heeltyd deel van die fonds en ander het net in die laaste jaar belê. Tog het hulle presies dieselfde opbrengs op belegging gemaak."

"Dalk toevallig?"

"Nee. Ek het al dosyne kliënte en hulle beleggings in die fonds vergelyk. Die fonds is veronderstel om in alle tipes valutaspekulasie te belê, tog kan ek nie die transaksies in elk van die rekenings herkonstrueer nie, of enige van die ander verhandelings in Edgewater se skansfonds nie. Ek het al die verhandelingskikkings van die bankstate én die wins en verlies in elke geldeenheid waarin Edgewater verhandel, geherkonstrueer. Weet jy wat ek kry?"

"Wat?"

"'n Verlies, Jace. Daar is nie 'n twaalf persent opbrengs nie. Zachary dink dat sy verhandelingsmodel werk, maar dit doen nie. Daar is geen verhandelings nie. Nathan voer hulle eenvoudig nie uit nie. Hy belê nie die geld nie en Zachary is onbewus van die feit omdat hy nooit die rekenings nagaan nie."

"Jy bedoel dat alles vervals is? Werk ander mense nie hier nie? Hoe kan dit onopgemerk gaan?"

"Nathan is baie betrokke, wat verbasend is vir sy gereelde reise en afwesigheid. 'n Uitvoerende beampte wat administratiewe werk doen is nóg 'n bedrog rooi vlag. Die werk is veels te junior vir 'n biljoenêr stigter." Iemand moes ook help. Die strekking van die rekeningmanipulasie is te veel werk vir net een persoon.

"Zachary het regtig geen idee hiervan nie?"

"Hy sê dat hy nie doen nie. So moeilik soos dit is om te glo, dink ek dat hy die waarheid praat," sê Kat.

"Hoe kon Nathan egter soveel geld in die hande kry sonder dat Zachary of iemand anders agterkom?"

"Ek weet nie. Hierdie bedrog word al vir minstens tien jaar bedryf. Kyk hierna." Kat hou 'n staat op. Dit het die Edgewater naam en logo daarop, maar dit is in 'n ander formaat as die rekenaar-gegenereerde state. Die kliëntnaam is aan die staat vasgegom.

Jace vat die staat en vee sy vinger oor die logo. "Slordig. Hierdie knip en plak werk sal niemand bluf nie."

"Hy gebruik nie hierdie weergawe nie, hy skandeer en e-pos 'n elektroniese afskrif, so niemand besef dat dit mee gepeuter is nie. Hy tel alles op 'n spreiblad op en sit net 'n persentasietoename by elke rekening, elke kwartaal by. Almal is gelukkig." Die kriptiese spreiblaaie in Nathan se kantoor maak uiteindelik sin. Dit is 'n handearbeid rekeningkundige stelsel van soorte.

"Hoe maak hy seker dat die regte state nie uitgaan nie?"

"Iemand anders moet daarop in wees. Wanneer die stelsel die regte state druk, word hulle vernietig. Die gedokterde state word dan in stede daarvan aan die kliënte gestuur."

Jace fluit. "Al hierdie geld gaan waarheen?"

"'n Gemoedelike porsie daarvan het aan 'n maatskappy met die naam Research Analytics gegaan. Ek sal môre by hulle besoek aflê." Kat wys na 'n hoop Research Analytics fakture. "Vyftig miljoen is sover oorgedra en tweehonderd-en-twintig miljoen laasjaar. Ek soek nog na die res."

"Wat as 'n kliënt hulle belegging wil oproep? Sal dit nie die bedrog blootlê nie?

"Net as Nathan nie hulle geld vir hulle gee nie. Solank as wat nuwe geld inkom, kan hy beleggers wat oproep betaal, sonder dat die fonds leegloop. Hy dra net die geld van een belegger se rekening na die ander om dit toe te smeer." Kat sien beweging uit die hoek van haar oog. Sy draai om en sien oom Harry in die gang, in 'n golf hemp en kortbroek aangetrek. "Gaan Oom iewers?"

"Net uit vir 'n stappie."

"Dit is die middel van die nag. En dit reën." Harry het besluit om oor te slaap nadat hy die wedstryd saam met Jace gekyk het. Het Harry voorheen op hierdie nagtelike uitstappies gegaan?

"Is dit? Dalk moet ek dan binne bly."

Kat en Jace kyk vir mekaar. Wat as sy nie wakker was nie? Harry sou in die sub-zero weer uitgegaan het sonder 'n baadjie. "Oukei, oom Harry. Sien jou in die oggend."

Harry skuifel weer by die gang af. Die dokter is reg: Harry is nie veilig op sy eie nie, maar om hom na 'n sorgsentrum te stuur is nie 'n opsie nie. Sy sal môre 'n plan maak. Sy draai weer na Jace toe.

"Sou jý jou belegging oproep as jy twaalf persent 'n jaar vir vyf jaar in 'n ry gemaak het?"

Jace skud sy kop. "Nie 'n manier nie. Ek kan nie daardie tipe opbrengste by die bank maak nie, ook nie iewers anders nie."

"Dit is presies wat Edgewater se kliënte ook dink. Jaar-in en jaar-uit maak hulle fantastiese opbrengste. Niemand roep hulle belegging op tensy hulle in groot moeilikheid is nie. Jy sal mal wees om daardie inkomste oor te staan. Nathan maak op baie min oproepings staat. Beleggers roep altyd minder suksesvolle beleggings eerste op."

"So Nathan het net genoeg geld nodig om die paar rekenings wat wel oproep, te dek."

Kat knik haar kop. "Ja, en dit is nie 'n probleem nie. Beleggers skop bykans die deur af om in die skansfonds te belê. Die fonds het 'n eksklusiewe gevoel daaraan. Nathan laat nie sommer enige een belê nie, so mense dink hulle is gelukkig om in die eerste plek te belê. As hulle die belegging oproep, mag hulle dalk nie toegelaat word om terug te kom nie. En jy moet ryk wees om in 'n hoë-risiko skansfonds te belê met 'n minimum vyfduisend belegging."

"Dit klink asof daar geen risiko is nie. Die beleggers kry jaar na jaar 'n gesonde opbrengs. Die markte is niks soos dit nie. Dis te goed om waar te wees."

"Dit is, solank as wat Edgewater aanhou om daardie uitstekende opbrengste te kry. Zachary dink dit is vanweë sy geheime verhandelingsmodel."

"Klink asof jy in hom twyfel."

Kat teug aan haar koffie. "Ek dink hý glo dat sy model werk. Die moeilikheid is dat dit nooit bewys is nie, aangesien Nathan nie die verhandelings prosesseer nie. Zachary kyk ook nooit nie.

Ek raai dat hy aanneem dat twaalf persent omtrent reg klink. Zachary se vermoedens is egter in die kol. Nathan is duidelik besig om Edgewater te beroof. Die vervalste kliëntestate en Beecham & Company bewys dit. Ek verstaan net nie hoe Zachary so ontkoppel kan wees nie. Daar is meer." Sy lig hom oor Edgewater se onwaarskynlike verbintenis met Fredrick Svensson in.

"Die Nobel-ekonoom ou? Dalk is daar 'n goeie rede om hom te betaal. Selfs met verskillende oortuigings mag hy dalk goeie valutavoorspellings hê."

"Dit is te vreemd, Jace. Svensson dryf vir 'n gedeelde geldeenheid, soos die euro, net op 'n globale skaal. Edgewater maak 'n wins van en buit die presiese teenstrydighede uit wat Svensson graag met sy model wil elimineer. Dit maak nie sin nie."

"Dalk het Zachary bietjie idees. Aangesien hy so slim is." Jace grynslag.

"Ek twyfel, Jace. Zachary dring aan daarop dat al die verhandelings wat gemaak word, gegrond is op sy verhandelingsmodel. Hy sê dat hulle nie van buitenavorsing gebruik maak nie. Daar is nog een ding wat ek nie kan uitpluis nie."

"Wat is dit?" vra Jace.

"Hoe kry Nathan dit uitgerig? Zachary sê dat hy sy eie verhandelings in die stelsel invoer, maar toe ek kyk word daardie verhandelings nie in die boekhoustelsel ingetrek nie. Dit is asof dit nie aan enige iets verbind is nie."

Jace kry nooit die geleentheid om te antwoord nie.

Hulle vries toe hulle 'n harde botsing, gevolg word deur glas wat breek in die onderste verdieping hoor.

Kat laat haar pen val. Swaar voetstappe val op die voorste trappe. Sy spring op en loer by die kantoorvenster uit. 'n Donker figuur hardloop by die voetpad af na 'n swart sedan wat op die straatrand luier. Sy kan nie sê of dit 'n man of vrou is wat die passasiersdeur toeslaan nie. Die kar se bande skree soos dit van die straatrand wegjaag.

Sy hardloop na die gang, met Jace kort op haar hakke. Hulle kom tot 'n vinnige stilstand op die landing toe hulle petrol ruik.

HOOFSTUK 16

Kat en Jace staan op die landing, vasgenael deur die toneel onder. Die oorblyfsels van 'n tuisgemaakte Molotofbom smeul in die middel van die gangmat. Petrolwalms gemeng met rook en glas van die kantvenster lê oor die houtvloer.

Skielik ontplof die bottel.

Vuur skiet in alle rigtings. Binne sekondes is hulle uitsig na die voordeur uitgewis deur die stygende rook. Vlamme lek die trapleuning.

Petrol brand Kat se neusgate. Sy spring toe 'n tweede ontploffing volg en in 'n vuurbal ballonneer.

"Hemel, oom Harry! Kom hier uit! Maak gou! Kat draai in die rondte, op pad na die gastekamer.

Harry is egter reeds in die gang. "Wat gaan aan?" Harry vryf sy oë. Sy oë rek toe hy die vlamme sien. "Goeie genade!"

Kat hardloop na die kantoor toe om die brandweer te bel, maar die koordlose foon is nie op sy mik nie. Sy vloek en hardloop terug na die gang, wonder waar dit kan wees.

"Ek sal dit probeer smoor." Jace hardloop by die trappe af, strek sy sweetpaktop uit.

"Jace! Wees versigtig." Kat kyk van die bokant van die trappe. In minder as 'n minuut het die vlamme tot 'n paar voet geklim. Dit is te laat om iets te doen. Dit sal vinnig die trappe blok, en hulle ontsnapping.

Sy draai. "Harry, kom ons gaan!" Sy waai en klim by die trappe af met Harry reg agter haar.

"Laat ek jou help, Jace." Harry trek sy gholfhemp oor sy kop en begin na Jace toe beweeg.

"Nee!" Kat gryp haar oom se arm en trek hom terug. Sy draai hom in die rigting van die kombuis en weg van die vuur. "Hou aan loop, Harry, by die deur uit. Jace, jy ook. Los dit net."

Die vuur verswelg nou die hele voorportaal, te groot om gesmoor te word. Dit is buite beheer.

Skielik onthou Kat die papiere op die tweede vloer. Nathan se spreiblaaie en die kliëntestate. Sy het die oorspronklike afskrifte.

As sy nou by die trappe op hardloop kan sy dit nog betyds kry. Nee, dis dom. "Jace, los dit!"

Haar gesig gloei van die hitte.

"Ek kan dit dood maak." Jace deins terug soos hy sy verbrande sweetpaktop van die mat terugtrek. Hy loop nader en gooi dit op die vuur. Hy trap daarop met sy stewels, probeer die vlamme doodmaak.

Kat stop by die kombuisdeur. Jace se aksie mag dalk 'n minuut terug gewerk het, voor die vlamme verdubbel het. Nou het dit geen effek nie, behalwe om gevaarlik te wees.

"Dit is te veel, Jace. Laat dit gaan."

Jace spring terug en skerm sy gesig toe 'n derde ontploffing die vlamme laat toeneem. Vlamme blok nou die trappe waarvan hulle pas afgekom het. Jace draai en volg Kat, wyf haar aan.

Kat draai in die kombuis in, net om Harry bewegingloos by die stoof te vind besig om sy hande te wring. Hy lyk verlore. "Ons gaan by die agterste trappe uit, Harry. Volg my net na die kombuisdeur toe." Kat gryp die draadlose foon van die kombuistafel af soos sy ontsnap, probeer kalm bly. Sy maak die kombuisdeur oop en vul haar longe met koue, skoon lug. Sy tik 911 in en gaan by die trappe af, trek Harry agter haar aan. Toe sy terugkyk stop haar hart.

Waar de hel is Jace? Hy moes reg agter haar en Harry gewees het, maar hy is nie.

"Wag hier. Praat met hulle." Sy druk die foon in Harry se hande in en draai terug.

"Wat bedoel jy wag hier?" Harry hou sy hand op. "Moenie daar ingaan nie, Kat."

Sy draai terug. "Ek moet Jace vind." Die reën verdoof Harry se pleit, of dalk het sy dit uitgedoof.

"Nee!" Harry skree harder en wring sy hande. "Wag vir die brandweer."

Kat is reeds by die trappe op. Sy kruis die drumpel net om met dik rook begroet te word. Sy stik en sak af met die hoop om varser lug nader aan die vloer te vind. Hoekom het Jace haar nie buitentoe gevolg nie? Hy was reg agter haar. Dit is duidelik dat die vuur te groot is om uitgesit te word, wat het hy gedink? Sy kruip op die kombuis-vloer, laag teen die dik rook.

Harry was reg, dit was 'n fout om terug te gaan, maar 'n paar sekondes kan die verskil maak voor die brandweer kom. Haar Edge-water papiere is een ding, maar sy kan Jace nie los nie. Sy hoes soos die rook haar longe binnedring. Dit brand haar oë en sy knip trane weg.

Sy kruip deur die kombuis na die gang, nie daartoe in staat om meer as 'n voet voor haar te sien nie. Hoewel die vlamme kleiner geword het, vul die dik rook elke deel van die gang, wat dit onmoontlik maak om te sien.

Sy kruip nader aan waar sy Jace laaste gesien het, haar asem swaar van uitputting. Sy kry nie genoeg asem nie.

Toe hoor sy die brandweersirenes wat padlangs afkom soos sy sukkel om asem te kry. Die trok skreeu tot 'n stop. Deure slaan en mans se stemme kom deur die gebroke venster. Sy voel steeds hoopvol tot die brandweerwa se flitsende ligte deur die donker breek. Die gang is leeg. Jace is weg.

HOOFSTUK 17

Kat bewe en trek die wolkombers styf om haar skouers. Sy sit op die trappe voor haar huis en luister na die water wat van die dakoorhang afdrup. Die reën het opgehou en die vuur is dood. Sy hoes in spasmas, 'n gevolg van rookinaseming. Harry sit langs haar en knik sy kop soos die brandweerman met haar raas omdat sy in die huis ingegaan het. Een vir een keer die bure terug na hulle huise toe en sit hulle ligte af, verlig dat die vuur nie versprei het nie.

Jace strompel oor die gras, verby 'n paar brandweermanne wat besig is om hulle toerusting op te pak. Sy regter hand en arm is in verbande en wit gaas toegedraai. Hy het die sitkamervenster gebreek en in die voortuin gespring. Kat staan op en gaan by die trappe af om hom te ontmoet.

Sy gee hom 'n drukkie, dankbaar dat hy die vuur ontsnap het. "Moet dit nooit weer doen nie, Jace. Ek dog jy is dood daarbinne."

Hy trek terug om na haar te kyk. Sy oë trek skrefies. "Jy moes nie teruggegaan het nie. Ek kan na myself omsien."

Kat stem nie saam nie, maar sê niks. Sy is net verlig dat hy nie ernstiger beseer is nie. Sy hak haar arm by sy ongedeerde arm in.

Saam klim hulle die trappe na die voordeur toe. Sy staan buite en loer na die voorhuis.

"Hoekom sal iemand dít doen?" Kat bestudeer die smeulende oorblyfsel van die Molotofbom. Dit lyk tuisgemaak, 'n swart lap steek by die gebreekte wynbottelnek uit.

Jace antwoord nie. Hy gaan op sy hurke en bestudeer die beskadigde vloer.

'n Gebrande swart sirkel is al wat van die antieke Brits-Indiese mat oorgebly het. Dit was so oud soos die huis. Die trapleuning en gang lambrisering is swart en gebrand en die vloerplanke wat Jace so sorgsaam restoureer het, is nou onder poele water. Die brandweermanne het die vuur vinnig doodgemaak, maar die skade is gedoen.

"Ek weet nie." Jace staan en draai na haar. "Dalk is dit 'n geval van verkeerde identiek. Hulle het die verkeerde huis geteiken."

"Meeste van ons bure is oor die sewentig, Jace. Ek kan hulle nie as teikens vir enige iets sien nie." Die pensionarisse in hulle Queens Park buurt gebruik mocktails, nie Molokofbomme nie.

"Iemand het dit in vir julle." Harry kom agter hulle aan. Hy loer binne na die gemors. "Dalk moet ek nie hier bly nie."

"Wat is die?" Jace tik aan 'n metaalhouer met die punt van sy skoen. Dit lê gedeeltelik weggesteek onder die gangkas – nie deur die brandstigting ondersoekers opgemerk nie. Hy buk en tel dit op. Hy draai die deksel los en trek 'n stukkie papier uit.

"Wat is dit?" vra Kat. "Dalk moet jy dit daar los."

Jace ignoreer haar. Sy gesig verdonker terwyl hy dit lees, dan steek hy die papier in sy sak.

"Laat ek dit sien." Kat steek haar hand uit.

Jace skud sy kop. "Dis niks."

"Wat bedoel jy, niks?" Die metaalhouer moes binne die Molotofbom gewees het. "Ek bly ook hier. Ek wil weet wat dit sê."

Jace trek sy skouers op en trek die papier uit sy sak uit. Hy gee dit vir haar.

Kat lees die getikte nota. *Stop die storie.* "So dit is oor jou artikel, maar het die *Sentinel* dit nie teruggetrek nie?"

"Hulle het."

"Is daar nog 'n storie waarvan ek nie weet nie?" Kat ril toe sy die nota teruggee. Sy trek die kombers stywer om haar skouers.

"Nee, dit was die enigste een waaraan ek gewerk het, maar dit is nie gepubliseer nie. Niemand weet eens daarvan nie."

"Niemand behalwe mense by die *Sentinel* nie. Dieselfde mense wat jou afgedank het."

"Dink jy dat iemand by die koerant ons gebrandbom het? Dis mal, Kat."

"Dalk is dit nie die *Sentinel* nie. Iemand kon jou storie gelek het. Na die mense wat jy beskuldig het, dalk?"

"Hoekom sal hulle dit doen?" Jace kyk na die papier voor hy dit in sy sak steek.

"Wie weet? Dalk dieselfde rede wat jou storie teruggetrek is. Dit beteken die *Sentinel* is op 'n manier aan jou storie verbind. Hulle dink seker dat jy in elk geval die artikel gaan publiseer."

"Weet jy, dit is eintlik nie 'n slegte idee nie. Die *Sentinel* is nie die enigste opsie op die dorp nie."

"Dit is nie die moeite werd nie, Jace."

"Hoekom nie? Ek verkoop die storie aan iemand anders. Daar is duidelik méér daaraan en hulle gaan my nie muilband nie. Dalk moet ek bietjie dieper delf en sien waarheen dit gaan."

"En weer geteiken word?" Kat wens dat sy dit nooit opgebring het nie. Jace is soos 'n bloedhond op 'n spoor. Hy sal nooit ophou voor hy uitvind wie agter die brandbom steek nie.

"Wie ook al dit is moet gestop word, Kat. Veral gewelddadige aanvalle soos dié. As ék hulle nie keer nie, wie is volgende? Sal alles wat kontroversieel is, stilgemaak word? Dít is hoe onderdrukking begin."

Kat sug. Sy wil ook weet wie agter die aanval steek en sy wil geregtigheid hê. Somtyds is dit egter beter om slapende honde te laat lê. Dit is iets wat sy geleer het deur in die Denton huis groot te word.

Sy voel beslis nie lus om te stry ná alles wat gebeur het nie. Sy verander die onderwerp. "Het jy gisteraand enige iets uitgevind oor Edgewater se ouditeurs terwyl ek by hulle kantore was?"

"Ek het voorwaar," sê Jace. "Beecham & Company is 'n geregistreerde maatskappy, selfs al word dit vanuit 'n leë erf bedryf."

Ten minste is dit vordering. Vuur of geen vuur, sy het steeds werk om te doen.

"So dit bestaan regtig?"

"Beecham bestaan ja, maar net in die naam. Dit word deur 'n beheermaatskappy besit. Wat op die beurt deur Nathan Barron besit word."

Kat se grootste vrese is pas bevestig. "Dit verduidelik hoekom die ouditeurs nie die bedrog opgetel het nie. Daar ís nie ouditeurs nie. Dit is alles 'n swendelary."

Natuurlik kan Nathan Barron dit nie waag om 'n wettige ouditeur te hê wat sy bedrog kan ontbloot nie. Hoekom het hy egter nie sy spore beter uitgevee met biljoene op die spel nie? 'n Adres op 'n leë erf en 'n ontkoppelde foonnommer is bloot slordig.

"Kyk miljoenêr beleggers hierdie soort ding nie beter uit as die gewone persoon nie?" vra Jace.

"Jy sou so dink, maar met twaalf persent opbrengs jaar-in en jaar-uit, dalk nie. Zachary vertel my dat beleggers bykans oor mekaar struikel om in die fonds te belê. En nog iets, iemand anders in Edgewater se rekord het dieselfde adres as Beecham."

"Regtig? Wie?"

"Fredrick Svensson. Ek het jou hulp nodig om uit te vind waarvoor hulle hom betaal het." Dit en hoe op aarde Zachary sonder geld kon verhandel. Iets slaag nie die reuktoets nie.

HOOFSTUK 18

Kat en Jace sit in Kat se onderdorp kantoor, uitgeput van gisteraand se vuur. Behalwe vir die gebreekte venster het die vuur ure se sorgvuldige restourasie aan die gekerfde trapleuning en lambrisering verwoes. Gelukkig is daar geen strukturele skade nie, maar dit was net te moeilik om nou na te kyk. Teen die tyd wat hulle klaar opgeruim het en die venster toegemaak het, was dit vroeg Saterdag oggend. Hulle het na die kantoor toe gekom om uit die rokerige lug wat steeds onder hang, te ontsnap.

"Sê my dat ek nie mal is nie, Jace." Kat wys op Edgewater se verhandelingbevestigings vir die laaste twee maande. "Edgewater is platsak en daar is geen verhandelings om mee te begin nie. Hoe kon Zachary dit nie geweet het nie?" Kat grimas soos sy aan haar koffie teug. Dit is yskoud.

"Jy is regtig seker dat hy nie deel daarvan is nie? Hy sal natuurlik mal wees om jou aan te stel as hy was." Jace krimp ineen toe hy sy beseerde arm op sy knieg sit.

"Presies, maar hoekom het hy nie agtergekom dat sy verhandelings nie deurgaan nie? Edgewater Investments blyk niks te wees soos hy dit beskryf het nie. Dit is op die punt om te inplof."

"Kan die verhandelingbevestigings ook vervals wees?" vra Jace.

"Ja, maar praat Zachary nie met ander mense nie? Ander verhandelaars? Sy makelaar?" Ten spyte van die vuur, het laasnag se werk afbetaal. Met bewys van die geld wat weggewend is, dink Kat dat sy Zachary se sperdatum kan haal. As sy die geld na die uiteindelike bestemming kan volg, sal Zachary 'n waterdigte saak teen sy pa hê. Die laaste vraag het haar egter raadop. "Voer hy nie die verhandelings op 'n rekenaar verhandelingsplatform in nie? Dit is 'n uitvoerige oëverblindery as dit ook alles vervals is. Ek sal moet kyk terwyl hy dit doen."

"Jy sê Edgewater het Research Analytics laasjaar omtrent tweehonderd-en-twintig miljoen betaal?" Jace krap sy ken.

"Dis reg."

"Dit is amper presies Research Analytics se totale inkomste vir die jaar. Ek het hulle jaarverslag afgelaai," sê Jace. "Dit was verbasend maklik om te kry."

"Dit beteken dat Edgewater dalk hulle enigste kliënt is." Kat dink terug na Beecham se leë erf adres en die neergedrukte telefoonoproep. Research Analytics is waarskynlik ook 'n front, maar waarvoor? Wat steek Nathan weg en hoekom het hy al daai geld nodig?

Kat staan van haar lessenaar af op en gryp 'n dik leer van haar liasseerkabinet af. "Hierdie is afskrifte van al die bankdeposito's oor die laaste jaar. Amper al die deposito's is van kliënte wat hulle geld belê. Geen verhandeling wat ek kan sien nie."

"Verdere bewyse dat geen verhandeling aangaan nie."

Kat knik haar kop. Sy sit op die arm van Jace se oorstopte leunstoel. "Tensy daar 'n bankrekening is waarvan ek nie weet nie." Sy maak die lêer oop. "Die deposito's word onmiddellik weer oorgeplaas, amper so gou as wat dit inkom. Alles na dieselfde rekeningnommer by die Bank van Cayman."

"Ek wet jou daai is Research Analytics se rekening." Jace kyk op na haar. "Wil jy hê ek moet bevestig?"

"Ja. Ek wil ook die interverbindings hersien." Kat staan op en sit die lêer op haar lessenaar neer. Sy loop na die witbord toe. "Dit help om te sien wie aan wie verbind is."

Sy wys na die diagram wat op die bord geteken is. 'n Boks

genaamd *Edgewater* sit aan die bokant. Die twee bokse onder, *Research Analytics* en *Svensson* onderskeidelik. Lyne genaamd *betalings* verbind hulle aan Edgewater. 'n Lys genaamd *verslaggewing* aan die regterkant, verbind *Edgewater* aan 'n boks met *Beecham* gemerk.

"Waarvoor is al hierdie?" Jace staan en hou sy arm terwyl hy haar na die witbord volg.

"Om 'n idee van die kontant- en inligtingvloei te kry. Wat het dit alles in gemeen?" Kat trek haar vinger langs die bokant van die diagram.

Jace lig sy wenkbroue, maar sê niks nie.

"Ons weet hoeveel Edgewater aan Research Analytics betaal het. En van die jaarverslag weet ons hoeveel geld in totaal hulle het." Kat tik aan die dokument op haar lessenaar. Saam met die Caymaneilande registrateur van maatskappye en aanlynsoektogte, verteenwoordig die diagram al die inligting wat sy oor die maatskappy kon kry.

Sy wys na die *Research Analytics* boks. "Amper al die geld wat Research Analytics kry, bykans tweehonderd-en-twintig miljoen, gaan na een nie-winsgewende organisasie, die World Institute. Nathan is 'n lid." Gelukkig vir haar, het die World Institute 'n webtuiste. 'n Webtuiste wat trots sy lede en donateurs lys.

Sy trek 'n sirkel onder die diagram en skryf *WI* binne dit. Sy trek pyltjies afwaarts van *Research Analytics*. "Research Analytics is eenvoudig 'n toevoerbuis van Edgewater na die World Institute."

"Dis 'n fortuin. As alles na een plek toe gaan, hoekom betaal die donateurs nie net die World Institute direk nie?"

"Jy bedoel soos Edgewater?" Kat tik die bord.

Jace knik.

"Goeie vraag. Dit is niewinsgewend, so daar is geen belastingvoordeel om dit deur die Cayman of enige ander belastinghawe te tregter nie."

"Research Analytics is net 'n front." Jace hou sy arm toe hy na sy stoel terugkeer. "Edgewater se geld eindig by die WI op sonder dat enige iemand dit tot daar spoor."

"Presies. Ek raai dat 'n party donateurs iets het om weg te steek. Dalk wil hulle anoniem bly."

"Hy vee duidelik hulle spoor vir 'n rede uit." Jace skuif in sy stoel rond en krimp ineen. Hy vryf sy beseerde arm.

"Is dit seer? Jy moet 'n dokter gaan sien, Jace."

Jace waai haar met sy linkerhand af. "Dit is oukei vir nou."

"Soos jy verkies." Kat sit weer by haar lessenaar en tik *World Institute* in die soekenjin in. Die uitslae kom met 'n dosyn inskrywings terug, buiten die WI se amptelike webtuiste. Sy klik op die eerste een. "Blykbaar hou hulle ook 'n jaarlikse konferensie."

"Ek dog dit is 'n geheime organisasie."

"Dit is. Niemand weet wat hulle in die konferensie bespreek nie, of selfs waar dit gehou word nie. Net dat hulle elke jaar een hou." Sy is verbaas om so maklik inligting van so 'n klandestiene organisasie aanlyn te kry. Dalk om bykomende beleggers te inspireer.

"Wie is die lede? Beleggertipes?"

"Nee, dit is wat interessant is. Dit is ieder en elk. Besigheidmagnate, filantrope, koninklikes, toekomstige presidente en selfs goedverbinde kletsprogramaanbieders. Mense met geld."

"Toekomstige presidente? Hoe kan hulle voorspel wie die volgende president gaan wees voor dit gebeur?"

"Hulle hoef nie die toekoms te voorspel nie," sê Kat. "Hulle besluit daarop. Ten minste, dit is wat mense sê." Sy blaai na die finansiëlestaatbladsy. "Sien jy hierdie? Totale invloeiing was laasjaar vierhonderd miljoen. Dit beteken Edgewater se tweehonderd-en-twintig miljoen via Research Analytics is meer as die helfte van al hulle kontantinvloeiing."

"Sjoe. Baie invloedryk. Wie skop die res in?" Jace leun vorentoe.

Kat frons. Soos 'n hond met 'n been – hy ruik 'n storie. Steeds, Jace is die beste wanneer dit by die uitsnuffel van geheime kom.

"Ek weet nie. Kan jy verder kyk om te sien wie nog met hulle geaffilieer is?" Kat se vinnige ondersoek het allerhande komplot teorieë verbind aan die World Institute opgeroep. Terwyl die World Institute in die jaarverslag na hulself as 'n *dinktenk* verwys, is ander minder komplimentêr. Op sy beste word dit as 'n geheime organisasie van die globale elite gesien, die ryk en magtiges wat beleid en wet bepaal om aan hulle behoeftes te voldoen. Op die ergste word dit as 'n globale skadu-regering gesien wat nasionale soewereiniteit ondermyn deur politikusse te steun wat vriendelik met groot besigheid is.

Sy sal Jace toelaat om sy eie menings te vorm. Niemand is beter om vuilgoed te ontbloot nie. Sy moet net seker maak hy raak nie afgelei as hy eers die storiepotensiaal gesien het nie.

"Ek maak so." Jace leun terug in die leerarmstoel en strek sy lang bene voor hom uit. Hy trek 'n skootrekenaar uit sy tas uit en sit dit aan.

Kat kyk na haar inmandjie waar Harry se bankstate haar oog vang. Dit sit bo sy tjekboek en ander state. 'n Ander taak wat sy gou moet takel. Wie ook al agter sy finansiële gemors sit, moet gekeer word, maar sy is besig om vinnig uit tyd uit te hardloop op Zachary se sperdatum. Sy sal vir nog 'n uur aan Edgewater werk en dan op Harry se goed konsentreer. Sy moet sy affêre vanaand vir eens en altyd uitsorteer. Sy tel die hoop op om in haar aktetas te sit toe die een reël haar aandag trek. Dit is 'n maandelikse oordrag na dieselfde rekening as die onlangse lening.

Jace skuif in sy stoel. Hy is stil behalwe vir 'n getik hier en daar op sy sleutelbord.

Sy keer terug na Harry se state. Waaragtig, gereelde maandelikse oorbetalings vind al vir ten minste ses maande plaas, so ver terug soos Harry te tjekboekrekords gaan. Sover sy weet het hy nie 'n ander rekening by dieselfde bank nie. Sy maak 'n nota om Anita Boehmer te vra.

Dertig minute later roep Jace vir Kat nader. "Kat, hierdie is fassinerend. Ek kan nie glo dat ek nog nooit van die World Institute gehoor het nie. Dit sê hulle probeer om 'n nuwe wêreldorde te skep."

Kat spoedlees die artikel. Die onderskrif aan die skrywer se foto lees *Roger Landers, skrywer van Currency Conspiracy and the New World Order.*

"Ons kan later oopkrap wat agter die World Institute steek," sê Kat. "Aangesien ons nie baie tyd het nie, kom ons fokus op hoe Edgewater se betalings daar opeindig."

"Die ledelys is indrukwekkend," sê Jace. "Ek het al die bywoners van die eerste vergaderings in 1954 opgespoor. Daardie jaar het 'n honderd van die wêreld se elite bymekaargekom met die doel om een wêreldregering te stig. In elke daaropvolgende jaar ontmoet 'n honderd of so baie magtige mense om hulle doelwit te bevorder."

"Daai is 'n komplot teorie as ek nou al ooit een gehoor het." Kat besef haar fout te laat. Jace is reeds op 'n dwaalspoor.

"Daar is baie interessante feite om dit te staaf. Byvoorbeeld, die laaste drie Amerikaanse presedente, die Britse eerste minister en die Kanadese eerste minister het almal bygewoon. Net voor hulle verkies is."

"Hulle is deur die mense ingestem, Jace. Demokraties." Hoe kan sy hom weer op die spoor kry?

"Waar," sê Jace. "Behalwe, wie het besluit watter mense in die eerste plek gaan staan?"

"Jy dink daardie nominasies is gereël?"

"Swaar beïnvloed op die minste. Drie-en-negentig persent van al die World Institute bywoners wat in politiek is, was 'n jaar of twee later aan bewind. Dit is meer as toevallig. Hoe en hoekom is hulle egter aan die WI verbind? Ek het nog nooit eers van die organisasie gehoor tot nou nie."

"Wat het dit met geld te doen?"

"Agtergrond, Kat, agtergrond. Ek raai dat die enigste rede hoekom ons nog nie van die WI gehoor het nie, is omdat hulle nie wil hê ons moet nie. Natuurlik skryf 'n paar joernaliste die goed wat ek lees, maar hulle is as malkoppe afgeskryf."

"Jy dink egter nie dat hulle malkoppe is nie." sug Kat.

"Daar moet 'n element van waarheid daaraan wees. Van wat ek kan sien, is die WI baie geheim. Die vergaderings is nie oop vir die media nie. Ten minste nie die gewone media nie. 'n Paar hoë-profiel joernaliste is al genooi, maar met die verstandhouding dat hulle aan geheimhouding gebonde is. Breek die stilte en jy word nie terug genooi nie, of skryf 'n boek soos Landers en jy word heeltemal uitgestoot. Geen van die meer akkommoderende joernaliste het ooit iets gelek nie. Nie in oor die vyftig jaar nie. Enige joernalis wat sy sout werd is sal 'n storie hieroor skryf."

"Tog het geen hoofstroomjoernaliste nie." Kat draai volledig na hom toe. "Sê my, hoekom is dit?"

"Hulle is stilgemaak." Jace lig sy wenkbroue. "Afbetaal – of iets erger."

"Of, dalk is daar niks om oor te skryf nie."

"Dalk, dalk nie. Moenie jouself bluf nie, Kat. Hierdie is 'n groot storie. Daar is 'n rede dat ons tot vandag toe nie daarvan gehoor het nie. Hierdie is van die rykste, magtigste mense in die wêreld. Hulle beheer banke, regerings en selfs lande. Hulle doelwit is om mag selfs meer te konsolideer. Die Europese Unie? Dit was die eerste stap. Hulle het volgende planne vir 'n Asiatiese unie en 'n Noord-Amerikaanse unie."

Jace wys na die World Institute jaarverslag op Kat se rekenaar. "Hulle mandaat is een wêreldvaluta. Edgewater is een van die grootste internasionale valutaverhandelaars."

"Dit maak nie vir my sin nie," sê Kat. "Minder geldeenhede vernietig Edgewater se besigheid. Hulle sal niks hê om te verhandel nie."

Sy draai terug na haar rekenaarskerm toe. "Ons hoef in elk geval nie noodwendig te weet hoekom Nathan die geld weggewend het nie. Net bewys dat hy dit verduister het."

"Wil jy nie die motivering agter die misdaad weet nie?"

"Sekerlik, dit is interessant, maar ons het nie tyd nie, Jace. Ek moet hierdie klaar hê teen Zachary se sperdatum Maandag."

Dit is asof Jace nie 'n woord gehoor het nie. "Perfekte voorbeeld, die Europese Unie. Wat het na dit gebeur? Die euro. Een geldeenheid."

"Wat daarvan?"

"Dit is net die begin, Kat. Wat as die kredietkrisis doelbewus gebeur het?"

"Jy bedoel dat iemand dit beplan het?"

"Presies. Wat as 'n geldeenheid waardeloos is? Wat sal jy doen?"

"Ek sal my geld in 'n sterker geldeenheid hou. Of, as dit nie genoeg is nie, in iets soos goud of diamante. So ook almal anders. Hoekom sal enige iemand egter 'n geldeenheiddepresiasie orkestreer? Dit maak almal seer."

"Nie almal nie – net die mense wat dit nie sien kom nie."

"Klink net soos elke ander komplot teorie wat ek al van gehoor het," sê Kat. "En dit het niks met Edgewater en Zachary se taak te doen nie."

"Dit is waar jy verkeerd is, Kat. Ongeag van Zachary se lae mening van sy pa, is Nathan Barron 'n gerespekteerde valutadeskundige. Wat as die doel is om na een wêreldgeldeenheid oor te skakel? Hoe sal jy mense – of regerings – kry om dit te doen?"

"Jy sal dit waardeloos moet maak," sê Kat. "Dan wil almal uit die swak geldeenheid kom. Hulle sal dit vir 'n veiliger, meer stabiele geld-eenheid ruil."

"Presies. Devalueer die dollar, die pond, die yen. 'n Paniek ontstaan en *voilà*, jy bied een wêreldgeldeenheid aan om hulle uit die gemors waarin hulle is, te kry. Op jou voorwaardes, natuurlik."

"Waar kry jy hierdie goed, Jace? Jy is heeltemal mal."

"Ek dink nie so nie. Kyk na hierdie lyste." Jace gee Kat 'n uitdruk van die bywoners vir elke konferensie. Elke jaar is soos 'n Billboard Top 100. Behalwe, dit is nie die jaar se top treffers nie. Dit is die jaar se grootkoppe – die rykste, mees magtige, mees invloedryke mense in die wêreld, vir elke jaar wat tot 1954 toe terug gaan.

"Die koningin van die Nederlande? Sy is 'n filantroop. Die World Institute is 'n dinktenk. Niks snaaks daaraan nie." Kat gaan deur die lys. Omtrént grootkoppe, maar niks wat op slinkse motiewe dui nie.

"Sy beheer een van die grootste olie maatskappye in die wêreld," sê Jace. "Dit is meer as 'n belangstelling in die mensdom. Dit is 'n konsentrasie van mag."

"Selfs al is jy reg, hoe presies kom dit na Nathan Barron en Edgewater terug?" Kat voel hoe sy ingesleep word.

"Daar is geld om te maak, Kat. As jy toevallig weet dat 'n geldeenheid gaan val, kan jy wins uit daai kennis maak."

"Dus spekuleer daarop? Soos in Edgewater se verhandelings?"

"Presies," sê Jace. "Dit is hoekom ons die omvang moet verbreed om die World Institute in te sluit. Ons weet dat Research Analytics 'n groot deel in Nathan se bedrog speel. Op die minste moet ons Research Analytics se verhouding met die World Institute ondersoek."

"Nee, Jace. Ons het net nodig om agtergrond oor die World Institute te gee en te wys dat die geld daarheen gaan. Alles buiten dit is buite die omvang."

"Hoekom? Behalwe die feit dat die geld wat Nathan bydra nie werklik syne is nie, moet daar 'n rede wees hoekom hy in die eerste plek in geheim bydra. Sal Zachary nie wil weet dat Nathan 'n organisasie befonds wat sy besigheid ondermyn nie?"

Kat sug. "Oukei, so lank as wat Zachary saamstem." Sy is reeds seker dat Zachary aan die speelkant met enige iets sal wees wat Nathan se kriminele aktiwiteite ontbloot. "Hou dit net gefokus."

"Ons moet na daai konferensie toe gaan."

"Jace, nee." Kat hou haar hande in protes op. "Ek gee nie om om jou met 'n storie te help nie, maar ons raak afgelei. Ons het nie nodig om na die konferensie toe te gaan nie."

"Maar ek dink dit is in 'n paar dae. Dit blyk minstens so te wees, gegee die inligting wat jy in Barron se e-pos en kalender gekry het. Dit word elke jaar iewers anders gehou, gewoonlik in 'n oord net buite 'n groot stad. Dit was laasjaar by 'n Switserse oord gehou, die jaar voor dit net buite New York."

Kat slaan haar voorkop in besef. "Nathan se reis na Geneva hierdie tyd laasjaar." Sy onthou dit van sy kalender.

"Presies. Die vergadering vind op die selfde tyd elke jaar plaas. Ek is seker as jy nog 'n jaar terug gaan sal jy 'n New York reis ook vind."

"My fooie sluit nie internasionale reis in nie, Jace. As jy uit jou eie sak wil gaan, oukei. Waar word dit hierdie jaar gehou?"

"Ek is nie seker nie. Die geheimhouding strek so ver as om op die laaste nippertjie vir die bywoners te sê. Wil nie 'n klomp joernaliste hê wat rondhang nie." Jace glimlag. "Maar dit is die beste plekke – hulle het duidelik iets om weg te steek."

HOOFSTUK 19

Kat kan Jace 'n uur later steeds nie van die onderwerp af kry nie.

Dit is reeds middag en Kat het nie verder gevorder nie. Sy staar na die diagram op haar witbord, probeer om sin te maak van die geldvloei en hoe dit met Edgewater verbind.

Jace het egter 'n deskundige in World Institute aangeleenthede geword.

"Waar presies is Nathan Barron?" vra Jace. "Dit mag ons dalk 'n leidraad gee van waar om volgende te soek."

"Ek weet nie. Sy kalender wys die vlug na Londen gister, maar Zachary het met sy sekretaresse gepraat en vasgestel dat hy nie op die vlug is nie. Hy is wel uitlandig."

"Waar is hy?"

"Weet nie. Sy sekretaresse weet ook nie. Dit is ten minste wat sy vir Zachary gesê het. Zachary het hom ook 'n week laas gesien."

"Dink jy hy het gehardloop?"

"Ek twyfel." Kat onthou die trofees in Nathan se kantoor. Sy ego is te groot om hulle agter te laat. "Hy doen dit nou al vir meer as 'n dekade. Ek is seker dat hy geen idee het dat ons hom ondersoek nie. Dit is net besigheid soos gewoonlik vir al wat hy weet."

"Veronderstel dat dit waar is en dat hy 'n lid van die World Institute is. Hy moet wees aangesien hy al sy geld na hulle oorplaas. Dit beteken dat hy die konferensie sal bywoon."

"Dalk is dit wat in Londen plaasvind," sê Kat.

"Wanneer is die kaartjie bespreek?"

Kat haal 'n afskrif van Nathan se vliegtuigkaartjie uit. "Dit is ses maande terug uitgereik. Hoekom maak dit saak?"

"Kan nie vir die World Institute wees nie. Hulle reël alles op die laaste minuut – 'n maand of twee voor die werklike konferensie. Om die ligging geheim te hou. Dit word altyd die tyd van die jaar gehou. Ek dink hy gaan nie Londen toe nie omdat hy iets belangriker het. Die World Institute se jaarlikse konferensie."

"Veronderstel hy is, hoe vind ons uit waar?" vra Kat.

"Daar is 'n ander manier om na hierdie te kyk. Gee die konferensie lys aan." Jace gryp 'n hand vol duimspykers. "As ek vir iemand in die agterland soek begin ek by sy laaste bekende ligging. Dit gee my 'n patroon om ons soekarea te definieer. Dit is dan 'n poses van eliminasie."

"Hierdie is nie 'n soek-en-reddingspoging nie."

"Nee, maar dieselfde beginsels geld."

'n Uur later staan hulle in Kat se spaarkantoor, staar na die muur voor haar trapmeul. Dit is die enigste spasie beskikbaar om die kaart wat Jace hy die dollarwinkel gekoop het, op te steek.

Duimspykers merk die liggings van al die vyftig-iets konferensies tot op datum. Dit is gekonsentreer in Europa, maar daar is baie op die VSA en Kanadese ooskus. Blou duimspykers merk konferensies wat in die laaste tien jaar plaasgevind het, geel vir die dekade voor dit en so aan.

Die kaart weerspieël 'n goedkoop weergawe van iets wat mens in 'n oorlogkamer by die Pentagon sal vind.

"Interessante konsep," sê Kat. "Maar hoe sal dit ons help om die ligging te vind?"

"Ek raai dat dit soos die Olimpiese spele is. Jy kies nie dieselfde kontinent of land oor en oor nie. Om regverdig aan almal te wees."

"Dit skakel Europa uit."

"Noord-Amerika lyk bietjie yl," sê Jace.

Waar. Daar is net sewe duimspykers, alles in oostelike Noord-Amerika.

"Dit word altyd by eksklusiewe oorde met ernstige sekuriteit gehou – gewapende wagte, soldate, geheimediens, polisie," voeg Jace by.

"Maak sin. Iewers waar hulle die grense kan beveilig."

"En die nabygeleë areas van inwoners en besoekers vry te maak."

"Regtig?" Kat lig haar wenkbroue in verbasing. "Hulle gaan so ver?"

Hulle staan in stilte en bestudeer die kaart. Terwyl die plekke en mense deur die jare verander het, het diegene wat agter die skerms die toutjies trek, nie verander nie. Veranderings in regering, siviele oorloë en selfs demokrasie het nie die werklike magstruktuur verander nie. Die drama is dieselfde, maar die akteurs op die verhoog verskil. Sommige dinge verander nooit regtig nie.

HOOFSTUK 20

Kat staar na Jace se kaart. Die groepies en webbe herinner haar aan neutrale paaie en die dementia wat Harry se brein oorneem. Aanpaksel en warboel breek deur sy laaste verdedigingslyne, smoor sinapse en vertrap herinneringe. Verdedigingslyne daagliks oorgetrek soos dementia verder op sy verstand en liggaam inbreuk maak.

Harry slaan die lêerkabinet in die buitekantoor toe en mompel iets onverstaanbaar.

Kat spring.

"Wat is fout met jou?" vra Jace. "Het jy my nie gehoor nie?"

Kat kyk na hom en kan nie antwoord nie. Haar lip bewe.

"Hoekom kyk jy so vir my?"

Kat bars in trane uit. "Harry het Alzheimers."

Jace huiwer nie. Hy trek haar nader, hou haar styf teen sy bors vas terwyl die trane by haar wange afrol. "So, nou is die diagnose amptelik."

"Jy lyk nie verbaas nie."

Jace trek terug om na Kat te kyk. Hy vee sy hand oor haar wang. "Komaan, Kat. Ons albei weet wat met hom gebeur. Sy delusies en ongelukke. Dit is meer as net vergeetagtigheid. Hoekom praat jy nie met my nie?" Hy trek haar nader aan hom. "Jy het vroeër geweet, by die dokter se kantoor?"

"Ja." Sy noem nie die eerste afspraak nie. Haar trane week deur sy hemp soos sy haar gesig in sy bors nestel.

"Maar jy het dit van my af weggehou? Hoekom?"

Hoe kan sy hom vertel? Vir hom sê dat sy bang is hy los haar? Hy sal beledig wees deur die voorstel. Maar haar pa het geloop. Dalk sal Jace ook.

"Ek het gewag vir die regte tyd."

"Die regte tyd was die oomblik toe jy geweet het, Kat. Jy wou my nie vertel nie – weet jy hoe dit mý maak voel?" Jace draai weg, 'n seergemaakte uitdrukking in sy oë.

"Ek weet nie wat om te sê nie." Hy is natuurlik reg, maar sy is bang.

Jace trek haar nader en soen haar. "Kat, ek is lief vir jou. Ek het die reg om te weet. Jy kan my net nie uit dinge soos dié los nie."

"Ek weet, maar om daaroor te praat... dit maak my net bang. Dit maak dit te werklik voel. Ek kan dit nie nou hanteer nie." Kat wil haarself om op te hou huil. Om te huil los niks op nie.

"Jou ma het Alzheimers gehad?"

Sy knik terwyl trane by haar wange afrol.

Daar – hy het dit vir haar gesê, hardop. Sy was net veertien toe haar ma dood is en sy by die Dentons ingetrek het. Oom Harry en tannie Elsie. En Hillary.

"Weet Harry?"

"Ek is nie seker nie. Hy het gelyk of hy verstaan het, maar nou het hy heeltemal daarvan vergeet."

"Alles sal oukei wees, Kat. Ons sal dit hanteer." Jace trek sy vinger oor haar wang.

"Ek wil nie hê Harry moet soos sy opeindig nie, Jace."

Sy hoop steeds dat die diagnose 'n fout is. In haar hart weet sy andersins.

"Ek sal met Harry help. Moenie oor enige iets kommer nie."

Hulle word deur 'n geraas wat van ontvangs af kom, onderbreek.

"Oom Harry?"

Kat hardloop by die gang af, met Jace kort op haar hakke.

Harry lê op die vloer. Sy omgekeerde stoel langs hom, wiele steeds aan die rol. Hy hou sy skouer vas en is ineengekrimp van pyn.

"Ek is oukei. Net my balans verloor."

"Moet nooit op 'n stoel met wiele staan nie, oom Harry."

"Ek moet haar help. Die lêer was in die boonste rak." Kat se kantoor het voorheen 'n tandarts gehuisves, met vloer tot dak liasseerkabinette. Sy gebruik nie die boonste rakke nie, maar het nog nie by opknappings uitgekom nie.

"Wie help? Niemand is hier behalwe jy nie."

"Hillary," verduidelik Harry. "Sy het 'n lêer vir haar skoolprojek nodig. Dit moet môre ingegee word."

"Reg," sê Kat. "Ek sien haar nie. Waar is sy nou?"

"Sy moes gaan. Of sy sou laat wees vir skool."

Kat probeer om nie te huil nie. Jace het geen idee waarin hy homself begewe nie en sy kan nie van hom verwag om haar vir lank te help nie. Dit is te veel om van enige iemand te vra.

HOOFSTUK 21

Kat het uiteindelik tyd gevind om Research Analytics toe te ry om te kyk wat daar aangaan. Sy trek langs die sypaadjie in en sit die Lincoln in parkeer. Die enigste spasie groot genoeg om Harry se bootagtige Lincoln te parkeer is 'n blok weg. Dit is oukei aangesien om onder in die straat te parkeer haar die geleentheid gee om Research Analytics te observeer sonder om aandag te trek.

Harry het aangedring dat hulle sy kar vat, wat natuurlik beteken dat sy moet bestuur. Hy het die Lincoln laat regmaak en weier om dit te verkoop ten spyte daarvan dat hy sy bestuurslisensie verloor het. Hy sit langs haar in die passasierskant, rol sy duime. Hy vroetel nou konstant, blykbaar onbewus daarvan. "Wees versigtig met die witwandbande, Kat. Jy gaan dit krap." Harry hou sy asem op. "Hoekom parkeer jy altyd so naby aan die sypaadjie?"

Kat draai na Harry toe. "Ek is ses duim weg. Maak die deur oop en kyk self." Sy parkeer altyd verder weg om hierdie eindelose debat te vermy, maar Harry se persepsie van spasie en nabyheid aan dinge blyk nou af te wees.

Harry kyk weg en rol sy oë en duime vinniger. "Hoekom stry jy met my, Kat?"

"Nee, jy is reg, oom Harry. Ek is te naby." Kat besef skielik hoekom hy so opgewerk is – die deurhandvatsel. Dementia se mentale erosie is onewe. Harry onthou lirieke van liedjies uit sy jeug, maar vergeet hoe 'n deurhandvatsel werk. Selfs in 'n kar wat hy al vir dertig-plus jaar besit. "Ek sal volgende keer probeer om versigtiger te wees."

Kat spring uit die kar en hardloop na die passasierskant om die deur oop te maak. Sy bestudeer die straatkant terwyl sy vir Harry wag om uit te klim. Hierdie deel van die stad is 'n rumoer van winkelfronte en drieverdiepinggeboue, meestal in die veertigs tot sewentigs gebou. Behalwe vir die verbleikte verf en bouvalligheid, is dit amper onveranderd van die bloeityd. Selfs die mense hier straal moegheid uit. Sy maak die kardeur toe. "Gereed?"

Harry knik sy kop en hulle stap by die staat op. Dit is sy ou buurt, net drie blokke van die huis waarin hy grootgeword het.

"Waar is ons, Kat?" Harry kyk in verwondering rond. "Ek was nog nooit voorheen hier gewees nie. Dit is baie besig hier."

"Ek weet." Kat korrigeer hom nie. Dit sal hom net ontstel en hulle is klaar by hulle bestemming. Research Analytics se korporatiewe hoofkwartiere blyk 'n stucco-woonstelblok te wees, met 'n vakante uithangbord buite. Sy loop na die voordeur en kyk na die lys okkupante. Geen van die name is hoegenaamd soortgelyk aan Research Analytics nie. Die naaste ding aan veertienhonderd is nommer twaalf, gelys as bybehorend aan A. Knopf.

Net soos sy verwag het, Research Analytics is 'n volledige fabrikasie. Die telefoonnommer het ook nie geklop nie – dit het opgeëindig om 'n ontkoppelde nommer te wees. Opgemaakte maatskappye is 'n algemene metode van ingewyde verduisteraars. Kat haal haar selfoon uit en neem 'n foto van die gebou as bewys vir haar verslag.

'n Uur later sit Kat oorkant Zachary in Edgewater Investments se raadsaal. Ten spyte daarvan dat dit 'n Saterdag is, is die helfte van die kantore beset deur mense wat op die foon praat of op hulle rekenaars tik. Snippertjies ganggesprekke dryf deur die oop raadsaaldeur soos mense verby strompel met hulle oggendkoffie.

Sy trek 'n dik pak dokumente uit haar aktetas en sit dit op die tafel neer.

"Wat het jy? Genoeg om hom vas te pen, ek hoop?" Zachary blyk amper gelukkig te wees. 'n Vreemde reaksie aangesien hy geleer het dat sy vennoot, en pa, hom besteel.

Kat se ondersoek het meer vrae as antwoorde gebring. Een ding is seker: Edgewater en die Barron-gesin sal nooit weer dieselfde wees nie.

Sy trek haar asem in. Zachary gaan nie hou van wat sy te sê het nie. "Ek werk daaraan. Hier is wat ons sover het." Kat vertel hoe die geld van Edgewater na Research Analytics weggewend is.

"Die beleggingnavorsingsmaatskappy waarvan jy my vertel het?" Zachary staar haar aan.

"Sover vyftig miljoen hierdie jaar. Tweehonderd-en-twintig miljoen laasjaar." Sy hou haar hande uit en haal haar skouers op. "Voor dit – ek werk nog die bedrag uit."

Hy skiet van sy stoel af op. "Dit is onmoontlik. Ek het geweet dat iets aan die gang is, maar 'n kwart biljoen? Dit kan nie reg wees nie."

"Onthou jy dat jy gesê het daar is geen geld in die bank nie?"

"Maar soveel? Dit is onmoontlik."

"Ek is bevrees dat dit wel moontlik is, Zachary."

Sy selfingenome uitdrukking verander in paniek in. "Hoe kan ons dit terug kry?"

"Ek probeer dit nog oplos. Wat ek sover weet is dat Research Analytics 'n front is. Die adres op die fakture is 'n goor, vervalle woon-stelblok aan die ooste kant." Sy draai haar selfoon om vir hom die foto van die verwaarloosde gebou te wys.

Zachary skimp. "Ek het dit geweet. Nathan is 'n dief. Ek wil hom aankla, hom uit Edgewater uitdryf."

"Nathan het nie alleen opgetree nie, Zachary."

Hy word styf en sy oë vernou. "Wat bedoel jy?"

"Hy het hulp gehad. Iemand moes die tjeks aan Research Analytics uitmaak. Nathan het nie die sekuriteitsgoedkeuring om dit te doen nie."

"Wel, wie het?"

Dit kan nie vermy word nie. "Victoria het. Edgewater se ouditeurs is ook verdag." Kat verduidelik die opeenvolgende fakture nommers en Beecham, insluitend die verbinding aan Nathan. Victoria is die enigste ander persoon by Edgewater wat toegang tot die tjeks gehad het.

"Hulle bestaan nie? Nathan het 'n denkbeeldige ouditeursfirma opgestel?" Hy blyk nie baie verbaas te wees nie. Zachary se tekort aan emosie pla haar. Verstaan hy nie die implikasies nie? Of dalk doen hy, maar is in ontkenning.

"Dit is baie ernstig, Zachary. Alles oor Edgewater is verdag. Die finansies, die beleggingsprestasie – alles." Daar is nie 'n manier om dit te versag nie. "Edgewater is bankrot en jy ook."

"Wat bedoel jy met bankrot?"

Kat trek die bankstaat uit haar aktetas uit en gly dit oor die raadsaaltafel.

Zachary gryp die papier en is stil vir 'n minuut terwyl hy haar analise lees. "Ek sal daardie bliksem doodmaak." Hy slaan sy vuis op die tafel.

Kat spring, al het sy die reaksie verwag. "Die moeilike deel is om die geld terug te kry. Het jy enige iets in reserwe? Enige kredietfasiliteit?"

Zachary skud sy kop. "Is daar niks geld oor nie?"

Kat skud haar kop.

"Jy sê vir my dat ek geruïneer is?" Zachary spring van die tafel af op en loop heen en weer.

Zachary is selfs meer platsak as Harry. Hy weet dit net nog nie.

HOOFSTUK 22

Kat en Jace sit in haar kantoor en staar na die sewe-entwintig name op haar witbord. Baie van die World Institute konferensie bywoners is ook op Nathan se kontaklys. Aan die regterkant van die name is kolomme, een per jaar vir elk van die laaste vyf konferensies. Saterdag middag glip weg en hulle kruip nader aan Zachary se Maandag sperdatum.

Buite skreeu die seemeeue soos hulle in die bewolkte lug in sirkels sweef, opsoek na afval op die skeepsdok onder. 'n Groot meeu duik op 'n kleiner voël op die werf af, steel sy vangs.

Hulle het besluit om hulle aandag op Research Analytics te fokus. Dit beteken net om die geld na die uiteindelike bestemming te volg, die World Institute. Elke stap bring meer vrae voort en Zachary verwag antwoorde op almal van hulle.

"Wie ís die mense?" Kat vra haarself soveel as vir Jace. Sy stap na die witbord toe.

Die World Institute-konferensielys was nie moeilik om te kry nie. Komplot teoretici dokumenteer al vir jare die doen en late van die bywoners, volg 'n paar sleutelsspelers om op die ligging in te zoem. Dit is amper al wat hulle gevind het. Aangesien nie-lede nie toegelaat word nie, kan hulle nie oor die vergaderingagenda verslag doen nie. Die sekuriteit vir 'n World Institute-konferensie ding met 'n G8-beraad mee – selfs voorsien van 'n polisie SWAT-span, lug- en grondbewaking en die persoonlike sekuriteitspan van elke bywoner.

"Meeste is ryk," sê Jace. "Amper almal van hulle is bekend. Almal is belangrike publieke figure. Behalwe om World Institute uitgenooides te wees, het al die name iets met geld te doen."

"Dit is waar." Kat bestudeer die lys. "Staatskas sekretarisse, sentralebank hoofde, bank HUB'e en skansfonds hoofde. Hulle onwikkel beleid of reguleer dit of word deur die reëls beïnvloed."

"Ek stem saam," sê Jace. "Hulle is ook almal internasionale deskundiges in monetêrebeleid. Maar hoekom al die geheimhouding? Hoekom as 'n supranasionale groep buite regering ontmoet?"

"Regerings is vir hulle struikelblokke. Dit behels stemmers, wette en besprekings. Demokrasie en konsensus. Magtige mense soos Nathan Barron en die res van die World Institute wil dinge op hulle manier hê, op hulle voorwaardes. As 'n blok, is hulle multinasionale korporasies ook groter as meeste regerings." Somtyds is dit beter om nie te weet hoe die wêreld regtig werk nie.

Jace sê niks.

"Dit klink bietjie paranoïes, nè?" vra Kat.

"Dit doen, maar iets klink waar. Multinasionale korporasies maak toenemend die reëls op. Hulle gebruik betaalde steunwerkers om wetberamers te beïnvloed en elimineer struikelblokke tot verhandeling, wat dan wins verhoog. Buitevaluta transaksies is eenvoudig nog 'n struikelblok wat hulle tyd en geld kos."

Dit is die enigste skakel wat hulle in die laaste uur gemaak het, en dit is kommerwekkend. Kat kan steeds nie verstaan hoekom Nathan deel daarvan sal wees nie. Minder geldeenhede beteken minder geleenthede om verskille te arbitrageur en dit is hoe Edgewater Investments wins maak.

"Watter tipe konferensie word op die laaste minuut georganiseer?" vra Kat.

"'n Geheime een. Een wat sy doelwitte wil behaal sonder buite inmenging."

"Reg." Kat tik die witbord met 'n witbordpen. "Kom ons gaan elke naam na en sien wat hulle nóg in gemeen het."

"Jason Blackstone," sê sy, "VSA Federale Reserwebank voorsitter."

Jace lees van sy skootrekenaar af. "Hy het die konferensie vir die laaste drie jaar bygewoon."

Kat plaas drie Xe langs Blackstone se naam.

"Jean-Claude Bruneau."

"Vir die eerste keer laas jaar bygewoon. Hy is die hoof van die Internasionale Monetêre Fonds."

"Van wanneer af?" vra Kat.

"Ses maande gelede. Voor hy by die IMF aangesluit het, het hy as Frankryk se finansies minister opgetree." Jace gooi 'n pakkie suiker in sy koppie en roer dit met die agterkant van sy potlood.

Kat kyk hom met 'n afkeurende gluur aan. "Jy gaan loodvergiftiging opdoen. Kan jy nie net 'n lepel gryp nie?"

"Geen tyd." Hy glimlag liefies vir haar.

"Wat ook al. Die tydsberekening is beslis interessant. Bruneau is net voor sy aanstelling as IMF-hoof uitgenooi. Net soos die huidige VSA president en Kanadese eerste minister ook."

"Uitgenooi voor hulle staatshoofde geword het," herhaal Jace.

"Dit is reg. En finansies ministers soos Bruneau woon nie gewoonlik by nie."

"Tensy die World Institute groter planne vir hulle het."

"Dit begin so voorkom. Die World Institute besluit wie op die lys kom. Jou keuse word gemaak vóór jy gestem het." Kat gaan voort:

"Gordon Pinslett."

Jace verstik aan sy koffie. "Wie?"

"Gordon Pinslett. Hy is 'n media-magnaat – Global Financial."

"Ek weet wie hy is, Kat. Hy besit die *Sentinel*."

"Regtig? Jy het hom nooit voorheen genoem nie."

"Hy het nog nooit sy voete in ons beskeie kantoor gesit nie. Tegnies besit hy die konglomeraat wat die *Sentinel* besit."

"O. Wat doen hy by die World Institute?"

"Ek weet nie, maar ek is van plan om uit te vind." Jace krap sy verbande arm. "Dalk is hy die rede dat die redigeerder my storie doodgemaak het. Om die ryk te kritiseer voel seker te naby aan die huis. Maar as stories soos myne nie vertel word nie, sal ons nooit die waarheid weet nie. Watter tipe wêreld is dít?" Hy wag nie vir haar antwoord nie. "'n Gesensorde een."

Kat trek haar skouers op en glimlag, sy hoop om hom uit die donker bui uit te trek. "Niks daarvan maak nou saak nie, jy werk nie meer daar nie."

"Dit maak aan my saak, Kat. Mense soos Pinslett kan nie net al die media opkoop en ons stil maak nie. Stories soos myne moet uitkom."

Kat sug. "Oukei, maar kom ons fokus vir nou op die storie op hande. Hoekom Nathan geld na Research Analytics en die World Institute stuur." Om demokrasie met Jace te bespreek kan ure vat. As sy Zachary se sperdatum wil maak, moet sy hom in die regte rigting stuur. Pinslett se naam het Jace weer opgewerk. "Jy is beter af, Jace." Jy het self al vir 'n wyle gesê dat dinge by die *Sentinel* agteruitgaan. Hierdie is 'n kans op 'n nuwe begin."

Jace trek sy skouers op. "Dis seker so, maar ek moet steeds 'n inkomste maak."

"Ek het dit onder beheer." Dit is debatteerbaar. Hulle het die afgeloopte erfenishuis met hulle bie by die belastingverkope laasjaar gewen. Gewen is die verkeerde woord. Die ou Victoriaanse huis is 'n bodemlose pit, verslind eindelose tyd en geld met herstellings en hermodellering. Die stad se streng erfenisreëls beteken duur en uitgerekte opknappings. Dit is 'n konstante uitdaging om binne die sonering regulasies te bly.

"Kom ons keer terug na die lys toe."

Hulle hersien die oorblywende name soos dit buite donker word. Dit begin reën.

"Svensson," sê Jace. "Vir die laaste drie jaar uitgenooi. Sy Nobelnominasie is die basis vir meeste van die een wêreldgeldeenheid teorieë daarbuite."

Kat skryf Edgewater *betaling* en *sneeuskoen ongeluk* langs sy naam.

"Die ou wat in die berge doodgegaan het, reg?"

Kat knik haar kop.

Jace tik op die sleutelbord. "Hy het deur 'n kranslys geval." Kranslyste vorm onder swaar sneeutoestande wat veroorsaak dat sneeu 'n paar voet verby die rand van die krans ophoop. Dit is duidelik van onder af dat daar nie grond is wat dit ondersteun nie. Van bo af blyk dit sneeubedekte aarde te wees. Dit is 'n algemene oorsaak vir valle in die agterland.

"Ek onthou dat ek van die ongeluk gehoor het, net nie die besonderhede nie." sê Kat.

"Die besonderhede is nie op die nuus gewees nie. Kurt het my vertel. Hy was deel van die terugkrygingsproses." Jace se vriend Kurt is ook 'n soek-en-redding vrywilliger. Kurt werk by die Sunshine Coast terwyl Jace se gebied die North Shore is.

Jace tik iets op sy sleutelbord. "Hou 'n oomblik aan – sê hier die lykskouer vermoed nou selfmoord."

"Selfmoord? Terwyl hy vir 'n Nobel genomineer is?" vra Kat. "Om 'n Nobel te wen sal die hoogtepunt van enige iemand se loopbaan wees. Dit is net twee weke weg. Beslis die moeite werd om voor te wag, selfs met depressie."

"Depressie doen vreemde dinge aan mense. Hulle het ook narkotika in Svensson se sisteem gevind. Te veel om daar te stap. Hy moes dit gevat het toe hy die plek bereik het waar hy geval het. Die storie vertel verder dat hy finansiële probleme gehad het."

"Baie mense het finansiële moeilikheid, Jace. Die Nobel-prysgeld sou dit oplos."

"Hierdie artikel sê dat hy 'n nota gelos het. Hulle het dit pas in sy hotelkamer gevind." Jace tik op sy rekenaarskerm.

"Ek sal graag daai selfmoordbrief wil sien," sê Kat. "Hy is in 'n vreemde land en in die middel van winter en hy stap vir ure net om by 'n krans af te spring? Dit is baie moeite vir iemand wat alles wil eindig."

"Waar," sê hy.

Kat staar by die venster uit. 'n Ou man in 'n geel vormstryktroffel strooi broodkrummels op die skeepsdok langs. 'n Paar dosyn duiwe swerm by sy voete, pik die krummels op.

"Wag 'n oomblik – dit is nie net jou algemene selfmoordbrief nie. Dit sê hier dat hy jammer gesê het."

"Jammer gesê? Vir wat?"

Jace tik op sy sleutelbord. "Svensson het van plan verander. Hy het besluit dat een wêreldgeldeenheid 'n fout is."

"Maar dit was die basis vir sy Nobel-nominasie."

Jace hou sy hand op terwyl hy van sy skerm af lees. "'n Uittreksel van die nota is vandag in die *Herald* gedruk."

Kat beweeg vinnig na Jace toe om oor sy skouer te lees:

'n Enkele internasionale of supranasionale geldeenheid ondermyn die soewereine regering van nasies. Geld is 'n fundamentele implement in monetêrebeleid. Regerings het dit nodig om rentekoerse, skuld en geldtoevoer aan te pas, om hulle ekonomieë te bestuur.

Die *Herald* is die ander daaglikse koerant in die dorp, die *Sentinel* se kompetisie.

"Ek moet met hom saamstem, sê Kat. "Vat die implement weg en skielik verloor jy beheer oor jou ekonomie en, tot 'n mate, jou lotsbestemming."

"Die nuwe storie is natuurlik heeltemal in teenstelling met die World Institute. Een internasionale geldeenheid is die World Institute se *raison d'être*."

"Ek wonder hoekom Svensson van plan verander het?" Kat staar by die venster uit. Twee van die groter duiwe het 'n kleiner duif aangeval. Dit vlieg na 'n paal toe, kyk hulpeloos aan hoe die twee groter voëls sy deel verorber.

"Ek weet nie, maar ek is van plan om uit te vind. Daar is 'n storie hier – ek kan dit voel." Jace slaan 'n paar sleutels op sy skootrekenaar. "Nog iets – Svensson is nou nie meer in aanmerking vir die Nobel nie. Blykbaar kan jy nie wen as jy dood is nie."

"Sluit die wen van 'n Nobel nie geld in nie?"

"Tien miljoen kroon. Een en 'n half miljoen dollar."

"Dit is 'n groot som," sê Kat. "Daar is mense wat daarvoor dood sal maak."

"Dink jy hy is vermoor?"

"Moontlik. Ek weet nie. Ons moet in elk geval die jaar se konferensie ligging vind en die bewyse van Nathan se betrokkenheid. Svensson het die laaste drie konferensies bygewoon, so hy is seker steeds na die konferensie genooi, selfs al het hy van plan verander. Ek dink ek weet waar dit is.”

“Waar?”

“Hier,” sê sy. “Sien jy hierdie kolletjies op jou kaart? Dit is tyd vir 'n weskus ligging. Dit verduidelik ook hoekom Svensson hier was. Kyk na al die eksklusiewe hotelle. Hulle kan die dag vroeër aankom en in 'n onderdorp hotel bly. Kyk dan na al die plaaslike konferensiesentrums. Plekke buite die stede waar die omtrek beveilig kan word. Verkieslik een met beperkte toegang. Ons het nie baie tyd as hulle reeds daar is nie.”

“Het dit.”

Dit is die maklike deel. Die moeilike deel is om in te kom.

HOOFSTUK 23

Kat se vermoedens is tien minute later bevestig.

"Die Tides Resort by Hideaway Bay," sê Jace. "Naby, tog moeilik om te bereik."

"Op die Sunshine Coast? Ek kan my nie verbeel hoe hierdie baie belangrike persone op veerbote aankom nie."

Die Sunshine Coast is tien myl noord van Vancouver, tog kan dit net per boot bereik word. Om daar te kom verg twee kort ritte met 'n veertig minuut veerboot tussen-in.

Plaaslike mense maak staat op regeringsveerbote om aan die res van die provinsie verbind te bly – steeds, Brits-Columbië veerbote vir die proletariaat, nie internasionale elite wat aan vyfster diens gewoond is nie. Kat kan nie indink hoe hulle agter nutsvragmotors en miniwaens met twee-uur lange wagtye wag terwyl hulle koffie uit pendelaar-koppies teug en warm probeer bly nie.

"Hulle hoef nie die veerboot te vat nie," sê Jace. "Hulle kan in 'n kwessie van minute van die Vancouver-lughawe met 'n klein huur-vliegtuig of helikopter vlieg. Die Tides Resort het 'n landingstrook."

"Ons moet dit op een of ander manier bevestig."

"Gedoen. Ek het reeds die hotel gebel omdat Monsieur Bruneau sy medikasie vergeet het." Jace grinnik. "Ek het gereël om dit onmiddellik te koerier."

"Jy is so skelm." Kat sirkel haar arms om sy middel en gee hom 'n drukkie.

Jace sak sy kop om haar te soen. "Wanneer gaan ons? Bruneau registreer môre."

Twee ure later sit Kat, Jace en Harry op 'n verslete bankie oorkant die Sunshine Coast se veerbootkajuit. Die boot se binnekant het nie verander vandat dit die eerste keer geseil het in die sestigs nie, behalwe vir die letsel van die blou fop leer van generasies van passasiers en nie naastenby genoeg onderhoud nie. Die kajuitvensters is opgewasem, 'n gevolg van klam klere wat die warm binnekant ontmoet.

"Dit is hy." Kat laat sak haar koerant en dui oor die gang na die teenoorgestelde kant van die skip. 'n Lang, maer man balanseer 'n koppie koffie met een hand terwyl hy 'n notaboek uit 'n rugsak uithaal.

Jace leun nader net toe die opgeneemde veiligheidkennisgewing oor die veerboot se antieke, verwronge luidsprekers kraak. "Wie?"

"Roger Landers." Kat kyk na Landers. Hy dra jeans en rits sy skibaadjie oop om 'n wol oortrektrui daaronder te ontbloot. "Ons is beslis in die regte plek."

Kat is verbaas dat Jace hom nie eerste opgemerk het nie. Landers het die laaste dosyn of so World Institute konferensies opgespoor en in elke enkele een van hulle probeer inkom. Daar kan net een rede vir sy teenwoordigheid op die veerboot wees.

Die joernalis kyk op en vang Kat se oog. Hy spring van sy stoel af op en kreun toe hy koffie oor sy hand mors. Hy laat die koppie val en vee sy hand aan sy baadjie af. Dan draai hy en loop terug na die middel van die skip, op pad na die trappe van die parkeringdek.

"Ek moet hom ontmoet." Kat staan op en volg.

Jace frons en skud sy kop, duidelik verleë. Sy ignoreer hom.

Harry draai in sy sitplek om. "Waarheen gaan jy, Kat?"

Kat antwoord nie.

Landers kyk terug na haar. Hy bereik die trappe en begin hard-loop, vat die trappe twee op 'n slag.

"Wag!" skree Kat. "Ek wil net met jou praat."

Landers se pas versnel soos hy om die hoek verdwyn. Kat hard-loop by die trappe af, bereik die deur van die parkeerdek soos dit halfpad toegaan. Sy stoot dit oop en staar na die see van voertuie. Landers is weg.

Iewers tussen die lang rye karre en bakkies blaf 'n hond, sy huil eggo onder die lae dakke. Behalwe vir die hond is dit geheimsinnig stil, in sterk kontras met die chaos dertig minute terug toe hulle by Horseshoe Bay opgeklim het. Sy moet Landers vang, vóór die boot in dertig minute dok, as sy met hom wil praat. Dalk kan hulle hul magte kombineer.

Sy spring toe voetstappe iewers voor haar klink. Landers se silhoeët is omlyn onder 'n harde wit fluoressent lig twintig voet voor haar. Hy sien haar en duik agter 'n Ford F–150 bakkie in. Sy weef tussen die motors deur, hou haar oë op waar sy hom laaste gesien het.

"Mnr. Landers? Moet asseblief nie hardloop nie. Ons kan mekaar help."

Stilte.

Kat hardloop na die bakkie toe, maar Landers is reeds weg. Sy spits haar ore vir voetstappe, maar hoor net 'n druppende waterpyp langs haar. Watter rede het hy om van haar af weg te hardloop? Hy ken haar nie eens nie. Belangriker nog, waarheen het hy gegaan?

Kat spring toe iets aan die voorkant van die boot bots. Dit klink soos die deel waar hulle die fietse parkeer, maar daar is natuurlik niks dié tyd van die jaar nie.

Toe sien sy Landers. Sy rug na haar toe, gesilhoeëtteer teen 'n see agtergrond. Die voorkant van die parkeerarea is heeltemal oop, behalwe vir 'n versperring van dubbel toue wat verwyder word wanneer die voertuie afry. Hy draai en kyk na haar vir 'n split sekonde. Toe spring hy.

HOOFSTUK 24

Die veerboot ompad beteken woedende passasiers en 'n skedule om op te maak. Die veerboot kaptein se aankondiging het Kat bykans daarvan beskuldig dat sy 'n poets bak. Die polisie blyk ook skepties te wees, vind geen bewyse van 'n man wat oorboord is nie.

Kat kan nie wag om af te klim sodat sy die woedende staar van vertraagde passasiers kan ontsnap nie. Sy bestuur die Subaru van die veerboot af en volg die verkeer uit die veerboot en by die styl heuwel op, wat na die hoofweg lei. Dit is dieselfde roete wat hulle na Kurt Ritter se hut toe vat. Kurt is ook 'n soek-en-redding vrywilliger soos Jace.

"Hoekom sal Landers spring?" Die kwas maak tot 'n panoramiese uitsig van Howe Sound oorkant die rant van die hoofweg oop, maar Kat kom dit beswaarlik agter. Sy kan steeds nie agterkom hoe Roger Landers soos mis voor die son verdwyn het nie, reg voor haar oë.

"Bang," sê Jace. "Ek sal ook bang wees, as jy so agter my aangehardloop het."

Kat rol haar oë. "Ek wou net met hom praat. Ek verstaan nie hoekom hy gevlug het nie, of gespring het nie."

"Hy het blykbaar gedink dat jy iemand anders is," sê Jace.

"Hy sal eerder verdrink as gevang word?" Landers sal nie vyf minute in die yskoue seewater uithou nie. "Wat op aarde hardloop hy van weg?"

Sewe nabye passasiers het haar bykans aangeval toe sy die noodgeval alarm trek. Blykbaar is hulle skedules belangriker as 'n maritieme ongeluk. Die feit bly staan: Landers het oor die rant gegaan. Sy weet wat sy gesien het, al was sy net die getuie. Is jy nie veronderstel om iemand te help wat oorboord is nie?

"Ons weet nie verseker dat hy weg is nie. Net dat hy verdwyn het."

"Jace, hy hét net verdwyn. Daar is nêrens waarheen hy kon swem nie. Geen land, geen bote." Landers het spoorloos verdwyn, ten spyte van die kaptein se moeite om die veerboot om te draai en die kuswag se bykans onmiddellike aankoms.

Kat steel kyke na die water soos die Subaru die kurwes langs die kuspad soen. Watter geheime die water ook al inhou sal geheim bly, ten minste vir nou. Sy draai van die hoofweg af na die ongeplaveide, heuwelagtige pad. 'n Uur later gee die groewe en klippe uiteindelik mee en die eiendom kom in sig.

Die Tides Resort is soos 'n bunker in die heuwel ingebou. Groot rotse anker massiewe, ou sederbome wat drie stories hoog staan en 'n beeldskone uitsig in die middel daarvan raam. Kat sien 'n groot deur, groot glaspanele en agter dit, die see. Die groot kamer word deur 'n massiewe steen vuurherd gedomineer, die vuur wat 'n oranje gloed afgee. 'n Paar mense sit om die vuur, teug aan drankies.

Aan die linkerkant is 'n tweede gebou, Kat neem aan dis die konferensiesentrum. Verby die glas en fasade is see en niks anders nie. Lang Douglas-denne flank die twee geboue soos skildwagte. 'n Tuin en looppad sit tussen hulle, agter dit die krans wat in die see onder dit in val. Selfs op 'n wintersdag slaan dit haar asem weg.

"Jy onthou die plan, Jace?"

"Ek is die tegnikus wat die oudiovisuele toerusting opstel. 'n Laaste minuut plaasvervanger."

Kat het die maatskappy en personeelnaam gekry deur 'n oproep om die tegnikus se ter plaatse akkommodasie te verifieer.

Toe bel sy die oudiovisuele maatskappy en kanselleer die werk.

Hulle is nou vry om die maatskappy se plek te neem. Dit is die perfekte dekmantel. Hulle het 'n kamer en niemand het al ooit die maatskappy se personeel gesien nie. Solank as wat die oudiovisuele goed basies is sal hulle oukei wees.

Jace, is egter ongemaklik. "Ek is nie seker oor hierdie nie, Kat."

"Ek dog jy is 'n speurjoernalis." Sy trek die Subaru in die lang sirkelvormige oprit in en kom tot 'n stilstand.

"Hoekom ek?" Jace se gesig verdonker toe die kneg die kar nader. "Dit gaan nooit werk nie. Ek weet nie eens hoe die ou lyk nie. Hoe kan ek myself soos hy vermom?"

"Jy hoef nie. Die oord personeel het hom self nooit ontmoet nie. In elk geval, jy is die ou. Ek kan skaars vir wat-sy-naam misgis word. En Harry is ook te oud."

Dit het Harry se aandag van die agtersitplek gekry.

"Te oud waarvoor?"

"Maak nie saak nie." Kat gee die sleutels vir die kneg en maak haar deur oop.

"O. Bly ons hier?" Harry se oë word groter. "Sjoe."

"Gryp jou goed, Harry." Jace maak die passasiersdeur oop. "Kom ons gaan."

"Onthou," fluister sy aan Jace toe hulle binne gaan, "jy is moeg en wil so vinnig as moontlik registreer. Maak asof jy geïrriteerd is sodat niemand met jou wil praat nie."

Kat stuur Harry na 'n paar lae leerbanke toe. Haar oë volg Jace soos hy na die ontvangstoonbank stap. Sy het aangedring dat hy 'n pak dra. Selfs al is hy net die oudiovisuele tegnikus is dit belangrik dat hy inpas. Sy reken dat internasionale magnaat-tipes waarskynlik in hulle pakke slaap.

Sy is bly dat sy aangedring het. Jace is soos die twee ander mans in die voorportaal-kroeg aangetrek – behalwe dat Jace beslis fikser en aantrekliker lyk. Sy kan nie help om te bewonder hoe die goed gesnyde pak sy breë skouers en maer middel beklemtoon nie. Definitief nie 'n bleeksiel oudiovisuele tegnikus nie.

Sy bestudeer die twee mans wat by die kroeg sit. Hulle is vasgevang in hulle gesprek, tot mekaar toe gedraai, wat dit moeilik maak om ordentlik na hulle te kyk. Moontlik twee van die honderd of so gaste. Een van hulle waai sy arm entoesiasties rond, mors amper die drankies op die kroeg. Kat haal haar selfoon uit haar sak uit en hou dit op.

"Is dit nie pragtig nie?" sê sy hardop vir Harry in wat sy hoop vir een of ander Europese aksent misgis sal word. Sy neem 'n foto, maak seker dat die twee mans in die raam is. Dit kan dalk later handig te pas kom.

Tien minute later bewonder Kat, Jace en Harry die see-uitsig vanaf die balkon in hulle derde-vloer suite. Hulle sit in hulle winter baadjies opgebondel, hulle rûe na die gasverwarmer wat Jace op sy hoogste aangesit het.

"Is jy seker daarvan, Kat? Hulle het nie eens vir my kredietkaart gevra nie. Iemand gaan uitvind."

"Nie as ons 'n lae profiel hou nie. Die mense wat die reëlings getref het, is seker nie eens hier nie. Selfs as hulle is, met so baie ander besonderhede en mense om op die hoogte van te bly, is kamer aanwysings die minste waaraan hulle dink. Buitendien, hulle het die hele oord gehuur, so dit gaan nie saak maak nie. Niemand sal agterkom nie."

"Ek is nie so seker nie. Wat as ons gevang word?" Jace loer oor die balkonreling.

"Ons sal nie. Ons sal bewyse kry dat Nathan hier is, dalk selfs die strekking van sy betrokkenheid uitvind. Ons kan môre hier uit, met genoeg tyd om Edgewater se saak af te handel." Skielik is sy honger. Sy staan van haar stoel af op en gaan binne om die mini-yskas te bestudeer. Sy kies 'n pakkie geroosterde amandels, drie Coffee Crisp sjokolades en 'n bottel Merlot.

Sy dra die wyn en drie glase buitentoe, saam met die eetgoedjies.

"Kom ons bestel kamerdiens sodat niemand wonder hoekom ons nie saam met die ander gaste eet nie."

"Ek raai dat dit weer ek is?" Jace maak die Coffee Crisp oop.

"Jy is die baas." Kat gooi die kamerdiens spyskaart oor die tafel. Sy skink die wyn in glase in.

"Nie vir my nie." Harry staan. "Ek is uitgeput. Ek het 'n slapie nodig."

Kat staan op en wys Harry waar sy kamer is. Die suite het twee aangrensende kamers, elk met 'n vuurherd.

"Onthou, moet nêrens sonder ons gaan nie."

"Ek sal nie. Nag, Kat."

Kat maak die deur toe en gaan na die hoofkamer toe. Is dit reg van haar om haar oom hierheen te bring? Waarskynlik nie, maar sy kan Harry beslis nie vir dae aan einde op sy eie los nie, veral nie na die vuur in sy kombuis nie.

Jace kom van die balkon af binne soos sy op haar horlosie kyk. Dit is ses uur en sy skakel die televisie aan, hoop om nuus van Roger Landers en sy verdwyning van die veerboot te kry. Die nuusaanbieder sirkel deur die plaaslike nuus met geen woord van die vermiste joernalis nie. Wêreldnuus domineer die uitsending. Griekeland en Portugal het nie daarin geslaag om die Internasionale Monetêre Fonds se leningooreenkoms, deel van hulle vroeëre finansiële inspuiter, na te kom nie.

"Is die IMF-hoof nie hier by die konferensie nie?" Jace plaas die telefoon terug op die mik. Hy bestel steaks vir albei van hulle en 'n Monte Cristo-toebroodjie vir Harry ingeval hy wakker word.

"Jean-Claude Bruneau?" Kat hou nie van die uitdrukking op Jace se gesig nie. "Moenie eens daaraan dink om hom te volg nie, met hom te praat nie, of hom te konfronteer nie, Jace."

"Ek sal versigtig wees. Dit is die geleentheid van leeftyd."

"Nie 'n manier nie. Nie tot ek die inligting op Nathan het nie. Belowe?"

Jace tuit sy mond. "Oukei. Seker."

"Ek wonder hoe voel hy oor die lande 'n finansiële inspuiter te gee." Die lot van soveel in die hande van 'n paar. Dit herinner Kat van leenhere in die Middeleeue, waar die elite in kastele gebly het en die slawe wat buite die mure gebly het. 'n Paar gelukkiges het die geleentheid gekry om binne die kasteelmure te bly, wat die res onbeskerm en kwesbaar gelaat het.

"Bruneau? Hy gee nie op die een manier of ander om nie. Dit is die IMF se mandaat. Hy hoef nie daaroor om te gee nie."

"Waar, maar jy moet wonder of hy die internasionale finansiële stelsel se mislukking in die eerste plek veroorsaak het. 'n Paar lande stel die reëls op vir almal anders om te volg. Reëls wat hulself begunstig." Kat keer haar aandag terug na die televisie. Die weervoorspelling vir môre is vir gemengde reën en sneeu. Steeds geen woord van Landers en sy veerboot verdwyning nie.

"Leningversuiming bolster nie juis hulle saak nie," sê sy. "Tensy hulle wou hê dat hulle moet misluk." Die Research Analytics betaling bewys dat geld vir iets anders as wettige navorsingfooie gebruik is. As ons aanneem dat Research Analytics 'n front is, waarvoor gebruik die World Institute die geld? Is dit regtig 'n komplot om die wêreld se geldeenhede te vernietig?

Kat gryp die afstandbeheer net toe sy 'n man se stem van buite hulle kamer hoor. Haar hartklop versnel. Dit is te vinnig vir kamerdiens. Sy demp die klank en besef dit van die gang af kom. Dit is net oom Harry wat in die aangrensende kamer in sy slaap praat.

HOOFSTUK 25

Kat word wakker van 'n **klop** aan die deur. Jace het seker ontbyt kamerdiens bestel. Haar mond water by die gedagte van eier Benedict en wafels. Sy rol om en reik oor na die ander kant van die bed.

Sy rus haar arm op Jace se maag en trek haar vingers oor sy stywe maagspiere. As Jace steeds in die bed is, het hy nie kamerdiens bestel nie. Haar teleurstelling verander tot vrees. Is hulle uitgevang?

"Jace," sê sy fluisterend. "Iemand is by die deur."

"Hmmm." Hy rol om en vryf haar skouer met sy hand. Sy kry hoendervleis soos sy hand by haar arm afgly. Die klop aan die deur word harder. Sy is skielik weer op aandag.

"Jace, antwoord dit."

"Oukei. Moet nêrens heen gaan nie." Jace staan op en trek sy hemp en broek aan. Hy loop na die deur toe en loer deur die loergat. Hy draai om, loop terug bed toe en sit, skud sy kop.

"Jy gaan hierdie nie glo nie." Hy maak sy hempsknope vas.

"Wat glo?" Kat spring uit die bed uit en gooi 'n sweetpakbroek en t-hemp aan.

Die gehamer word al harder asof iemand hulle gewig teen die deur gooi.

"Dit is jou niggie, Hillary." Kat, Hillary en Jace was almal in dieselfde graad op skool. Jace het onmiddellik nie van haar gehou nie, ten spyte van Hillary se beste pogings om hom in floutes weg te stuur.

Kat se hartklop versnel soos sy haar laaste konfrontasie met Hillary onthou. Tannie Elsie se diamantringe is gesteel. Hillary het aangedring dat daar 'n inbraak was, maar Kat het andersins vermoed. Kort na die diefstal het Hillary 'n splinternuwe Rolex gedra, sonder twyfel vir die vermiste ringe verruil. "Onmoontlik. Sy is al vir tien jaar weg. Buitendien, hoe sal sy weet dat ons hier is?"

"Ek weet, maar ek is seker dat dit sy is. Dalk het Harry nie dinge verbeel nie. Kom kyk self."

Kat loop op haar tone na die loergat en hou haar asem op terwyl sy deur die loergat kyk.

Die jare het plooie bygevoeg, 'n hangende ken en 'n ton grimering. Hillary se oë kruip agter Chanel-sonbrille met 'n oorgrote logo weg. Gedra soos 'n etiket om haar status en onfeilbare smaak te adverteer, ten spyte daarvan dat sy onderdak is en in dit ook in die hartjie van die winter is.

Kat maak die deur oop en haar niggie stoot verby haar, stamp haar bykans om. Sy dra 'n lae hals, moulose rok, selfs al is dit yskoud buite. Wit soutvlekke vorm sirkelvormige patrone op haar bruin hoëhakskoene. 'n Oordrewe D&G etiket hang van elke stewel af. Dit ís Hillary.

"Waar de hel is Pa?" Hillary mik reguit vir die patio skuifdeure, stoot haar enorme sonbril op haar gepluiskam en haarsproei hare. "Wat het jy met hom gemaak? Jy het hom ontvoer!"

"Hillary?" vra Kat. "Wat maak jy hier? Hoekom dink jy...?"

Jace se mond val oop soos Hillary verby hom na die dek toe storm. 'n Vlaag wind ruis in.

Hillary marsjeer terug binne nadat sy niemand op die balkon vind nie, los die skuifdeure oop. Sy stap na die kas toe, skeur omtrent die deur van sy spoor af.

"Sê my waar hy is. Nou!"

Jace stap na die patiodeure en maak dit toe. Hy lig sy wenkbroue vir Kat, maar sê niks nie.

"Hy is in die volgende kamer. Wat gaan aan?" vra Kat, steeds in skok.

Hillary trek aan die handvatsel en toe dit nie oopmaak nie, hamer sy aan die aangrensende deur.

"Pa! Maak die deur oop."

"Wees rustig," sê Kat. "Jy gaan dit breek."

Hillary gluur haar net aan. Toe maak die deur van die ander kant af oop.

Harry kom uit, lyk slaperig.

"Hillary!" Hy glimlag. "Wat 'n lekker verrassing."

Kat kyk steels na Jace. Hy kyk Hillary vuil uit, wie blyk nie agter te kom nie.

"Hoe het jy geweet ons is hier?" Toe hulle tieners was, het Kat somtyds gedink dat Hillary haar agtervolg.

"Sou jy nie wil weet nie?" Hillary gluur Kat van oorkant die kamer aan.

Kat bestudeer Hillary. Swaar bruin oogskadu raam haar oë. Hulle lyk soos uitgebrande sokke.

"Ek gaan die polisie bel en jou aankla." Hillary gryp Harry aan die arm. "Jy sal nie vir nog 'n dag in jou lewe werk as ek eers met jou klaar is nie."

"Met wat aankla?" Wat de hel gaan hier aan?

"Om hom teen sy wil hierheen te dwing."

"Oom Harry, het ek jou gedwing om hierheen te kom?"

Hillary hou haar hand oor Harry se mond nes hy begin praat. Sy draai na Kat toe. "Moenie met hom praat nie. Jy het genoeg gedoen."

"Hillary, ek moes hom saambring." Sy kyk na Harry, wonder hoe om aan Hillary te verduidelik sonder om Harry se gevoelens seer te maak. "Die dementia – dit word erger."

Harry kyk na die mat, terneergedruk.

"Ek is jammer, oom Harry."

"Dit is oukei, Kat is reg. Ek weet ek is nie meer so skerp soos ek altyd was nie."

"Hy is nie veilig op sy eie nie, Hillary. As jy die laaste paar jaar hier was, sou jy dit dalk geweet het."

Hillary weet nie van Harry wat die stoof aan gelos het en amper die huis afgebrand het nie. Of dat Harry sy Lincoln in Carlucci's Pasta House se venster ingery het nie. Of doen sy? Harry praat al vir maande oor haar en onlangs meer gereeld. Dan is daar die Tiffany's uitgawe op sy kredietkaart. Maar selfs Hillary sal nie so laag daal nie, sal sy?

In elk geval, Kat moet op Harry konsentreer. Om die stoof te ontkoppel en die motorhuis se knoppie te ontkoppel én die karbattery te ontkoppel is net tydelike oplossings. Harry het voltydse sorg nodig en Kat het uit opsies gehardloop. Hillary sal sekerlik nie help nie. Skielik besef sy dat Hillary se verskyning vir 'n rede moet wees. Harry se dementia is duidelik, is Hillary hier om voordeel uit die situasie te trek? Hoekom anders het sy na 'n dekade terug gekom?

"Jy het Pa teen sy wil ontvoer. Hoe kan jy met jouself saamleef? Jy is 'n krimineel."

"Hoe kan jy met jóúself saamleef, Hillary? Jy is die krimineel, jy het oom Harry en tannie Elsie se spaargeld gesteel."

"Dit was 'n geskenk."

Kat rol haar oë. "Wat ook al."

Harry staar na die vloer, sê niks nie.

"Jy verstaan nie, Hillary. Harry vergeet om te eet. Hy is hier omdat ek vir hom sorg. Ek sal hom nie vir 'n paar dae alleen kan los nie."

"O ek verstaan. Jy het hom ontvoer om van hom misbruik te maak. Ek sit dit nou stop."

Harry moes gisteraand met Hillary op die foon gepraat het. Sy moes hom op sy selfoon gebel het. Harry sou nie die naam van die oord onthou nie, maar hy kan steeds lees. Hillary moes hom net vra om iets te vind met die Tides Resort naam daarop.

"Ontvoer? Is jy ernstig?" Kat kyk na Harry. Hy konsentreer nie meer nie, onbewus van die argument. "Hy wou saamkom."

"Ons is almal uiteindelik weer bymekaar." Harry glimlag. "Kom ons gaan vir ontbyt en vier dit."

Kat is net van plan om te verduidelik hoekom hulle nie kan nie, toe Hillary inspring.

"Nee, Pa. Ons gaan. Kry jou goed." Hillary stamp Harry terug in die ander kamer in en slaan die deur toe.

Kat kyk na Jace, verstom. 'n Golf van hulpeloosheid spoel oor haar by die gedagte dat Hillary vir Harry vat. Sal Harry selfs die rit oorleef voor Hillary, met haar kort draad, moeg vir hom raak en hom op iemand anders afsmeer? Dit is, as sy hom regtig huis toe vat.

"Laat haar gaan." Jace gee haar 'n drukkie. "Hy sal oukei wees. Ons sal môre by die huis wees."

"Maar sy weet nie hoe erg hy is nie." Hillary is te selfsugtig om sy medikasie, delusies en verwarring te hanteer.

"Ek glo dit nie vir 'n oomblik nie," sê Jace, "sy weet presies wat aangaan."

"Hoekom sê sy dan daardie goed?"

"Om jou onder te kry. En om enige negatiewe dinge van haar na jou oor te plaas. Om weg te steek wat regtig besig is om te gebeur."

Kat trek weg. "Ek weet dat sy selfsugtig is en ek weet dat sy van hom gesteel het. Maar sy kan nie moontlik glo dat ek hom seer maak nie," sê Kat. "Sy bedoel dit nie regtig nie."

"Kom aan Kat, dit gaan alles oor haar en om te kry wat sy wil hê. Jý van alle mense moet bedrog herken as jy dit sien. Daardie verdagte bankonttrekkings, die Tiffany's aankope? Verduidelik dit?"

"Ek het aan die Tiffany's aankope ook gedink. Maar is dit nie te ... ooglopend nie?"

"'n Reeks foute met Harry se finansies toe sy na tien jaar terug-kom? Te groot 'n toevalligheid vir my. Roep haar daaroor uit – ek is seker sy sal aandring dat dit alles geskenke was."

"Jy dink sy's terug omdat ek daai kredietkaarte gekanselleer het? Haar voorsiening afgesny het?" Kat sit op die bed. "Sy sal nie so ekstreem wees nie – dit is bedrog en dit is bejaarde misbruik."

"Maak jou oë oop, Kat. Harry koop nie by Tiffany's nie. Hoekom dink jy is sy terug?"

Jace is reg. "Maar om van jou eie pa te steel?"

"Meeste mense sal nie," stem Jace saam, "maar Hillary is nie meeste mense nie. Sy sal doen waarmee ook al sy kan wegkom."

"Jace, selfs al is dit waar, daar is niks oor nie. Ek het die kredietkaarte gekanselleer en al sy geld gaan na die rekenings toe. Daar is niks oor om te steel nie."

HOOFSTUK 26

Kat en Jace sit **gebondel in** hulle warm parkas op die balkon en teug aan hulle oggendkoffie. Die son het pas oor die horison opgekom en 'n gebrande oranje gloei loer deur die lang immergroen bome. Onheilspellende lig reflekteer van die vars sneeu af en kontrasteer met die lang skaduwees van die bome.

Kat sluk haar laaste happie Franse roosterbrood. Oornag het haar griepsimptome verbygegaan en sy is verbaas oor hoe honger sy is. "Dink jy Harry is oukei? Hillary is so kort van draad. Sy dementia gaan haar frustreer."

"Sy sal nie lank bly as sy eers uitgevind het dat die geld op is nie. Al waaroor Hillary omgee is Hillary." Jace staan en loer oor die reling. Hy bedui dat Kat vorentoe moet leun.

Twee sekuriteitswagte het pas uit die hotelkombuis onder hulle uitgekom. Hulle praat te sag vir Kat om hulle gesprek uit te maak.

Kat het die twee lywige dertig-ietse vanoggend buite die gebou gesien. Hulle staan onder op die gevriesde grond, beveilig die ingang. Elke paar minute praat hulle in hulle mou in, blykbaar in radiokontak.

Sekuriteit het geleidelik by Hideaway Bay gematerialiseer soos die afgevaardigdes begin opdaag. Selfs in pakke lyk die sekuriteit meer soos weermagkommando's. 'n Groot kontras met die verouderde, oorgewig afgevaardigdes wat hulle bewaak.

"Daar moet omtrent 'n dosyn ouens net aan dié kant van die hotel wees," fluister Jace. "Ek gaan vir 'n stap gaan – 'n baie belangrike persoon kom waarskynlik nou aan."

Kat hou haar hand op, wil nie hê die mans onder moet haar hoor nie. Jace is egter reeds binne besig om sy pak aan te trek. Kat spring op en volg hom, maak die patio skuifdeur toe.

"Moet ek regtig die pak die heeltyd wat ek hier is dra?" Jace sit op die bed terwyl hy sy skoene aantrek.

"Jy kan nie daarheen gaan nie, Jace." Kat gooi haar parka op die bed neer.

"Hoekom nie? As ek regtig die tegniese ondersteuning is, moet ek nie daar wees nie? Die hotel personeel wonder seker hoekom ons nie die kamer verlaat het nie." Jace staan op en sirkel sy arms om haar middel. Hy trek die gordyne toe.

Kat maak haar hande om syne toe. "Kan ons nie net ontspan en die plek geniet nie? As die konferensie begin, sal die sekuriteit bietjie ontspan. Gee hulle 'n paar uur om tuis te raak." Sy voel alles behalwe ontspanne. Noudat hulle hier is, wil sy niks doen om hulle te ontbloot nie.

"Jy het self gesê niemand kontroleer die mense wat reeds binne is nie."

Sekuriteit was verbasend afwesig tot nou. Hillary het dan daarin geslaag om in te kom. Kat besef dat hulle gelukkig is dat hulle een dag vóór die konferensie aangekom het. Andersins sou hulle dit nie eens by die oprit van die oord gemaak het nie.

"Ek is meer besorg oor jou. Dat jy dalk vir Pinslett sal konfronteer of iets. Ek moet die saak afhandel en Zachary se spertyd haal. Verkieslik voor Edgewater môre of Dinsdag uit geld uit hardloop. Ons kan nie die kans waag om Nathan Barron te waarsku nie. Moenie my saak in die gedrang stel nie, Jace."

Jace skud sy kop. "Kom aan, Kat. Gee my bietjie krediet. Natuurlik sal ek nie, maar ek kan ook nie 'n geleentheid van 'n leeftyd verby laat gaan nie. Geen joernalis is al ooit voorheen in 'n World Institute-konferensie gewees nie."

"Behalwe Pinslett."

"Hy is nie 'n joernalis nie. Hy besit 'n groep joernaliste. Ek wil hom ontmasker, hom maak betaal." Hy slaan sy vuis in sy hand in.

"Oukei, jy gaan regtig nie uit nie. Jy is te opgewerk. Jy sal agterdog uitlok en ons hier uitgeskop kry."

"Jy hou my gevangenis? Wat as ek iets mis?"

"Jace, jy weet wat ek bedoel. Belangrikste dinge eerste. Kom ons kry bewyse van Nathan se betrokkenheid. As ons dit eers het, kan jy mal gaan met Pinslett en die res van hulle. Ek sal jou selfs help. Die probleem is, ons kan nie in die konferensie ingaan nie. Amper al die afgevaardigdes is mans."

"En hulle gaan vinnig uitvind dat ek 'n swendelaar is."

"Dalk, dalk nie. In elk geval moet ons die bewyse kry dat Nathan hier is én van sy betrokkenheid. Andersins, kort van 'n video neem, is dit steeds ons woord teen hulle sin." Sy het iets meer solied nodig.

"So wat doen ons?" vra hy.

Kat trek vinnig aan en trek haar hardloopskoene aan.

"Ek het 'n idee." Sy steek haar lang hare onder 'n pet in. "Gee my vyftien minute."

Sy maak die deur oop en loer by die gang af.

Skoon.

Sy draai regs, die rigting wat sy dink die minste waarskynlik is om ander gaste te sien. Nadat sy die gang tot die einde volg, keer sy terug na die ander gang en loer om die hoek. 'n Huishouding trollie staan halfpad tussen haar en die trappe.

Sy loop na die trollie toe, gaan af vir ingeval sy iemand sien. Sy kyk na die trollie, momenteel in versoeking om 'n ekstra kondisioneerder op te tel.

Al die kamerdeure is gesluit, wat beteken dat die skoonmaker waarskynlik nie in een van hulle is nie. Sy draai om die hoek en sien 'n deur gemerk *Huishouding*. Die deur is effens oop, sy stoot dit heeltemal oop. As sy ontdek word, sal sy maak asof sy vir ekstra kussings soek.

Niemand binne nie. Dit vat nie lank om te vind waarvoor sy soek nie. 'n Huishouding uniform hang op 'n hoek agter die deur. Sy gryp dit en trek vinnig aan, druk haar sweetpakbroek en t-hemp in 'n wasgoedsak. Sy trek die te stywe hemp af om haar maag te probeer wegsteek, maak nie saak nie. Sy sal nie lank in die gang wees nie.

Die gang is steeds leeg. Sy kom uit en loop na die trollie toe. Sy gryp twee bottels kondisioneerders nes iets hard teen haar heup skuur. Sy kan nie haar geluk glo toe sy dit uit die sakke uit trek nie. Nie net het sy 'n skoonmaker uniform nie, maar nou het sy 'n loper vir al die kamers in die hotel ook.

Sy draai om en hardloop weg, wil graag by die gang af kom sonder dat iemand haar sien. Sy bereik die hysbak, wat die twee geboue skei, nes die hysbak kling. Toe hoor sy 'n stem. 'n Stem wat sy enige plek kan uitken.

HOOFSTUK 27

Kat kom tot 'n stilstand, hardloop amper in die muur vas. Sy baklei met die begeerte om terug te draai na waar sy vandaan kom. Dit is te laat. Sy is gesien.

Victoria Barron staan by die hysbak en tik haar Gucci-sandaal ongeduldig terwyl sy op haar horlosie kyk. Haar nommer 2 grootte figuur is in 'n dik katoenkamerjas toegevou, net soos die een in Kat se kamer. Dit lyk meer verleidelik op Victoria.

"Moenie durf om van my af weg te loop nie," blaf Victoria.

Kat vries. Sy kyk af na haar geskaafde hardloopskoene en wonder wat volgende kom. Hoekom is Victoria hier? Die World Institute het die hele hotel uitgehuur en Victoria is nie juis afgevaardigde materiaal nie.

"Moet my nie ignoreer nie! Ek gaan nie weggaan nie en ek kan jou in 'n oogwink afgedank kry."

Kat lig stadig haar kop om Victoria in die oë te kyk. Is dit moontlik dat Vitoria haar nie in die skoonmaker uniform herken nie?

"Julle mense doen nooit meer as die absolute minimum nie." Victoria dui met 'n gemanikuurde nael na Kat. Die kleur pas presies by haar lipstiffie. "Daar is te veel stof in my kamer en nie genoeg sjampoe nie. Besef jy hoe gelukkig jy is om hier te werk? Jy sal nooit 'n werk soos hierdie in jou eie land kry nie, waar ook al dit is. Ek is seker jy is nie eens wettig nie."

Kat het nog nie eens haar mond oopgemaak voor Victoria haar as lui, onwettig en onbevoeg gebrandmerk het nie.

"Ja, mevrou," sê Kat in wat sy hoop as dieselfde Oos-Europese aksent wat sy vroeër gebruik het, misgis sal word. "Ek kry jou meer sjampoe. Jou kamernommer is?"

"Kamer 216. Ek gaan na die spa toe." Die hysbak maak oop en Victoria stap in. "Ek verwag sjampoe in my kamer wanneer ek terug is. Enige iets minder is onaanvaarbaar."

"Ja, mevrou." Die hysbakdeure gly toe. Dit is 'n verligting om nie herken te word nie, maar ook vernederend. Sy het immers Victoria in die hof aangevat, selfs haar ondergang verseker. Sy speel met die loper in haar sak. Met Victoria weg kan sy net sowel haar kamer deursoek. Dalk ontdek hoekom sy in die eerste plek hier is.

Kat staan buite kamer 216 en klop. Geen antwoord nie. Sy glip die sleutelkaart in die leser in. 'n Flitsende groen lig en 'n klik groet haar. Sy maak die deur oop en laat dit agter haar toe klik.

Die kamer is soortgelyk aan die uitleg van haar kamer, maar omgekeerd. Die gordyne is toe en twee tasse is by die venster opmekaar gestapel. Selfs in dié dowwe lig sien sy klere orals lê: op die vloer, op die onopgemaakte bed en oor die klerekasdeure gevou. Hoe kon Victoria stof gevind het? Daar is nie 'n skoon oppervlak waar stof kan gaan lê nie.

Sy loop na die lessenaar toe, struikel amper oor 'n paar hoëhakskoene in die middel van die vloer. Papiere is lukraak oor die oppervlak van die lessenaar gestrooi. Sy skakel die lamp aan en blaai vinnig daardeur. Sy kan haar geluk nie glo nie. Onder die hope registrasie papiere is 'n agenda vir die World Institute-vergadering. Sy druk dit by die voorkant van haar uniform in.

Toe merk sy die res van die dokumente op, 'n dik pak papiere wat met 'n veerklem vasgebind is. Sy blaai deur die bladsye. Bo-op is laasjaar se notules, gevolg deur 'n paar finansiële state en ander papiere.

Is Victoria regtig 'n afgevaardigde? Moeilik om te glo, maar hoekom anders is sy hier? En hoekom het sy 'n World Institute agenda? Kat trek die agenda uit en spoedlees dit. Geen woord van Victoria as 'n afgevaardigde nie. Sy kyk op haar horlosie. Volgens die agenda begin die vergadering nie môre nie, maar in dertig minute. Victoria sal beslis nie in haar kamerjas bywoon nie.

Kat druk die vasgebinde papiere in die opgevoude handdoeke onder haar arm in.

Sy spring toe die badkamerdeur oopgaan. Mans reukwater en humiede lug sweef na haar toe. Sy steek vinnig die agenda by haar top in. Toe nies sy.

"Wat de hel doen jy in my kamer?" Nathan Barron kom uit die badkamer uit. Hy is kaal behalwe vir 'n handboek om sy middel. Hy is baie kleiner in die werklikheid as in sy roofdierportrette. Sy trofees is natuurlik dooie soogdiere, nie lewende mense nie, so dit is moeilik om 'n idee van skaal te kry.

Kat slaan in 'n koue sweet uit. Nathan staan tussen haar en die deur, blok haar uitgang. Haar keel trek toe en haar hart hamer in haar bors soos sy sukkel om aan 'n verskoning te dink hoekom sy in die kamer is. Sy onthou dan: sy het Nathan net in foto's ontmoet. Hy was nie by Edgewater toe sy dit besoek het nie. Hy het haar nog nooit gesien nie en sal nie weet wie sy is nie. En in haar skoonmaker uniform het sy 'n geloofwaardige rede om hier te wees.

"Ek, ek is jammer, meneer. Ek het gedink die kamer is leeg. Ek het net die handdoeke kom kyk."

"Los hulle op die bed." Hy kruis sy arms en staar na haar.

Sy kan nie. Versteek in die handdoeke is die papiere wat sy pas van die lessenaar gesteel het. Sy probeer om haar stem kalm te hou. "Hierdie is vuil. Laat ek vars handdoeke bring."

"Oukei." Nathan se gesig versuur toe hy draai. Hy storm terug in die badkamer in en slaan die deur agter hom toe.

Kat sug en besef dat sy haar asem opgehou het. Sy vee 'n dun lagie sweet van haar voorkop af en maak die deur na die gang oop. Hierdie onverwagse ontmoetings stres haar uit.

Nathan en Victoria moet minnaars wees. Hoekom anders sal hulle 'n kamer deel? Weet Zachary dat sy eks-vrou 'n verhouding met sy pa het?

Dit is nie juis binne die perke van haar ondersoek nie. Steeds, verdien hy nie om te weet nie? Aan die ander kant, as sy hom sê, sal hy weet dat sy in die hotelkamer oortree het. Dalk is daar 'n goeie rede vir Zachary se vyandige gevoelens teenoor sy pa. Watter tipe man raak by sy seun se eks-vrou betrokke?

Kat laat haarself uit. Die deur kliek agter haar toe soos sy in die gang intree. Haar mond val oop toe sy amper in 'n klein, blonde vrou in 'n skoonmaker uniform vasloop.

"Wie is jy?" vra sy in 'n dik geaksenteerde Engels.

Russies, raai Kat. Die vrou lyk omtrent vyf-ses, dalk 'n honderd-en-tien pond. Haar swak-passende uniform hang van haar skouers af. Dit is vir iemand veel groter bedoel.

"Ek is nuut." Kat steek haar hand uit, wil dit om nie te bewe nie. "Naam is Marcie. Vandag is my eerste dag."

Die vrou bestudeer haar sonder om iets te sê. Kat trek haar hand terug en vee dit aan die voorkant van haar swak-passende uniform af. Dit is bedoel vir iemand wat ses duim korter as sy is, sy het nie 'n spieël nodig om te weet hoe simpel sy lyk nie. Sy trek die bloes af om haar maag te versteek en steek weer haar hand uit.

Die skoonmaker kyk na Kat se lyfband en skud liggies haar hand. "Angelika. Jy hier vir konferensie? Dorothy het jou nie genoem nie." Angelika se Engels is gepeper met wanuitgespreekde voornaam-woorde en weggelate meervoude. Sy kyk senuweeagtig by die gang af en steek verlore blonde hare agter haar oor in.

"Ja, die konferensie." Kat kan nie help om agter te kom hoe mooi sy is nie. Hoë wangbene en deurskynende ivoor vel.

Angelika steel nog 'n kyk by die gang af.

"Soek jy vir iemand?"

Angelika skud haar kop. "Nee, kyk net kamers. Watter een om volgende te doen."

"Hulle het my eers vanoggend gebel." Hoeveel skoonmakers werk in 'n skof? Vyf? Twee dosyn? Een van hulle soek moontlik nou vir haar uniform. "Met die konferensie en alles."

Angelika lyk steeds deurmekaar.

"Ek is nie op die vloer nie," sê Kat vinnig. "Het net afgekom vir ekstra sjampoe." Hopelik vra Angelika nie op watter vloer sy werk nie.

"Natuurlik. Daar is 'n boks sjampoe in die stoorkamer." Angelika glimlag en beduie by die gang af in die rigting wat Kat pas van gekom het. "Help jouself. Jy vat Annie se plek?"

"Ja, Annie. Kon nie haar naam onthou nie. Waaroor gaan hierdie konferensie?"

"Dorothy het jou nie gesê nie? Dalk nie, as jy net vandag instaan. Dit is hoogs geheim. Ons kan nie met enige iemand daaroor praat nie. Jy teken nieopenbaring-ooreenkoms?" Angelika leun op haar trollie en stamp 'n boks snesies van die trollie af op die mat.

Kat buk om dit op te tel. "Nog nie. Ek sal teken op my breuk."

Sy gee die snesies vir Angelika sonder om haar oë van die skoonmaker se skoene af te haal. Haar ontwerper skoene het 'n twee duim hakkie, heeltemal onprakties vir hotelkamers skoonmaak.

"Ek sal bly wees vir Vrydag," sug Angelika. "Die sekuriteit orals, en gaste, so veeleisend."

"Vrydag?"

"Wanneer die konferensie eindig. Dinge gaan terug na normaal."

Vrydag is ook die sperdatum vir Harry se volgende verbandpaaiement. As hy dit nie kan bybring nie sal die bank dit opsê. Hoe kan sy Harry se lenings en Zachary se saak op dieselfde tyd hanteer?

Sy vrees Vrydag en hoop op dieselfde tyd daarvoor.

Kat se gedagtes wandel terug na oom Harry terwyl sy weer na die stoorkamer beweeg. As Hillary eers besef dat Harry heeltemal platsak is, wat gaan sy doen? Haar terugkoms na al die jare moet beteken dat sy desperaat is. Hoe ver sal sy gaan om nog meer van Harry se geld te kry?

Kat druk haar lopersleutel in die deur na die stoorkamer in. Sy maak die deur oop en vries toe sy die gesig van Roger Landers sien.

HOOFSTUK 28

Kat spring terug toe die deur agter haar toeslaan. Die handdoeke gly uit haar hande uit en ontvou toe hulle op die grond val. Die veerklem moes iewers tussen Nathan se kamer en hier gebreek het. Dit spat in stukkies op die vloer en die papiere sprei uitmekaar. Sy skop die papiere met haar voet en stoot hulle onder die handdoeke in.

"Bly stil en moenie beweeg nie." Roger Landers swaai die besemstok hoog bo sy kop, reg om aan te val.

Kat bly stil staan terwyl haar gedagtes jaag, probeer uitpluis wat om volgende te doen. Haar hand is op die deurhandvatsel. Landers is naby genoeg om te slaan, maar nie naby genoeg om haar te gryp nie. As sy vinnig optree sal sy dalk die deur oop kry en by die gang af kan ontsnap. Landers sal haar waarskynlik nie jaag nie, veral nie as hy wegkruip nie. Dit beteken egter die papiere agterlaat.

Hoe het Landers ingekom? Gegee dat hy *persona non grata* van vroeëre konferensies is, sal hy dit verby sekuriteit maak sonder om herken te word? Afgesien van die feit dat hy vermoedelik verdrink het, sy lewelose liggaam wat iewers in Howe Sound dryf.

Dalk is hy uiteindelik na die konferensie genooi. Selfs al is hy nie, sekuriteit het baie laks voorgekom voor die fris pakke opgedaag het.

Op die ou end het sy, Jace, Harry en Hillary daarin geslaag om sonder probleme in die oord in te kom. Jace het net nodig gehad om die naam van die oudiovisuele maatskappy te noem.

"Ek dog jy is dood," sê Kat.

"Jy wens." Landers probeer haar steeds deurboor. Maar hy het ten minste sy greep op die besemstok verswak.

"Ek het geen mening op die een of ander manier nie. Ek wou net met jou praat," sê Kat. "Hoekom van die boot afspring? Jy ken my nie eens nie."

"Ek weet wie jy verteenwoordig."

"Ek verteenwoordig niemand nie. Ek is hier oor dieselfde redes as jy, om meer oor die World Institute uit te vind." Kat buk af en tel die handdoeke op, hoop dat Landers nie die los papiere gesien het nie.

Was die handdoeke ongeskonde toe sy die stoorkamer binnegekom het? Wat as die veerklem vroeër gebreek het? Papiere in die gang gestrooi, sal alles verraai.

"O, regtig?"

"Ek ondersoek een van die lede." Kat hou oogkontak met Landers vir 'n paar sekondes voor hy sy fokus op die deur agter haar verskuif, 'n bekommerde uitdrukking op sy gesig. Die kamer is soos 'n kas.

"Jy lieg. Hierdie ouens word nie ondersoek nie. Hulle is vry van regsdwang."

"Niemand is vry van regsdwang nie." Nie eens die ryk en magtiges nie, of selfgeregtigde dogters nie. Mense buig te veel vir die eerste groep en gee die tweede vrye teuels. Die dubbel standaard maak haar regtig kwaad. "Veral nie dié ou nie."

"Bewys dit."

"Ek hoef niks te bewys nie. Buitendien, dit is konfidensieel." Sy wil egter ook nie hê dat hy haar moet ontbloot nie. Sy asem uit en lig haar skouers op. Beter om Landers as 'n medestryder te hê as 'n vyand. "Dis een van die World Institute-lede. Ek gaan nie sê wie nie."

Landers se skouers sak. Sy neem sy ontspanne postuur as 'n teken dat hy haar glo. Hy is seker bekommerd dat sy met hom meeding vir 'n storie. Hy laat steeds nie die besemstok, wat bewegingloos bo haar kop hang, sak nie. "Gee my een goeie rede om jou te vertrou. Hoe weet ek dat jy hulle nie gaan sê dat ek hier is nie?"

Kat sug. "Ek probeer om saam met jou te werk. As jy nie wil nie, oukei. Ek gaan nou."

Sy draai na die deur toe, maar die besemstok kom voor haar neer, blok haar uitgang.

"Wag. Ek luister. Wie is jy en hoekom is jy hier?"

"Kat Carter. Ek ondersoek bedrog." Sy hou haar hand stadig uit. Landers skud dit nie, maar laat ten minste die besemstok sak.

Kat beskryf hoe die spoor Edgewater betalings na Research Analytics gelei het en op die beurt na die World Institute.

"Research Analytics? Nooit van hulle gehoor nie."

"Jy moet die naam ken. Het jy nie 'n boek oor die World Institute geskryf nie? Jy het sekerlik hulle finansies nagegaan? As jy het, sal jy weet dat Research Analytics een van die World Institute se grootste donateure is. Dit is alles in hulle jaarverslag." Kat is verbaas met die World Institute se finansiële deursigtigheid, gegee dat hulle alles anders wegsteek. As hulle geheime agenda regtig waar is.

"Die World Institute publiseer nie 'n jaarverslag nie."

"Ja hulle doen. Jy kan dit aanlyn kry. Het jy nie 'n afskrif nie?" Kat raak aan haar borskas. Nathan se dokumente is steeds veilig onder haar uniform ingesteek. Sy kan nie wag om dit te lees nie.

"Is dit wat jy daar het?" Landers lig sy wenkbroue. "Wys my."

"Ek het dit nie by my nie. Maar wat ek wel het, is nog beter."

Sy trek aan die papiere sodat net die hoeke daarvan sigbaar is. Haar uniform is so styf dat sy op enige oomblik 'n knoop kan skiet. Sy bloos. 'n Laag sweet bedek haar vel en hou die World Institute agenda in plek. 'n Geheime agenda, dink sy en glimlag.

"Wat is dit met die glimlag?"

"Eerstehandse inligting. Is jy in of nie?" Kat het nog nie meer as 'n blik op die inligting gegooi nie, maar kan raai wat waarskynlik aangeheg is. Multimiljoen dollar organisasies het finansiële state, wat baie waarskynlik aan die agenda geheg is. Die state sal by die jaarvergadering bespreek word, so afgevaardigdes sal 'n afskrif kry. Sy is angstig om na die kamer terug te keer om haar prys vir enige melding van Nathan Barron en Edgewater na te gaan.

"Hoekom moet ek met jou saamwerk? Jy sal net aandag op my vestig. Jaag my op die veerboot, en nou hier." Landers rus die besemstok teen die muur. "Jy is nogal flambojant vir 'n ondersoeker."

Kat lag. "Dit gaan alles oor jou, nè? Jy is in 'n stoorkamer opgebondel en jy dink ék agtervolg jóú? Jy is mal." Sy gooi haar hande in die lug op. Die mou van die te klein uniform skeur en sy vloek binnensmonds.

Kat het gehoop om saam met Landers te werk. Sy kennis van tien jaar se volging van die World Institute kon haar bietjie tyd gespaar het, maar hy wil duidelik nie saamwerk nie.

Landers kyk haar op en af. "Nie maller as jy in daai karige skoonmaker uniform nie. Maak jy ook kamers hier skoon?"

"Soort van." *Meer soos maak kamers leeg.* Die gesteelde papiere in haar uniform plak aan haar vel vas soos sy na die deur toe draai. Te hel met Landers. Sy het nie sy hulp nodig nie. Sy haal haar loper uit haar sak uit en hang dit voor hom. "Hierdie is 'n loper. Ek kan enige plek gaan, amper enige iets kry. Is jy met my of teen my?"

"Jy het 'n punt," gee Landers toe. Hy laat die besemstok teen die muur staan. "Twee koppe is beter as een."

"Jy het uiteindelik tot jou sinne gekom. Nou, hoe het jy op land gekom sonder om van hipotermie dood te gaan? Ek het jou van die veerboot sien afspring. Jy sou nie meer as vyf minute in die yskoue water oorleef het nie."

"A. Maar jy het my nie sien land nie, net verdwyn." 'n Klein grynslag kruis oor sy gesig. Dit is net so vinnig met dieselfde suur uitdrukking vervang.

"As jy nie gespring het nie, waarheen het jy gegaan?"

"Ek het deur 'n tougat by die spieël geglip. Daar is 'n handvatsel en 'n rant op die ander kant. Jy het net die ooglopende aangeneem, dat ek in die water in is. Jy het nooit iets anders oorweeg nie. Ek het eenvoudig vir 'n paar minute daar gehang tot die veerboot aangelê het en afgeklim voor die karre en voetpassasiers afgeklim het. Voor die verkeer. Aan die voorkant van die tou. Eintlik baie tyd gespaar."

"Slim." Kat kan steeds nie uitpluis hoekom hy in die eerste plek gehardloop het nie. Sy tel haar handdoeke op, steek die papiere versigtig binne sodat Roger Landers dit nie raaksien nie.

"Ek het ook so gedink."

Hulle maak planne om weer in die stoorkamer oor dertig minute te ontmoet. Kat besluit om nie vir hom te sê dat sy in die hotel bly nie. Hy het nog nie haar vertroue gewen nie.

HOOFSTUK 29

Jace spring in die bed en trek die beddegoed tot by sy nek op. Sy oë groot van paniek.

"Ontspan. Dis net ek." Kat sit op die bed langs hom en kyk na die alarm se LED skerm. Soveel het vandag gebeur, tog sê die klok dit is net half nege in die oggend. "Jy het weer gaan slaap?"

"Wat anders kan ek doen? Jy het my in hierdie hotelkamer vasgekeer. Haai, hoekom is jy só aangetrek?" Hy los die beddegoed en reik na haar uit.

"Lang storie." Kat skop haar skoene uit en gooi die handdoeke op die voet van die bed neer. Toe klim sy langs Jace in die bed in. "Terwyl jy gelê het, het ek inligting bymekaar gemaak."

"Hmmm, dit is lekker. Vertel my meer daaroor." Jace trek haar nader aan hom. Dan stop hy. "Wag 'n oomblik, hoekom ritsel jy soos papier."

Kat druk haar borskas met haar hande aan albei kante saam. Dit is die enigste manier wat sy die dik pak dokumente kan verwyder sonder om die knope op haar te stywe uniform te laat skiet. Sy haal die dokumente versigtig uit. "Kyk wat het ek."

Jace staar na haar borskas.

Kat laat haar asem uit, uiteindelik weer daartoe in staat om asem te haal. Die handdoeke val op die vloer toe sy haar gewig op die bed verplaas. Sy hou die papiere op om Jace te wys. Sy sal die handdoeke en die res van die papiere in 'n oomblik optel.

"Laat ek daai sien." Jace vat dit met sy uitgestrekte hand en spoedlees die boonste bladsy. "Gordon Pinslett is op die agenda! Hy het baie om voor te antwoord. Soos hoekom hy 'n afgevaardigde is, in plaas daarvan om die grap van 'n instansie te ondersoek. Ek gaan met hom praat."

"Nee, Jace." Enige tikkie romanse in die lug is deur blinde ambisie vervang. "Om Pinslett aan te vat stel my saak in die gedrang. Buitendien, sy maatskappy het jou afgedank."

Kat draai op haar sy om na Jace te kyk. "Dit is net 'n slegte idee op soveel vlakke." Net soos sy gevrees het: Jace ruik 'n storie en sal enige iets doen om dit te kry.

Jace se gesig verdonker. "Dit is die perfekte voorbeeld van media in die bed met besigheid."

Kat trek haar vingers by sy arm af. "Jy bedoel soos ons?"

'n Sweempie van 'n glimlag speel op Jace se lippe. "Jy weet wat ek bedoel. Pinslett en sy gade neem alles oor. Hulle beïnvloed reeds regering, maak wette en beheer verhandeling. Persvryheid? Dit werk nie wanneer die pers in politikusse se bed is nie."

Kat rus haar kop op Jace se borskas. "Ek gaan jou nie toelaat om uit hierdie kamer te gaan nie."

"Oukei. Maar die oomblik wat ons die hotel verlaat, skryf ek die storie."

"Moenie bekommerd wees nie, daar sal baie wees om oor te skryf. Jy sal nie glo wie ek raakgeloop het nie." Kat vertel oor haar ontmoeting met Victoria, toe met Roger Landers.

Soos sy Landers se paranoïese gedrag beskryf, klop iemand aan die deur. Hulle vries albei.

"Maak die deur oop, Jace." Kat duik onder die beddegoed in. "Maak gou."

"Ek is nie aangetrek nie. Wie ook al dit is sal weggaan."

Die deur kliek oop. "Skoonmaakdienste."

Jace beweeg spoedig in 'n sittende posisie in. "Hallo?"

Angelika die skoonmaker kôm die kamer binne. "O – ek is jammer, meneer."

Kat maak haar lyf teen die matras plat, wens dat sy nie so 'n groot ontbyt geëet het nie. Sou Angelika haar buitelyn onder die beddegoed raaksien? Sy trek haar maag in en hou haar asem op.

Wat is erger – 'n skoonmaker in 'n gas se bed of 'n gas wat 'n skoonmaker namaak? Maak nie saak wat nie, haar vermomming sal op meer as een manier ontbloot wees.

Kat lig die beddegoed net genoeg om te sien. Angelika staan by die televisie aan die punt van die bed.

"O, meneer." Angelika se hand gaan na haar mond toe. "So jammer. Ek het gedink dat jy reeds na die konferensie toe is."

"Ek voel bietjie siek. Ek gaan hier bly en 'n bietjie rus." Jace hoes. "Moenie bekommerd wees om die kamer vandag skoon te maak nie."

"Jy seker? Ek kom vanmiddag terug?" Die skoonmaker blyk onseker te wees soos sy na die kamer kyk. Klere hang van die stoele af en is in hope op die tas gepak.

Kat sien die twee koffiekoppies op die tafel. Sal Angelika agterkom? Sy beweeg bietjie om beter te kan sien toe die skoonmaker na die deur toe beweeg.

Angelika stop toe sy die beweging sien. Sy staar na die bed, skynbaar deurmekaar met die ekstra hoop onder die beddegoed. Of dalk is dit net Kat se verbeelding.

"Nie nodig nie, maar dankie," sê Jace.

"Oukei, meneer." Angelika buk om die handdoeke wat geval het, op te tel.

Die handdoeke waarin Kat se papiere weggesteek is. Papiere waarna sy skaars gekyk het.

Kat skop Jace onder die beddegoed.

"Eina! Um, los asseblief die handdoeke."

Angelika lyk verbaas. "Ek het vars handdoeke buite in die trollie. Ek bring terug in een minuut."

Kat skop Jace weer.

"Nee! Ek bedoel, ek wil daai hê. Los dit net."

"Oukei, meneer." Angelika glimlag. Sy laat die handdoeke op die voet van die bed val en keer terug na die deur toe. "Hoop jy voel gou beter."

Nadat sy vir die hoeveelste keer oor seep en sjampoe gevra het, gaan Angelika uiteindelik. Kat kyk na die klok. Haar ontmoeting met Landers is in minder as vyf minute.

HOOFSTUK 30

"Dit was amper. Nou, waar was ons?" Jace lig die beddegoed op en sien die bokant van Kat se kop. "Ek bedoel voor jy my begin skop het."

"Jy was op pad om aan te trek." Sy sal graag die hele oggend wegkruipertjie in die luukse beddegoed wil speel, maar daar is eenvoudig nie genoeg tyd nie.

"Dit is nie hoe ek dit onthou nie." Jace vryf haar maag en begrawe sy lippe in die vou van haar nek.

"Ek moet gaan." Kat stoot haarself op en rol om Jace te soen. Sy kyk na die alarm op die bedkassie. "Landers wag."

Sy spring uit die bed uit en kry die res van die papiere uit die handdoeke uit. Sy dra dit terug ek sit dit onder die agenda en ander papiere wat Jace op die bedkassie gesit het.

"Oukei." Jace sug en sit regop. Hy trek sy bene oor die rant van die bed en sit die televisie aan. "Jy is heeltemal behep met hierdie ou."

"Ons sal later meer tyd hê." Sy soen hom op die wang en gryp haar hardloopskoene. Sy sit op die bed om hulle vas te maak. "Belowe."

"Ek sal wag." Jace staan en gryp sy klere van die skryftafel af. Hy vries voor die televisie.

Kat volg sy blik. Roger Landers staan voor die Hideaway Bay polisiestasie. Die kamera swenk om 'n polisiebeampte langs hom te wys, skrefiesoë in die sonlig.

"Wanneer het jy bepaal dat Svensson vermoor is?" Landers hou sy mikrofoon voor die polisiebeampte uit. Hy dra jeans en 'n Gore-Tex baadjie. Oop.

Kat se mond hang oop toe sy en Jace vir mekaar kyk. "Onmoontlik. Hoe kan Landers op TV wees? Ek het pas 'n half-uur gelede met hom gepraat, in die stoorkamer. Ons is ten minste vyf myl van die dorp af."

"Dalk is dit vroeër opgeneem," sê Jace. "Hy sal nooit daartoe in staat wees om nou in en uit die oord te sluip nie. Nie met al die sekuriteit nie."

Jace draai in die rondte en gryp 'n pen en papier van die lessenaar af en begin skryf.

Kat bestudeer die skerm.

Die polisiebeampte draai na Landers toe. "Ons het vroeg in die ondersoek moord vermoed, het net nie genoeg bewyse gehad nie. Ons het nou verskeie belowende leidrade en hoop om vinnig 'n aanklagte aan te bring." Beampte Kravitz kyk met skrefiesoë na die kamera, met sonlig wat op sy naamplaatjie weerkaats. Hy steek sy bors uit en pas sy belt aan.

Kat draai na Jace toe. "Eerste selfmoord en nou 'n moord? Ek wonder of hulle werklik 'n verdagte het?"

Jace ignoreer haar, bekoor met die televisie.

"Ek raai dat niks so groot al ooit in Hideaway Bay gebeur het nie," sê Kat. "Eerste 'n wêreldkonferensie en nou al die internasionale intrige met die moord." Sy kan steeds nie glo die World Institute het die slaperige gehuggie vir die konferensie gekies nie, maar dalk is dit die aanloklikheid. Dit is naby aan die internasionale lughawe, tog afgeleë en moeilik genoeg om te bereik, behalwe met 'n private vliegtuig. Onder die radar.

"Die motief?" vra Landers vir Kravitz.

"Ons dink dat dit 'n rooftog was. Hideaway Bay is 'n baie veilige plek en ek wil almal verseker dat..."

Jace skakel die televisie af. "Ek moet hierdie Landers ou ontmoet. Kom ons gaan."

Angelika se onverwagse besoek het Kat ontsenu. Van wanneer af maak skoonmakers kamers 08:30 in die oggend skoon? Die nuus oor Svensson het ook nog 'n kinkel bygevoeg. Was dit verwant aan sy monetêrebeleidsteorieë of iets anders?

Soos Kat opstaan sien sy 'n paar kaarte op die mat lê, wat van onder die bed uitsteek. Sy buk af om hulle op te tel, 'n kamersleutel en 'n loper. Hulle moes uit haar sak geval het toe sy haar skoene aangetrek het.

Jace sien dit op dieselfde tyd en beduie vir Kat om dit vir hom te gee. Sy gee die sleutelkaart vir hom. Hy trek die rekkie wat daaraan vas is deur sy vingers.

"Hierdie is nie ons kamersleutel nie. Die kleure is anders. Waar het jy hierdie gekry?"

"Dit was in die sak toe ek die uniform aangetrek het. Dit is 'n loper." Kat hou haar hand uit en beduie met haar vingers. "Kan ek dit terugkry?"

"Hoe weet jy dat dit 'n loper is?" Jace gee die sleutelkaart vir haar en loop na die skryftafel toe. "Wag 'n oomblik – breek jy in kamers in?"

"Om 'n sleutel te gebruik is nie inbraak nie." Sy flits wat sy hoop haar mees sjarmante glimlag is. "Hoe het jy gedink het ek al hierdie World Institute materiaal gekry?"

"Dis nie oukei as ek rondsnuffel nie, maar jy kan iemand se kamer skaai? Nie regverdig nie."

"Onthou hoekom ons in die eerste plek hier is, Jace. Edgewater. Ek moet hierdie saak oplos. Sonder dat jy dinge opstook."

"Jy praat van mý wat verdagte dinge doen..." Jace staan by die deur, arms gekruis.

"Moenie onskuldig voor my speel nie. Jy doen altyd sulke goed om stories te kry."

Kat het nie die tweede kaart in haar sak opgemerk nie. Sy bestudeer die MasterCard. Dit het nie 'n naam daarop nie. Klein skrif bo die MasterCard logo lees *debiet*. Dit is nie 'n kredietkaart nie, maar 'n voorafbetaalde kredietkaart. Voorafbetaalde kaarte word dikwels gebruik deur mense sonder kredietrekords of bankrekenings. Sy wonder of die geld nog daarop is. Indien so, sal die eienaar haar uniform kom soek.

"Jy is verkeerd, Kat. Ek het nog nooit 'n uniform óf loper gesteel nie. Jy ondersoek een misdaad deur 'n ander te pleeg."

"Ek het die inligting op Nathan, het ek nie?"

"Hoe presies het jy dit gekry? Jy is bietjie kort op besonderhede. Selfs ek sal nie in iemand se kamer rondsluip vir 'n storie nie."

"Dit is nie dat ek dit beplan het nie. Dit het net soort van, gebeur." Victoria het mos aangedring dat sy die sjampoe moet aanvul. Wat sy vergeet het om te doen, besef sy. Ten minste gee dit haar 'n verskoning om terug te gaan, indien nodig.

"Dinge soos dit gebeur nie net nie."

Kat tik op haar horlosie. "Ek sal later verduidelik. Ons is laat."

Tien minute later, keer Kat en Jace terug na die kamer met Roger Landers. Landers sit in die lessenaarstoel, sy lang bene voor hom uitgestrek. Jace en Kat sit op die punt van die bed. Die stoorkamer is te klein en om daar te ontmoet verhoog net die kans om gevang te word.

"Vertel ons hoe jy van Svensson se moord weet."

Landers antwoord nie. In stede daarvan kantel hy sy kop agteroor en maak sy tweede koppie koffie in minder as vyf minute leeg.

Kat maak die mini-bar yskas oop en gryp 'n blik Pringles. Sy gooi dit vir hom.

Landers vang die blik met een hand en skeur die foelie deksel af. Hy verorber die skyfies soos 'n dier wat honger ly. "Nie veel om te vertel nie. Die polisie sê die motief is rooftog, wat verspot is. 'n Tweeof drie-uur stap in die middel van nêrens? Kriminele hou normaalweg van makliker teikens."

"Wanneer het jy met die polisie gepraat?" Kat is seker dat die onderhoud vroeër opgeneem is, maar wanneer? Die weer was gister bewolk en die son het met dagbreek in wolke verander.

"'n tydjie terug."

"Kan jy meer spesifiek wees? Is dit waar jou komplot teorie intree?"

"Dit is nie 'n teorie nie, Katerina. Dit is 'n feit." Landers sit die amper leë Pringles kannetjie op die tafel neer. "Svensson se teorieë is die sleutel van die World Institute se mandaat. Die basis vir sy Nobel-nominasie. Tot hy dit terug getrek het, natuurlik. Hulle het seker nie daarvan gehou dat hulle ster-ekonoom kante verander het nie."

"Jy dink die World Institute is betrokke in die Svensson-moord?" vra Jace.

Hoekom het sy Jace aan 'n komplot teoretikus soos Landers voorgestel? Verskriklike fout. Nou ruik beide joernaliste 'n storie en sal by niks stop om dit te kry nie.

"Hoe anders kan jy dit verduidelik?"

"Daar is baie moontlikhede," sê Kat. "Die polisie het dit 'n rooftog genoem. Hoekom ondersoek hulle nie jou teorie nie?" Hulle is vinnig besig om van die pad af te dwaal. Die idee van gou die inligting op Nathan Barron te kry, is vinnig besig om te verdamp, saam met Kat se geduld.

Landers sê spottend: "In hierdie plattelandse dorpie? Die polisie het nie 'n idee waar om met 'n moord ondersoek te begin nie. Hide-away Bay se grootse misdaad is gesteelde kano's of hut inbrake. Dit is die perfekte plek vir die World Institute om met moord weg te kom."

"Wat is die motief?" vra Jace.

"Om 'n dolerende stem stil te maak," sê Landers. "Svensson was 'n World Institute-lid, tog het hy teen hulle platform gepraat. Hy het nie net 'n stempel as 'n Nobel-genomineerde ekonoom nie, hy was ook die wêreld se vernaamste deskundige in valutahervorming. Hy het hulle met geen keuse gelaat nie."

"Geen keuse?" Kat is verbaas dat Landers op 'n manier Svensson se moord rasionaliseer.

"Nie as hulle hul mandaat wil bereik nie." Landers trek sy trui oor sy kop om 'n blou hemp te ontbloot. "Dit is stikkend warm hierbinne."

Kat loop na die termostaat en draai dit laer. "Ander World Institute-lede is ook invloedryk. Al wat hulle hoef te doen is hom te diskrediteer. Die World Institute het genoeg geld en mag om sy bewerings teen te werk."

Kat se opmerkings val op dowe ore. Landers en Jace staar na die televisie, vasgevang deur 'n storie op CNN. Jace het altyd die nuus aan; sy kom dit skaars meer agter. Sy sug en kyk na die televisie.

'n Ryk rolprentster hou 'n Etiopiese baba in haar arms vas. Sy kan nie die ster se naam onthou nie, net haar jaarlikse aanneming-togte na Afrika lande. Kat wonder: wou die ouers regtig daardie baba opgee, of moes hulle? Hoe sal dit voel om jou kind 'n lewe van matelose rykdom te ontken? Sommige keuses is regtig nie eintlik keuses nie.

Sy kyk na Landers, wonder hoe hy so obsessief met die World Institute geword het. Ten spyte daarvan dat hy die World Institute al vir tien jaar dek, is sy werk meestal gediskrediteer. Sy het baie ongunstige resensies en kommentaar van sy boek ontdek toe sy die agtergrond van die Institute nagegaan het.

Dan merk sy Landers se hemp op. Dit is ligblou; dieselfde hemp wat hy op die veerboot aangehad het. Nie die rooi hemp wat hy op televisie gedra het nie. So die onderhoud is toe opgeneem. Dit, saam met die verskil in die weer, is betekenisvol. Die wolke hier kontrasteer met die sonnige weer gedurende Landers se onderhoud met die polisiebeampte. Hideaway Bay is net 'n paar myl weg, sekerlik nie genoeg om die verskil in weer te verklaar nie.

Gegee dat die onderhoud vroeër moes gebeur het, wanneer presies het Svensson se dood van 'n selfmoord na 'n moordondersoek verander? En hoekom het Landers dit nie vroeër genoem nie? Ten spyte van haar beste pogings is sy ook besig om van die spoor af te dwaal.

HOOFSTUK 31

"Kyk hierna." Jace haal die veerklem van die dokumente af en sprei hulle op die klein tafel in hulle suite uit. Hy dui op die eerste item op die agenda. "Een internasionale valuta."

Kat gluur hom kantelings aan. Hulle het nie bespreek hoeveel om vir Landers te wys nie en sy voel wrewelrig dat hy die dokumente vir Landers wys sonder om haar te vra. Vyf ure is al verby vandat Landers in hulle kamer aangekom het, tog het hy nog geen inligting van sy eie gedeel nie. Alles vat en niks gee.

"Waar het jy hierdie gekry?" Landers buig vorentoe om die dokumente te bestudeer. "Hulle kan nie eg wees nie."

"Natuurlik is dit eg." Jace trek die papier terug asof hy gewond is. "Reguit vanaf 'n World Institute afgevaardigde."

"Watter een?" Landers kyk op. "Ek het nog nooit vantevore daarin geslaag om my hande op enige van hulle vergadering dokumentasie te kry nie."

"Dit is konfidensieel." Kat gryp die papiere nes Landers daarvoor uitreik. Dit was 'n fout om Landers na hulle kamer toe te nooi. Nou weet hy waar hulle is, maar het niks op die beurt opgeoffer nie. Sy gaan haarself beslis nie inkrimineer deur te erken dat sy die papiere uit Nathan en Victoria se kamer gesteel het nie. Sy probeer om Jace se oog te vang, maar sy kop is gesak, ingenome met die agenda.

"Selfs al is dit eg, is dit beswaarlik nuus." Landers gooi nog 'n hand vol Pringles uit die kannetjie uit. "Een wêreld geldeenheid is al vir jare op die Word Institute se agenda."

"Dalk as 'n teorie, maar nou is hulle reg om dit te implementeer," sê Jace.

"Jy wéét dit nie." Landers vee die skyfiekrummels van sy palms af. "Al wat die agenda toon is onderwerpe vir bespreking."

"Ons het bewyse." Jace dui op een van die hopies wat op die tafel versprei is. Die dokumente uit Nathan se kamer het uitgedraai om 'n skatkis van inligting te wees – as Kat 'n bietjie privaatheid kan kry om behoorlik deur hulle te gaan. Sy kon sover skaars daarna kyk. In die tussentyd blaai Jace net daardeur – met Landers wat aandagtig aankyk. "Hulle het 'n baie indrukwekkende mediaveldtog hier. Hulle beplan 'n finansiële inploffing. Eerste 'n skuldkrisis, wat alle groot geldeenhede sal devalueer. Aanvanklik Europa, dan Noord-Amerika. As dit eers onderweg is, volg Asië en die res van die wêreld."

"Laat ek daardie sien." Landers hou sy hand uit.

Jace kyk na Kat.

Sy draai haar kop skuins. *Nie nou nie.*

Jace blaai deur die dokumente. "As daai geldeenhede eers hulle waarde verloor het, sal 'n gedeelde internasionale geldeenheid baie meer verteerbaar wees. Op die rant van 'n ramp, gryp die World Institute in en red almal. Niemand sal raai dat hulle die hele ding self bewimpel het nie, of hulle selfs bevraagteken nie. Dit is 'n nuwe wilde weste. Almal wat 'n kleim aflê, kry 'n stukkie."

Landers draai na Kat. "Dit is presies wat ek nog heeltyd voorspel. Verstaan jy nóú die moordmotief?"

Kat skud haar kop, omgekrap. Sy is nie 'n naïewe graad ses nie. "Dit is vir die polisie om te besluit. Ek is hier om bedrog op te los."

"Dit is alles verwant aan mekaar. Dink jy dat hierdie plattelandse dorpie se polisiemag die World Institute op sy radar het?" Landers wag nie vir haar antwoord nie. "Hulle het nie die gekunsteldheid of die mannekrag nie. Ons moet hulle lei. Deur die WI se mandaat bloot te lê."

"Ons?" sê Kat.

"Hy is reg, Kat." Jace dui op die papiere. "Pinslett en sy makkers is deel van 'n sluipende media-oorname. Sy konglomeraat besit reeds sestig persent van die groot Noord-Amerikaanse en Europese koerante. Hy het ook televisie- en radiostasies. Tussen hom en 'n paar ander ouens beheer hulle die meeste van die noemenswaardige internasionale media. Hulle lewer verslag nét waarop hulle wil."

"Net wat hulle wil hê ons moet hoor. Geld en inligting is twee sleutels tot mag," voeg Landers by. "Met dit kan hulle politici, regerings en die samelewing beheer."

Kat voel geboelie. Sy het Jace aan 'n komplot teorie malkop verloor.

"Hulle het eerste die Europese Unie saamgestel, toe 'n saak vir die Euro gestel," sê Landers. "Hulle volgende stap is om dieselfde ding in ander wêreldsones te skep – Noord-Amerika, Asië en Suid-Amerika."

"Wat van Afrika?" vra Jace.

"Geen rede om enige iets te doen nie. Dit is ten minste die World Institute se siening." Landers gryp nog 'n handvol Pringles. Sy oë spring na die hope papier op die koffietafel. "Dit is reeds beheer of uitgebuit – afhangende van jou politiek – deur die res van die wêreld. Daar is nie 'n stabiele, dominante geldeenheid om te ontrafel nie. Verhandeling is meestal in greenback of euro en Sjina het die meeste van die natuurlike bronne opgesluit."

Alles wat Landers sê is deur laasjaar se notules vasgestel. Maar hoekom hang dit van húlle af om die wêreld te red? Dalk sal Landers weggaan as sy voedselvoorraad afgesny word. Te oordeel aan waarheen die gesprek lei, is dit waarskynlik reeds te laat.

"Svensson se argument laas jaar was vir 'n gedeelde internasionale geldeenheid," sê Jace. "Dit is hoekom hy vir die Nobel genomineer is. Toe, net voor hy doodgaan, verander hy van plan. 'n Kragtige moordmotief. Wat ek egter nie verstaan nie, is hoekom al die geheimhouding? Die euro werk. Hoekom dit nie tot 'n stemming oorlaat nie?"

Kat begin praat, maar besef dat 'n antwoord net die bespreking vir nog 'n paar uur sal aanvuur. In stede daarvan stap sy na die yskas en maak dit oop. Sy krap deur die peuselgoed in die mini-kroeg. Op die ou einde gryp sy alles en gooi dit in 'n hoop op die tafel neer.

Landers gryp 'n Mars Bar en glimlag vir haar. Die CNN-nuusleser het na 'n ander storie oor huishoudelike skuld en onmiddellike bevrediging oorgeskakel.

"Nie almal is ten gunste nie, Jace." sê Landers. "Meeste regerings is nie, aangesien 'n internasionale geldeenheid hulle mag wegneem. Net die dominante lande wil dit hê, want dit verwyder struikelblokke tot verhandeling en verlaag transaksie- en uitruilkoerskostes. Hulle beheer die storie, so reëls eindig altyd in hulle guns op. Jy word bykans in 'n gedeelde geldeenheid ingedwing as hy wil hê dat die struikelblokke tot verhandeling verwyder word. Maar pryse kan dramaties toeneem as jy oorskakel. Skielik betaal jy lone in 'n sterker eenheid. Dit dryf inflasie opwaarts."

"Wat jou plaaslike goedere duurder maak en minder bekostigbaar." Jace stap na die venster toe. Die wolke het dikker geword en die donker lug dreig om enige oomblik los te bars. "'n Goeie argument, maar die pyn is tydelik. In stede van die speelveld onmiddellik gelyk te maak, word dit meer gelyk in die langtermyn."

"Dit is hoekom Svensson van plan verander het," sê Landers. "Dit is jammer oor die ongeluk – ek bedoel, moord. Hy was die enigste gematigde stem."

"Watter bewyse het die polisie dat dit moord is?" Jace krabbel in sy notaboek.

"Toksikologieverslag. Lykskouer sê hy kon dit onmoontlik tot daar gemaak het met al die dwelms in sy sisteem."

"Dalk het hy die dwelms geneem na hy daar gekom het," sê Jace.

"Nee. 'n Ander stapper het hom tweeuur op die Summit trail gesien." Landers maak die laaste sjokolade oop en byt daarin. "Hy was nie geïnhibeer nie. Die lykskouer se verslag sê dat hy die dwelms om en by drieuur ingeneem het. Gebaseer op wanneer die stapper verby hom is, was hy steeds 'n uur se stap weg van waar hy dood is. Hy kon dit nie moontlik tot daar gemaak het nadat hy die dwelms geneem het nie. Hulle was te sterk."

"Niemand anders het hom gesien nie?" Kat het die staproete baie keer saam met Jace op pad na Kurt se hut toe gestap. Daar is swaar sneeu-ophoping en hulle het dikwels vir ure geloop sonder om 'n ander siel te sien.

"Nee, maar iemand het hom wel vroeër die dag saam met 'n vrou gesien," sê Landers. "Nog 'n stapper wat hulle verbygesteek het. Niemand het hom as vermis aangemeld tot die volgende dag nie. Dit is toe dat soekers sy spore nageloop het en hom gevind het. 'n Driehonderd meter val."

"Ek ken die staproete," sê Jace. "Wat van die vrou? Wie is sy?"

"Niemand weet nie. Hulle het haar nooit gevind nie. Daar was nie karre in die parkeerarea nie, so sy moes oukei gewees het," sê Landers.

"Geen vermistepersoonverslag nie?" Kat weet dat die enigste manier om by die staproete se begin te kom, met 'n kar is. Dit is heeltemal te onprakties vir iemand om afgelaai te word. "Het jy nie 'n agterland permit nodig nie?"

"Jy het," sê Jace. "Maar hulle vra nie jou naam nie. Daar is ook nie 'n stelsel om te kyk wie uitkom nie. Ek ken van die soek-en-redding ouens; ek sal uitvind wat hulle daaroor weet." Kurt is die hoof van die Hideaway Bay area se soek-en-redding en sal waarskynlik die details ken.

"Hoekom sal sy gaan sonder om iets aan te meld?" Kat is agterdogtig. "Tensy sy by die moord betrokke was."

Landers haal 'n pen en notaboekie uit sy broeksak uit. Hy staan op en gryp 'n pen van die lessenaar af omdat syne nie werk nie. "Svensson se planverandering het nie goed oorgegaan nie. Sy deskundige mening is die basis van die hele argument op die valutahervorming. 'n Nobel-genomineerde in ekonomie is 'n groot treffer."

"'n Dolerende een is selfs groter," sê Jace. "In stede van 'n bate het hy 'n struikelblok geword. Nou is daar geen debat en geen doleansie nie. Maklik."

HOOFSTUK 32

Nadat Landers alles in hulle mini-kroeg geëet het, asof hy 'n vrygelate gyselaar is, het hulle kamerdiens bestel. Hy verorber dan binne minute 'n tien ons steak en twee nageregte.

Een detail pla Kat steeds. Landers het by Hideaway Bay op dieselfde veerboot as hulle aangekom. As dit aangeneem word dat hy die onderhoud vroeër opgeneem het, wanneer het hy dit gedoen? Die weer in die onderhoud is sonnig. Dit was nie een keer sonnig vandat hulle hier aangekom het nie.

Dan is daar die ontdekking van Svensson se liggaam. Dit is eers gister terug gekry en die outopsie is eers vandag voltooi. Landers het op dieselfde veerboot as hulle aangekom, voor die uitslae van die nadoodse ondersoek aangekondig is. As die onderhoud vroeër opgeneem is, wanneer het Landers en die polisie die uitslae gekry?

Kat is moeg daarvoor om gasheer vir 'n opportunis soos Landers te speel. Nadat hy al hulle kos opgeëet het en al hulle inligting geabsorbeer het, bied hy niks tasbaar in ruil aan nie. Dit is klaar 23:00. Sy is al die hele dag in die kamer vasgekeer en kan nie aan die saak werk met Landers teenwoordig nie.

Kat draai na die televisie. Die laatnag nuus is op. Selfs met die klank af kan sy sien dat Parys beleër is. Die kamera swenk na die Paryse studentewyk, waar 'n woedende skare talle karre aan die brand gesteek het, insluitend 'n polisiekar.

"Frankryk is die volgende een om te val." Landers volg Kat se blik. "Volg in Griekeland en Portugal se voetspore. Mense sal nie die besuinigingsmaatreëls wat hulle voorstel, aanvaar nie. Veral nie die Franse nie."

Jace sit die klank harder. Die filmmateriaal beweeg na die Champs Élysées waar talle mans, vermom in bandanas, winkelvensters uitskop. 'n Groep vorm agter hulle, juig hulle toe.

"Hoekom is hulle so kwaad?" vra Jace. "Dit is hulle skuld dat hulle hulself oorspan het op krediet. Nou moet hulle daarvoor betaal."

"Soort van," sê Kat. "Die regering en die banke deel in die blaam met hulle monetêrebeleid. Die regering omdat hulle rentekoerse so laag hou. Die bank omdat hulle vir almal geleen het, ongeag van hulle kredietwaardigheid. Toe mense wanbetaal het, het alles ontrafel. Dit is nie net die mense wat oorspan het nie, maar die land self." Kat verstaan hoekom Svensson van plan verander het. 'n Gemeenskaplike geldeenheid maak teoreties sin, tot jy die selfsugtige gedrag van die kleinerwordende mense wat dit beheer inreken. Konsentrasie van mag leen sigself tot korrupsie.

"Hoekom het die banke nie net opgehou om geld uit te leen toe dinge lelik begin raak het nie?" vra Jace.

"Hulle het te veel geld gemaak." sê Kat. "Die banke het hulle risiko afgelaai deur die goeie en slegte lenings saam te sit om 'n nuwe beleggingsproduk te skep. So lank as wat die lenings wat saam verpak is 'n hoë kredietstand het, kan hulle 'n hoë kredietstand op die groep toepas. In die werklikheid is die lenings al soveel keer herverpak dat niemand meer weet waarvoor of vir wie die lenings is nie."

"Of wie nie betalings maak nie," sê Landers. "Die banke maak geld op die pad deur aan enige iemand te leen wat 'n adres buiten 'n begraafplaas het. Tog verwag hulle dat die regering inspuiters moet gee wanneer mense wanbetaal. Om 'n seisoenale bessieplukker 'n verband vir 'n miljoen dollar te gee, met geen deposito, is 'n ramp wat wag om te gebeur. Wanneer dit inplof wil die bankiers langs die pad óók geld maak."

"Waaraan werk jy presies, Roger?" Kat vra hom reguit sodat hy die vraag nie kan vermy nie. As sy hierdie gestrande skipbreukeling moet voer, wil sy iets terug hê. Hoe kan sy hom vertrou as al wat hy doen vat, vat, vat is?

"Het jy nie vantevore van my gehoor nie? My werk is welbekend."

Kat maak asof sy onkundig is. "Nie tot ek die World Institute ondersoek het en gevind het dat jy 'n groepstertjie is nie."

Jace frons vir Kat.

Ten minste het sy uiteindelik sy aandag. Hy is omtrent kruiperig om Landers, oortuig dat hulle 'n storie saam kan doen. Kat is seker dat Landers nooit met enige iemand erkenning sal deel nie. Hy is 'n gebruiker, 'n nemer. Hoekom kan Jace nie deur dit sien nie?

Landers stoot sy bors uit. "Ek is 'n joernalis, nie 'n groepstertjie nie, Katerina. As jy my boek gelees het, sal jy verstaan hoe ernstig hierdie alles is."

Kat ignoreer die afjak. "Is jou World Institute teorie nie bietjie opgeblaas nie? Jy moet erken, om al hierdie goed op te maak spoor die verkoop van jou boek aan. Jy het waarskynlik genoeg vuller vir 'n vervolg." Landers se boekverkope het weggekwyn en 'n bietjie polemiek sal nie sy boekverkope seer maak nie. Om sy ego seer te maak sal dalk sy ware kleure uitbring.

Landers se gesig word rooi en hy kruis sy arms. "Ek het nie jou mening nodig nie."

"Ek dink dit is tyd om klaar te maak." Kat draai om en stap badkamer toe. Dalk sal Landers loop as hy geïgnoreer word.

Sy is besig om die deur toe te maak, maar Jace volg en glip binne. "Kat, hoekom gaan jy so tekere? Hierdie is 'n geleentheid van 'n leeftyd. Landers ondersoek al die World Institute vir tien jaar. Saam met wat ons reeds het, kan ons hierdie ding ontbloot. Dit is 'n massiewe storie oor hebsug en korrupsie."

Kat druk verby hom na die halfoop badkamerdeur. "Het jy Landers daar gelos met al die dokumente? Jace, hoe kon jy?"

Jace blok haar en hou sy voorarms op, palms na buite.

"Landers sal niks doen nie," fluister hy. "Ek sal daarvan seker maak."

"Natuurlik sal hy. Hy is 'n opportunis." Kat draai die kraan oop om hulle gesprek te demp. "Sien waarheen hierdie op pad is? Hy gebruik jou totdat hy gekry het wat hy wil hê. Dan sal hy jou los en erkenning vir alles vat."

"Hoekom is jy altyd so negatief?" Jace staan langs haar by die wasbak, kyk na haar in die spieël.

"Ek is net realisties." Kat druk tandepasta op haar tandeborsel uit, woedend. Haar kop klop en sy is ontsteld dat hulle gesprek in 'n argument verval het. Alles te danke aan Landers. Hoekom het sy in die eerste plek met hom gepraat? Daar is beter maniere om inligting te bekom en noudat sy Jace daarin gesleep het, kan dinge net erger raak. "Ek moet hierdie saak afhandel voor ek môre middag met Zachary ontmoet. Ek kan nie enige komplikasies of vertragings bekostig nie." Zachary het reeds talle boodskappe vir haar gelos, maar sy het konkrete bewyse nodig voor sy die World Institute verbinding ontbloot. Dit klink andersins te ongelooflik.

"Kan jy vir my krediet vir enige iets gee, Kat? Ons bly in elk geval hier vanaand – wat is fout daarmee om van 'n geleentheid gebruik te maak? Ek gaan langsaan." Jace draai om en slaan die badkamer deur agter hom toe.

Kan hy Landers nie sien vir wat hy regtig is nie? Kat kners op haar tande en staar na haar beeld in die spieël. Sy hou nie van die mens wat sy geword het nie.

Terwyl sy nie Jace die geleentheid vir 'n storie beny nie, kan sy nie toelaat dat dit ten koste van haar eie ondersoek is nie.

Kat draai die kraan af en druk haar oor teen die deur. Sy sukkel om gedeeltes van die gesprek te hoor.

"Kom ons gaan na die aangrensende suite toe." sê Jace vir Landers. "Kat is moeg en ons kan ons gesprek daar voortsit."

"Oukei."

"Jy kan daar slaap ook. Die kamer is leeg en dit is beter as die stoorkamer."

Kat se mond hang oop. Hoe kan Jace die kamer aan Landers

aanbied? Selfs al is hy betroubaar, wat Kat betwyfel, maak een ekstra persoon hulle kans om uitgevang te word, net soveel hoër.

Sy spoel haar mond en maak die deur oop, reg om haar beeswaar te lig. Maar Jace en Landers is reeds weg. Die World Institute papiere is ook van die tafel af weg.

Kat druk haar oor teen die deur van die aangrensende suite en luister. Sy hoor opgewonde stemme in die volgende kamer die bespreking voortsit. Sy oorweeg dit om te klop, maar besluit daarteen.

Laat Jace sy storie kry. Sy moet hom met die papiere vertrou. Al stem sy nie saam met absolute openbaring teenoor Landers nie, weet sy ook dat Jace nooit daarvan sal afstand doen nie. So lank as wat dit nie met haar ondersoek inmeng nie, is dit goed om te sien hoe Jace se entoesiasme terugkeer na hy by die *Sentinel* afgedank is. Sy skuifel na die bed en val neer. Hy sal vanaand kry wat hy nodig het en môre kan hulle klaarmaak en gaan.

HOOFSTUK 33

Kat skrik **wakker**, natgesweet. Haar hart hamer en sy probeer haar bene van die beddegoed bevry. Dan sien sy die flits van die hotelkamer se rookverklikker bo die bed. Haar paniek neem af toe sy besef waar sy is.

Dit was net 'n slegte droom. Hillary het Harry se huis platgeslaan en hom by 'n hawelose skuiling gelaat. Selfs Hillary sal nie so ver gaan nie, dink sy en vee oor haar oë.

Sy draai na die klok op die bedkassie. 03:00. Die bed langs haar is leeg. Toe onthou sy: Jace het langsaan saam met Roger Landers gegaan. Hulle World Institute bespreking en die gevolglike argument kom terug na haar toe. Jace se nuwe alliansie met Landers ontsenu haar, maar sy moes nie so kwaad vir hom geword het nie. Hy het alle reg om wat moontlik 'n uitbraak storie kan wees, na te jaag, tog het sy struikelblokke voor hom gestel. Vertrou sy hom nie genoeg om sy eie diskresie te gebruik nie? Natuurlik doen sy. Sy kry skaam oor haar selfsug.

Nadat sy haar t-hemp en jeans aangetrek het, trek sy ook haar drafskoene aan, net vir ingeval. Sy loop na die aangrensende kamer toe en luister. Geen stemme. Slaap hulle? Nee, Jace sou terug kamer toe gekom het, ongeag hulle argument.

Sy klop saggies aan die deur en wag.

'n Paar sekondes later hoor sy sagte stemme. "Jace?"

Sy toets die deur, dit is gesluit. Sy klop 'n tweede keer, liggies. Die deur maak met 'n skrefie oop. Die agterkant van haar nek prikkel toe sy sien dat die kamer donker is. Dit is te donker om te weet of die skimagtige figuur Jace of Landers is.

"Jace? Is dit jy?" Die deur maak wyer oop. Skielik gryp 'n hand haar en trek haar in die aangrensende suite in.

"Haai—?" Sterk arms gryp haar skouers en stamp haar verder in die kamer in. Sy struikel vorentoe en val amper toe haar sool die mat tref. Jace sal dit nie doen nie. "Roger?"

"Hou jou bek." Hy slaan haar deur die gesig. "Iemand sal jou hoor."

Kat kry weer haar balans en draai om na hom te kyk. Haar instink was reg, Landers is nie 'n vriend nie. "Jy maak my seer! Wat doen jy...?" Kat kry nooit die kans om haar sin klaar te maak nie.

Landers slaan die deur agter haar toe. Die ligte gaan aan en Kat staar reguit in die oë van boosheid.

Nathan Barron is die keer ten volle in 'n swart aandpak onder 'n reënjas geklee. Hy dra ook rubberhandskoene.

Kat se hart hamer toe sy Nathan se hande sien. Handskoene beteken net een ding: geen vingerafdrukke en geen bewyse. Haar bene vou onder haar uit en sy struikel 'n halwe treë terug voor sy herstel.

"Het jy al die pad hierheen gekom net om Vitoria te ondersoek?" Nathan Barron gryp haar toe Roger Landers sy greep laat gaan. Hy staan by die bedkassie, blok Kat se sig van 'n derde persoon wat op die bed sit. "Hoe aangrypend."

"Wat wil jy van my hê?" Is dit moontlik dat Nathan van haar bedrog ondersoek weet? Kat kyk in die kamer rond.

Jace is nie in die kamer nie. Sy sien ook nie die dokumente wat sy uit Nathan se kamer gevat het nie.

Landers bly agter haar staan, blok die aangrensende kamerdeur. Nathan beweeg 'n bietjie na regs, wat die persoon agter hom ontbloot.

Victoria sit op die punt van die bed en grynslag vir Kat. Ten minste, soveel van 'n grynslag as wat haar botoks toelaat. "Dit het my 'n tydjie gevat om jou te herken. Weet jy wat? Jy is 'n baie swak bediende."

"Hierdie hoef nie onplesierig te wees nie, Me. Carter," sê Nathan. "Loop nou, los die ondersoek en dan sit ons albei hierdie agter ons." Nathan se lippe draai by die hoeke op, maar sy koue oë boor in hare in. "As jy ten volle saamwerk."

Kat gluur hom terug aan.

Kalmeer.

Sy asem twee keer in en uit, blaas die lug stadig uit en wil haar hammerende hart om stadiger te klop. Sy sal nié voor sy bangmaak tegnieke toegee nie. Sy kan haar pad hier uit dink.

Dink Nathan regtig dat sy hier is as deel van Zachary en Victoria se egskeiding? Nee. Die oordeel is reeds gemaak, so dit moet 'n bluf wees. Landers sou hom van haar ondersoek vertel het.

"Hoe saamwerk?" Ten minste het sy nie Landers vertel watter World Institute-lid sy ondersoek nie. Jace sal nie haar vertroue breek nie, maar Landers mag dalk ander leidrade gevind het vanaf die dokumente self terwyl hulle onbewaak op die tafel in Kat en Jace se kamer gelê het.

"Roger het my alles vertel." Nathan maak sy greep op haar losser, maar laat haar steeds nie gaan nie. "Jy sal nie hiermee wegkom nie."

Nathan Barron is 'n besigheidsman, nie 'n toepasser nie. Kat is seker dat hy nie sy hande met morsige besonderhede sal vuil maak nie. Maar een kyk na sy bedekte hande en sy betwyfel haar afleiding. Slag hy sy slagoffers in die wild, of doen iemand anders die vuil werk? Sy voel soos 'n vasgevangde prooi.

"Waarmee wegkom?" So hy weet van haar ondersoek. Wat daar-van? Hy kan haar nie intimideer nie. Sy kyk weer in die kamer rond vir leidrade van Jace se ligging en sien haar skootrekenaar met die skermwag aan.

Sy vloek binnensmonds. Hoeveel het Jace met Landers gedeel? Die teenwoordigheid van haar skootrekenaar beteken ook dat Nathan, Victoria en Landers moontlik toegang gekry het tot haar Edgewater-lêers wat op haar rekenaar gestoor is.

"Jou ondersoek, of wat ook al jy hierdie idiotiese uitstappie noem. Jy mors jou tyd en ons sin. Maar ek hou van jou. Ek sal jou uit hierdie gemors help wat jy vir jouself geskep het."

"Hoe?" Kat hou haar stem kalm. Het Nathan Barron dieselfde van Jace gevra? Of Svensson?

Nathan los sy houvas op Kat en sy skud haar arms.

"Stopsit en staak. Wat ook al Zachary jou betaal, ek sal dit verdubbel. Los nou die ondersoek en bedank die saak. Dan werk jy vir my."

Verander kante vir dubbel haar fooie? Zachary se fooie is reeds vrygewig. Dubbel is gelyk aan 'n jaar se verdienste. Dit is natuurlik belaglik noudat sy weet hy het nie die geld nie. Geen wonder Nathan en die World Institute bedryf ongestraf nie; en kom met moord weg.

"Wat presies het jy in gedagte?" Svensson se dood is op een of ander manier verbind. En dit wás moord. Sy twyfel dat hy homself sou uitlewer. Maar Landers sal.

"Ondersoek Zachary vir bedrog. Hy is besig om 'n Ponzi-skema te bedryf en ek het die inligting om dit te bewys."

"Jy sal jou eie seun van jou misdade beskuldig?"

Nathan se oë vernou. "Hy is skuldig en ek het die bewyse. Zachary se sorgelose en aggressiewe verhandeling het Edgewater amper geruïneer. Ons sou bankrot wees as ek nie sy toegang tot die geld beperk het nie."

"Jy bedoel die honderde miljoene dollar wat jy verduister het en na Research Analytics en die World Institute gestuur het?" Geen punt om geheime te hou nie. Dit is duidelik dat Nathan weet dat hy die onderwerp van haar ondersoek is. Kat draai na Landers toe. "Waar is Jace?"

Landers leun teen die deur. Hy bly stil, sy oë op die vloer gefokus.

Kat spring na Landers toe, maar Nathan gryp haar arm en trek haar terug.

"Jou vriend Jace het 'n bietjie van 'n ongeluk gehad." Nathan versterk sy greep. "Is dit wat jy wil hê?"

"Jy sal nie hiermee wegkom nie. Die polisie weet wat jy doen."

"Die polisie?" Nathan lag. "Ek het niks onwettig gedoen nie."

"Ek stem nie saam nie." Kat probeer om nie emosie te wys nie. Sy weier om hom die bevrediging gee nie.

Victoria glimlag vir haar. Dis net dat die botoks haar mond draai in iets meer soos 'n skewe grynslag.

"Jy dink dat ék die krimineel is?" Nathan stamp haar op die bed neer. "Edgewater is my maatskappy en ek sal die geld spandeer hoe ek goeddink."

"Dit is die beleggers se geld, nie joune nie. Maar jy gee nie om nie, doen jy? Jy doen nie net die algemene publiek in nie, jy betaal ook nog daarvoor met ander mense se geld."

"Dis belaglik!"

Kat sit regop. "Is dit? Een internasionale geldeenheid deur 'n instansie buite regeringsbeheer? Dit is eenvoudig net te gevaarlik om toe te laat om te gebeur. Dit is die ondergang van demokrasie. Svensson het so gedink, en jy het hom stilgemaak sodat jy jou plan kan uitvoer."

Die woorde maak seer soos sy hulle uitspreek. Dit is wat Jace haar probeer vertel het, maar sy was meer geïnteresseerd in haar eie ondersoek.

"Wat ook al, dit maak nie meer saak nie. Die wiel is aan die rol en daar is niks wat jy kan doen om dit te keer nie."

Sy kyk na Nathan soos paniek in haar posvat. "Laat my gaan."

Nathan maak sy greep stywer en druk haar gewrigte saam. Hy stamp haar weer maklik af. "Wil jy dieselfde behandeling hê? Hou so aan en jy sal dit kry."

Nathan het so te sê sy betrokkenheid in Svensson se dood erken. Hy hou haar gewrigte styf vas en vis vir iets in sy sak. Tou. Die nylon tou brand haar vel soos hy dit om haar gewrigte draai en dit styf vasmaak. Hy maak 'n knoop en maak dit stywer tot sy in protes skree. Kat se bors trek toe en sy voel hoe die kamer om haar kleiner word.

"Het jy die naald?" Nathan waai sy hand vir Victoria terwyl hy op Kat se bene sit, hou haar vasgepen.

Victoria staan. "Ek het, skat," sê sy in 'n soetsappige stem. Sy vis deur haar oorgrote ontwerper handsak en kom met 'n spuitnaald vorendag.

Kat probeer om los te skop, maar dit help nie. Haar gedagtes jaag deur al die dinge wat Roger Landers gisteraand gesê het. Was dit van die begin af toneelspel, of het hy hom aan 'n haai oorgegee wat in 'n kleinerwordende tenk sirkel?

"Hoeveel het hy jou gegee, Roger? Wat was jou prys?" Sy wriemel op die bed en kyk na Landers. Niemand blyk hom teen sy wil te hou nie.

Stilte.

"Bly stil, feeks." Victoria tik die spuitnaald met haar gemanikuurde nael. "Tyd vir jou medisyne."

Kat kreun toe die naald haar steek. Dan ysige hitte wat in haar boarm ingepomp word en deur haar are loop. Dit brand in haar bors en vloei dan opwaarts na haar nek en kop. Alles warm, warm, warm, toe verdof die stemme. Geen klank, geen kleur en niks maak meer saak nie.

HOOFSTUK 34

Kat skree toe iets skerp haar in haar ribbes steek. Sy rol kant toe sodat haar rug op die aanvaller is.

"Staan op," sê die man in swaar geaksentueerde Engels.

Kat trek haar elmboë voor haar gesig in selfverdediging op. Dan besef sy: haar gewrigte is nie meer vasgemaak nie. Nathan en Victoria is weg. Ook geen Roger Landers nie. In stede daarvan sien sy 'n Securicor wag in 'n helder geel Gore-tex baadjie. Hy staan oor haar, lyk ongemaklik.

Kat kyk met skrefiesoë in die ligstraal van die sekuriteit se flitslig in.

"Ek sê beweeg, juffie. Nou."

Kat se mond hang oop toe sy haar omgewing inneem. Stemme wat eggo van mense wat heen en weer op 'n geteelde vloer na hulle bestemmings skarrel. Sy lê op 'n verweerde eikehoutbankie, een van 'n paar wat aan die oop area grens. Gekerfde vormwerk boog bo Canadiana-landskap skilderye van berge en woude. Dit vat 'n oomblik voor sy besef dat sy by die Waterfront-treinstasie in onderdorp Vancouver is. Ter oordeel aan die hordes pendelaars, is dit spitsuur, dalk 07:00 in die oggend. Maandag oggend. Net 'n paar uur tot Zachary se middag spertyd.

"Jammer meneer, ek gaan." Kat staan en asem die aroma van koffie in wat van die Starbucks oorkant die saal aankom. Sy steek haar hand in haar broeksak in, soek vir kleingeld om koffie te koop. Niks. Sy kyk na haar klere. Dieselfde sweetpakbroek en t-hemp wat sy gisteraand gedra het. Dankie tog sy het skoene aangetrek vóór sy na die aangrensende kamer gegaan het.

Sy steek haar hand in haar ander sak vir haar selfoon, maar daar is niks nie. Dit is natuurlik by die Tides Resort saam met haar beursie, geld, skootrekenaar en World Institute dokumente. Het Nathan, Victoria of selfs Landers haar Edgewater verslag gevind? Sy sidder by die gedagte daarvan.

Sou hulle haar gevang het as sy nie by die aangrensende suite ingegaan het nie? Waarskynlik. Landers het geweet waar sy is en het seker met Nathan en Victoria saamgewerk. Dan is daar Jace. Weg, dalk besig om 'n erger lot as hare te verdra.

Jace sal nooit sonder haar gaan nie, ten spyte van die argument. Die enigste mense wat weet waar hy is, is die mense wat gisteraand in die kamer was – Nathan en Victoria Barron en Roger Landers. Het hulle Jace ook iewers gaan afgooi? Haar bui word ligter toe sy besef dat sy hom sal kan vind. Nou is die vraag net wáár?

Kurt se hut is 'n vae moontlikheid, aangesien dit binne loopafstand van Hideaway Bay is. Onwaarskynlik, aangesien sub-zero Alpynse temperature wintersklere verg en hy het nie eens sy baadjie gevat nie. Het hulle hom ook by die treinstasie afgegooi? Dan het hy sy pad huis toe gevind. En haar gebel, maar haar foon is natuurlik steeds by die oord. Om Jace by die huis te vind is onwaarskynlik, maar nie onmoontlik nie.

Haar gees verlig sy toe besef hoe naby sy aan die huis is. Sy het net bus of taxi geld nodig om daar te kom. Sy mag dalk die geld by haar kantoor, agt blokke weg, bymekaar kan maak.

Kat verlaat die treinstasie, net om met 'n vlaag koue lug ontmoet te word toe sy die swaar deure oopstoot. Die trein jaag kantlangs verby, gedryf deur die wind. Ysreën brand haar gesig soos haar hare oor haar gesig slaan. Pendelaars strompel verby, gesigte in hulle baadjies vir skuiling. Sy bibber toe die yskoue lug haar dun t-hemp penetreer.

'n Bedelaar nader 'n paartjie toe hulle verbyloop. Die man hou 'n bofbalhoed uit, hoop vir kleingeld. Die paartjie loop vinniger en wyf hom weg. Kat loop deur die parkeerarea na die straat waar die rondloper staan. Sy uitgestrekte hande herinner haar dat sy ten minste 'n paar sente vir 'n bus huis toe nodig het. Vergeet van 'n taxi.

Die bedelaar sien haar staar en trek sy hoed beskermend nader, asof sy dit gaan gryp. "My hoek. Kry jou eie." Hy frons, stel verlore tande bloot.

"Huh?" Sy besef skielik hy dink sy is ook 'n bedelaar. Kompetisie. Lyk sy regtig só sleg? Net 08:00, maar sy voel vir die tweede keer vandag geheel en al waardeloos. Kat loop by Water Straat af na haar Gastown-kantoorgebou, arms teen die koue gekruis. Die keisteen sypaadjie is glad onder haar skoene terwyl die sneeu na ysmodder verander. Dit week in haar skoene in, herinner haar aan haar warm stewels wat steeds by Hideaway Bay is, saam met die res van haar besittings agtergelaat.

Ten spyte van die bo-nul temperatuur, maak die byt van die wind en reën haar steeds tot op die been toe koud. Haar tande klap teen mekaar en sy bewe soos sy by die verlate straat afstap. Meeste van die hawelose mense het binnegegaan, soek skuiling van die koue. Sy stap verby Café Marseilles waar 'n groep rondlopers teen die gebou staan, hande om hulle koffiekoppies gevou.

Teen die tyd wat sy haar kantoorgebou bereik, is sy gevries. Haar hande is so leweloos dat sy nie haar kneukels teen die glas kan voel toe sy klop nie. Die gebou is gewoonlik in die oggend gesluit, in besonder in die wintertyd wanneer hawelose mense vir skuiling van die koue soek.

Ná wat soos 'n ewigheid voel, kom die gebou-opsigter uiteindelik om die geraas te ondersoek. Hy kyk vinnig en wyf haar weg.

"Marcus, dis ek, laat my in." Kat waai freneties vir hom, maar hy loop terug by die deur in. Carter & Associates is al 'n huurder by

Hudson House vir amper drie jaar. Hoe kan hy haar nie herken nie? Sy slaan weer op die deur, so hard as wat sy kan. "Marcus!"

'n Paar verbygangers in reënjasse en sambrele staar na Kat en skuifel verby. Sy vermy hulle oë, skaam oor haar voorkoms. Sy het nie 'n spieël nodig om te weet dat haar geskeerde klere, draderige hare en tekort aan grimering haar soos 'n hawelose laat lyk nie. Is dit hoe dit voel as mense jou die heel dag lank haat?

Marcus verskyn uiteindelik weer. Hy storm na die deur toe en dit swaai oop.

"Gaan weg of ek bel die..."

"Marcus, herken jy my nie? Kat? Van die boonste vloer?"

Herkenning blyk op sy gesig en hy stop in sy spore. Sy mond hang oop. "Wat op aarde het met jou gebeur? Hy hou die deur oop en laat haar in.

"Kan nie nou praat nie." Kat skuur verby hom en skuifel na die hysbak toe terwyl die gevoel stadig na haar bene terugkeer. Sy druk die op-knoppie en wag, draai terug na Marcus toe. Sy is nie nou in die bui om te verduidelik nie en hy verdien in elk geval nie een nie.

Hy loop agter haar aan. Kat – ek is jammer. Ek het geen idee gehad dat dit jy is nie."

Sy ignoreer hom en stap by die hysbak in. Hierdie is 'n kant van Marcus wat sy nie vantevore gesien het nie en sy is nie seker sy hou daarvan nie. Sy druk die vierde vloer knoppie.

Nathan en Victoria sal nie hiermee wegkom nie.

Wat het hulle met Jace gedoen en hoekom het hý verdwyn en nie Landers nie? Sy twyfel dat Nathan vir Landers op sy woord sal vat as hy net gesê het dat die dokumente nie syne is nie. Nathan sal van albei ontslae wil raak, aangesien hulle albei die World Institute planne gesien het. Tensy Landers reeds deel van die komplot is, wat dit ook al is. Landers het klaarblyklik met hulle saamgewerk. Vir homself uitgekyk, soos gewoonlik.

Nathan Barron het gesê dat Jace een of ander 'ongeluk' oorgekom het. Dit klink meer soos 'n dreigement as wat met haar gebeur het. Sy is relatief ongedeerd behalwe vir 'n paar kneusplekke en 'n kopseer van wat ook al hulle haar mee ingespuit het. Kan Jace se lot soortgelyk aan die van Svensson wees? Ten spyte van verskillende beroepe het beide teen die World Institute en die magselite uitgepraat. Is dit rede genoeg om dood te gaan? Kat sidder by die moontlikheid daarvan.

Svensson het tot sy einde gekom kort nadat hy van plan verander het en van die World Institute se dogma verskil het. Jace se verdwyning kan verband hou met sy onthulling van die eiendomsbedrog. Hulle is immers daaroor gebrandbom. Maar Jace se verdwyning het by Hideaway Bay gebeur. Beteken dit dat die onderdrukking van sy eiendom-storie aan die World Institute verbind is? Indien wel, hoe? Of dalk is die doel iets soortgelyk – soos die stilmaak van meningsverskil met enige van die lede. Met stemme wat stilgemaak word, kan die WI met strafloosheid aangaan. Dit is hoe dinge in die gange van mag werk. Elimineer die struikelblokke. Gulsigheid doen vieslike goed aan mense.

Dalk is dit nié die World Institute dokumente wat hulle gesoek het nie. Terwyl dit genoeg skade kan verrig, is dit nie nét Jace se storie wat hulle wou onderdruk nie. Dit is groter as dit. Dit is sy mening, sy stem. Hy is 'n gerespekteerde joernalis waarna mense luister, net soos hulle na Svensson geluister het. Hulle stemme kan nie afgesê of ontken word nie. Maar hulle kan uitgeskakel word.

Al het sy nie na die rowwe weergawe gekyk waaraan hy in die hotel gewerk het nie, weet sy dat sy World Institute onthulling bedoel was om die World Institute-lede in te trek, al gee hy ster-aandag aan Nathan en Gordon Pinslett in besonder – Nathan omdat hy belegger fondse van Edgewater na WI se mandaat gevoer het en Gordon Pinslett vir die onderdrukking van ongunstige dekking van die WI. Dit is een ding om te probeer om 'n polities onsmaaklike teorie deur te druk. Dit is heeltemal 'n ander om ongelooflike wins met geldeenheid manipulering en binnehandel te maak. Dan is daar die media sensuur en bedrog wat daarmee saamgaan.

Een ding is duidelik. Diegene met die moed om uit te praat, word stilgemaak. Jace is afgedank en sy storie by die *Sentinel* doodgemaak, wat toevallig deur Gordon Pinslett besit is. Is Jace op meer as een manier stilgemaak? Sy sidder om daaraan te dink.

Jace is reg. Dit is oukei om niks te sê nie, tot dit met jóú gebeur. Maar dan sal niemand jou verdedig nie. Met stilte kom die risiko van jou vryheid verloor, ekonomiese welgesteldheid en die reg tot vrye spraak. As sý nie opstaan nie, wie sal?

Sommige dinge is die moeite werd om voor te baklei, ongeag die koste.

HOOFSTUK 35

Hillary staan in die kombuisdeur en kyk hoe haar pa die vuil skottelgoed uit die skottelgoedwasser laai. Een vir een gaan hulle in die kas in: vuil borde, koffiekoppies en glase. Inpak en uitpak, dieselfde ongewaste skottelgoed. Soos om die terugspoel knoppie oor en oor te druk. Hemel, maar is hy besig om dit te verlóór. Is dít wat van sy lewe geword het?

"Jy moet trek, Pa." Sy kyk op haar horlosie. Dit is reeds na een en al wat hulle vandag gedoen het, is seperige koffie drink. Sy het beter goed om op 'n Maandag te doen. "Na een van daardie sorgsentrums."

"Sorgsentrum? Oor my dooie liggaam." Harry gooi vuil messe in die eetgerei laai in. "Ek het nie 'n sorgsentrum nodig nie. Ek is oukei hier."

"Kyk na jou – jou mal ou man! Kan nie eens 'n skottelgoedwasser uitpluis nie. Kyk na hierdie gemors!" Hillary beduie na die wanorde op die kombuistafel. "Dit is te veel vir jou."

"Nee, dit is nie. Dit is mý gemors en ek hou daarvan." Hy vee sy voorkop met sy mou af. "Ek sal my huis hou soos ék dit wil hê."

Nie as sy 'n sê het nie. So pateties – gaan hy regtig huil? Hillary vee haar arm oor die hope boeke op die kombuistafel, slaan hulle om en stuur dit tuimelend vloer toe. Sy sit, geïrriteerd. Kan nie sy rekenings betaal of selfs die huis skoonmaak nie. Van wanneer af het dit háár probleem geword? "Ek kan nie eens 'n plek op die tafel vind nie. Hoe kan jy in hierdie varkhok eet?"

"Ag Hillary, hoekom het jy dít gedoen? Ek het gesê jy moet dit los." Harry maak die skottelgoedwasser toe en skuifel na die tafel toe, 'n afdrooglap oor sy skouer gedrapeer. Sy blik val op sy boeke wat oop op die linoleumvloer lê. Gewonde soldate, gevoude bladsye en gebuigde rûens.

"Want jy is mal, Pa. Jy bly in 'n hoop gemors." Hillary rol haar oë. Hoekom skep hy al hierdie moeilikheid vir haar? Sy gaan beslis nie vir hom kosmaak en agter hom skoonmaak nie.

"Dit is nie gemors nie, Hillary. Van hierdie boeke is versamelstukke. Sit hulle terug," sê Harry. "Ons sal in die sitkamer eet."

"Nie 'n manier wat ek hier eet nie. Hierdie is walgend." Hillary slaan haar koffie koppie op die tafel neer. "Hoe kan jy so lewe?"

"Maklik. Ek hou van my goed nes dit is. Jý bly nie onder die dak nie, so moenie vir my sê wat om te doen nie."

"Wat as ek hier bly? Sal ek dán 'n sê hê in hoe dinge gedoen word?"

Sy gesig verhelder.

Net die effek wat sy gesoek het. "Dalk sal ek terug huis toe trek."

"Regtig? Dit sal wonderlik wees. Dit is vreeslik eensaam hier vandat jou ma oorlede is."

"Ek sal dit oorweeg, maar ons moet grondbeginsels hê." Hillary staan van die tafel af op en stap na die kombuis toe. Sy kan dalk nog 'n week van hierdie uithou, tops. Net lank genoeg om dinge af te handel en om haar agterstallige Porsche paaiemente op datum te kry.

"Ons kan iets uitwerk," sê hy.

"Goed." Hillary trek 'n fles lemoensap uit die yskas uit en skink 'n glas vol. Sy gooi 'n eetlepel van die poeier in, roer dit totdat dit opgelos het. Sy steek die flessie in haar sak voor sy na Harry terugdraai.

"Hier. Drink die." Sy gee die glas vir haar pa. Nie dat sy regtig hoef rond te sluip nie. Sy sal 'n verdomde kanon deur die kombuis kan skiet en hy sal nie agterkom nie. Dóm.

"Dankie." Hy teug aan die sap en glimlag.

Hillary sug. Vyf minute en hy lê bewusteloos in sy lelike geruite stoel. Dan kan sy begin om van die gemors weg te gooi. Sy gaan beslis nie wag tot hy doodgaan voor sy dit doen nie. Die warboel versmoor haar.

Hy gee meer vir sy gemorsgevulde pondok om as vir haar, selfs al het sy haar lewe opsy gesit om na die vullishoop terug te kom, na hierdie ingat klein buurt. Vir wat? Niks het in tien jaar verander nie. Behalwe die bure is ouer en misliker en Kat se tentakels is selfs dieper ingeslaan. Kat gee voor om vir Pa om te gee, maar Hillary weet van beter. Asof. Hy is niks anders as 'n waansinnige ou man nie.

Kat is in vir 'n verrassing as sy dink dat om by Harry gat te kruip vir haar 'n deel gaan gee. Dit is hoekom die tjeks gestop het; Kat hou al daai geld vir haarself. Sy is seker daarvan. Hoekom anders sal 'n vier-en-dertig jarige hiér rondhang? Is dit nie genoeg dat haar ouers Kat aangeneem het toe haar pa haar gelos het nie? Wie neem veer-tienjariges aan? Volgende ding staan sy die testament teë.

Sy sal dit keer.

HOOFSTUK 36

Hillary verplaas haar gewig van haar regter na linker voet. Sy durf nie haar skoene uittrek in hierdie vullishoop nie. Haar vier duim Manolo Blahnik skoene is besig om haar dood te maak, maar sy kan dit onmoontlik uittrek. Wie weet watter ongediertes in die plek rondkruip?

"Eet dit, Pa," sê sy en sit nog 'n glas lemoensap langs sy bord neer.

"Ek het. Ek kan nie nog eet nie. Ek is vol." Harry sit by die kombuistafel, vurk in die hand en 'n vadoek in sy hemp ingesteek.

"Jy moet. Maak dit klaar." Hillary voel hoe sy rooi word. Hy het elke dag dieselfde dosis nodig. Dit is kumulatief en om een dag te mis beteken sy moet oor begin. Sy gaan beslis nie nog meer tyd of geld belê as wat sy reeds het nie.

"Ek het, Hillary. Ek is nie meer honger nie. Wil jy die res hê?" Harry beduie na die aartappelkoekies met sy vurk.

"Ek het klaar geëet." Hillary dink haar nuwe lewe 'n paar weke van nou in. Verkoop hierdie pondok en sy sal weer volop met kontant wees. Dalk besig om in Switserland te ski soos die koninklikes. Sy mag dalk selfs 'n prins ontmoet.

"Wanneer? Ek het jou nie gesien eet nie."

"Natuurlik het jy. Jy het net vergeet. Jy het Alzheimers, ou oom."

Hillary trek sirkels om haar oor met haar voorvinger. "Jy is mal onthou? Of het jy dit óók vergeet?"

Harry skud sy kop en sit sy vurk neer.

Sy gryp dit en tel 'n vurk vol van Harry se bord af op. Sy hou die vurk 'n duim weg van sy mond. "Maak oop. Eet die res."

Harry hou sy hand in protes op.

"Ek sê eet!" Hillary druk die aartappels in haar pa se mond in toe hy dit oopmaak om beswaar te maak.

"Stop dit!" Harry stamp haar hand met sy voorarm weg. Hy spoeg die aartappels uit, aartappelkoekies spat oor die hele tafel en vloer.

"Kyk wat jy gedoen het!" skree Hillary en gooi die vurk op die tafel neer. "Wie gaan hierdie gemors skoonmaak? Jy verdien nie om iemand te hê wat vir jou sorg nie."

Haar pa laat sy arm sak en sink in die stoel in. Dié is 'n totale mors van tyd. Die huis is walgend, met gemors, vuil en stof wat amper so sleg soos die huise op daai *Hoarders* TV-program is. Behalwe dat haar pa se verweerde Sears meubels steeds sigbaar tussen die outydse sewentigs dekor is.

Elke dag in die Denton pondok is een meer wat van haar nuwe lewe gesteel is, die lewe wat sy verdien en te lank voor gewag het. Na maande van wegkruip van die bure en Kat, het haar plan perfek gewerk. 'n Nuwe lewe wag. Dit is nét binne bereik, noudat sy die man ontmoet het waarmee sy dit gaan deel.

Sy het Harry net eers uit die pad nodig. En om hom weg van daardie inmengerige feeks, Kat te hou. Daar is nie tyd om te mors nie.

HOOFSTUK 37

Hillary staan in die **sitkamerdeur** en bestudeer haar pa. Sy snorke eggo deur die huis, ding met CNN op die televisie mee. Hy hang pap in sy La-Z-Boy, kop op sy bors. Dit hop op en af met elke snork.

Die verslaggewer gaan aan oor die Parys-optogte, voer 'n onderhoud met 'n tranerige besigheidseienaar in die Paryse studentewyk terwyl gemaskerde skurke die vensters agter haar inskop. Dit is aand en dit reën. 'n Polisiekar se sirene huil, wat 'n strook kleur agterlaat soos die kar in die agtergrond verby jaag.

Hillary skrik van die klank. Sy loop op haar tone deur die kamer en gryp die afstandbeheer van die La-Z-Boy armleuning af. Sy sit dit sagter, bekommerd dat dit Harry sal wakker maak. Sy ontspan toe sy die dosis onthou. Genoeg om 'n olifant bewusteloos te maak.

Sy het ten minste 'n paar uur. Waar om eerste te kyk? Die kluis? Sy besluit op die slaapkamer eerste. Só kan sy klaar wees voor Harry wakker word. Sy kan hom oortuig om boontoe te gaan vir 'n slapie terwyl sy die res van die huis deursoek.

Sy trek tekkies aan, een voet op 'n slag, versigtig om nie haar voete aan die vuil vloer te laat raak nie. Dan gaan sy twee treë op 'n slag by die trappe op na haar pa se slaapkamer toe, angstig om te begin.

Sy soek eerste deur die laaie van die skryflessenaar, dan die kas. Haar moeite lewer niks anders as ou klere, skoene en 'n boks foto's op nie. Sy gooi die inhoud van die boks op die bed en sif deur dit. Baba foto's van haar, dan foto's van die hele familie, later met Kat. Sy maak 'n swartsak oop en gooi die foto's in. Harry sal nie die goed nodig hê waarheen hy gaan nie. Hy sal vinnig genoeg ook nie die mense in hulle herken nie.

Dit vat nie lank om te besef dat dit waarvoor sy soek, nie daar is nie. Sy stap in die gang uit, gerusgestel deur die geluid van haar pa se snorke wat by die trappe op trek. Sy maak die gangkas oop en voel langs die muur tot sy die kluis voel. Sy trek aan die deur. Dit is oop. Sy maak dit oop en steek die papiere en vyfhonderd dollar van vars vyftigs in haar sak. Dit sal kort voor lank in elk geval hare wees.

Sy moet Kat vir 'n paar dae weghou terwyl sy aan haar plan werk. Sy trek die swartsakke by die trappe af en dra dit na die agterstraat toe. Sestien sakke, alles uit een kamer. Die ou man sal nie eens die rommel mis nie. Sy keer terug na die kombuis toe, vee sweet van haar voorkop af.

Die kombuis kalender is steeds op Junie. Sy draai dit na Desember toe en skeur die notas in Kat se handskrif af. Kat se nommer, Jace se nommer, 'n inkopielys en herinnering van maaltye in die yskas. Daai indringende feeks het haar kloue in alles en sy is móég daarvoor. Sy skeur die notas af en frommel dit in 'n balletjie op.

Dan haal sy diep asem en herinner haarself: hierdie keer gaan dit ánders wees. Sy moet koelkop wees en haar plan bewerk. Raak ontslae van die ou man en sy is op pad na haar nuwe lewe.

Sy kyk weer na die kalender. Desember het 'n amateur waterverfskildery van poinsettias wat lyk of dit deur 'n twee jarige geverf is. Stuk gemors. Soos sy dit van die muur aftrek sien sy waarvoor sy soek. Agter die kalender is die sleutel. Die een wat haar toekoms oopsluit.

HOOFSTUK 38

Kat vryf haar hande saam en stap op die vierde vloer by die hysbak uit. Sy skuifel na haar kantoor toe, dankbaar om uit die koue te wees. Sy stop toe sy sien dat die deur op 'n skrefie oop is. Dit is duidelik van die beskadigde deurpos wat oop gedwing is, dat iemand ingebreek het.

Sy dink om Marcus te bel voor sy ingaan, maar dit sal net nog vrae en vertragings uitlok. Sy het nie nou tyd daarvoor nie. Eerste moet sy ander klere aantrek, haar Edgewater-verslag van die afgeleë datastoring aftrek en wagwoorde verander om Nathan en Victoria se toegang tot haar lêers te beperk.

Sy druk die deur stadig oop en luister. Sy hoor niemand nie, gaan in en kyk rond, begin eers met die ontvangsarea en dan die kombuis en twee kantore. Sy ontspan 'n bietjie toe sy besef dat wie ook al hier was, nou weg is.

Die kantoor lyk presies soos dit vantevore gelyk het, behalwe Harry en Jace is opmerklik afwesig. Die gedagte aan Harry gee haar 'n skerp pyn. Ten minste is hy by Hillary.

Kat tik Jace se selfoonnommer in. Haar angstigheid word stelselmatig groter toe sy besef dat daar geen boodskappe van Jace op die kantoortelefoon is nie. Daar is egter 'n halfdosyn boodskappe van

Zachary. Woedende boodskappe wat vra hoekom op aarde sy nie gebel het nie.

Sy weet dat sy Zachary moet bel. Oproepe na haar selfoon sal onbeantwoord wees en gegee sy tengerige finansiële nood het hy alle reg op nuwe inligting. Maar hy moet wag tot hulle vergadering 'n paar uur van nou. Sy het nou dringende dinge om oor te bekommer. Soos om Jace te vind.

Jace sal hier of by die huis 'n boodskap los as hy haar nie op haar selfoon kan bereik nie. Sy is seker daarvan. Angs omvou haar.

Sy sit die foon na 'n dosyn luie neer en kyk na die boodskapskerm langs die foon. Woedende onontsyferbare krabbels hardloop oor die skerm. Die paar woorde wat sy kan uitmaak is verkeerd gespel en herhaal. Harry was altyd puntenerig oor skryfkuns, maar die warboel van dementia het hom in net 'n paar maande oorkom. Dit breek haar hart om te sien hoe hy agteruitgaan.

Dit is toe dat sy 'n vierkantige kaal kol op die lessenaar sien. Harry se rekenaar is weg. Kat vloek binnensmonds. Sonder haar skootrekenaar of Harry se rekenaar kan sy nie haar Edgewater-verslag of die ondersteuningsdokumentasie van die afgeleë bediener kry nie. Sy moet huis toe gaan.

Kat bel huis toe, hoor net 'n opname van Jace se stem. Trane vorm terwyl sy luister. Wat as sy hom nooit weer sien nie? Waar ook al hy is, hy maak staat op haar om hom te vind.

Sy soek die nommer van die Hideaway Bay polisie en wag ongemaklik. Na ses luitone gaan haar oproep na stempos oor. Sy sak in Harry se stoel in. Watter soort polisiekantoor antwoord nie die foon nie? Sy los 'n boodskap en slaan dan die foon neer, woedend. Jace is weg en sy is heeltemal onseker wat om volgende te doen.

Harry se huis en selnommer word ook nie geantwoord nie. Sy besef dat sy nie eens Hillary se selnommer het nie. Harry onthou nie meer nommers nie, so dit is onwaarskynlik dat hy die kantoor sal bel, selfs al is haar kantoor en huisnommer op sy foon. Hy sukkel om sy nuwe foon te gebruik, 'n plaasvervanger vir die een wat hy 'n paar maande gelede verloor het. Dalk sal Hillary bel. Op een of ander punt sal haar geduld opraak en sal sy hom iemand anders se probleem wil maak, sodat sy op haar sosiale lewe kan fokus.

Sy het haar bedenkinge oor Zachary en bel hom om die vergadering uit te stel. Sy is verlig toe sy in plaas van hom, stempos kry. Vir 'n ou wat aan sy selfoon vasgemaak is, is Zachary verbasend moeilik om in die hande te kry. Sy besluit teen 'n boodskap los. Sy het net genoeg tyd om huis toe en terug te kom. Buitendien, sy moet met Zachary in persoon oor Nathan en Victoria en gisteraand se gebeure praat. Sy het ook tyd nodig om haar benadering uit te pluis. Wat as Nathan se beskuldigings oor Zachary waar is?

Hoe anders kan Zachary fiktiewe bedrae verhandel en dit nie weet nie? Hoe kan hy onbewus wees van so 'n massiewe Ponzi-skema? Jy moet 'n idioot wees om nie te weet dat die verhandelings nie uitgevoer word nie.

Sy kyk op haar horlosie en besef dat sy aan die gang moet kom as sy betyds terug wil wees. Maar eerste loop sy vinnig deur die kantoor. Niks anders blyk weg te wees nie.

Sy stop by die badkamerspieël. Haar gekoekte hare raam 'n smerige gesig met krappe van haar worsteling met Victoria. Waar die vuil op haar gesig vandaan kom, weet sy nie. Geen wonder Marcus het agteruit getree nie.

Sy krap deur die rottangmandjie waarin sy haar hardloopklere hou en slaag daarin om 'n sweetpak, sokkies en 'n ou baadjie te vind. Genoeg om haar by die huis te kry sonder om weer te vries.

Sy het nog steeds bus of taxi geld nodig. Nadat sy niks in haar kantoor vind die, gaan sy gang-af na Harry se lessenaar toe. Sy krap deur die lessenaarlaai, hoop vir genoeg kleingeld vir 'n bus.

Harry se boonste laai is 'n gemors. Rekkies en skuifspelde is saam gehoop. Sy trek alles een vir een uit en sit dit op die lessenaar neer. Twee krambinders, kleefband met goed wat daaraan vasplak, drie pare leesbrille en 'n bottel verstreke ibuprofeen. Sy maak die bottel oop en sluk twee van die pille af, hoop dat dit haar kopseer sal verdof.

Kat tel 'n klein metaal Sucrets© blikkie op en skud dit. Dit is geroes van ouderdom, maar die tieg-klankies is belowend. 'n Maskeerband wat met *kleingeld* gemerk is, is bo-op geplak. Sy maak dit oop en vind kleingeld en twee twintig dollar note. Sy tel dit, steek die geld in haar sak en laat 'n skuldbrief in die boksie agter.

Dan merk sy die twee sleutels op. Die eerste is 'n spaar kantoorsleutel. Die ander een blyk identies aan Harry se huissleutel te wees, dieselfde as die een op haar sleutelhouer. Sy besef skielik dat haar eie huissleutel in haar handsak is, wat steeds by die oord is. Sy gryp Harry se sleutel. Dit laat haar ten minste toe om haar eie spaarsleutels by Harry se huis te kry as hy nie by die huis is nie.

Sy maak die laai toe en maak die tweede een oop. Dit is bykans leeg, in sterk kontras met Harry se gewone gemors. Dit is eintlik karig. Heeltemal anders as al die ander laaie. Vreemd. Sy onthou dat Harry iets hier vir veilige bewaring gehou het, maar kan nie presies onthou wat dit is nie. Dit moet iets belangrik wees, aangesien Harry nooit leë spasies los nie. Net soos hy 'n kamer met sy teenwoordigheid opvul, so ook met sy besittings. Sy was nog nooit vantevore méér bewus van die leegheid as wat sy nou is nie.

HOOFSTUK 39

Twintig minute later betaal Kat die taxi bestuurder en strompel by oom Harry se trappe op. Sy klop aan die voordeur en wag.

Geen antwoord.

Sy probeer weer en loer deur die kantvenster. Geen teken van beweging. Sy loop by die trappe af en gaan na die agtertuin toe. Harry is dalk in die motorhuis, drentel om die Lincoln rond. Of dalk in die tuin, selfs al is dit Desember. Die wurggreep van dementia beteken dat niks haar meer verbaas nie.

Sy maak die motorhuis deur oop en vries. Die Lincoln is weg. Het Harry uitgevind hoe om die deur te ontblok? Onwaarskynlik in sy huidige toestand. Iemand moes dit vir hom gedoen het. Haar hart slaan 'n klop oor by die gedagte dat Harry iewers in die sneeu bestuur. 'n Ramp wat wag om te gebeur, maak nie saak hoe sy daarna kyk nie.

Hillary se Porsche is ook nie voor die huis nie. Harry kan steeds by haar wees, maar Hillary sal nie dood gevang word in die laat sewentigs Lincoln nie, nie as bestuurder of passasier nie. Kat druk haar duim op die oopmaker en die deur swaai oop. Net soos sy gevrees het: iemand het dit weer gekoppel.

Sy gaan by die motorhuis deur uit in die laan in, hoop om die kar te vind. In stede daarvan vind sy dosyne swartsakke wat teen die heining gepak is. Vrees brand in Kat se maag en sy loop daarheen om dit van nader af te bekyk. Verslete bruin geruite klere steek uit die hoek uit. Sy lig 'n sak op en gooi dit kant toe. Harry se La-Z-Boy is deurweek van reën en nóg nader aan verderf. Hoekom is sy gunste-ling stoel hier, soos uitgegooide rommel?

Kat se bors trek toe. Haar oom sal nooit van sy lêstoel afstand doen nie. Die stoel en sy ander meubels pas hom en die huis soos 'n verslete skoen. Hillary moet hieragter steek en agter die Lincoln se verdwyning ook. Hillary oortree altyd die grens en Kat is seker Harry het nie 'n idee dat sy kosbare besittings soos rommel uitgegooi is nie.

Die vullistrok grom een blok weg by die straat af en sy besef dat vandag asblikdag is. Sy kyk op haar horlosie. Sy moet Harry se goed eers van die hoop af kry.

Sy gryp sak na sak van die laning af en hoop dit in die motorhuis op. Sy hou op tel by vier dosyn swartsakke. Skaars 'n duik in die hoop, net genoeg van 'n opening om Harry se lêstoel deur te trek.

Ten minste het sy betyds aangekom om sy besittings te red, maar wat nou? Sy sal later daaroor bekommer. Sy trek die lêstoel terug, krap die bene oor die ongelyke teer soos sy dit duim vir duim uit die reën en in die motorhuis sleep.

Sy gooi die laaste sak in Harry se motorhuis net toe die vullistrok in haar laan in draai. Sy stop en vee die sweet met die agterkant van haar hand van haar voorkop af. Die reën het haar hare in 'n kroese-rige gemors in verander, maar sy gee nie om nie. Ten minste het sy daarin geslaag om iets vandag reg te doen.

Die vullis ou waai vir haar. Sy lig haar arm in 'n stadige wyf wat meer soos oorgawe voel. Nie eens 09:00 nie en sy voel reeds moeg van die veldslag. Jace is steeds weg, saam met die World Institute doku-mente, haar skootrekenaar en die Edgewater-lêers. Haar kliënt is kwaad vir haar, selfs al moet dit regtig ander kant om wees. Sy het aangeneem dat Harry ten minste steeds by Hilary is, maar sy begin nou wonder. Wat ook al die geval, sy moet by die huis kom.

Sy strompel terug in die motorhuis in en slaan die knoppie om die deur agter haar toe te maak. Die deur kraak toe en sy trek dan haar hand oor die rak langs Harry se werkbank, soek haar spaarsleutels. Sy asem verlig uit toe haar hand iets metaal raak. Twee sleutels. Haar spaar huissleutel en 'n ander van Harry se spaarsleutels. Ten minste het Hillary nie haar hande daarop gekry nie.

Sy steek die sleutel in haar sak en gaan by die motorhuis uit, hardloop dan die agtertrappe na Harry se kombuisdeur uit. Sy klop en wag 'n oomblik, net ingeval hy slaap. Hoogs waarskynlik, met al sy aardse besittings wat net buite in die laan gegooi is. Sy het 'n slegte gevoel oor alles.

Lank genoeg. Wat as Harry binne is, beseer of erger? Sy glip die sleutel in die slot in en maak die kombuisdeur oop.

Leeg.

Tannie Elsie se kookboeke op die rakke langs die yskas is weg. Die figure bo die wasbak het ook verdwyn, so ook Harry se kalender waarvolgens hy sy lewe beplan.

Selfs die kombuistafel is weg, maar sy het dit nie by die hope meubels in die laan gesien nie. Het vullisrapers al deur Harry se besittings gegaan? Wat de hel is aan die gang?

Sy weet reeds wat die antwoord is. 'n Leeftyd se eenvoudige besittings beteken niks vir Hillary nie. Veral dié van 'n spaarsamige ou man wat afgeknyp en gespaar het om vir haar die beste van alles te gee.

Hillary se ontwerper etikette en duur karre word ook gereeld weggegooi, vervang met die nuutste statussimbole, ten enige koste. Alles en almal is weggooibaar nadat dit sy doel gedien het. Haar hele bestaan wentel rondom haar beeld te herontwerp, haarself as 'n beskikbare vrou van 'n sekere sosio-ekonomiese klas te posisioneer. Behalwe dat sy ander mense nodig het om haar handelsmerk te finansier.

Harry se gunsteling stoel en memento's is eenvoudig gemors vir haar, 'n herinnering van waar sy vandaan kom. So sy gooi dit weg, ten spyte daarvan dat sy wéét hoe hy dit koester. Kat voel 'n stadige vlam deur haar organe versprei. Hillary het nie die reg om te besluit wat in

Harry se huis bly en wat gaan nie. Selfs al is dit deurmekaar, dit is sý goed en hy het die reg om te lewe soos hy verkies.

Hillary se selfgesentreerde aard is egter net deel van die probleem. Kat se groter bekommernis is die onderliggende rede vir haar gedag. Hoe pas die uitgooi van Harry se goed by Hillary se groter plan in?

Is Harry bewus van wat sy gedoen het? Ongeag, dit spel op 'n ramp. Familiariteit is baie belangrik vir 'n persoon met dementia. Net 'n klein onderbreking aan oom Harry se roetine kan hom oor die rant stuur. Kat sidder om aan die alternatief te dink.

Haar gedagtes keer terug na die Lincoln. Sy hardloop na die sitkamer toe en kyk na die straat. Dalk het sy Hillary se Porsche gemis. Sy het nie. Die enigste voertuig is die bure se F–150 bakkie.

Die sitkamer is ook gestroop. Nie net is die La-Z-Boy weg nie, maar alles anders ook. Die huis is heeltemal leeggemaak, tot op die eikehoutvloere en leë mure gestroop. 'n Lee emmer en mop sit by die vuurherd.

Haar gedagtes jaag. As dit regtig Hillary is wat hierdie gedoen het, waar is Harry? Dit sal verskriklik vir hom wees om sy leë huis te sien, maar erger as sy hom iewers alleen gelos het. Haar niggie se skielike herverskyning na tien jaar is 'n skok. Hillary het nog altyd gevoel hierdie dorp en die Denton familie is benede haar. Nou is sy terug soos 'n vloek.

"Hallo?" Haar stem weergalm deur die leë huis.

Sy gaan by die trappe op. Wat as Hillary weer verdwyn het en Harry saam met haar gevat het? Sy wys die gedagte af. Hy sal haar leefstyl strem.

Kat besef dat al hierdie haar eie skuld is. Deur Harry se kredietkaarte te kanselleer het sy Hillary terug na die voertrog gelok. As sy eers bietjie geld gekry het, sal sy weer verdwyn en Harry hartgebroke agterlaat. Wat vinnig sal wees, aangesien Harry se geld bykans uitgehardloop het.

Hillary is nie daartoe in staat om enige iemand buiten haarself lief te hê nie. Harry weet dit op 'n manier, tog gee hy steeds vir haar geld. Sy manier om die waarheid op 'n afstand te hou, 'n vorm van ontkenning.

Kat spring toe sy 'n slot hoor draai. Hulle is terug. Sy asem verlig uit en hardloop ondertoe.

Dit is egter nie Harry of Hillary wat in die gang staan nie. 'n Vreemdeling staar haar aan.

HOOFSTUK 40

Die man is **dertig-iets en skoongeskeer.** Sy baadjie trek by die knoopsgate om 'n lyf in te hou wat te veel sake-etes bevat. Hy steek sy selfoon terug in sy sak en stap na Kat toe.

"Wie de hel is jy? Hoe het jy hier ingekom?" Hy glimlag vir haar, maar koue oë gee hom weg. 'n Paartjie in hulle vroeë dertigs staan agter hom, die vrou duidelik swanger.

Net omdat sy soos 'n hawelose lyk gee hom nie die reg om só met haar te praat nie.

"Ek kan dieselfde van jou vra. Ek is Katerina Carter, Harry Denton se niggie." Harry kan nie hierdie gedoen het nie. Hy was nog nie uit haar sig vandat hy Hideaway Bay net gister saam met Hillary verlaat het nie.

Hillary.

Wat is Hillary besig om te doen?

Hoekom is sy besig om haarself aan 'n vreemdeling te verduidelik?

"Denton? O. Reg. Is hy nie veronderstel om iewers anders te wees nie? Ek is besig om die huis te skou." Sy pupille verwyd soos opgeblaasde dollar tekens.

"Jy is 'n eiendomsagent?" Kat kruis haar arms en blok die gang. "Harry se huis is nie te koop nie."

"Dit is te koop en Hillary het vir my gesê die huis is leeg. Nou, as jy ons sal verskoon..."

Die vrou snuif en skuur teen die muur soos sy verby Kat waggel.

"Hillary besit nie hierdie huis nie." Kat beweeg nie. "Harry Denton doen. Tensy jy toestemming van hom het, stel ek voor jy loop. Ons sal hierdie later uitsorteer."

"Katerina?" Die eiendomsagent wag nie vir Kat se bevestiging nie. "Hillary – die eienaar – het hierdie huis gelys, en hierdie vriendelike mense..." hy beduie na die paartjie, wie reeds bespreek hoe om die kombuis uit te breek, "...wil daarna kyk." Hy trek weer sy selfoon uit. "Onverstoord. Ek wil nie enige probleme hê nie, so as jy stilweg sal loop..."

Elke ons energie wat sy oor het, verdamp. Sy begin te protesteer, maar het niks binne oor nie. So Hillary het nou haar hande op Harry se huis ook? Dit verduidelik Harry se besittings in die laan. Een ding is seker; die eiendomsagent is nie van plan om die besonderhede te gee nie. Sy is in elk geval ook te bang om dit te hoor.

Sy loop op die ou end. Selfs al is dit Harry se huis, is dit nie die tyd of die plek om te baklei nie. Sy sal Hillary konfronteer, maar nou het sy dringender dinge op haar bord. Soos om Jace te vind en die waarheid uit Zachary te kry.

HOOFSTUK 41

Kat draai om die hoek in haar straat in; asem van verligting uit toe haar huis in sig kom. Die ou Victoriaanse huis staan tussen 'n veertigs strandhuis en 'n by-die-wisseling-van-die-eeu vakman-huis. Selfs van 'n halwe blok weg is dit duidelik dat Jace nie by die huis is nie. Sy bakkie is steeds op dieselfde plek as wat dit was toe hulle vir Hideaway Bay vertrek het. 'n Dun blad van half gesmelte sneeu gly halfpad van die windskerm af. Die afwesigheid van spore in die oprit beteken dat die Subaru ook nie hier was nie. Niemand het gekom of gegaan van hulle vertrek nie.

Sy strompel by haar voordeurtrappe op met die gewig van haar probleme wat swaar op haar bors lê. Harry se huis, Jace wat weg is en die toenemende onheilspellende toon van die Edgewater-saak, begin haar verweer.

Jace is reg oor die World Institute. Hoekom het sy dit afgemaak as 'n half-gebakte komplot teorie? Om daai WI dokumente te kon hou om Nathan se bedrog te help bewys, sou dalk na 'n ander pad gelei het, maar die eindresultaat is dieselfde.

Meer as enige iets berou sy dat sy ooit Hideaway Bay toe gegaan het. Landers het duidelik ook 'n rol gespeel. As sy net nie so gretig was om met hom te praat nie.

Kat draai die sleutel in die slot en druk die deur oop. Sy maak haarself vir nog 'n inbraak gereed. In plaas daarvan haak die deur aan 'n hoop pos en plakkate vas en is dit duidelik dat niemand hier was nie. Sy sak af om die pos van die vloer af op te tel en stop, skielik bewus van die tik-tok van die kombuisklok. Sy het nooit vantevore die stilte gehoor nie.

Die stilte herinner haar aan Jace. Hy kan beseer wees, of erger. Wat as sy hom nooit weer gaan sien nie? Die gedagte spoel oor haar soos reën.

Elke duim van die huis het soveel van Jace in. Veral die gekerfde houtwerk en lambrisering wat hy ure spandeer het om te restoureer, wat nou die letsels van die vuur dra. 'n Paar stukkies van die vernietigde mat is al wat oor is, oor die vloerplanke gestrooi wat van waterskade gebuig het.

Kat sluk 'n knop in haar keel. Die argument met Jace oor sy World Institute blootstelling voel nou simpel.

Sy gooi die pos op die esdoringboomsytafel en stap by die gang af na die kombuis toe. Om te bekommer gaan nie help nie. Sy moet iets dóén. Maar wat? Om Jace as vermis aan te gee het nie die polisie tot aksie aangespoor nie en sy kan nie bekostig om te wag nie.

Die kombuis is ook onverstoord. Niemand was hier gewees nie, insluitend Jace. Dieselfde skottelgoed sit in die wasbak en die koerant is steeds oop waar Jace dit gelos het. Die *Sentinel*. Nou wek die koerant kwaadgevoelens eerder as afsydigheid op.

Haar gevoel van dringendheid keer terug toe sy haar vermiste skootrekenaar onthou. As Nathan en Victoria nog nie die inhoud ontleed het nie, sal hulle dit vinnig doen. Sy moet haar wagwoorde verander en haar data van die afgeleë datastoring herwin, vóór Nathan of Victoria dit uitpluis. Geen twyfel dat hulle al haar lêers sal vernietig nie.

Kat hardloop by die trappe op en sit die rekenaar aan. Terwyl sy wag, bel sy Marcus, die geboubestuurder, en los 'n boodskap oor haar gebreekte kantoordeur.

Die rekenaar skakel uiteindelik aan en sy teken in. Sy sug van verligting en verander vinnig haar wagwoord. Sy klik op die Edgewater-lêer, let dat die laaste toegang gisteraand was, voor sy gaan slaap het. Haar lêers is onaangeraak en veilig, ten minste vir nou. Sy kies al haar skootrekenaar-lêers en kopieer hulle op haar rekenaar asook haar draagbare hardeskyf.

Soos sy wag vir die lêers om te kopieer besef sy dat sy 'n rekenaar by die kantoor nodig het, aangesien beide hare en Harry sin weg is. Sy gryp Jace se skootrekenaar van die lessenaar af en steek dit saam met die hardeskyf in haar sak in. Nou kan sy die Edgewater-verslag aftrek en vir Zachary klaarmaak. Sy kyk op haar horlosie. Presies veertig minute tot haar vergadering met Zachary.

Dertig minute later is Kat terug by die kantoor. Die deur is steeds gebreek, so sy skryf 'n nota vir Marcus met die hoop dat hy net sal voortgaan en dit reg sal maak. Sy voel regtig nie lus om met hom te praat nie. Sy sit Harry se sleutel in sy lessenaar terug.

Op dié oomblik besef sy wat anders weg is. Harry hou 'n sleutel agter die kalender in die kombuis. Dit is die sleutel vir die metaal kluis in Harry se tweede laai. Beide die sleutel en die boks is weg. Harry is te spaarsamig om die bankkostes vir 'n kluis te betaal, verkies om belangrike dokumente in die kluis in sy laai te hou. Die kluis wat sy paspoort, testament en regsdokumente inhou. Dit het ook sy huis-akte in.

Harry se tweede laai was oop toe hulle die tjekboek nagegaan het. Sy is seker dat die kluis binne was.

Kat se hart sink by die besef.

Harry kon net die boks kom haal het as iemand hom na die kantoor toe gebring het. Dit beteken dat Hillary saam met hom hier was.

Dan is daar die eiendomsagent se kommentaar – dat die huis aan

 COLLEEN CROSS

Hillary behoort, nie Harry nie. 'n Groeiende vrees omvou haar. Sy beter met 'n prokureur praat. Harry het beskerming nodig.

Kat sit Jace se skootrekenaar aan en bel Harry se selfoon terwyl sy wag. Dit gaan reguit na stempos oor. Of afgesit of die battery is pap. Kat se verontrusting word groter. Dis is naby aan 24 uur vandat Harry en Hillary die oord verlaat het. Te lank. Hillary sal binne ure moeg word vir Harry. Waar is hulle?

Kat kopieer haar Edgewater-lêers van die hardeskyf op die skootrekenaar. Dit is toe dat sy dit sien. Tussen haar Edgewater ondersoek lêers is 'n leer gestoor wat nie hare is nie.

Haar hart slaan 'n klop oor toe sy die lêer bestudeer. Die lêer is gisteraand bygewerk, na middernag. Dit is na sy bed toe gegaan het, nadat Jace na die volgende kamer toe gegaan het. Sy hou haar asem op en klik daarop.

Dit is Jace se eiendom storie, die een wat die *Sentinel* net voor druktyd teruggetrek het:

Global Financial geïmpliseer in eiendomsbedrog

Global Financial, 'n beheermaatskappy, het bedrieglike eiendomswaardering gebruik, wat die waarde van die dosyne agterdorp Vancouver kommersiële eiendomme ooraangegee het. Die beheermaatskappy het eiendomme gekoop, wat dan talle kere geswaai is aan strooikopers teen toenemende pryse. Aangesien die kopers almal verwant is, is die pryse kunsmatig infleer.

As die eiendomwaarde eers aanmerklik infleer is, het die beskuldigde groot verbande teen die eiendomme uitgeneem en dan daarop wanbetaal. Die strekking van die bedrog word steeds bepaal, maar dit word op meer as vierhonderd miljoen dollar geraam. Niemand by Global Financial kon vir kommentaar bereik word nie. Die maatskappy se adres op rekord is 422 Cedar Straat, maar 'n komplekse web van beheermaatskappye maak dit moeilik om die uiteindelike eienaarskap te bepaal.

· · ·

Kat val amper van haar stoel af. 422 Cedar Straat is die adres van die leë erf wat sy vroeër besoek het. Dieselfde adres wat Nathan Barron vir Edgewater se ouditeurs gebruik het en waar Fredrick Svensson se betalings gestuur is. Dit verbind Jace se eiendomstorie aan haar bedrog-ondersoek van Edgewater en Research Analytics, wat direk verband hou met die World Institute. Geen wonder Jace se storie is doodgemaak nie.

Het Jace ook die verband getrek? Anders as sy, het hy nie die leë erf besoek nie. Sy twyfel of hy aandag aan die adres sou gee, met die wete dat sy dit reeds uitgekyk het.

Sy sidder. World Institute lidmaatskap is nie die enigste ding wat Gordon Pinslett en Nathan in gemeen het nie.

Dit verduidelik dalk hoekom Jace spesifiek geteiken is. Daar is net een probleem. Die enigste mense wat geweet het dat Jace by die oord is, is Roger Landers, Hillary en Harry. Hillary is te selfbehep om oor te bekommer en Harry is nie 'n kwessie nie.

Dit los Roger Landers. In net twee dae het Jace 'n mededinger geword vir 'n storie wat Landers vir jare al skryf. Ten minste, dit is waarskynlik hoe dit vir Landers lyk.

Jace het moontlik vir Landers, 'n medejoernalis, vir terugvoer op sy verbandbedrog storie gevra toe hy die Beecham verbintenis besef het. Het Landers vir Jace verraai? Hoekom het Jace nie na haar toe gekom nie?

Kat bewe en trek haar baadjie stywer om haar skouers. Dit klink vergesog, maar ís dit?

Dan is daar die kwessie van Fredrick Svensson, 'n voormalige World Institute-lid, ook met dieselfde adres verbind. Iemand het Svensson stilgemaak. Sal Jace ook stilgemaak word?

HOOFSTUK 42

"Waar de hél was jy?" Zachary loop oor en weer in Kat se kantoor, sy gesig rooi van woede. "Ek probeer jou al vir twee dae in die hande kry. Eers sê jy vir my dat ek finansieel vernietig is, dan bel jy my nie terug nie. Het jy enige idee waardeur ek gaan?"

Zachary staar biljoene dollar verliese in die gesig, maar Kat staan voor haar eie tipe hel. Om nie te weet waar Jace is of selfs hoe om hom te vind nie. Dit is alles háár skuld. Niks hiervan sou gebeur het as sy nie Jace vir hulp gevra het nie.

"Ek is jammer, Zachary. Ek sou jou gebel het, maar ek kon nie." Kat vertel hom alles, begin by Research Analytics en eindig met Nathan en Victoria.

"Jy kon nie 'n foon optel nie?"

"Ek het probeer, maar..." Gee hy nie om dat sy pa en eks-vrou 'n verhouding het nie?

"Ek het geen idee waar jy met ons ondersoek is nie, wat by Edgewater aan die gang is nie – of daar genoeg geld is om nog 'n dag of nog 'n uur te hou nie. Jy het my verlam gelaat."

"Wel, ek kon vermoor gewees het, Zachary. En Jace is steeds vermis. Dank my af as jy wil –ek gee nie meer om nie." Kat slaan in sweet uit. Hoekom het sy in die eerste plek verwag dat hy sal verstaan? Edgewater en die World Institute is veel meer as waarop sy gereken het. Eintlik moet sy vir Zachary kwaad wees. As hy nie so onbewus van sy omgewing was nie, het niks hiervan in die eerste plek gebeur nie.

"Oukei. Sê vir my wat ek moet doen en ek sal dit doen, maar moet my nie in die donker hou nie."

Het hy na niks geluister wat sy pas gesê het nie? Hoe op aarde was sy veronderstel om hom te bel terwyl sy bedwelm en op 'n bankie gegooi is, sonder geld of 'n foon?

"Die kort antwoord is – jy is bankrot, Zachary. Jy moet alle betalings en vereffenings stop en die bankrekenings vries as jy kan."

"Hoeveel tyd het ek?"

"Niks. Jy moet dinge onmiddellik stop." Kat omskryf Nathan se vervalste uitslae, begin by die gedokterde kliëntestate en hulle beleggingsopbrengste, dan die oorplasing van fondse na Research Analytics en die bande met die skimagtige World Institute.

"Hoe kan Nathan hiermee wegkom?" Zachary leun vorentoe en slaan op die lessenaar. "Hoekom het die ouditeurs niks agtergekom nie?"

"Ek het hierdie genoem die laaste keer wat ons gepraat het – daardie ouditeurs bestaan nie. Beecham is 'n maatskappy wat Nathan opgemaak het, en Research Analytics blyk 'n front vir die World Institute te wees. Nathan is besig om geld uit kliënte se rekenings te haal en dit na Research Analytics oor te plaas. Hy steek die kliënteoordragte weg deur hulle beleggingstate te dokter. Lees jy nooit enige van die administratiewe goed nie? Jy behoort."

Zachary sug. "Ek weet, maar ek kan nie orals wees nie. Buitendien, die ooreenkoms was dat ek op die verhandeling konsentreer terwyl Nathan die agterkantoor bestuur. Ten minste was ek besig om uitstekende opbrengste met my verhandelingsmodel te maak."

Kat suig haar asem in. "Oor daai verhandelingsmodel van jou – dit werk nie heeltemal so goed soos wat jy dink nie." Hy gaan haar nou régtig wil afdank.

"Waarvan praat jy?"

"Ek het al jou verhandelings van die laaste twee jaar nagemaak. Dit is nie die twaalf persent gemiddelde opbrengste wat jy vir jou skansfonds adverteer nie. Dit is veel laer – eintlik 'n verlies."

"Dit is belaglik. Ek glo jou nie."

Kat gee haar analise vir Zachary. "Oor die laaste twee jaar het jy in werklikheid vyf persent verloor. Daar is egter meer. Nie een van jou verhandelings is uitgevoer nie." Sy wag vir Zachary se reaksie. "Nie een nie. Nathan het hulle nie deurgesit nie."

Zachary staan op, kwaad. "Dit is mal. Ek moet 'n idioot wees om dit nie agter te kom nie. Hoe kan al hierdie onder my neus aangaan?"

Die fonds se prestasie blyk Zachary die meeste te pla, selfs meer as om te hoor dat hy bankrot is of dat Nathan en Victoria romanties betrokke is. Kat kan nie glo dat Zachary so onbewus van sy pa se kullery is nie, maar sy verrassing blyk werklik te wees.

Sy gee 'n dik lêer met bankstate vir Zachary. "Kyk vir jouself. Die enigste transaksies wat jy sal vind is kliënte se beleggings in en uit die fonds uit. Niks anders nie. Geen rekords van die koop of verkoop van dollar, yen, pond of enige ander geldeenheid nie."

Zachary maak die lêer oop en blaai daardeur. Sy skouers sak en hy sê niks nie. Hy lyk verslane. "Hierdie kan nie besig wees om te gebeur nie."

"Dit is 'n Ponzi-skema, Zachary. Daar is geen verhandelings nie. Daar gaan eintlik nie veel van enige iets aan nie, behalwe die geld wat Nathan wegsyfer. Geen wonder alles het vlot verloop wanneer hy op een van sy reise was nie. Dit is omdat geen regte verhandeling plaasgevind het nie."

Zachary Barron bloos. "'n Ponzi-skema? Dit is onmoontlik."

"Ek is bevrees dit is waar." Wat onmoontlik voorkom is Zachary se onbewustheid van die massiewe bedrog wat onder sy neus bestuur word. "Nathan is besig om geld uit kliënte se rekenings uit te trek en dit aan Research Analytics oor te betaal. Hy is, om presies te wees, al besig om dit vir jare te doen."

Sy kyk na Zachary vir 'n reaksie. "Solank as wat daar baie nuwe beleggers is, werk die skema. Nathan betaal eenvoudig die afkopers met nuwe beleggers se geld. Die skema werk goed as meer geld inkom as wat uitgaan. En dit het gewerk tot die resessie getref het. Skielik het beleggers hulle werk verloor, moet lenings of verliese in ander beleggings dek. Hulle het geld nodig gehad en is daarom gedwing om selfs hulle beste beleggings af te koop. Soos Edgewater se skansfonds."

"Hoe kan dit met my gebeur?" Zachary staan voor die venster, sy rug na Kat toe.

"Jy het geen rede gehad om enige iets te bevraagteken nie. Niemand doen wanneer dinge goed gaan nie. Nathan se gedokterde state het kliënte 'n twaalf persent opbrengs gegee, so niemand het ooit hulle beleggings opgeroep nie. Hoekom sou hulle? Die opbrengste was beter as by enige ander plek. Dit is, tot die finansiële krisis. Toe het baie van jou beleggers 'n finansiële krisis van hulle eie ervaar. Dit het hulle gedwing om selfs hulle hoëprestasie beleggings op te roep. Soos Edgewater. Dit is toe dat die bankbalans val."

"Dit kan nie alles vervals wees nie. Jy het sekerlik iets gemis – 'n bankrekening, 'n paar rekeningkundige rekords. Bewys dit aan my."

Kat haal die knip en plak kliëntestate uit. "Hier is die kliëntestate. Nathan bedryf al hierdie bedrog vir ten minste tien jaar – waarskynlik al vóór jy by die firma aangesluit het. Solank as wat nuwe beleggergeld meer is as die bedrae wat opgeroep word, werk alles." Kat sluk. Sy is besig om die wêreld se beste skansfonds bestuurder te vertel dat alles rondom sy sukses, 'n leuen is.

"Ek verstaan nie. Wat van al my verhandelings? Ek voer hulle self in – reguit op die verhandelingsterminale."

"Dit is alles 'n voorwendsel, Zachary. 'n Duur, uitgebreide bedrogspul. Daardie terminale? Dit is nie aan 'n mark gekoppel nie. Dit is 'n gesofistikeerde sagteware program wat op Edgewater se plaaslike area-netwerk hardloop. Geld is nie 'n probleem as jy 'n biljoen dollar bedrog toesmeer nie."

Kat het die sagteware op die verhandelingsterminale gevind na 'n deursoeking van Edgewater se rekenaars. Haar verdenkings is verder bevestig toe sy geen ondernemer vir die spesifiek-ontwikkelde sagteware program kon vind nie.

"Jy sê vir my dat hierdie alles 'n bedrogspeletjie is?" Zachary slaan die verslag op Kat se lessenaar neer en loop na die deur toe. Hy draai om en kyk na Kat. "Ek weet net nie wat om te glo nie. Jy is of heeltemal onbevoeg óf ek is die grootste idioot op aarde."

"Ek is jammer, Zachary. Ek het gekyk en weer gekyk. Ek wens dat ek verkeerd is." Kat gee die Research Analytics lêer vir Zachary. "Die geld gaan eerste na Research Analytics toe. Dan word dit bykans onmiddellik na die World Institute oorgeplaas."

"Jy sê vir my dat Edgewater deel van 'n internasionale komplot is?" Zachary pers sy lippe saam asof hy gaan ontplof, maar hy doen nie.

"Dit kom so voor. Ek dink ook dat enige iemand hiervoor kan val. Uitstekende opbrengste beteken gelukkige beleggers. Gelukkige beleggers vra nie vra nie en roep nie hulle beleggings op nie. Solank as wat nuwe geld bly inkom, kan Nathan sy bedrog voortsit."

Zachary val weer in die stoel oorkant Kat in. Hy sê niks nie, staar net nikssiende vorentoe. Sweetkolletjies vorm op sy voorkop.

"Daar is 'n silwer rantjie," sê Kat. "Jou egskeiding skikking is op 'n bedrieglike voorstelling baseer. Ons mag dit dalk omgekeer kry."

Zachary trek 'n sakdoek uit sy sak uit en vee sy wenkbrou af. "Ons kan later daaroor bekommer. Waar is Edgewater se geld nou?"

"Die geld is in die Cayman, ten minste, as dit nog in die World Institute se koffers is. Of dit verhaalbaar is, is 'n ander storie. Die bank se geheimhoudingswette in die Cayman maak dit moeilik om dit te spoor."

"Hoekom sal die World Institute Nathan as 'n lid wil hê?" Zachary staan en loop na die venster toe. "Dit maak nie sin nie."

"Kyk na die geld wat hy inbring," sê Kat. "Hy kry die geleentheid om skouers te skuur met die wêreld se magtigste mense."

Zachary skimp. "Nathan is nie in hulle liga nie. Hy is net ryk as gevolg van my. Waar is die bewyse vir al hierdie?"

Zachary snap nog steeds nie. Kat gryp 'n stapel papiere uit die drukker uit en gee dit vir Zachary. Dit het 'n opsomming van haar bevindings op, maar ongelukkig nie die dokumente wat sy uit Nathan se hotelkamer gevat het nie. "Daar is meer, maar dit is steeds in Hideaway Bay." Sy beskryf wat sy in die World Institute agenda gelees het en laasjaar se vergaderingnotules. "Jace is ook vermis," herinner sy hom.

Zachary sê niks terwyl hy bladsy na bladsy van die verslag omblaai nie. Sy verbasing blyk eg te wees. Tien minute later praat hy uiteindelik.

"Het jy Nathan werklik gevolg?" Zachary se oë rek groot.

"Nie heeltemal nie. Ek het net die geld gevolg – letterlik. Dit het my na hom en die World Institute gelei. Aangesien die konferensie naby gehou is, is dit net natuurlik dat ek dit moes bywoon."

"Net natuurlik." Zachary lig sy wenkbroue op. "Jy speel beslis nie rond nie. Wat gebeur nou?"

"Ons het Nathan se dokumente nodig – die World Institute agenda, notules en jaarverslag. Dit is die ouditspoor wat ons nodig het om Nathan se bedrog te bewys. Nie net dit nie, ons het bewyse nodig dat jy nie betrokke was nie. Sonder hierdie dokumente sal mense aanneem dat jy deel daarvan is." Kat sê nie vir Zachary hoe sy die dokumente in die hande gekry het nie. Sy is nie trots daarop dat sy in Nathan se hotelkamer rondgesluip het nie.

"Ek weet nie eens waar om te begin nie." Hy rus sy elmboë op haar lessenaar en sit sy kop in sy hande.

"Moenie oor daardie deel bekommerd wees nie – ek sal dit uitpluis." Dalk het Jace op 'n manier met die dokumente ontsnap? Sy voel sleg vir Zachary. Sy hele wêreld en gevoel van waarde is verpletter. Sy sien die nederlaag in sy oë. "Daar is egter iets waarmee jy my kan help. Jace is weg en ek dink Nathan is op een of ander manier betrokke." Sy aarsel. Kan sy Zachary vertrou? Sy het nie 'n ander keuse nie. "Ek vermoed ook dat Nathan aan Fredrick Svensson se moord verbind is."

Zachary knik. "As wat jy sê waar is, sal hy enige iemand wat hom sal ontbloot, stilmaak."

Nathan se wêreld is so meedoënloos dat blote verskille van menings tot moord kan lei. Svensson se dood blyk geloofwaardigheid aan daardie storie te gee.

Kat kliek op 'n potgooi en draai die skootrekenaar sodat die skerm na Zachary wys. In die greep bespreek Svensson valutahervorming.

Hy het by 'n Europese ekonomiese beraad gepraat, net dae voor hy Swede vir Kanada verlaat het. Dit was sy laaste publieke toespraak, tien dae voor sy ondergang by Hideaway Bay.

Zachary wys die skerm af. "Ek is vertroud met Svensson. Het jy die storie in die *Herald* gesien? Sy selfmoordbrief het gesê dat hy teruggetrek het op sy wêreldgeldeenheid teorie. Uiteindelik tot sy sinne gekom."

Kat haal haar skouers op. "Vreemd aangesien dit sy lewenswerk was." Sy draai die skerm terug na haar toe. Sy vries toe sy die klein figuur wat agter Svensson staan, sien. Kat het die groep mense wat om hom staan gedurende die halfdosyn kere wat sy die video gekyk het, gesien, maar het nie baie aandag aan hulle geskenk nie. Die vrou lyk egter bekend. Kat zoem in tot die vrou en Svensson die skerm vul.

Kat vries die beeld. Svensson lyk onseker en draai na die vrou vir bemoediging. Sy knik terug vir hom. Dit is 'n uitdrukking so intiem dat Kat onmiddellik weet dat hulle minnaars is. Onmiskenbaar so – so ook die vrou se identiteit. Sonder die video sou Kat hulle nie in 'n miljoen jaar verbind het nie.

HOOFSTUK 43

Kat het nooit verwag om Connor Whitehall so vinnig weer te sien nie. Tog, hier is sy Maandag middag in sy kantoor, so vinnig as wat sy hier kon kom na Zachary gegaan het. Ten minste is sy en Connor Whitehall nie weer in konflik in 'n hof nie.

Sy het uit opsies en tyd uitgehardloop. Behalwe dat hy die enigste advokaat is wat bereid was om haar sonder 'n afspraak te sien, spesialiseer Connor Whitehall ook in bejaardereg. Kat sit oorkant hom, bestudeer haar omgewing terwyl sy vir hom wag om sy oproep klaar te maak. Sy kantoor is 'n ontspannende bleekgroen, omlyn met geraamde landskap foto's. 'n Paar fotografie boeke sit op die hoek van sy lessenaar. Sy het nooit eens oorweeg dat haar opponent dalk ander belangstellings het nie, beslis nie 'n artistieke neiging nie.

"Jammer daaroor." Connor sit die telefoon terug op die mik en glimlag vir haar. "Ek onthou jou oom van die hof. Hy is bietjie, um, vergeetagtig?"

Kat knik haar kop. Die advokaat is heeltemal anders as wat hy in die hof was. Op 'n goeie manier. Sy sak af en kry Harry se finansiële rekords uit haar aktetas. "Sy dementia het in die laaste paar maande erger geword. Ek help hom onlangs meer – balanseer sy tjekboek, maak seker hy eet, daardie soort van ding. Dit is toe dat ek besef hy betaal nie sy rekenings nie. Nie net is hy bykans bankrot nie, maar hy is op pad om sy huis te verloor."

Kat vertel van haar ontmoeting met die eiendomsagent by Harry se huis, sy banklening en die ongewone kredietkaartaankope. En haar vermoedens oor Hillary.

"Kan jy bewys dat Hillary die geld ontvang het?" Connor loer na haar oor sy brille, lig sy wenkbroue.

"Ja." Kat is baie vertroud met Hillary se parasitiese neigings, maar het nie ooglopende bedrog vermoed tot dit haar tussen die oë getref het nie, te danke aan Jace. Sy gee afskrifte van Harry se bankstate aan Connor wat talle oordragte uitwys, alles na wat Hillary se rekening blyk te wees.

"Ek het die bank gebel na waar die geld oorgeplaas is en gemaak asof ek sy is. Dit is so goed as bevestig, aangesien hulle ingestem het om die vermiste oordrag op te volg. Harry se bank het die oordrag afgekeer aangesien daar nie genoeg fondse in Harry se rekening beskikbaar was nie. Hillary het ook omtrent 'n week terug weer verskyn, dieselfde tyd as die mislukte oordrag."

Whitehall se wenkbrou riffel soos hy Harry se bankstate bestudeer. "Harry kan met die geld doen wat hy wil. Insluitend dit weggee, selfs al blyk dit selfvernietigend te wees. Gebeur hierdie oordragte steeds?"

"Hulle sou, behalwe daar is niks geld in sy rekening oor nie." Sy verduidelik oor Harry se oortrokkefasiliteit en groot lening. "Tensy die bank besluit om selfs meer vir hom te leen." Sy sidder by die gedagte daarvan. Hulle sal dit seker in 'n oogwink doen en dit herhaal tot hulle elke laaste druppel van ekwiteit uit sy huis gewurg het.

"Niks onwettig daaraan nie."

"Ek moet die slagting stopsit, Connor." Kat beskryf Harry se vol kredietkaarte, alles binne die laaste ses maande uitgereik. Sy beskryf dít en die duisende dollar op klere, vermaak en luukse reise waarvoor hy betaal het. Sy sidder om te dink watter aankope Hillary waarskynlik nóú maak, ongebreidel. "Kan die howe hom nie help nie? Kan jy niks doen nie?"

"Dit hang van Harry af. Tensy hy sê dat hy dit nie goedgekeur het nie, moet ons aanneem dat hy het."

"Maar hy is nie by sy volle verstand nie. As hy was, sou hy nooit toegelaat het dat hierdie gebeur nie. Geld is eintlik die rede hoekom Hillary in die eerste plek geloop het. Toe hy haar afgesny het. Hy sal nooit skuld maak nie, of sy huis verband nie." Kat gooi haar arms op. "Vyftig jaar se spaargeld, binne maande heeltemal uitgewis. Hy het desperaat hulp nodig."

"Swak oordeel is nie genoeg om iemand se sake oor te neem nie. Dit is 'n ernstige stap, Kat. Daar is verskillende grade van Alzheimers. Hy word as bevoeg beskou tensy anders bewys."

"Dit is meer as dit. Hy kan nie dinge van een oomblik tot die volgende onthou nie en hy is nie eens meer veilig nie." Sy beskryf die onlangse kombuisvuur, delusies en algehele tekort aan bewustheid van sy omgewing. "Iemand moet intree en hom help. Hy kan nie meer die eenvoudigste goed hanteer nie. En hy het ook nooit 'n gemagtigde aangewys nie."

"Dit is nie so maklik nie. Daar is geen geregstappe tensy dit bewys word dat Harry nie daartoe in staat is om sy eie sake te bestuur nie. Dit klink of hy naby aan daai punt mag wees. Het jy met hom oor sy situasie gepraat?"

"Ek het probeer, maar dit is moeilik. Hy is eers in ontkenning, dan wys ek sy state vir hom en hy besef dan wat sy gedoen het. Dit ontstel hom, maar dementia kompliseer dinge. Hy vergeet ons gesprek binne minute en dan is dit terug na die begin toe. In die tussentyd verloor hy alles. Sy bankrekening is leeggemaak en sy kredietfasiliteit opgebruik."

"Die bank behoort sy rekening te vries."

"Ek het hulle gevra om dit te doen, maar hulle wil nie vir my luister nie. Hulle sê dat dit van Harry af moet kom, maar hy verstaan nie wat gebeur nie. Dit is 'n wrede sirkel."

Net die gedagte aan al die skuld wat op Harry se naam ophoop, stuur rillings deur Kat. "Hoe kan sy eie dogter hom besteel?"

Connor sug. "Dit gebeur in die beste van families. Ek sien dit gereeld."

Kat dui na Harry se Visa-staat. "Sy hele lewe lank knyp hy af en spaar. Vir wat? Sodat alles waarvoor hy gewerk het gemors kan word op juwele by Tiffany's, reise na Las Vegas en kar herstellings by die Porsche agentskap? Harry besit nie 'n Porsche nie, maar Hillary doen. Nou is hy besig om sy huis te verloor." Sy kyk op haar horlosie. "As hy nie reeds het nie. Dit is finansiële mishandeling."

"Heeltemal moontlik. Hartseer hoe algemeen dit is." Whitehall loer oor sy brille na haar. "Jy moet met hom praat oor sy geestesgesondheid, vóór ons enige regstappe neem."

"En wat vir hom sê? Dat hy dalk onbevoeg verklaar sal word. Dit sal hom doodmaak." Kat staan op en staar na die vloer tot dak venster. Dit raam 'n asemrowende uitsig van die Lions Gate-brug met die sneeubedekte North Shore-berge in die agtergrond.

"Hy verdien om soveel as moontlik te weet. Buitendien, jy help hom."

"Maar Harry is so trots op sy onafhanklikheid. Hy sal verneder wees."

"Dalk, maar die alternatief is baie erger."

Kat weet dat Whitehall reg is, maar Harry se eerste reaksie op die dokter se onlangse bevestiging van sy Alzheimers diagnose was om te vlug, te verdwaal en amper dood te vries in 'n ondergrondse parkeerarea. Sy kan dit nie weer waag nie.

"Hy moet deur 'n mediese dokter, wat met geriatriese pasiënte vertroud is, gevalueer word. Hulle sal 'n onderhou met hom voer en 'n reeks toetse doen. As hulle hom onbevoeg verklaar, kan hy nie vir sy besluite verantwoordelik gehou word nie. Dit sal hom vorentoe beskerm. Die bank kan nie meer geld vir hom leen nie en Hillary kan dit nie van hom vat nie. Dit beteken natuurlik ook dat hy nie meer enige finansiële besluite vir homself kan neem nie."

Kat vryf haar voorkop. Sy het reeds 'n massiewe kopseer. "Hoe vinnig kan ons hierdie gedoen kry? Ek dink daar is 'n offer op sy huis." Kat het Whitehall se kalm geaardheid 'n oomblik terug waardeur, maar nou is sy tekort aan dringendheid besig om op haar senuwees te werk. "Wat kan ons doen? Kan ons die polisie bel?"

"Dit is nie so eenvoudig nie."

"Dit lyk vir my eenvoudig. Hillary maak misbruik van hom."

"Ons werk nou met 'n persoon se geestestoestand, Kat. Die wet sê dat Harry die reg het om sy eie sake te bestuur solank as wat hy bevoeg is. Om daardie reg weg te neem is 'n groot stap."

"Dit is duidelik dat hy nie bevoeg is nie. 'n Rasionele persoon sal nooit hierdie doen nie."

"Dalk, maar 'n wetlike assessering van Harry se geestestoestand rus op die mediese mening van twee dokters. Sy familie dokter kan een wees."

"Sy familie dokter het hom pas gelos as 'n pasiënt. Waar sal ek twee dokters kry wat bereid is om hom op so 'n kort kennisgewing te ondersoek? Ek weet nie eens waar om te begin nie."

"Ek ken 'n paar." Whitehall tik haar op die hand. "Ek sal 'n paar oproepe maak."

Kat voel fisies siek. "Wat van die skade sover? Sal Hillary nie gedagvaar word nie? Moet sy nie die geld teruggee nie?"

"Waarskynlik nie, aangesien daar nie bewyse van sy onbevoegdheid op die tyd van die transaksies is nie."

"So sy kom daarmee weg, net so?" Kat skim. "Dit is makliker as om 'n bank te beroof."

Whitehall sug. "Die reg mag dalk nie regverdig lyk nie, maar Harry se bevoegdheid moet objektief en verifieerbaar wees. Daar kan nie omgedraai word om verlede ongeregtighede reg te stel nie. Ek is bevrees dat finansiële mishandeling baie algemeen in families is."

"Ek dog wette is veronderstel om kwesbare mense soos Harry te beskerm."

"As die mediese ondersoeke wel toon dat hy onbevoeg is, sal ons by die howe aansoek doen om hom wettiglik onbevoeg te verklaar. Dit sal hom vorentoe beskerm. Ons kan niks aan die verlede doen nie. Dit kan in so vinnig as drie weke in plek wees."

"Drie weke? Teen dan sal hy niks oorhê nie."

Whitehall bestudeer haar simpatiek. "Ek sal so vinnig werk as wat ek kan. Nou, wanneer is Harry beskikbaar?"

"Dit is die probleem. Ek weet nie waar hy is nie."

HOOFSTUK 44

Buite verander die reën in hael in. Dit slaan teen die kombuisvenster, rys tot 'n crescendo terwyl Kat die kokende pasta roer. Die gereelde tip-tik op die venster word harder, ontplof uiteindelik in 'n kakofonie van geraas, doof alles behalwe haar gedagtes uit. Sy is dankbaar om by die huis te wees voor die storm begin het.

Lae wolke doem in die laat middag lug op. Kat bewe, wonder of Jace alleen iewers buite is. Hy sal nooit gaan sonder om haar te sê nie. En hoekom het die polisie nog nie gebel nie? Die knoop in haar maag word groter. Is hy beseer? Of erger, het hy 'n soortgelyke lot as Svensson teëgekom? Sy durf nie daaraan dink nie, tog kan sy aan niks ánders dink nie.

Kat spring toe 'n harde slag deur haar gedagtes breek. Waarskynlik takke van die sterk wind buite. Sy draai die stoof laer en gooi die pasta in die vergiettes om in die wasbak te drein.

Die gehamer begin weer. Hierdie keer besef sy dat dit die voordeur is. Haar hart slaan 'n klop oor en sy draai om en hardloop na die deur toe. Dit mag dalk Jace wees, of meer waarskynlik, Hillary. Reg om Harry af te gooi, maar dit is nie een van hulle nie.

Connor Whitehall staan op die drumpel, waterdruppels wat by sy

London Fog-reënjas afloop. Sy hare is nat, al is die voorstoep net 'n paar tree van waar sy Volvo parkeer is.

Kat nooi hom in en hang sy baadjie in die gangkas, wat gelukkig die vuur ontsnap het. Sy beduie dat hy haar na die kombuis moet volg. "Ek is net besig om aandete te maak. Kan jy bly?"

Connor kyk na die gebrande lambrisering en trapleuning.

"Ek is bevrees nie. Daar is egter iets wat ek dink jy so gou as moontlik moet weet." Connor staar na sy skoene. "Ek het 'n titelbewys soektog op Harry se huis gedoen."

"En?" Kat voel hoe die bloed uit haar gesig drein. Die huis is reeds hoog verband en dit is al wat Harry oor het. "Is dit verkoop? Hillary het dit verkoop?"

"Nie presies nie. Hillary is op die akte. Harry het die titel na haar oorgedra." Hy bestudeer Kat. "In essensie is dit reeds verkoop. Aan Hillary. Harry is nie meer die eienaar nie."

"Dis onmoontlik! Hy sal dit nooit doen nie." Sy het nie sulke blatante bedrog verwag nie, nie eens van Hillary nie. Aan die ander kant verduidelik dit baie. Hillary se onlangse herverskyning by Kat se kantoor, Harry se vermiste sluitkas met die huis se akte en ander papiere in en die vermiste sleutel van agter Harry se kalender. Hillary is manipulerend, maar Kat het nooit gedink dat sy so ver sal gaan nie.

Connor sit sy tas op die kombuistafel neer en haal 'n koevert uit. Hy trek 'n hoop bladsye uit en gee dit vir haar. "Kyk hierna."

Kat bestudeer Harry se handtekening, met die groot draaierige *y* en die skuinsstreep oor die *t*. Dit is sy handtekening. En dit is twee dae gelede gedateer.

Dit is regtig te laat.

"Hy is nie by sy volle positiewe nie. Hy sou nie verstaan wat hy teken nie. Dit kan nie wettig wees nie."

"O, ek is bevrees dit is. Sonder bewyse van sy onbevoegdheid of enige dwang, is dit heeltemal wettig.

"Wag 'n oomblik." Kat hou die handtekening teen die lig op. Terwyl dit Harry se handtekening is, is dit meer soos die handtekening wat hy 'n jaar of twee gelede gemaak het. Die handtekening klop met sy dokumente en identifikasie, maar dit lyk nie soos sy onlangse wankelrige skryfkuns nie. Sy kan al vir 'n paar maande bykans nie sy handskrif by die werk ontsyfer nie. Dieselfde met die krapperige merke in sy tjekboek, wat amper onleesbaar is vir die beter deel van 'n jaar. Selfs sy opgraderingslening het dieselfde wankelrige gekrabbel.

"Hierdie is te perfek. Dit moet 'n vervalsing wees."

"Vervalsing? Hoe kan jy so seker wees?"

"Harry se hand bewe wanneer hy skryf. Hierdie handtekening is glad en vloeiend, soos hy 'n paar jaar gelede geskryf het." Hillary het tot 'n nuwe laagtepunt gedaal.

"Jy is seker Harry sou nie hierdie teken nie? Partykeer sit mense wel hulle kinders op die akte om die testament fooie en so te vermy. Het hy al ooit genoem dat hy dit gedoen het?"

"Nee, en hy sal dit nooit doen nie." Veral nie met Hillary nie. Ten spyte van sy liefde vir sy dogter, weet selfs Harry van Hillary se selfge-sentreerde donker kant.

"Wel, ek is regtig jammer om die slegte nuus aan te dra." Connor Whitehall kyk op sy horlosie. "Ek beter gaan."

Kat volg hom na die gang toe en gee sy baadjie vir hom aan. "Jy móét haar keer."

"Jy moet Harry eers opspoor, Kat. Ek kan nie help tot hy geasses-seer is nie." Hy draai en gaan by die trappe af na sy kar toe.

Dit is nou donker. Die Volvo trek weg, briek ligte reflekteer in stroke op die teer. Die hewige wind swaai die kaal takke oor en weer voor die straatligte, soos 'n Morse kode teken. Kat bewe en maak die deur toe. Dit is reeds te laat om Harry finansieel te red. Die enigste goeie ding van dementia is onbewustheid. Jy hoef nooit te weet in watter groot gemors jy in is nie. Uiteindelik sal hy ook nie omgee nie.

HOOFSTUK 45

Kat kom net voor **06:00** by die kantoor aan. Dinsdag oggend, die gebou is donker en onheilspellend stil. Sy klim die trappe na haar kantoor toe en sukkel om die deur in die swak lig oop te sluit. Marcus het die deur reggemaak, maar dit vat sewe probeerslae om die slot oop te kry.

Sy staan nie graag vroeg op nie, maar na 'n aand van rustelose slaap en alleen wakker word vir 'n tweede oggend, kon sy nie meer verdra om langer in die huis te bly nie. Dit herinner haar net aan Jace.

Sy word ook deur Svensson se potgooi van die Sweedse konferensie gespook. Die vrou langs hom lyk presies soos Angelika, die Hideaway Bay skoonmaker. Sy is eintlik baie seker daarvan. Maar hoekom was sy in Swede? Is sy op 'n manier aan Svensson se dood verbind?

Kat maak die deur agter haar toe en leun daarteen. Oorkant die kamer silhoeëtteer die vloer tot dak venster die North Shore-berge. 'n Paar ligte flikker oor die water soos die son oor die horison en die hawe opkom. Sy het vir die tweede dag in 'n ry 'n vergadering met Zachary. Die keer is dit om met 'n strategie vorendag te kom om die bedrog aan die beleggers en bank te onthul. Die oomblik wat haar vroegoggend vergadering met Zachary verby is, gaan sy na Hideaway Bay toe.

Haar talle oproepe na die polisie bly onbeantwoord en sy kan nie verstaan hoekom nie. Watter tipe polisiestasie sif oproepe deur stempos? Jace is vermis en sy verdien 'n antwoord, selfs al is dit net om te sê dat daar nie nuwe verwikkelings is nie. Dit is eenvoudig onaanvaarbaar. As die polisie dit nie ernstig opneem nie, sal sy hulle aanspreeklik hou. En self 'n soektog vir Jace begin.

Maar voor sy gaan, moet sy haar soekarea beter definieer.

Kat bestudeer die kaart wat teen die muur opgesteek is. Wat mis sy? Die kaart van Hideaway Bay is eenvoudig. Die enigste toegang van die land af, is 'n enkele pad. Dit begin by die veerboot, sny deur die dorp en gaan dan aan tot by die afrit na die Tides Resort. Water of lug toegang is moontlikhede, maar minder waarskynlik. Sy het 'n helikopter hoor land gedurende hulle verblyf. 'n Tweede helikopter sou haar wakker gemaak het. Dit beteken dat Jace te voet of met 'n veerboot gegaan het. Die hoë bank waterfront beteken geen dek of vasmeerplek nie, veral nie in die aand nie. 'n Paar staproetes kruis by die oord, insluitend die Summit Trail, waar Svensson tot sy dood geval het. Nie 'n maklike stap in die winter nie, maar moontlik met die regte gereedskap, insluitend 'n koplamp in die aand. Het Jace 'n soortgelyke lot as Svensson ontmoet?

Daar is een ander scenario, een wat die polisie waarskynlik nie sal nagaan nie. Jace het dalk na Kurt se hut, wat naby is, gegaan. Kat twyfel of Jace sou gaan sonder behoorlike toerusting vir 'n winter-nag stap. Hy sou ook nie die oord verlaat het sonder om haar te sê nie. Tensy hy nie 'n keuse gehad het nie.

Sy kan dit nie uitskakel sonder om eers self Kurt se hut te besoek nie, aangesien dit buite selfoonbereik is en nie 'n telefoonlyn het nie.

Was Landers se entoesiasme oëverblindery? Het hy van die begin af beplan om Kat en Jace in 'n lokval te lei en te ontbloot?

Kat druk duimspykers in die kaart vir elke staproete wat van die oord pad vertak. Sy sal terug ry en die waarskynlikstes later uitkyk. Haar hart sink toe sy die laaste duimspyker indruk. Is Jace lewendig?

Daglig deursyfer geleidelik die kantoor. Buite reflekteer dit van die wit ryp af, wat aan alles behalwe die water vasklou. Verkeer geraas, masjinerie en stemme dryf opwaarts soos die stad wakker word. Kat bewe. Die hitte beweeg uiteindelik deur haar kantoor, maar dit kompenseer nie vir die wind wat deur die antieke enkel-paneel vensters sypel nie.

'n Hyskraan onder in die hawe lig 'n Maersk-houer van 'n Sjinese vragskip en sak dit in die volgende skeepswerf in. Die houers is drie opmekaar gepak, met elektronika gevul, meubels en wie weet wat anders. Hawe verkeer blyk nooit stadiger te word nie, aangevuur deur goedkoop invoere en onversadigbare verbruiker aanvraag.

Kat spring toe die kantoordeur buite oop skraap.

"Zachary, hier binne."

Maar dit is nie Zachary nie. Dit is Hillary. Haar hoëhakskoene klik toe sy in Kat se kantoordeur verskyn. Soveel soos Kat nie vir Hillary wil sien nie, beteken haar herverskyning ten minste dat Harry gevind kan word. Nou kan sy die wiele laat rol om Hillary se finansiële mishandeling stop te sit.

"Haai, nig." Hillary dui na die kaart en lag. "Is jy in die kleuterskool? Is dit regtig wat jy die heeldag lank doen?"

"Hillary, wat doen jy hier? Waar is Harry?" Kat staan en ontmoet Hillary by die kaart. Sy staan voor dit, hou haar arm op om Hillary te keer om 'n duimspyker uit die kaart te trek.

"Kan ek nie kom kuier sonder jou simpel vrae nie?" Hillary lig haar regtervoet en dan die linker, vee die stof van haar Gucci sole met die palm van haar hand af. Sy grimas toe sy die palms van haar hande oor mekaar vee. "Maak jy nooit hierbinne skoon nie?"

"Die skoonmaker maak elke aand skoon." Sy moet van Hillary ontslae raak voor Zachary kom. Die gedagte dat Hillary paaie met enige van haar kliënte kruis, gril haar. Sy is te manipulerend en onvoorspelbaar.

"Waar is jou pa, Hillary?" Sy sal nie nou Harry se huis opbring nie. Sy kan nie waag dat Hillary weghardloop sonder om Harry se ligging te onthul nie.

Hillary ignoreer haar. "Die kantoor is vuil. En jou meubels lyk soos liefdadigheidswinkel uitskot. Al die gemors." Sy tel een van die halfdosyn tydskrifte op die sytafel op en gooi dit in die asblik in. "Geen wonder niemand neem jou ernstig op nie."

"My kantoor is reg soos dit is. Waar is Harry?" Hillary het minder as 'n minuut terug hier aangekom en Kat se maag is reeds op 'n knop. Sy herinner haarself dat net een van hulle ses-figuur retensiegeld beheer en dit is beslis nie Hillary nie. Ten minste verdien sy haar eie geld. "Ek het hom gebel en hy was nie by die huis nie. Hy antwoord ook nie sy selfoon nie."

Sy het 'n miljoen ander vrae, soos waar de hel Hillary vir die laaste tien haar was. Maar nou is nie die tyd nie.

"Hoe sal ek weet waar Pa is? Ek is nie sy bewaarder nie. Hy het seker inkopies gaan doen of iets."

"Hillary, jy weet so goed soos ek dat hy nie inkopies doen of by die huis is nie. Jy was saam met hom." Is Hillary regtig so onverantwoordelik, of is daar iets meer op die spel? Elke keer wat Kat Hillary die voordeel van die twyfel gee, blaas dit in haar gesig op. Sy is in elk geval seker dat Hillary se herverskyning nie uit besorgdheid vir Harry is nie.

"Wat laat jou dink dat hy nie by die huis is nie?" Hillary frons en haar gesig verdonker.

Kat dui na die leerstoel. Om Hillary te konfronteer is nutteloos, so sy verander haar stemtoon. "Sit asseblief. Jy moet moeg wees."

"Jy verwag dat ek op hierdie vlooi-geïnvesteerde gemors moet sit?" Hillary maak haar hare glad met 'n gemanikuurde hand. "Ek dink nie so nie."

"As jy eerder wil staan, nes jy verkies."

Hillary bestudeer Kat, neem haar klere, hare en grimering in. "Jy moet aan 'n voorkomsverandering dink." Sy grimas. "Kop tot toon. Jou klerekas het vyf jaar gelede uit die mode uit gegaan. Jy moet ernstig 'n vernuwing ondergaan."

Kat sê niks nie en draai na die bord toe. Hillary kan dit nie hanteer om geïgnoreer te word nie.

"Wat doen jy met daardie duimspykers?"

"Eksperimenteer net." Kat kyk by die venster uit. In 'n paar minute het die son verdwyn, vervang met lae wolke. Sneeuvlokkies sweef verby die venster en sy kan skaars die North Shore agterkant die water uitmaak. Waar de hel is Zachary?

"Omtrent 'n eksperiment." Hillary haal 'n ontsmetmiddel uit haar handsak uit en druk 'n hopie in haar hand uit. Sy vryf haar palms saam en staar na die kaart. "Haai, daardie is die plek waar jy my pa weggesteek het."

"Hillary, hou op. Ek het hom nie weggesteek nie en jy weet dit."

"Natuurlik het jy. Is dit nie naby die plek wat daai Nobel-ekonoom ou verdwyn het nie?"

"Fredrick Svensson?" Kat is geskok dat Hillary al van hom gehoor het.

"Ja, daai ou. Nogal aantreklik vir 'n ou man."

Hillary se aantreklik-skaal meet in netto waarde, nie voorkoms nie. "Wat ook al. Hy is nou dood." Svensson moes in sy sewentigs gewees het.

"Doodreg. Het nie eens geweet wat hom getref het nie." Hillary lag vir haar eie grappie.

Genoeg. Kat is reg om te ontplof. "Waar is hy?"

"Die Nobel ou? Hoe de hel moet ek weet?"

"Harry, verdomp!" Kat masseer haar tempels, voel die begin van 'n kopseer aankom.

Oorkant die inham is 'n tweede storm besig om in die rigting van Hideaway Bay te broei. Kat bewe ten spyte van haar swaar wol trui en sykouse. Sy moet amper gaan óf toegemaakte paaie aandurf. Jace se bakkie is buite parkeer, gepak met warm klere, toerusting vir buite en wat ook al anders sy dalk nodig mag hê.

"Moenie sarkasties wees nie, Kat." Hillary trek 'n naelvyl uit haar handsak uit en begin haar naels vyl. Sy dui met die naelvyl na Kat en vernou haar oë. "Of 'n ineenstorting hê nie. Hoe moet ek weet waar hy is?"

"Die laaste keer wat ek hom gesien het, was hy saam met jou. As Harry nie saam met jou is nie, waar is hy dan?"

Hillary se wenkbroue lig en die hoeke van haar mond trek in 'n grimlag in. "Kalmeer. Wat gee jy om? Hy is my pa, nie joune nie."

Dié woorde maak altyd seer, maak nie saak hoeveel keer Hillary dit uitspreek nie. Die Dentons het Kat wetlik aangeneem toe haar ma oorlede is en haar pa haar verlaat het. Toe Hillary besef dat die ooreenkoms permanent was, het sy alles gedoen om Kat onwelkom te laat voel.

"Kat, dit het niks met jou te doen wat ek en Pa doen nie." Hillary pers haar lippe saam. "Kom oor dit."

"O, maar dit is baie beslis my besigheid." Kat kruis haar arms. "Hy is nie by die huis nie. Hy is nie saam met jou nie en hy is nie hier by my nie. Waar ook al hy is, hy is deurmekaar en verlore. Ek het 'n reg om te weet."

"Jy het nie 'n reg op enige iets nie. Gaan vind jou eie familie om na te kyk." Hillary hou haar hand voor haar mond. "Oeps, ek het vergeet. Jy het nie een nie."

"Hillary, Harry ís my familie. Ek is die enigste een wat vir hom gesorg het terwyl jy weg was. Jy is al vir jare uit sy lewe uit."

"Dit gaan nou verander." Hillary frons vir Kat.

Die kantoordeur buite maak oop en 'n paar sekondes later stap Zachary by die gang af na Kat se kantoor toe en praat op sy selfoon. 'n Ligte laag sneeu steeds op die skouers van sy wolbaadjie.

Hillary se mond val oop en 'n glimlag vervorm stadig haar gesig.

"Hallo." Hillary draai na hom toe en glimlag, suig haar wange in. Sy kyk Zachary van kop tot toon uit, let op sy snyersklere, leersoolskoene en leë ringvinger.

Kat sien hoe dollar tekens oor Hillary se gesigsveld dans.

Zachary blyk nie vir Hillary te hoor nie. Hy staan vasgenael voor Kat te televisie. New York betogers het Grand Central-stasie blokkeer; eis regeringsintervensie en laer voedselpryse. Die skerm verdof na 'n advertensie en Zachary kyk na haar, sien Hillary vir die eerste keer. Hy beëindig sy oproep. "Jammer om te onderbreek. Ek het jou nie gesien nie."

"Geen rede om jammer te sê nie." Hillary stap vorentoe en hou haar hand uit, palm ondertoe, asof sy verwag dat 'n prins dit moet soen. "Ek het net ingeloer om te sien of ek my niggie vir ontbyt kan uitneem."

Asof, dink Kat. Hillary se vertoning is gereserveer vir mans met voordele, of dit afslag op 'n kardiens of potensiële eggenoot inkomste is. Mans sien uiteindelik deur dit, maar eers ná Hillary hulle misbruik het.

"Natuurlik, as julle twee reeds planne het, kan ek 'n ander tyd terug kom." Zachary glimlag vir Hillary, wie nou in die leer armstoel sit. Sy het blykbaar haar vorige besware oorkom.

"Nee." Kat waai haar hand. Sy moet dringend met Zachary praat. "Hillary is net op pad uit."

Hillary kruis een been oor die ander, laat haar romp toe om op te trek om haar been te vertoon. Sy lyk nie of sy iewers heen op pad is nie.

"Hoekom gaan eet ons almal nie ontbyt nie," sê Zachary. "Ons kan die saak bespreek en eet ook."

Kat staan. Dit verander vinnig in 'n nagmerrie in. Sy het 'n uur met Zachary nodig voor sy na Hideaway Bay moet vertrek en die vererger-rende sneeu verminder met elke minuut haar kanse om daar te kom. Enige verdere vertragings en sy sal dit glad nie maak nie. "Hillary, kan ek jou eerder later bel?"

"Nonsens. Sy kan saam met ons kom." Zachary beduie met sy duim na die gang toe.

Kat moet van Hillary ontslae raak. Sy kan nie die saak of Jace voor Hillary bespreek nie. Sy is nie presies seker hoe nie, maar Hillary sal beslis Jace se verdwyning teen haar gebruik. Hoekom sal Zachary selfs oorweeg om sy persoonlike finansiële situasie voor Hillary, 'n vreemdeling, te bespreek?

Sy stop in die deur en kyk na Hillary. "Ek dog jy gaan jou pa gaan haal. Waar is Harry in elk geval?"

"Die ou man met die Lincoln?" vra Zachary. "Hy is bietjie deur-mekaar, is hy nie? Hy behoort nie alleen te wees nie."

Hillary se oë vernou.

"Ek het pas so vir Kat gesê. Kat, waar is hy?" Hillary draai haar hare om haar vinger en lig haar wenkbroue vir Kat, 'n spottende uitdrukking op haar gesig.

Kat pers haar lippe saam en maak haar vuis oop. Hoe kan iemand nie reg deur haar sien nie? "Ek het gedink dat jy hom gaan optel. Waar het jy hom gelos?"

Hillary gluur Kat aan. "By die bejaarde sentrum. Ek was pas op pad daarheen."

"Dit is wat ek gedink het." Ten minste moet Hillary haarself voor Zachary gedra.

"Ek sal net na middagete terug wees." Hillary glimlag vir Zachary.

Net genoeg tyd vir Kat om Zachary in te lig en op die pad na Hideaway Bay te kom.

HOOFSTUK 46

Kat kyk by haar kantoorvenster uit, ongeduldig en gefrustreerd met haar tekort aan vordering. Sneeu lê weer soos 'n kombers oor die stad en steeds wil Zachary nie toegee nie.

"Kom ons wag voor ons iets onthul, Kat. Ek weet dat ek die meeste van die geld kan terug maak."

Zachary bly oortuig daarvan dat sy verhandelingsmodel onfeilbaar is. "Waarmee gaan jy verhandel, Zachary? Daar is nie geld nie."

"Ek het kennisse, mense wat vir my geld sal leen. Genoeg om 'n paar verhandelings te maak en van die verliese te herwin." Zachary gooi haar verslag op die hoop lêers op haar lessenaar neer. Soos hy doen, gly die hoop en stuur talle lêers vloer toe.

Zachary buk om dit op te tel.

Kat wys hom af. "Ek sal dit later kry." Sy staan op. "Wat van die beleggers, Zachary? Dit is hulle geld. Verdien hulle nie om van die bedrog te weet nie?"

Hy staan op. "Natuurlik doen hulle, maar ek sal hulle geld terug maak voor hulle nog daarvan weet. Dit is in hulle belang, selfs al besef hulle dit nie. Ek sal die geld terug kry en hulle sal nie eens weet dat daar 'n probleem was nie. Net 'n paar goeie verhandelings en dinge is terug na normaal."

Wat ook al normaal was. Ongelooflik wat mense op 'n sinkende skip sal doen. "Nee, Zachary. Jy moet dit stop sit."

"Kat, jy het self gesê dat jy van die bewyse mis. As ons Nathan in kennis stel sonder bewyse, sal dit nie die saak in gevaar stel nie? Hy kan hardloop voor die owerhede genoeg bewyse teen hom het om hom te arresteer."

Zachary is reg. Om te wag beteken ook dat sy dalk Nathan se vermiste World Institute agenda en haar ondersteuningsdokumente kan terugkry. As sy Jace vind en hy die dokumente net dalk nog het. Onwaarskynlik op die beste. Dit voel egter net verkeerd om nie onmiddellik die bedrog te onthul nie.

Aan die ander kant, dit is steeds 'n aktiewe ondersoek en as Nathan en wie ook al anders aangekla moet word, sal sy haar eendjies in 'n ry moet hê. Op die oomblik is dit nie die geval nie. En om nou in te val kan op 'n manier die Jace situasie vererger, wat ook al dit is. Dit gee haar ook meer tyd om Jace te soek. As sy hom kan vind.

Sy sug en buk om die lêers op te tel. Hoekom moet Zachary die perke toets? Sy veronderstel dit is hoekom hy so ryk is. En onop-houdelik.

Sy voel iets hard in die band van een van die Edgewater-lêers. Sy maak die leer oop en vind 'n bondel kredietkaarte met 'n rekkie om. In haar haas het sy dit nie vantevore opgemerk nie. Sy haal die rekkie af en kyk na die boonste kaart. Geen naam nie. Sy blaai deur die res. Presies dieselfde, voorafbetaalde kredietkaarte. Net soos die een wat sy in die skoonmaker se uniform by Hideaway Bay gevind het. Is daar 'n verband?

Twee ure later is Kat uiteindelik op die pad. Sy ry noord in Hideaway Bay se rigting, dankbaar vir die bakkie se vierwielaandrywing. Diep groewe het in die sneeu op die hoofweg gevorm en die sneeu val nou digter neer, verswak sigbaarheid tot 'n paar duim voor haar.

Verkeer verslap tot 'n kruip op pad na die veerboot toe en sy mis die vertrek. Sy is gelukkig om op die volgende een te kom. Toe sy eers oor is, volg sy die skare wat die veerboot verlaat tot die afrit vir Hideaway Bay.

Hier is verkeer niebestaande. Ten spyte van die ongeskraapte paaie en swak sigbaarheid voel sy baie veiliger om te bestuur met geen ander karre op die pad nie. Sy ontspan haar hande op die stuurwiel en byt in 'n appel in. Sy kyk in die truspieëltjie en sien 'n sneeuploeg om die hoek, 'n paar voet terug. Dit is die enigste ander voertuig wat sy vanaf die afrit sien.

Haar enigste bekommernis is die min tyd voor dit donker word. Daglig verdwyn die tyd van die jaar rondom vieruur. Dit gee haar net 'n paar ure om Jace op die staproetes te soek. Hy is dalk beseer en het van die staproete afgewyk. Sy bewe. As hy het, is die kanse op oorlewing na 'n paar ure in dié yskoue temperatuur min tot niks.

Kat se gedagtes keer terug na Svensson en sy toespraak in Stockholm. Die sneeuploeg is nou omtrent vyftig jaart terug, word groter in die truspieëltjie.

Svensson het sy mening verander van een internasionale geldeenheid na die status quo van baie soewereine geldeenhede. Hoekom sou Nathan Barron 'n probleem daarmee hê? Om verskille tussen verskillende geldeenhede uit te buit, is hoe Nathan Barron, en Edgewater, geld maak. Die World Institute se doel van een internasionale geldeenheid maak Nathan se besigheid dood, eerder as om dit te help. Wat tot die vraag lei: hoekom het Nathan in die eerste plek by 'n organisasie aangesluit wat sy finansiële ambisies hinder?

Sy is seker dat beide Svensson se moord en Jace se verdwyning aan die World Institute en Nathan Barron verbind is.

Is die vrou wat by Svensson gestaan het regtig Angelika, die skoonmaker? 'n Logieser verduideliking is dat die vrouens op mekaar lyk. Sy het immers agter Svensson gestaan en was gedeeltelik in skaduwee gedompel. Van al die biljoene mense op die planeet, is daar waarskynlik 'n paar dubbelgangers. Of is dit te toevallig?

Kat kyk in haar truspieëltjie. Die sneeuploeg is reg op haar stamper, die drywer waarskynlik angstig om met werk klaar te maak en by die huis te kom. Kat hou die stuurwiel styf vas, wil nie vinniger gaan nie, maar voel onder druk. Daar is nêrens om af te trek nie. 'n Loodregte krans aan haar regter kant en aan die oorkant die aankomende baan met 'n val na die water daaronder. Kan hy haar nie net verby steek nie? Daar is nie aankomende verkeer nie.

Skielik tik die sneeuploeg haar stamper.

Die kar spring vorentoe. Die appel gly uit haar hand uit en tuimel van die passasiersitplek na die vloer toe. Sy gryp die stuurwiel, hart hamer. Die sitplekgordel trek stywer om haar bors soos sy baklei om die bakkie uit 'n gly te kry. Die toegesneeude hoofweg is te gevaarlik vir roekelose speletjies. Die bestuurder se aksies is niks minder as selfmoord op hierdie draaierige deel van die pad in 'n sneeustorm nie. Wat de hel gaan aan? Slaap hy agter die stuurwiel? Sy kyk in die spieël, maar die ploeg se sitplek is te hoog om die bestuurder te sien.

Sy sal sy registrasie nommer kry en hom aangee. Die oord is nog tien minute weg, die eerste geleentheid wat sy het om van die pad af te trek. Sy trek die sitplekgordel van haar bors af en asem uit. Die sneeuploeg hou bietjie terug, gee haar 'n beeld van die sitplek. Hierdie keer kan sy die bestuurder sien, maar net-net. 'n Klein man, dalk 'n tiener? 'n Bofbal pet bedek sy oë.

Die gaping maak toe. Die sneeuploeg tref haar weer op die stamper, harder die keer.

Die bakkie visstert en beweeg in die aankomende baan in. Instink skop in en sy slaan op die briek. Sy weet dis 'n fout voor sy nog die pedaal heeltemal ingetrap het.

HOOFSTUK 47

Die sneeuploeg veeghou die bakkie se boks, stuur dit slepend skuins oor die hoofweg. Kat gryp die stuurwiel soos Jace se bakkie tip en kantel op twee wiele. Dit waggel 'n oomblik voor dit weer op al vier wiele neerslaan. Kat se nek wip terug van die slag. Haar voet soek weer die briekpedaal. Maar dit is nutteloos.

Die bakkie gly in 'n 180 draai, trek Kat in die vorteks in soos skadu's van wit verby die ruit stroom. Sy val vooroor, tref die truspie-ëltjie met haar voorkop. 'n Split sekonde later trek die sitplekgordel stywer en trek haar teen haar sitplek vas.

Die ploeg trek terug en versnel weer. Dit slaan teen die bakkie en die voorruit kraak. Kat bons oor en weer tot sy skielik aan die passasierskant teen 'n skuinste tot 'n stilstand kom. Kat loer deur die venster. Sy is onveilig teen die skutreling geleë. Nog een slag en sy sal oor die rant wees en in 'n 300-voet vryval na die onderkant van die canyon tuimel.

Sy maak vir nog 'n slag gereed en haar maag draai.

Niks.

Kat maak die sitplekgordel losser en luister. Sy gly oor na die passasierskant. Die bakkie kraak en die appel rol na die ver kant van die vloer.

Stilte.

Die bakkie het van die impak gestol.

Sy soek die ploeg deur die gekraakte voorruit.

Sy sien niks nie.

Geheel en al niks. Net wit sneeu wat val.

Gedempte stilte.

Sy draai in haar sitplek om en soek die ploeg uit die agterruit uit. Weg.

Niks behalwe vir haar, die bakkie en die gebuigde skutreling wat haar van die krans terughou nie.

Sy trek haar liggaam duim vir duim in 'n vooroor posisie, voel hoe die bakkie teen die reling vestig.

Solied. Ten spyte van haar vroeëre vrese is die bakkie se vier wiele steeds almal op die hoofweg.

Sy voel terselfdertyd verlig en bang. Het die ploeg weggery – of oor die rant gegaan? Sy loer weer by die venster uit. Die skutreling is steeds in een stuk, ten minste die gedeelte wat sy kan sien. Sy is nie van plan om uit te klim en verder ondersoek in te stel nie. Ingeval dit die balans van gewig verskuif. Ingeval daai ou nog iewers is.

Sy sit die bakkie weer aan. Sy beweeg die bakkie stadig, kruip agtertoe en vorentoe tot sy van die skutreling loskom. Sy stuur die bakkie weg van die rant en om sodat sy nou die regterkant van die pad sien.

Kat ry 'n paar myl by die pad op en trek by 'n houtkapper pad in, leeg en ongebruik in die winter. Haar hande bewe steeds toe sy die stuurwiel los. Sy haal diep asem en gryp instinktief haar selfoon en bel. Sonder om te dink besef sy dat sy Jace gebel het. Sy is op pad om neer te sit toe 'n vrou antwoord.

"Ja?"

Kat probeer die agtergrond geraas plaas. Hard, soos masjinerie wat werk. Dit kan enige plek wees, 'n vervaardigingsaanleg, 'n konstruksieterrein. Waar presies kan sy nie sê nie.

"Wie is die?" Die vrou druk egter die foon dood nes Kat begin praat. Die stem klink bekend, tog is sy nie seker hoekom nie. Dit is moeilik om met al die geraas te sê. 'n Besige plek iewers, soos 'n lughawe of 'n winkelsentrum.

Al haar ander oproepe na Jace het stempos toe gegaan. Het sy verkeerd gebel? Onmoontlik, aangesien sy nommer op haar foon gestoor is. Wie gebruik sy foon en hoekom? Is dit iemand wat by sy verdwyning betrokke is of net iemand wat sy foon gevind het?

Sy kan in iedere geval nie in die middel van die pad bly nie. Sy oorweeg dit om terug dorp toe te gaan. Sy behoort die sneeuploeg drywer by die polisie aan te gee. Aan die ander kant het die polisie absoluut niks omtrent Jace gedoen nie, so dit is nóg 'n mors van tyd. Dit vertraag net haar soektog na hom.

Wat as die sneeuploeg voor in die pad wag, op soek na nog moeilikheid? Onwaarskynlik, dink sy. Iemand wat so ongeduldig is, sal nie rondhang nie. Hy is waarskynlik besig om sy padwoede op 'n ander voertuig uit te haal, as daar een is.

Sy besluit uiteindelik om aan te gaan. Die oord is minute weg en as sy eers daar is sal sy veilig van die mal bestuurder wees. Sy sal hom môre by die polisie aangee. Nadat sy die Pinnacle Trail en Kurt se hut besoek het. Teen dan het sy dalk vir Jace gevind.

Kat trek stadig uit die skouer van die pad uit, soek vir bewyse van die ploeg. Die sneeu het egter reeds die spore uitgewis. Die pad vorentoe lyk of dit vir 'n paar ure nie geploeg is nie. Het die bestuurder nie die ploeg gesak gehad nie? Sy kan nie onthou nie.

Een ding is verseker: sy sal veiliger voel as sy van die pad af is. Dit is reeds besig om donker te word, wat haar met min tyd los om die Summit trail se beginpunt te bereik vir die stap na Kurt se hut toe. In die wild weet jy ten minste wie jou vyande is.

HOOFSTUK 48

Kat kry haar asem terug terwyl sy by die laaste paar voet van die Summit Trail opstrompel, sneeuskoene swaar op haar voete. Dit is net 'n dertig minute bykomende uitstappie van waar die staproete begin na die plek waar Svensson tot sy dood geval het, maar haar ompad lewer niks op nie. Geen spoor van die ekonoom of sy misterieuse vroulike metgesel nie. Geen tekens deur die polisie of soek-en-redding agtergelaat nie.

Het Jace dieselfde roete voor haar gevolg? Daar is geen manier om verseker te weet nie, nie met die nuwe sneeu nie. Buiten 'n paar takbokspore aan beide kante van die roete, sal die berg sy geheime hou.

Sy staan vir 'n oomblik stil en neem die asemrowende uitsig van die inham in. Nie 'n plek wat selfmoord inspireer nie, as enige plek werklik doen. Dit is ook afgeleë – om hier te kom verg baie moeite vir iemand wat daarop uit is om op die lewe op te gee. Sy is moeg na twee ure se bykans konstante opdraande. Dit is egter nie die fisiese inspanning wat haar moeg maak nie. Dit is die sielsangs van nie weet waar om Harry of Jace te vind nie. Sy het nog altyd na Jace gedraai, maar die keer is hy nie daar om haar te help nie.

Nadat sy in Hideaway Bay aangekom het, het sy van plan

verander en besluit om die sneeuploeg drywer aan te gee vóór sy die staproete aanvat. Maar die Hideaway Bay polisiestasie is gesluit en 'n *Ons is nou terug* nota is aan die deur vasgemaak.

Watter tipe polisiestasie sluit sy deure? Dieselfde wat nie oproepe oor vermiste mense opvolg nie, dink sy. Dit maak nie sin nie, maar Hideaway Bay is 'n bietjie van 'n sluiperdorp. Behalwe vir die Tides Resort gaan hier nie veel aan nie. Sy sal môre terugkom, maar sy wil eers die plek uitkyk waar sy net dálk vir Jace kan vind.

Kat het steeds 'n klein bietjie hoop dat Jace na Kurt Ritter se hut toe gegaan het. Kurt en Jace het hegte vriende geword deur soek-en-redding, al dek hulle verskillende gebiede. As mens aanneem dat hy van Nathan ontsnap het, is Kurt die enigste skuiling binne loop-afstand.

Jace was gretig om Svensson se laaste tree na te spoor. Hulle het daaroor vasgesit, met Kat wat dink dat dit 'n mors van tyd is. Jace hou altyd sy soek-en-redding gereedskap in die kar, so dit is moontlik dat hy dit in die parkeerarea uitgehaal het. Dalk kruip hy in die hut weg? Sy voel 'n opwelling van hoop.

Kurt is die hoof van die Sunshine Coast soek-en-redding span en was waarskynlik op die toneel toe Svensson se liggaam teruggekry is. Op die minste sal Jace baie graag met hom wil gesels. Die groot Duitser se hut is 'n verdere vyf-en-veertig minute weg as sy eers na die groot roete terugkeer. Kat en Jace het baie keer daar oornag op die agterland staptoere. Sy sal vanaand ook moet oorbly, aangesien die son amper tot op die horison gesak het. Selfs by die nege-en-veertigste parallel, kom sonsondergang vinnig hierdie tyd van die jaar.

Geen selfoon ontvangs beteken dat wie ook al Jace se selfoon geantwoord het, nie hier is nie. Dit is ook moontlik dat Jace hier is en nie 'n manier het om wie ook al sy was, te kontak nie. Sy voel 'n flarde hoop soos sy afbuk om haar sneeuskoene weer vas te maak. Sy draai om en stap weer by die heuwel af.

Die afdraande gaan baie vinniger as die opklim. Sonder werk begin haar klam klere haar koud laat kry. Haar gedagtes keer na Jace toe. As hy nie aangedring het om die World Institute te dek nie sou sy die Edgewater-bedrogsaak teen nou afgehandel gehad het. Sy het alles wat sy nodig gehad het, maar Jace het aangedring om met Roger Landers saam te werk. Sy moes hom nooit saamgebring het nie, wetend dat 'n storie vir hom rang bo alles anders vat. Veral nadat die *Sentinel* hom afgedank het. Sy het egter die World Institute, mag, en wat dit aan mense doen, onderskat.

Die hut kom uiteindelik in sig. Kurt het die houthut self uit plaaslike hout gebou. Dit is rustiek, maar funksioneel, gemaklik en vertroostend. Kat sal dit nie vir 'n luukse suite verruil nie. Uitputting neem oor toe sy die voordeur bereik. Sy kan nie nog 'n tree gee nie. Sy maak haar sneeuskoene los en voel onder die kleipot vir die versteekte sleutel. Kat raas altyd met Kurt omdat hy 'n blompot by 'n hut wat omring is deur denne weiland hou. Beide is nou onder 'n dik sneeukombers versteek.

Sy maak die deur oop en strompel binne. Sy is tot die been toe moeg, al is dit net laatmiddag.

Die klein hut is in 'n manlike, funksionele styl gemeubileer. Die A-raam het trappe na 'n solder met twee kamers. Sy en Jace het laas somer in een van hulle gebly. Sy kyk na die kamer, voel die gewig van haar probleme. Jace en Harry is vermis en Hillary is besig om iets uit te dink wat net moeilikheid kan beteken. Sy het nog nooit voorheen so alleen gevoel nie.

Kat sug en laat haar rugsak op die groot eiketafel val. Sy sak om 'n armvol hout van die netjies gepakte hoop langs die houtstoof te kry. Die stoof is koud. Niemand is onlangs hier gewees nie. Sy steek die stoof aan en stook die vuur tot dit egalig brand. Sy gaan terug uit om die fynhout aan te vul voor dit donker word. Koue lug ruis binne toe sy die deur oopmaak. Die stoof se hitte het nog nie deur die hut getrek nie, maar die gebou se hout-en-tinkel konstruksie verskaf steeds uitstekende isolasie teen die koue.

Sy strompel deur die sneeu om die gebou, hoop teen alle hoop vir tekens van Jace, Kurt of enige ander besoekers. Geen mens of dier spore in sig nie. Selfs die hoop hout wat teen die hut gepak is, lyk onverstoord van toe sy en Jace in September besoek het.

Onaangeraak.

'n Takkie breek. Sy spring toe sy beweging in haar periferiese sig sien. Dit is net 'n haas wat 'n paar jaart weg vir skuiling onder 'n bos hardloop. Sy staan 'n oomblik stil terwyl sy aan die stilte gewoond raak. Sneeu gly van die takke van die hoë dennebome af, land met 'n sagte plons. Die bome wat die hut omring gee dit gewoonlik 'n gesellige gevoel, maar vandag se laatmiddag voel onheilspellend, gooi lang skaduwees oor die wit landskap. Sy laai die hout in haar arms en strompel terug na die voordeur toe, kreun toe sy haar arm teen die deurpos stamp. Haar boarmspier is steeds seer waar Victoria se naald haar gesteek het. Genoeg brandstof om die aand te hou. Sy gooi die hout langs die stoof neer. Sy sal môre met 'n ander roete terugkeer, met die hoop op 'n teken van Jace. Dalk is hy beseer, nie daartoe in staat om die hut te bereik nie. Die kans is nie goed nie, maar sy het niks anders om op te gaan nie.

Sy skop haar Sorel-stewels uit en sit haar nat klere voor die stoof en sak in die oorgrote armstoel in die stoof se rigting in. Sy weet sy moet eet, maar kan nie die energie opwek om haar sak, op die tafel 'n paar tree weg, oop te maak nie. Sy maak eerder haar oë toe en voel hoe die hitte stadig haar tot op die been warm maak. Die wildernis stappery herinner haar altyd aan hoe waarlik massief die wêreld is. Hoekom word dit deur so min beheer?

HOOFSTUK 49

Kat skrik wakker van 'n gehamer aan die hut se deur. Iemand stamp aan die swaar hout deur, probeer om dit oop te dwing. Sy spring uit die bed uit net om haar kop teen die lae solder dak te stamp. Sy vloek binnensmonds toe sy onthou waar sy is: Kurt se hut in die tweede kamer op die tweede vloer. Haar hart hamer in haar bors. Wie ook al buite is, wil baie graag inkom.

Sy beweeg stadig na die leer wat na onder lei en loer oor die rant. Selfs in die donker gee haar uitkykpunt haar voordeel oor die inbreker. Die hut se deur is reeds op 'n skrefie oop, die maanlig omlyn die deurkosyn. Sy is vasgevang. Geen ontsnappingsroete nie.

Die deur gee mee met een finale kraak. 'n Man bars in, sy donker vorm in die deur gesilhoeëtteer teen die maanlig buite. Kat hou haar asem op en draai om die deur toe te maak.

Kurt het al voorheen 'n inbraak genoem. Verbygaandes soek somtyds vir hutte om in te bly. Hierdie ou mag dalk net kos gryp en loop. Egter onwaarskynlik in die middel van die aand, aangesien dit te donker is om te stap en daar nie ander hutte naby is nie. Hy sal tot die oggend bly, wat beteken dat hy die hele hut gaan deursoek, insluitend die solder. Sy beter reg wees wanneer hy doen. Sy voel op die vloer vir 'n wapen, maar kry niks nie. Sy vervloek die onnoselheid om haar rugsak met haar knipmes onder te los.

Die stoof. Selfs al brand dit nie meer nie sal dit nog warm voel, 'n besliste teken dat iemand in die hut is. En haar rugsak ooglopend op die kombuistafel. Met die deur toe is dit weer donker, maar Kat kan die inbreker se skaduwee volg soos hy die hut deursoek. Hy stap deur die kamer en mik reguit vir die solder leer. Hy trap op die eerste sport, aarsel en kyk rond.

Kat hardloop na die kamer toe en gryp 'n ski-stok van 'n paar wat teen die muur hang. Sy loop op haar tone terug na die leer toe en staan aan die kant. Sy wag vir die man se hande om die boonste sport te bereik. Hy sal sterker as sy wees; om hom te verras is haar enigste voordeel. Haar hart klop vinniger terwyl sy wag, wetend dat sy net een geleentheid het.

Sy steek na sy kneukels, druk dan die stok in sy vleis in en draai. Tot haar skok kom die gedaante net verder op, bereik die bokant met sy oop hand.

"Haai, wat de..." Hy stop skielik.

"Hou op!"

Maar die man het reeds sy hand vry gemaak. Sy steek na sy ander hand toe hy een sport laer klim. Sy herken hom op die presiese oomblik wat hy haar sien.

"Jy!" Landers staar haar aan, oë groot van skok. "Hoe het jy hier gekom?" Hy wag en skud sy regter hand uit.

"Ek kan dieselfde vir jou vra." Kat steek sy oorblywende hand met die stok. Die keer hou sy dit daar, steek deur die sagte vlesige gedeelte. "Gaan weg!"

"Kat, wat de hel? Jy maak my seer. Kry daai ding van my hand af."

"Nie 'n manier nie, draai om en loop. Nou."

"Kalmeer – ek kan alles verduidelik."

Sy druk die paal harder af. "Wat verduidelik? Dat jy ons verraai het? Gaan weg."

"Ek kan nêrens heen gaan tot jy my hand laat gaan nie."

Kat lig die ski-stok en hou dit hoog terwyl Roger Landers by die trap afgaan. Maar hy gaan net twee sporte laer, net genoeg om buite bereik te wees. "Bly beweeg."

"Ons moet eers praat." Hy bestudeer haar.

"Daar is niks om oor te praat nie." Sy wys die ski-stok in sy rigting, maar hou dit net buite bereik.

Landers beweeg nie. "Jy verstaan nie. Kom net af dat ons kan praat."

"Nie 'n kans nie." Hy kry niks van haar nie.

"Ek weet waar Jace is. Kom net af, oukei? Ek belowe ek sal niks doen nie."

Kat laat die ski-stok sak. Is dit 'n skelmstreek om haar na onder te lok? Maar wat as hy Jace kan vind? Landers wás op 'n punt in die kamer saam met Jace. Nathan en Victoria is sekerlik betrokke in Jace se verdwyning. "Waar?"

"Toegesluit. In die Hideaway Bay tronk. Hy het gesê dat ek hiertoe moet kom as iets verkeerd gaan. Om van Nathan weg te kruip."

Was Jace toegesluit in die tronk toe sy besoek het, net 'n paar voet weg?

Landers kan nie van Kurt se hut weet tensy Jace hom vertel het nie. Daai gedeelte moet ten minste waar wees. Kat laat die ski-stok sak en klim by die leer af, versigtig om nie haar oë van Landers af te haal nie. Sy volg hom na die tafel toe en kyk hoe hy sit. Sy bly staan, versigtig.

"Ek gee jou vyf minute om my te oortuig. Dan is jy weg." Sy weet dat sy nie 'n bedreiging vir Roger Landers sonder 'n wapen is nie. Die ski-stok werk net terwyl sy in die solder is, waar sy die voordeel het. Steeds, sy gaan nie ingee nie.

Het Kurt 'n geweer iewers in die hut? Indien wel, sal dit beter wees om dit te vind voor Landers doen. Selfs al weet sy nie hoe om dit te gebruik nie.

"Hoekom is Jace in die tronk?"

"Nathan het hom Hideaway Bay toe laat sleep vir ondervraging." Landers maak sy baadjie oop en sit dit op die stoel naaste aan die deur neer, asof hy van plan is om 'n rukkie te bly.

"Waarvoor? Jace het niks verkeerd gedoen nie." Nathan Barron mag dalk magtig wees, maar tensy die Hideaway polisie korrup is, sal hulle nie Jace in hegtenis neem sonder bewys van 'n misdaad nie.

"Nathan wil hê hy moet van diefstal aangekla word. Vir die dokumente wat uit sy hotelkamer gesteel is." Roger Landers sit by die tafel, hou sy hand vas. "Ek dink jy het my hand gebreek. En dit bloei."

Kat voel 'n oomblik skuldig. Dan onthou sy hoe Landers niks gedoen het toe Victoria haar ingespuit het nie. Hy het Victoria nie gekeer nie, Kat gelos om bewusteloos by 'n treinstasie afgegooi te word. Sy skuld Roger Landers niks, veral nie simpatie nie.

Hy skuld háár eintlik. Sy kruis haar arms en ignoreer hom.

"Het jy my nie gehoor nie? Ek bloei. Waar is die noodhulpkissie?"

Kat gluur Landers aan. "Hoekom het hulle jóú nie in hegtenis geneem nie? Jy was ook in die kamer." Werk hy saam met hulle? Jace het verdwyn en sy is met 'n naald gesteek. Net Landers het ongeskonde weggekom. Te veel dele van die verhaal maak nie sin nie.

"Jace het gesê dat hy alleen opgetree het. Ek het geen idee hoekom hulle my uit dit gelaat het nie, maar ons moet saam werk. Kom ons fokus daarop om Jace uit die tronk uit te kry en die regte kriminele in."

"Die regte kriminele?" Hy het nie haar vraag beantwoord nie.

"Nathan en die World Institute, natuurlik." Hy kreun en beweeg sy vingers. "Die World Institute is besig om die grootste misdaad van almal te pleeg."

"Hulle het geen wette oortree nie," sê Kat. Nathan, Victoria en die World Institute mag dalk onsmaaklik wees, maar die World Institute self het nie iets onwettig gedoen nie. Net Nathan het, met die Research Analytics-bedrog. Nie te praat van die aanval op haar en moontlik Jace nie. Die World Institute is dalk afkeurenswaardig, maar dit is nie onwettig om wêreld dominansie te bespreek nie. Sy is moeg vir Landers en sy komplot teorie. Dit is sy skuld dat hulle in die gemors is.

"Hulle sal. Anders verander hulle die wette om hulle doeleindes te pas. Nou sit hulle die plan in aksie. Die skuldkrisis is net die begin, deur die World Institute-lede bewimpel. Die banke het groot geld deur die riskante lenings gemaak, gee nie om of hulle slaag of nie.

Genoeg slegte lenings en die regering het geen ander keuse as om hulle 'n inspuiter te gee nie. Hoekom? Om dit te laat misluk het 'n kumulatiewe effek. Dieselfde mense wat die regering bestuur, bestuur tans of hét die banke bestuur. Al daardie finansies ministers en bank goewerneurs kom van die banke. Dit is insestueus."

"Jy impliseer dat die banknederlae doelbewus gebeur het?" Kat loop na die kombuistafel en steek 'n vuurhoutjie aan. Sy steek die keroseen lamp aan en sit aan die teenoorgestelde kant van die tafel as Landers, wens dat sy hom nooit ontmoet het nie.

"Natuurlik. 'n Paar maak wins, maar die meerderheid betaal. Slegte lenings maak nie net die banke ryk nie; dit verder ook die doeleindes van die World Institute. Wanneer regerings inspuiters vir die bank gee, verhoog hulle ook belasting om solvent te bly. Wanneer hulle belasting nie verder kan verhoog nie, druk hulle eenvoudig nog geld. Op die beste devalueer die geldeenheid. Maak nie saak wat hulle doen nie, die belastingbetalers betaal uiteindelik die rekening. Die geldeenheid faal en die World Institute tree as die held in."

"Hoekom het jy nie al hierdie vir Nathan Barron gesê toe jy die kans gehad het nie?" Hier is sy, vasgekeer in 'n hut met geen krag en geen selfoonopvangs nie. Is dit saam met 'n vriend of 'n vyand? Roger Landers sê die regte dinge, maar sy aksies toon andersins. "Hoekom moet ek vir jou luister? Jy het my nie by die hotel gehelp nie."

"Dis kompleks." Landers leun agteroor in sy stoel, hou sy beseerde hand vas.

"Hoe kompleks kan dit wees?" Presies die soort ding wat mense sê wanneer daar 'n toesmering is.

"As ek te vinnig iets sê sal hulle dit onderdruk. As my nuwe boek eers uit is, sal hulle dit nie kan keer nie. Dit sal hulle blootlê en hulle sal aangekla kan word."

"Van wat presies aangekla word? Hierdie is net oor jou – jou boek, jou ondersoek. Om beroemd te word en krediet te kry." Almal anders is net indirekte skade. Soos Jace.

"Ek weet nie – die advokate sal dit uitpluis."

"Jy het my pas vertel dat hulle mense se lewens vernietig. Tog is jy gewillig om hulle te laat voortgaan sodat jy jou tweede boek kan uitgee?" Kat staan. Sy het genoeg leuens vanaand gehoor.

"Ek gaan nie jare se navorsing vir enige iets opgee nie. Hierdie boek is terugbetaling. As ander mense daardeur seergemaak word, is daar nie veel wat ek kan doen nie."

"Natuurlik is daar. As om 'n storie te skryf die antwoord is, hoekom dit nie nou doen en hulle ontbloot nie? Hoe gouer hoe beter." Dit tref haar skielik – dit is presies wat Jace wou doen. Jace is 'n bedreiging vir Landers. Om nou te publiseer beteken dat Jace die voorsprong op Landers het.

"'n Paar ekstra weke of maande sal nie veel van 'n verskil maak nie. Hulle gaan nie die geldeenhede en regerings oornag ontrafel nie. Waar is die noodhulpkissie? Ek moet regtig 'n verband op my hand kry."

Kat skud haar kop. Sy weet skielik wat haar pla. As Jace regtig vir Roger Landers gesê het om by die hut te ontmoet, hoekom weet Landers nie van die sleutel onder die blompot nie?

HOOFSTUK 50

Kat voel die oggendlig aan voor sy haar oë oop maak. Sy knip haar oë toe 'n sagte, gediffundeerde lig deur die gordyne filter. Sy bewe en trek die beddegoed tot by haar skouers op. Daar is nie verwarming bo nie, en die stoof het iewers deur die aand deur die hout gebrand. Die stywe matras druk in haar rug in. Sy kreun en rol om. Haar asem wasem in die koue, klam solder. Sy kruip nader aan die venster en vee 'n klein sirkel uit die dun laag ys wat aan die binnekant gevorm het en loer uit. Presies dieselfde uitsig as gister. Stil, verlate en bedrieglik kalm. Te stil vir die drama wat in haar lewe uitspeel.

Sy het onrustig geslaap, bekommerd oor Jace. Het Landers die waarheid vertel oor Jace se ligging of is dit nog 'n leuen? Hy het reeds vir haar gejok oor om Jace by die hut te ontmoet. Jok hy ook oor Jace wat by die Hideaway Bay polisiestasie is? Net omdat die stasie gesluit was toe sy daar was, beteken nie dat iemand nie daarbinne toegesluit is nie. Sy wil dit glo, maar dalk is dit naïef.

Wat as Landers egter die waarheid vertel? Dan sal sy Jace oortuig om van die storie te vergeet, haar verslag aan Zachary oorhandig en daarmee klaar wees. Laat Landers die storie kry. Niks is hierdie werd nie.

Sy bewe toe sy uit die bed uit klim. Hoe vinniger sy aan die gang kom, hoe vinniger kan sy Jace sien. Sy staan en trek vinnig haar klere van gister aan. Sy sou gisteraand al gegaan het as sy kon, maar die winter en terrein maak dit onmoontlik om in die donker te stap.

Skottelgoed raas onder, herinner haar dat sy nie alleen is nie. 'n Knop vorm in haar maag met die gedagte aan meer tyd saam met Roger Landers spandeer.

Sy loer oor die solder rant en voel hoe die hitte van die houtstoof opstyg. Die reuk van koffie en roosterbrood beweeg na haar toe, herinner haar aan oom Harry. Is hy by Hillary? Die gedagte dat Hillary vir hom ontbyt maak, wat nog van by hom bly vir meer as 'n paar uur is hoogs onwaarskynlik. Sy dwing die gedagte uit haar kop en laai haar steeds-klam klere in haar sak.

Kat klim met haar rugsak by die leer af.

Landers kyk van die tafel af op en glimlag. "Koffie?"

"Ja." Kat laat haar rugsak by die deur staan. As sy nog 'n paar uur saam met hom moet spandeer met die stap na Hideaway Bay, moet sy ten minste beleefd wees. En vir eens en altyd besluit of hulle vriende of vyande is.

Dertig minute later wag Kat langs die hut. Landers hamer spykers in die gebreekte deur met 'n byl in. Kurt sal nie met Landers se slagting van die handgekerfde deur gelukkig wees nie, selfs al is dit beveilig. Sy sal dit laat regmaak voor Kurt terug keer van waar ook al hy is, aangesien dit onwaarskynlik is dat Landers ooit enige iets anders as die primitiewe werkie wat hy nou doen, sal bydra. Hy is nie die tipe persoon wat jammer of verplig voel om dit ordentlik reg te maak nie. Hy sal goed by Hillary pas. Hulle het beide 'n gevoel van geregtigheid, nooit bereid om iemand anders te help nie. By naderende oorweging, dalk is selfs hy te goed vir haar.

"Net 'n oomblik – ek het iets vergeet." Kat strompel om die kant van die hut en soek in haar sakke vir 'n potlood en papier. Sy skryf 'n nota en steek dit in die hout hoop in, maak seker dat dit genoeg uitsteek om gesien te word, maar nie weg te waai nie. Maak nie saak wat gebeur nie, Jace of Kurt sal ten minste weet dat sy hier was.

Tien minute later is hulle op die roete. Dit is 'n vars, helder dag en die roete word plat na die eerste heuwel uit die vallei uit. Kat stap in haar sneeuskoen spore van gister, onversteur tot nou. Klein diertjies se spore langs die roete volg raaklyne van een boom na die volgende, bedek en uit die sig van coyotes of poemas.

Die stap terug na Hideaway Bay is meestal afwaarts, maklik behalwe vir 'n paar tegniese dalings. Landers het homself tot Kurt se sneeuskoene gehelp en Kat wonder hoe hy die meestal stygende stap in die eerste plek sonder sneeuskoene of skis gemaak het. Sy sal moet onthou om Kurt se sneeuskoene terug te bring wanneer sy terugkeer om die deur reg te laat maak.

Landers is reeds kort van asem. Sy sal hom in 'n minuut kan agterlaat, behalwe dat hy haar enigste oorblywende kans is om Jace te vind. Net hy weet werklik wat daardie aand met Nathan en Victoria gebeur het, maar hy is baie karig met besonderhede.

"Gee jy nie oor demokrasie om nie, Kat?" Landers stop by die vurk in die voetpad en draai na Kat toe. Sweet op sy voorkop en hy het reeds sy baadjie oopgerits.

"Natuurlik gee ek om, maar die World Institute is nie op die oomblik aan die bokant van my lys van bekommernisse nie." Asof Landers regtig in die hele demokrasie ding inkoop. Hy sal haar menings waarskynlik net as voer vir sy boek gebruik. Hy werk al die heeltyd aan haar, probeer haar menings oor die World Institute uit te pluis of te verander. Dit vat nie 'n genie om te sien dat sy aksies ontwerp is om die beste vir Roger Landers te kry nie, punt.

"Hoe kan jy dit sê? Gee hulle vrye teëls en hulle beheer die wêreld se geldeenhede. Die euro is net die begin. Hulle werk aan 'n gemeenskaplike geldeenheid vir Asië. Daarna is dit Noord-Amerika. Regerings sal nie baie beheer hê nie."

"Wat is fout met 'n gemeenskaplike geldeenheid?" Kat stamp na die sneeu met haar ski-stok. "Fluktuasie in die valutamark word minder, minder ruilkostes. Dit bevoordeel die verbruiker."

"Dit klink omtrent reg in teorie, maar dit beteken ook dat minder mense beheer oor die geldeenheid het. In stede van dosyne lande en hulle sentrale banke, duisende verhandelaars en spekuleerders, word dit tot net 'n paar verminder."

"En dit is sleg?"

"Dit ís wanneer dit die World Institute is. Dit is dieselfde mans wat wêreldhandel beheer, die internasionale media en..."

Kat onderbreek. "Ek gee nie om nie. Hoekom het jy my nie teen Nathan en Victoria verdedig nie? Jy werk saam met hulle, nè?"

"Absoluut nie. Ek moes saamwerk anders sou hulle seker maak dat ek nooit weer werk nie. En hulle het belowe dat hulle jou nie sal seer maak nie."

Kat kan nie indink dat Nathan of Victoria so 'n stelling sou uiter nie. Het Landers regtig verwag dat sy dit sal glo? Sy steek haar stok in 'n sneeubank in. "Wat van Jace?"

"Ek het jou reeds gesê. Die polisie het hom gearresteer."

"Hoekom Jace en nie jy nie?"

"Dis was alles deel van ons plan. Toe ons eers geweet het dat ons ontdek is, sou Jace die blaam vat wat my oop laat om die komplot oop te vlek."

Kat probeer die bed in die aangrensende kamer onthou. Toe Nathan haar op die bed gedruk het, was dit opgemaak en nie gekreukel nie. Landers moet jok. Sy wil hê dat hy moet jok. Die alternatief – Jace wat haar vir 'n storie verlaat – is ondenkbaar. Hy sal dit nooit doen nie. Nie eens vir 'n treffer storie nie. Sal hy?

"Ek glo jou nie. Hou op om my al die World Institute nonsens te voer en vertel my wat regtig met Jace gebeur het. Hoe het Nathan geweet dat julle albei daar was? Wat het jy hom vertel?" Kat trek haar stok uit die hard-gepakte sneeu en draai om te gaan.

Landers volg. "Niks nie, ek sweer."

"Ek glo jou nie." Landers, soos meeste mense, het 'n prys. Sy weet net nog nie wat dit is nie. Hoekom sal Jace homself so aanbied? Kat beduie hom vorentoe. As sy saam met hom moet stap, sal sy seker maak dat dit nie maklik is nie. "Vertel my wat in daardie kamer gebeur het."

"Ek het nooit 'n woord gesê nie. Nathan het net ingebars." Landers stap stadiger en vroetel met sy handskoene, haal hulle af. "Dit is warmer as wat ek gedink het."

Kat staar na sy kaal hande, maar besluit om niks te sê nie. Vriesbrand mag hom dalk 'n les leer.

"Nathan het 'n sleutel gehad. Twee polisiebeamptes was saam met hom."

"Polisie? Hoekom?"

"Ek raai oor die inbraak in sy kamer. Ek weet nie verseker nie, hulle wou nie sê nie."

Kat tel 'n haak in sy stem op. "Polisie daag nie lukraak op nie. Iemand het hulle gebel." Hoekom Jace vat, maar Landers los?

"Wel, dit was nie ek nie. Ek weet nie, maar hulle het Jace se naam geken." Landers bal sy vuiste en maak dit weer oop, trek dan weer die handskoene aan.

'n Leuen, dink Kat. Jace is nie vir identifikasie gevra nie. Anders as die ontvangspersoneel en Angelika, die skoonmaker, het niemand anders by die hotel Jace gesien nie. En buiten Kat het net Roger Landers sy regte naam geleer. Die oord het net die naam van die oudiovisuele maatskappy gehad. "Hoekom het niks met jou gebeur nie? Jy was ook in die kamer."

"Jace het vir hulle gesê dat ek nie betrokke was nie. Dit het een van ons oop gelaat om die komplot oop te vlek."

Of 'n wins daaruit te maak. Landers kan nie toelaat dat Jace se storie breek voor hy sy boek klaargemaak het nie. Jace is sy kompetisie. Hoe ver sal Roger Landers gaan om sy storie te beskerm? Sal hy daarvoor moor?

"Ons moet weer aan die beweeg kom." Sy kan nie meer tyd mors nie en besluit dat Landers nie 'n ruskans verdien nie.

Kat dui na die regter pad met haar ski-stok. "Ek glo jou nie. Nathan sou nie geweet het waar om Jace in die eerste plek te kry nie. Of 'n rede hê om agter hom aan te gaan nie. Tensy jy hom vertel het." Net hotelpersoneel weet watter kamers beset is en hulle word verbied om gaste se inligting te ontbloot.

Landers sug en volg haar. "Jy dink ék is paranoïes? Jy moet jouself hoor. Hoekom sal ek saam met hulle werk? Ek is aan dieselfde kant as jy."

Kat sê niks nie en loop vinniger. Sy kan hom agterlaat as sy wil. Hy is onfiks en sal nie lank hou deur sy voete in die swaar, onvertrapte sneeu op te tel nie.

"Oukei. Dit was 'n plot om Nathan te lok. Ek het gemaak asof ek saamwerk om hom in 'n hoek te kry. Hy het my 'n storie belowe as ek kon bewys dat iemand die World Institute infiltreer het en hulle agenda ken. Jace was natuurlik ook in op dit." Landers se asemhaling word swaarder soos hy sukkel om by te hou.

"Regtig?" Kat se instinkte oor Landers is reg. Hy is duidelik besig om te lieg. Hoeveel het Jace met hom gedeel?

"Ek het Nathan Barron vir jare gevolg. Hy is baie egosentries. Toe ek hom vertel dat ek 'n storie oor die wêreld se magtigste mans doen, het hy tot 'n onderhoud ingestem."

"Wat het dit alles met Jace te doen?"

Landers hoes. "Om iets te kry moes ek iets gee. Ek wys hoe Jace die konferensie geïnfiltreer het om Nathan se vertroue te wen en kry hom om oor die World Institute te praat. Wanneer Nathan erken dat dit bestaan, leen dit geloofwaardigheid aan my storie."

"Jace het tot hierdie ingestem?" Kat baklei met die begeerte om hom met haar stok te deurboor. Dit is moeilik om met hom te bly praat wetend dat hy Jace verraai het.

"Natuurlik het hy. En jou plan het gewerk. Nathan was so ongelukkig dat Jace die konferensie geïnfiltreer het, dat hy 'n paar geheime uitgelap het."

"Soos wat?" Die roete vat 'n skerp draai na regs in 'n oopte in en die klein dorpie, Hideaway Bay, kom in sig. Dit is minder as 'n kilometer weg, maar met die talle terugslae sal dit nog twintig minute wees voor hulle die slaperige dorpie bereik.

"Lees die boek. Tot dan is my lippe geseël."

HOOFSTUK 51

Hulle kom net na middag by die polisiestasie aan. Kat maak haar sneeuskoene los en skud sneeu van haar stewels en kouse af. Sy trek aan die handvatsel en tot haar verligting maak die deur die keer oop. Sy stap in die verlate kamer in, Roger Landers reg agter haar. 'n Ry stoele teen een muur staar in die rigting van 'n onbemande toonbank. 'n Radio kletsprogram speel uit die blêrboks wat in die ver hoek van die toonbank staan. Staties.

"Hallo?" Geen antwoord.

Die radio kommentator gaan tekere oor iets van die wêreld ekonomie.

Kat se ore spits toe sy Svensson se naam saam met die Nobel-prys in ekonomie hoor. Te wyte aan Svensson se dood is die prys aan 'n ander ekonoom toegeken. 'n Ekonoom wat toevallig 'n gemeenskaplike internasionale geldeenheid ondersteun.

Sy kyk na Landers wat grimas en sy hande saam vou. Hy blyk nie na die radio te luister nie. Net sowel, aangesien sy ook nie 'n rede soek om met hom te praat nie.

Hulle argument het verval tot die punt waar hulle nie met mekaar praat nie. Kat weet nie wat om te glo nie, met Landers wat sy storie elke vyf minute verander. Is Jace se arrestasie net nog 'n leuen?

Landers sug hard en val in een van die stoele wat teen die muur staan. Kat kyk uit die hoek van haar oog vir hom terwyl sy by die toonbank staan. Sy soek op die toonbank vir 'n klokkie, maar vind niks nie. Behalwe vir die funksionering van ligte en hitte, lyk die plek verlate. Sy het nie 'n verwelkoming verwag nie, maar na 'n drie-uur lange stap in die -20 grade koue, beplan sy ook nie om geduldig te wag nie.

'n Gewonde houtdeur agter die toonbank lei na wat Kat aanneem is die binnekantoor en wat ook al anders agter toe deure in 'n polisie-stasie bestaan. Dalk 'n sel met Jace in?

"Hallo?" Kat beweeg haar moeë voete en leun oor die toonbank. Sneeu gly van die onderkant van haar broek af en smelt in poele op die verweerde linoleum vloer. Sy kyk terug na Landers wie steeds besig is om sy gevriesde vingers se vryf, sy gesig in pyn verwring. Kondensasie vorm op die vensters bo hom, die lug humied van die damp klere en verwarmer in snelgang.

Sy is briesend. Kwaad vir Landers dat hy haar gekul het en dit ontken. Kwaad vir Nathan en Victoria. En sy wil vir Jace kwaad wees omdat hy 'n storie gejaag het, maar sy kan nie. Sy wil hom net terug hê.

Sy draai terug na die deur toe. Sy oorweeg om oor die toonbank te klim net toe die deur oopgaan. 'n Oorgewig beampte kom uit.

"Kan ek hou help?" Sy moeilike asemhaling is duidelik soos hy in 'n verweerde viniel stoel insak. Die onderste twee knope op sy uniform baklei teen die boepens wat wil ontsnap.

"Ek is hier om Jace Burton te sien."

"Wie het jy gesê?" Sy gesig word rooi soos hy sy hand oor sy voorkop vryf." Hy vee sy hand aan sy hemp af voor hy 'n verweerde lêer onder die toonbank uithaal. Hy maak die lêer oop en blaai terug voor hy weer in sy sitplek terugsit.

"Jace Burton. Hy is by die Tides Resort gearresteer."

"Jason Burton?" Hy loer oor sy leesbrille. "Niemand hier met daai naam nie. Wat laat jou dink dat hy hier is?"

Kat lees die naam op sy uniform. *Kravitz.*

Dieselfde van as die beampte van Roger Landers se TV onderhoud.

"Jace Burton – jy het hom gearresteer. 'n Paar aande gelede. Ek is ingelig dat julle hom hier hou."

"Nuus vir my," sê Kravitz. "As ek iemand gearresteer het sal ek daarvan weet."

"Dalk was dit 'n ander beampte."

Kravitz skim. "Nie waarskynlik nie. Niemand behalwe ek hier nie."

"Roger, vertel hom wat jy my vertel het." Kat draai om na Landers te kyk, maar die viniel stoele is leeg. Al wat oorbly is Kurt se sneeuskoene in 'n poel gesmelte sneeu op die vloer. "Die ou wat hier was – hy het gesê dat jy Jace gearresteer het."

"Ek sien niemand nie."

"Beampte, hoe kon jy hom gemis het? Hy het nou net daar gesit. Sekondes terug." Kat beduie na die ry stoele.

"Niemand hier behalwe ek en jy nie. Wat het jy gesê is jou naam?"

Kravitz sit die radio harder. Die nuus is met 'n kletsprogramaanbieder vervang, wat aangaan oor verbruiker skuld. Kat beweeg nader aan beampte Kravitz en praat harder. "Katerina Carter. Beampte Kravitz, Roger Landers was pas hier. Hy is 'n joernalis wat met die..." Haar stem sak weg toe sy besef die beampte luister nie.

Kravitz laat val die lêer wat hy onder sy arm rondgedra het en sit dit weer op die lessenaar neer. Hy haal 'n notaboek uit sy hempsak uit en maak dit oop, skryf iets daarin, vermy Kat naarstigtelik.

"Verskoon my, beampte Kravitz?"

"Gaan aan, ek luister." Hy maak sy lêer oop en lek sy vinger elke keer wat hy 'n bladsy omblaai.

"Nee, jy is nie. Jy wag vir my om klaar te praat sodat ek sal loop. Behalwe dat ek nêrens heen gaan nie. Jace moet hier wees. Ek soek bewyse dat hy nie is nie." Die klok bo Kravitz se kop lees twaalf-vieren-veertig. Vyf-en-twintig minute tot die veerboot seil.

"Is jy dieselfde Me. Carter wat 'n vermiste persoon 'n paar dae gelede aangemeld het?" Hy kyk op en lig sy wenkbroue. Dan blaai hy weer deur die lêer. "Sê hier dat dit Roger Landers is. Nou het jy hom wéér verloor en 'n ander ou ook?"

"Ek is hier oor Jace. Is hy hier of nie?"

Kravitz glimlag. "Die polisie is nie in die gewoonte om te verifieer wie hulle in hegtenis het of nie het nie."

Kat kruis haar arms en glimlag terug, beteuel skaars haar woede. "Dan wag ek eenvoudig tot julle doen." Wat doen klein dorpie polisie in elk geval? Blokkiesraaisels? Na wat wil Kravitz so graag terugkeer?

"Goed."

Sy stap na die ry plastiese stoele en gooi haar goed neer. Sy maak soveel geraas as wat sy kan, hoop om hom te irriteer.

Dit werk. Kravitz gluur haar aan.

"Jy is steeds hier?" Hy sit die radio sagter.

"Ek het jou gesê, ek gaan nie loop sonder 'n paar antwoorde nie."

Hy pers sy lippe saam, maar sê niks nie.

Kat kyk hom terug aan. "Ek weet jy het Jace hier. Roger Landers het gesien hoe jy hom arresteer. Jy het hom hierheen gebring. Waar anders kan hy wees?"

Sy gesig word rooi. "Hy is nie hier nie en hy was nooit nie."

"Bewys dit. Dit is die tweede keer wat ek hier is. Ek gaan nie loop tot ek wéét dat Jace nie hier is nie."

Die foon lui. Kravitz antwoord op die eerste lui. Hy hou sy hand op toe hy die foon optel.

Kat probeer om te hoor. Iets oor 'n ongeluk en hoofweg-sluiting.

"Hoe vinnig kan hulle hom hier uit kry?" Lang pouse soos Kravitz luister na wie ook al aan die ander kant van die oproep is. "Wanneer? Oukei, ek sal hom daar ontmoet."

Hy luister.

"Het dit. Ek sal vyfuur 'n persverklaring uitreik. Dit behoort jou genoeg tyd te gee." Wat kan moontlik 'n persverklaring in die klein dorpie benodig? Diefstal in 'n winkel? Gesteelde ski's?"

Die persverklaring moet met die World Institute verband hou. Wat is die kans op nog 'n nuuswaardige gebeurtenis in hierdie plek?

Kravitz gluur haar aan toe hy die foon neersit. "Jy nog hier?"

"Ek het jou gesê, ek gaan nie loop nie." Al die paaie dui terug na die plek toe.

Aan die ander kant sal sy beter af by die huis wees. As daar 'n noodgeval is wat Jace betrek, sal iemand huis toe bel om haar in kennis te stel. Veral vandat haar foon by die oord agtergebly het.

"Sal jy ophou as ek jou wys? Niemand is in hegtenis nie. Niemand is eintlik vir weke hier binne gewees nie." Hy beduie haar na die swaaihekke langs die toonbank. Op een of ander manier het daai foon oproep iets verander.

Sy stap deur die hek en volg Kravitz agter die toonbank in. Daar is een groot kamer aan die anderkant met 'n ander deur na 'n lang housel toe. Dit is leeg.

"Glo jy my nou?" Hy staan by die oop deur, arms gekruis.

Kat staar na die leë sel, gebreek. Sy was so seker dat Jace hier is dat sy nie eens enige ander moontlikheid oorweeg het nie. "Wanneer het jy hom vrygelaat?"

Kravitz gooi sy hande in die lug op. "Luister jy nie? Hy is nie hier nie. Was nooit nie. Ek weet niks van 'n – wat het jy gesê is sy naam?"

"Jace Burton. En ek wil 'n vermiste persoon verslag invul."

"Oukei. Sal jy dan gaan?"

Kat antwoord nie en sy volg hom terug na die buitekantoor.

Iemand het gelieg, óf Landers óf die polisie. Sy weet nie wie nie, maar daar is een ding waarvan sy seker is. Roger Landers is op een of ander manier verbind aan Jace se verdwyning. Hy het eenvoudig te veel om te verloor.

HOOFSTUK 52

Kat leun teen die voordeur en druk dit toe. Buite waai die wind en ruk die antieke enkel-paneel vensters. Sy skop haar skoene uit en gooi haar toerusting in die gang, uitgeput. Sy het dit net-net op die laaste Woensdag veerboot gemaak en haar maag draai steeds van die rowwe waters. Die oorblywende seiltogte is gekanselleer vir die aand en sy wonder wat van Landers geword het. Sy het hom nie op die veerboot gesien nie.

Sy gooi haar sleutel op die gang tafel neer en sit die lig aan. Sy kyk langs die deur, hoop om Jace se skoene of enige teken van sy teenwoordigheid te sien.

Niks.

Die gang lig illumineer die leë kol op die beskadigde vloer en vee enige hoop om hom by die huis te vind uit. Haar hart mis 'n slag toe sy Jace se sweetpakbaadjie op die gekerfde mahonie armleuning sien hang. Dan onthou sy. Dit is in presies dieselfde plek as waar dit was toe hulle vir Hideaway Bay vertrek het. 'n Skerp herinnering dat niks verander het nie.

Die ou huis kraak soos die wind buite waai. Sy gaan na die kamer toe en gryp die eerste warm klere wat sy kan vind. Sy kyk by die kamervenster uit terwyl sy in die wolbaadjie en slippers inglip. Skemer het reeds aangebreek en die wind wip blare in 'n sikloon tregter in. Sy is bly om binne te wees, uiteindelik warm en droog.

Kat loop na die kombuis toe en besef dat sy niks ná ontbyt geëet het nie. Sy maak die yskas oop en loer binne, maar die idee van kos maak haar net naar. Sy maak die deur toe sonder om enige iets te vat.

Sy gaan weer by die trappe op en sit die rekenaar aan. Jace se verdwyning is op 'n manier aan Landers verbind. Sy moet net uitvind presies hoe.

Een ding is seker, Landers wil Jace uit die pad uit hê omdat hy kompetisie is. Maar is daar nóg 'n rede? Dalk is Roger Landers nie regtig 'n storie jagter nie. Dalk is hy déél van die storie, of deel van die toesmering.

Kat soek vir alles wat sy op Roger Landers kan vind. Anders as sy boek van 'n paar jaar gelede is daar niks nie. As hy regtig 'n ontbloting skryf, sou sy ten minste nog 'n paar artikels verwag het, daar is egter niks nie.

Sy is so ingenome met haar soektog dat sy nie agterkom dat die huis donker word nie. Sy sit die lessenaarlig aan, sien hoe dit van die wind buite flikker. Sy wonder oor Harry. Storms maak hom senuweeagtig en hy sal oor sy huis bekommerd wees. Sy bel Harry se nommer, maar geen antwoord nie.

Hillary is sekerlik teen nou al moeg vir hom of het hom iewers afgegooi. Sal sy hom iewers alleen los? Sy bel sy huis. Ook geen antwoord nie en sy het nie eens Hillary se nommer nie. Sy sit die foon terug op die mik, geskeur tussen wag vir nuus oor Jace of om na Harry se huis te gaan. Sy besluit uiteindelik om tuis te bly. Sy kan dalk beide van hulle mis as hulle na die huis toe kom terwyl sy weg is.

Die ligte flikker weer, die kragonderbreking 'n paar sekondes langer die keer.

Kravitz het uiteindelik ingegee en 'n vermiste persoon verslag vir Jace ingevul. Regtig net 'n formaliteit, aangesien hy oortuig is dat Jace nie regtig vermis is nie. Hy sal waarskynlik niks moeite doen om Jace te soek nie.

Is Kravitz, soos Roger Landers beweer, betrokke by Jace se arrestasie? Kat weet nie meer wat om te glo nie, of wie om te vertrou nie. Sy het Jace se storie nodig om bewys te lewer. Dit sal nie gebeur tensy sy Jace vind nie.

Kat werk aan die Edgewater-verslag vir 'n uur, maar kan nie konsentreer nie. Dit is 'n afwaartse spiraal, dink sy soos sy sukkel om haar oë oop te hou. Die rekenaar se skynsel, haar droë oë en uitputting neem hulle tol. Sy is moeg vir Hideaway Bay, die World Institute en Edgewater Investments. Sy het haar eie probleme om te hanteer.

Al wat sy wil hê is dat Jace terug by die huis kom en Harry veilig is.

Dit is natuurlik simpel. Die wêreld, saam met haar behoefte om 'n inkomste te verdien, sal nie net ophou omdat sy wil hê dit moet nie. Hoe vinniger sy met Zachary se verslag klaarmaak, hoe vinniger kan sy al haar energie aan die terugkryging van Jace en Harry skenk. Sy is so naby – al wat sy moet doen is om die Edgewater-verslag by te werk om die naweek se bevindinge te weerspieël en om die World Institute agenda aan te heg as bewys van Nathan se betrokkenheid. Dit gee Zachary genoeg bewyse om Nathan vir die bedrog te dagvaar, selfs al is van die kern dokumente weg. Uiteindelik is dit sy besluit om dit onmiddellik te verklaar of nie.

Maar iets pla haar steeds.

Zachary. Aan die een kant noem hy Nathan oneties, tog doen hy dieselfde ding – kapitaliseer op ander vir sy persoonlike gewin. Soos almal anders is hy uit op sy eie stukkie van die pastei. Teen enige koste.

Haar ooglede word swaar en sy baklei om hulle oop te hou. Sy moet die verslag vanaand klaarmaak as sy dit in die oggend aan Zachary wil oorhandig.

Wind stoot teen die studeerkamer vensters en die ligte flikker voor dit heeltemal uitgaan. Die rekenaar gaan ook af. Kat vloek binnensmonds toe sy besef dat sy nie die nuutste weergawe van haar verslag gestoor het nie. Die krag sal waarskynlik eers in die oggend herstel word. Sy kan net sowel 'n paar ure se slaap inkry.

Kat voel haar pad langs die gang na haar kamer toe en val op die bed sonder om ander klere aan te trek. Sy raak aan die slaap, droom van Jace. Die keer vind sy hom by Kurt se hut, maar elke keer wat sy nader kom, kom iemand tussen hulle.

HOOFSTUK 53

Kat skrik wakker. **Iemand hamer** aan die voordeur op die eerste vloer. 'n Kar se enjin grom en bande skree in die verte. Dan die gebreekte glas. Nog 'n brandbom? Of erger, probeer iemand inkom?

Sy struikel oor die trappe om die gang te bereik. Sy gly op die mat in die gang op die oomblik wat die glas breek. Wind ruis deur die voordeur se gebreekte glaspaneel. Sy sien die gebreekte glas op die houtvloer op dieselfde oomblik wat iets in haar voet indruk.

"Eina!" Kat verplaas haar gewig, maar dit maak die glas net verder indruk. Sy lig haar voet en voel die onderkant. 'n Stuk glas steek uit die vlesige deel van die bal uit. Sy trek dit uit. Iets taai spuit uit en drup op haar been. Bloed. Sy hou haar hand daaronder om te voorkom dat dit op die mat val. "Eina! Wat de hel...?"

Sy gryp die enigste ding wat naby is, Jace se sweetpakbaadjie, om die bloed te stop. Soos sy dit om haar voet bind sien sy die koordlose foon op die mat. Die projektiel wat die glas gebreek het. Verligting was oor haar, dit is nie 'n brandbom nie.

Dit is steeds donker buite, so sy kon nie vir meer as 'n paar uur geslaap het nie. Is die krag steeds af? Moet sy die polisie bel? Haar instinkte skop in voor logika doen. Sy draai die handvatsel en swaai die deur oop, hoop om die skuldenaar te vang voor hulle weg kom.

Sy hoef nie ver te soek nie. Oom Harry staan voor haar, alleen op die stoep in die middel van die storm. "Oom Harry? Wat doen jy hier?"

"Dis omtrent 'n verwelkoming, Kat. Sjoe." Hy vryf sy hande saam en bewe.

"Jammer, oom Harry. Ek is net verbaas om jou hier te sien. Waar is Hillary?" Die skreeuende bande moes van Hillary se Porsche gewees het.

Kat vee die slaap uit haar oë uit. Wat as sy die veerboot gemis het en nie hier was om die deur te antwoord nie? Harry sou nie geweet het wat om te doen nie. Hy sou nie sy pad huis toe kon vind nie en hy sou alleen buite vasgevang gewees het.

"Ek sien nie vir Hillary hier nie, doen jy?" Harry waai sy hand. "Kan en nou inkom?"

"Natuurlik." Kat beduie dat hy moet inkom. "Ek is regtig bly om jou te sien, jy het my net verras, dis al."

Harry se dementia het in net 'n paar dae drasties vererger. Is dit die stres om Hillary weer te sien? Die dokter het gewaarsku teen beduidende veranderings. Hillary tel beslis as 'n drastiese verandering.

"My seker nie hoor klop nie. Waarmee was jy besig?" Harry se tande slaan teen mekaar toe hy in die gang stop.

"Net bo gewerk." Kat maak die deur agter hom toe. Geen punt om Harry te sê hoe laat dit is nie. "Het iemand jou hier afgelaai?"

Oom Harry dra 'n ligte katoen windbreker, katoen broek en geen handskoene nie, klere gepas vir lente, nie Desember in Vancouver nie. Ten spyte van die yskoue temperature en vriesende reën, is sy nie-waterdigte klere amper heeltemal droog. Enige iets meer as 'n vinnige stappie van die straat en hy sou papnat gewees het.

"Nee. Ek het sommer oorgestap. Wat doen jy en Jace vir aandete? Ek het gedink ons kan sommer uitgaan." Harry trek sy skoene uit en hang sy baadjie in die gangkas.

Kat se skouers sak. Sy het koffie nodig om wakker te word. "Um, dit sal lekker wees, maar Jace is nie nou by die huis nie. Dalk kan ek iets vir jou maak?" Sy bestudeer haar oom, Harry se gesig is bleek. "Voel jy oukei? Jy lyk nie lekker nie."

"Ek is oukei. Wat het met jou voet gebeur?"

"Dis niks nie. Net op daai gebreekte glas getrap." Sy beduie na die gemors wat in die middel van die ingang lê.

"Dit is nie goed nie. As jy dit skoongemaak het, sou jy nie jouself gesny het nie."

"Ek weet, oom Harry." Kat sug en volg hom, vermy versigtig die glas. Hoe kan hy nie onthou dat hy die venster minder as vyf minute terug gebreek het nie?

"Jy seker dat Hillary jou nie hier afgelaai het nie? Jy was saam met haar, onthou?" *Onthou* glip uit voor sy haarself kan keer, maar Harry blyk niks agter te kom nie.

"Nee. Het haar vir baie lank nie gesien nie." Harry vee sy wenkbrou af. "Wil jy uitgaan om iets te eet?"

"Um, hoekom maak ek nie eerder vir jou 'n broodjie nie? Kom sit terwyl ek my voet skoonmaak." Sy lei hom na die kombuis toe, maak seker dat hy nie in die gebreekte glas trap nie.

"Oukei." Harry skuifel oor na die kombuistafel toe en sit.

Kat loop mank by die trappe op na die badkamer, probeer vermy om bloed op die mat te kry. Sy hou haar voet oor haar knieg terwyl sy in die badkamer se noodhulpkissie krap. Die glas het verder ingesny gedurende haar klim, ten spyte van haar moeite om nie daarop te trap nie. Sy bestudeer die sny aan die onderkant van haar voet. Dit is naby aan drie duim lank. Sy kreun toe sy die tangetjie gebruik om die glasstuk uit te haal.

Dit is moeilik om met al die bloed te sien, maar sy kry uiteindelik 'n duim-lang glas splinter uit.

Vyftien minute later, nadat sy haar voet skoongemaak het en 'n verband omgedraai het, hobbel sy by die trappe af na die kombuis toe.

Harry staan. "Jy loop mank, wat het gebeur?"

"Dis niks. Oom Harry, hoekom het jy nie net geklop nie?" Kat sleep haar verbande voet na die yskas toe en haal kaas en tamatie uit.

"Ek het, maar jy het nie geantwoord nie. Toe raak ek bekommerd dat iets fout is. Jammer oor die venster."

"Dis oukei." Alzheimers self is verbysterend. Somtyds onthou Harry niks van 'n minuut gelede nie, tog met dieselfde vraag 'n paar minute later kan hy alles onthou. Sy sny die kaas en tamatie en pak dit op twee snye volgraan brood.

"Het jy regtig hierheen geloop? Al die pad van jou huis af?" Haar voet klop nou en dit is moeilik om op enige iets anders te konsentreer. Rooi kolletjies slaan deur die lae van die wit verband.

"Dit is wat ek gesê het, Kat. Het jy reeds vergeet?" Harry staan en loop heen en weer.

"Jammer. Ek is moeg en dink nie reg nie. Weet jy regtig nie waar Hillary is nie?" Hillary moes hom hierheen gebring het, aangesien sy hom nie huis toe kan vat nadat sy die plek leeggemaak en op die mark gesit het nie. Ongeag Harry se geestestoestand sal hy beslis agterkom dat al sy goed weg is.

"Hillary? Sy is by die werk." Harry hou aan die toonbank vas. "Ek moet sit. Die kamer draai en ek voel siek."

Kat help hom terug na die kombuistafel toe. Wat sy vir reëndruppels gevat het is eintlik sweetdruppels. Sy voel aan sy voorkop. Dit is warm, ten spyte van sy gebewe. "Jy voel warm. Voel jy oukei?"

"Ek is oukei." Harry asem uit en val in die stoel in.

"Jy seker?" Sy skink 'n glas water in en gee dit vir hom, sien dat sy voorkop 'n blouerige skynsel het. "Jy lyk nie baie goed nie. Dalk sal 'n broodjie jou beter laat voel."

"Dit sal lekker wees, ek is honger. 'n Kaas en tamatie broodjie?"

"Ek dink ek kan dit doen. Ontspan jy net." Sy moet vinnig 'n versorger kry. Sy sny Harry se toebroodjie in die helfte en bring dit tafel toe, sit dit voor hom neer. Die dik verband op haar voet is nou heeltemal deurweek. Sy voel steeds glas in haar voet wanneer ook al sy gewig daarop sit.

Harry vat 'n paar happies, sit dit dan neer. Hy stoot die bord weg. "Ek kan nie nou eet nie, Kat. Ek kan nie eens daarna kyk nie."

"Maar jy het gesê jy's honger."

"Nee ek het nie. Hoe kan ek honger wees, ek het pas aandete geëet."

Kat sug. Dit is hoe dit met dementia is. Een oomblik is hy honger, die volgende nie. Daar is geen punt om met hom te redeneer nie. "Oukei, kom ons gaan."

"Waarheen?"

"Net vir 'n uitstappie." Die tydelike verband is nie genoeg om die bloed te stop nie. Sy het steke nodig. Nie net dit nie, maar sy sal haarself na die hospitaal toe moet bestuur. Gelukkig is dit nie haar bestuurvoet nie.

Soos sy Jace se karsleutels gryp, val haar oë op Harry se koordlose foon. Die projektiel wat gebruik is om die glas te breek wat steeds in die middel van die ingangsportaal lê. Hoe die foon Hillary se skoonmaak oorleef het, is 'n misterie, tensy Harry dit in sy sak gehou het. Dit is in elk geval onbruikbaar sonder die mik. Kat tel dit op en sit dit op die gangtafel neer. Sy sal die venster in die oggend regmaak. Sy dink daaroor om dit te beveilig, maar het nie nou die energie om vir kleefband te soek nie. Nie dat dit saak maak nie. Daar is niks in die huis wat sy nie kan bekostig om te verloor nie. Alles wat sy koester is weg – Jace, die Harry voor dementia en meeste van alles, enige gevoel van hoop. Sy is eenvoudig te uitgeput om verder te baklei.

HOOFSTUK 54

Kat steek haar nek uit om die gemonteerde televisie in die ongevalle wagkamer se sien. Soos die gevlekte materiaal stoele, is dit vasgebout. Blykbaar sonder ergonomiese oorwegings, aangesien dit op 'n ongemaklike manier buig, amper dakhoogte. Hoeveel ongevalle pasiënte het televisies weggedra om so 'n besluit te regverdig?

Oom Harry staar nikssiende in die lug op, doof tot die geluide van skreeuende babas, laat aand dronkaards en die algemene geraas in die oorvolle wagkamer.

Kat probeer om die nuus bo die gedruis te hoor. Aan die onderkant van die skerm rol skrif en 'n inligtingsraam flits aan die regterkant. Op wat van die res van die skerm oorbly, staan die verslaggewer voor die Tides Resort by Hideaway Bay.

"Oom Harry – ons was pas daar!" Kat beduie soos die kamera van die verslaggewer wegdraai, 'n klein blondine wat 'n Gore-tex baadjie met die televisiekanaallogo dra. Soos die kamerahoek groter word kom 'n man in sig. Dit is Roger Landers, wat dieselfde klere as gister dra. Dit is steeds lig buite. Dit moes opgeneem gewees het net na sy verdwyning uit die polisiestasie.

"Hê?" Harry se kop ruk op.

"Die TV. Kyk." Kat beduie na die monitor.

"Lyk na wat?"

"Maak nie saak nie." Kat staan op en loop mank nader aan die televisie sodat sy beter kan hoor.

"Ek het gesien hoe Svensson die oord verlaat, onvoorbereid, dit is toe dat ek die ergste vermoed." Roger Landers beduie na agter hom met een hand en hou 'n afskrif van sy boek in die ander.

"Wat?" spoeg Kat uit.

'n Paar vrouens aan die teenoorgestelde kant gluur Kat aan.

Leuenaar. Roger Landers was nie in Hideaway Bay toe Svensson verdwyn het nie. Dit is onmoontlik dat hy Svensson op die aangewese dag kon sien gaan het. Hy het op dieselfde veerboot as Kat aangekom. Svensson is teen toe reeds dood.

Die verslaggewer por hom aan. "Dit is toe dat jy die alarm laat afgaan het? Dat dit nie selfmoord was nie."

"Dit is reg. Baie mense wou Fredrick Svensson dood hê. Sy sienings op valutahervorming is baie kontroversieel."

Die kamera zoem op die verslaggewer in. "Fredrick Svensson is 'n Nobel-genomineerde ekonoom. Sy navorsing op monetêrebeleid is revolusionêr en die basis van die huidige besprekings rondom valuta-hervorming. Hy het een gemene internasionale geldeenheid deur sy hele dertig-jaar lange loopbaan voorgestel, toe verander hy skielik van plan. In 'n nota wat kort voor sy dood geskryf is."

Die skerm verander na Svensson se toespraak in Stockholm. Kat sien weer die vrou wat agter Svensson staan. Die keer is sy absoluut seker. Dit is Angelika, die skoonmaker by die Tides Resort.

Kat is steeds verbyster oor Angelika se skoonmaker vermomming. As hulle minnaars was soos Kat aanneem, verduidelik dit Angelika se teenwoordigheid in Hideaway Bay. Is sy betrokke by Svensson se moord? Kan sy die vrou wees wat die dag wat hy verdwyn het, saam met hom gesien is?

Het Angelika nog onafgehandelde besigheid in Hideaway Bay?

Kat besef iets anders. Hoekom het Landers op die veerboot na Hideaway Bay vir haar weggehardloop. Om op die veerboot gesien te word sou sy weergawe van gebeure ongeloofwaardig maak. Landers kan nie beweer dat hy Svensson gesien het as hy nie daar was nie. Volgens die polisie is Landers die enigste ooggetuie behalwe die onbekende vrou wat die tyd van Svensson se verdwyning kan gee. Dit maak die tydsberekening van sy verdwyning verdag. Wat as hy veel vroeër verdwyn het?

Kat loop mank terug na haar stoel toe, skielik weer bewus van die kloppende voet. Sy sit dit op die tafel voor haar, ignoreer die vuil kyk van 'n middeljarige man oorkant haar.

Landers probeer 'n storie opstel. Is dit opgestel om mooi in te pas met wat hy in sy boek voorstel? Of is dit iets anders?

Die verslaggewer hou haar mikrofoon voor Roger Landers soos die kamera uitzoem.

"Sy skielike verandering van mening was 'n skok vir almal," sê Landers. "Hy is eintlik besig om sy eie teorie oor valutahervorming te verdryf. Die basis vir sy Nobel-nominasie."

"Het die polisie enige leidrade op Svensson se moord?"

Dit is vir Kat eienaardig dat hierdie vrae aan Landers gerig word, en nie die polisie nie. Die polisie van so 'n klein plek sal sekerlik self op kamera wil verskyn. Svensson se moord is die grootste ding wat vir dekades in Hideaway Bay gebeur het, dalk ooit. So waar is Kravitz?

"Daar is een leidraad in besonder," sê Landers. "Nog 'n man het rondom dieselfde tyd as Svensson verdwyn."

Landers het dit nie in hulle hotelkamer genoem nie.

Kat kyk na Harry. Hy het ingesluimer, kop op sy bors.

"En wie is dit?" Die verslaggewer blyk Landers af te rig, asof sy die antwoord weet.

"Jace Burton. Hy is 'n soek-en-redding vrywilliger wat met die area vertroud is. Hy het onlangs sy werk verloor en mag beslis ontsteld wees. Hy ken al die gevaarlike plekke, insluitend die kranslys waar Svensson geval het. Of afgestamp is." Die skerm wys 'n foto van Jace.

Kat se mond hang oop. Landers is besig om Jace op te stel. Landers weet dat Jace nie op die roete was nie. Sal hy só ver vir 'n storie gaan? Is dit wat Landers na Kurt se hut toe gebring het? Om bewyse te plant?

Landers is die krimineel wat in Kurt se hut ingebreek het. Is hy betrokke by Svensson se verdwyning of smeer hy net iets vir iemand anders toe. Soos Nathan Barron?

Jace is reg.

Niks maak saak tot dit met jou gebeur nie. Dan is dit altyd die moeite werd om voor te baklei. Kat hoop net dat dit nie te laat is nie.

HOOFSTUK 55

"**Kat? Die verpleegster roep** jou." Harry beduie na die groot verpleegster wat voor die dubbeldeure wag. Haar blom-patroon uniform aksentueer die rolle vet wat baklei om los te breek. Sy verplaas haar gewig van die een voet na die ander, lyk moeg.

Kat kan nie glo dat sy in die wagkamer aan die slaap geraak het nie. Te min slaap en die stres van oor en weer na Hideaway Bay toe hardloop, het sy tol geëis. Sy staan op en loop agter die verpleegster aan, beduie dat Harry moet volg.

Hy skuifel langs haar. Selfs met haar mank voet moet sy stadiger vir hom loop.

Die verpleegster lig haar wenkbroue en kyk vir Harry.

"Hy kom saam met my," sê Kat. Sy los hom nie in nog wagkamers nie.

Die verpleegster kyk na haar en knik haar kop na 'n vinnige kyk na Harry. Sy lei hulle in 'n saal met beddens teen die muur in. Gordyne verdeel elke bed om die illusie van privaatheid te skep. Stemme styg en val in toon en volume en Kat se ore tel 'n paar gesprekke op soos sy na die aangrensende bed hobbel.

Die verpleegster stop halfpad in die saal en beduie vir Kat om te lê. Sy lig Kat se beseerde been en staar in die lug in.

Minute later kom die dokter aan. Hy is dertig-iets, maer met 'n bleek vel en bleswordende haarlyn. Kat vertel van die ongeluk terwyl hy die verband afhaal en haar voet ondersoek.

Die dokter hou 'n stuk glas met sy tangetjie op. "Hier is die probleem. Jy het nog steeds 'n stuk glas daarbinne gehad. Jy het steke en 'n Tetanus inspuiting nodig." Hy glimlag en skryf iets op 'n nota-boek neer. "Dra volgende keer skoene."

Hy draai op sy stoel om en gooi die tangetjie in 'n bakkie langs hom neer. Hy draai terug, maar stop die keer by Harry. "Jy lyk nie goed nie. Voel jy oukei?"

Harry se gesig is rooi en hy sweet ten spyte van die koudheid in die groot kamer.

"Ja." Harry vee sy wenkbrou af. "My maag is bietjie omgekrap."

Dr. X gryp 'n tong afdrukker van sy tafeltjie af en rol sy stoel na Harry toe. "Maak asseblief jou mond oop."

Harry willig in.

"Wanneer het jy laas geëet?"

"Um, nie onlangs nie. Ek het nog nie vandag geëet nie."

Kat onderbreek. "Hy het 'n half uur gelede geëet. 'n Happie van 'n kaas en tamatie broodjie. Sy trek haarself in die bed op en glimlag vir die dokter. "Hy vergeet somtyds."

Harry staar vorentoe, konsentreer duidelik terwyl die dokter met die tong afdrukker druk.

Die dokter draai na Kat toe. Sy gesig 'n masker, die vriendelike geselsies weg. "Ek wil hom graag opneem, toetse doen. Dit kan griep wees of iets ernstiger. Ons sal hom oornag moet hou."

Harry se ore tel dit op. "Ek gaan nie oornag hier bly nie. Ek moet by die huis kom."

"Jy is nie gesond nie, Mnr. Denton. Dit is nie 'n goeie idee vir jou om huis toe te gaan nie."

"Wel, in daardie geval..." Harry se skouers sak. "Ek kan nie huis toe gaan as dit nie veilig is nie."

"Ons moet net iets ernstig uitskakel Mnr. Denton."

"Oukei, dok." Harry sug en kyk na Kat.

Sy knik haar kop in ooreenkoms.

Die dokter klap Harry op die skouer en gaan, vermy Kat se blik.

"Moenie bekommerd wees nie, oom Harry. Ek sal na jou huis gaan kyk, seker maak dat alles gesluit is. Ek sal in die oggend terug wees om jou huis toe te vat." Harry lyk siek. Selfs met die dementia is hy besig om vreemd op te treë. Dit sal goed vir hom wees om uitgekyk te word. Dit los ook 'n ander probleem op: sy kan nie juis Harry vat om sy leë huis te gaan sien nie. Sy kan dalk selfs Hillary opspoor en haar oor die huis konfronteer. "Jy seker, Kat? Jy gee nie om nie?"

"Natuurlik gee ek nie om nie. En die hospitaal is die beste plek om te wees as jy nie goed voel nie. Hulle sal mooi na jou kyk."

Die swaar verpleegster verskyn weer en beduie na Harry. "Volg my Mnr. Denton."

Harry draai na Kat toe, onseker. "Oukei, Kat. Ek sal maar bly."

"Oukei oom Harry. Ek sal jou gou weer sien." Kat gee Harry 'n drukkie en die verpleegster lei hom weg. Maar dit is nie oukei nie. Harry is siek, al sy besittings is weg en sy finansies is buite beheer. Jace is vermis en nou 'n moord verdagte – ten minste in Landers se oë. Wat kan sy doen? Hulle lewens splinter in stukkies in, so vinnig dat sy dit nie meer kan optel nie.

HOOFSTUK 56

Kat klim Dinsdag oggend by die hysbak op die tiende vloer uit, meer ontspanne ten spyte van net 'n paar ure se ononderbroke slaap. Haar voet voel baie beter en sy het daarin geslaag om die gebreekte venster te beveilig. Dit het selfs ophou reën. Sy het dadelik terug hospitaal toe gegaan, aangesien sy besluit het om nie terug na Harry se huis toe te gaan nie, nie tot sy met Hillary gepraat het nie.

Sy volg die aanwysings na die bejaarde sorg saal. Sy sien Harry in 'n stoel by die verpleegster se stasie, besig om met twee verpleegsters te gesels. Sy glimlag soos sy na hom toe stap. Oom Harry lyk alreeds baie beter en die kleur in sy gesig is terug na normaal.

"Oom Harry? Ek is terug."

Harry draai en gee haar 'n breë glimlag toe hy haar sien. "Wat doen jy hier, Kat?"

"Ek het vir jou kom kuier. Hoe voel jy?"

"Ek is oukei." Harry fluister. "Kan jy sien ek werk? Ek kan nie nou praat nie."

"Jy is in die hospitaal, oom Harry."

"Die hospitaal? Moenie simpel wees nie." Harry beduie na 'n ry stoele aan die oorkant van die gang. "Wag daar, ek sal in my koffiebreuk met jou kom praat."

Die twee verpleegsters bestudeer Kat, maar hulle uitdrukkings bly onveranderd. Die ouer een sê iets vir die tweede een, marsjeer dan om Kat af te sny. "Dr. Konig wil met jou praat. Wag asseblief hier."

"Oukei." Kat stap na Harry se stoel net toe 'n maer rooikop om die hoek aangehardloop kom, bots amper met Kat en die verpleegster."

"Um, Dr. Konig, hierdie is Harry Denton se niggie. Sy het hom gisteraand ingebring." Die verpleegster keer terug na die verpleegster stasie toe, los Kat by die dokter.

Die dokter knik en bestudeer Kat. Sy sê niks nie.

Kat hou haar hand uit, maar die dokter ignoreer dit en kruis haar arms.

"Ons het jou oom se voorlopige toetsuitslae teruggekry." Die dokter se oë slaan in hare in, kyk vir haar reaksie.

"Is dit nog griep?" Kat verplaas haar gewig van haar seer voet af. "Hy het 'n paar weke terug daarmee baklei, maar dit het gelyk of hy uit dit kom."

"Nie heeltemal nie. Hy is vergiftig."

Kat val amper agteroor. "Vergiftig? Dit is onmoontlik. Is jy seker?"

"Ja, ek is seker." Die dokter knik, haar mond 'n dun, harde lyntjie. "Dit is wat die toetse wys. Harry sê hy bly alleen, is dit waar?"

"Hy doen, maar ek verstaan nie. Ek maak al sy kos. Ons eet gewoonlik ontbyt en middagete saam. Hy kom elke dag saam met my werk toe en bly vir aandete by ons huis. Gewoonlik, dit is. Ek is vir 'n paar dae weg gewees."

"Jy het hom vir 'n paar dae nie gesien nie? Ek dog jy sorg vir hom?" Sy snork. "Hoe gereeld sien jy hom?"

Kat hou nie van die toon van die dokter se stem nie. "Soos ek gesê het, elke dag, maar ek was vir die laaste paar dae weg vir werk. Dit kon nie verhelp word nie. Maar ons eet dieselfde kos. Moet ek nie ook siek wees nie?"

Die dokter bestudeer haar. "In teorie."

Kat voel ongemaklik met die manier wat Dr. Konig vir haar staar.

"Jy dink sekerlik nie dat ek – nee!" Kat treë terug. "Jy dink ek het hom vergiftig? Dis malligheid."

"Dit maak nie saak wat ek dink nie, Me. Carter. Ek het my mediese assessering aan die gesondheidsowerhede oorhandig. Hulle sal bepaal wat die volgende stap is."

"Wat bedoel jy, die volgende stap?"

Dr. Konig gluur Kat aan en gee 'n besigheidskaartjie vir haar. "Hier is die nommer." 'n Maatskaplike werker sal jou in die volgende paar dae bel. In die tussentyd hoop ek jy sal verstaan dat ons jou oom nie in jou sorg kan oorlaat nie. Verder, al jou besoeke sal onder toesig plaasvind."

Kat kyk na Harry. 'n Sekuriteitswag het twintig voet of so weg gematerialiseer, naby aan die ingang. Sy oë ontmoet Kat sin voor hy wegkyk.

"Onder toesig?" Kat se stem breek. "Dit maak nie sin nie. Jy dink nie dat ek hom vergiftig het nie?"

Dr. Konig pers haar lippe saam, maar sê niks nie.

"Ek sal nooit my oom seer maak nie. Daar moet 'n fout wees."

"Ek moet voorsorg tref. Nou, as jy my sal verskoon." Dr. Konig draai om en loop weg. Kat se oë volg haar soos sy by die gang afstap.

"Jy verstaan nie. Ek het niks gedoen nie." Kat volg Dr. Konig. Sy stop toe sy agterkom dat die sekuriteitswag nader kom. Sy sluk die knop in haar keel. Sy voel soos 'n krimineel. Sy gil agter die dokter aan. "Kan jy weer die toets nagaan? Daar moet 'n fout wees."

Die dokter bly egter loop. Sy verdwyn om die hoek aan die einde van die gang.

Kat sidder. As Harry regtig vergiftig is, het sy dit nie gedoen nie... dis los net een persoon met vier-en-twintig uur toegang tot Harry. Hillary. Maar selfs sy sal nie so ver gaan nie, sal sy?

"Kat?" Harry se stem word harder, opgewerk. "Vat my huis toe."

Die sekuriteitswag stop en bestudeer sy voete, vermy oogkontak. Hy staan naby die verpleegster stasie, net 'n paar voet van Harry af weg. Wag seker vir haar om te loop.

"Ek kan nie, oom Harry." Kat se gesig word rooi soos sy baklei om nie te huil nie. Hierdie is nie hoe dinge veronderstel is om te wees nie.

Een vir een word almal vir wie sy omgee weggesteel. Sy staar na die kaartjie wat Dr. Konig vir haar gegee het. Die woorde verdof deur haar trane; een of ander gemeenskap gesondheidsorganisasie met 'n lang naam. Hoekom sal hulle haar glo? Sy draai op haar hakke om, voel verneder, al weet sy regtig nie hoekom nie.

"Wat bedoel jy, jy kan nie?" Sy gesig word rooi. "Moenie my hier los nie, Kat. Jy moet my hier uit kry."

"Ek is jammer. Ek sal so gou as moontlik terug kom." Kat draai weg, versmoor onder emosie. Harry sal nie verstaan nie.

Sy stop in haar spore en knip haar oë, seker dat sy dinge verbeel, maar sy doen nie.

Hillary stap by die gang af, armbande klingelend. Sy dra 'n lang swart snyersbaadjie en ontwerper stewels met vier-duim hakke. Geen twyfel met Harry se kredietkaart gekoop. Hillary waai in die rigting van die verpleegster stasie, flits dan haar tande vir Kat. Kat ignoreer haar.

Hillary hardloop na Dr. Konig toe. Sy grimlag vir Kat voor sy saam met Dr. Konig in 'n klein kantoor in verdwyn. Sy maak die deur agter haar toe.

Dit is toe dat Kat die bitter lemoensap in Harry se yskas onthou. Sy het dit dieselfde dag geproe wat sy siek gevoel het. Sy het net aangeneem dat dit af is.

Harry drink 'n paar glase lemoensap 'n dag; meer as Kat se klein slukkie. Hoe lank is daar al iets in? Sy moet haar hande op die lemoensap kry en dit laat toets. Sy hoop net dat sy nie te laat is nie.

HOOFSTUK 57

Kat sit oorkant Zachary Barron, afgelei deur Harry se prognose en Dr. Konig se beskuldigings. En meeste van alles, die lemoensap by Harry se huis.

Zachary leun agteroor in sy leer armstoel, hand agter sy kop gevou. "Al enige bewyse gevind?"

"Ja en nee." Kat vertel van die gebeure in die hotelkamer saam met Nathan en Victoria, laat niks uit nie. "Ek het nie meer die World Institute papiere nie, maar dit is alles in my verslag gedokumenteer." Sy het die verlore weergawe vinnig herstel nadat sy Harry by die hospitaal gelos het. Sy sal nie toelaat dat Zachary die ontbloting van Nathan se Ponzi-skema verder uitstel nie.

"Wanneer jy daai World Institute dokumente van Nathan terug kry, kan ons volgende stappe bespreek." Zachary staan op en verskoon haar.

Kat loop nie. Hy kan nie die dokumente as 'n verskoning gebruik om die onvermydelike uit te stel nie.

"Zachary, jy kan nie aanhou om hierdie in die toekoms in te stoot nie. Jy het genoeg bewyse sonder die World Institute dokumente, dit voeg net nog 'n laag by. Ons albei weet dat Edgewater 'n Ponzi-skema is. Jy is dit aan jou beleggers verskuldig om dit nou aan te meld."

"Ek is nie seker dat *skuld* die regte woord is nie, Kat. Kyk hierna." Zachary draai sy rekenaar monitor om sodat Kat kan sien. "Ek is tien persent op van gister af. Tien persent. Ek verhandel vir my eie rekening, en ek sal al my eie profyt gebruik om die fonds se verliese op te maak. Gee my nog 'n week en die beleggers sal elke sent terug hê, en meer. Ek sal hulle heel maak, asof niks hiervan ooit gebeur het nie."

"Iets soos dié moet aangemeld word." Hoe dink Zachary dat hy biljoene in minder as 'n week kan terug maak? Selfs al is dit moontlik, hoekom het hy dit nie vroeër met die fonds gedoen nie? Geen van sy vorige verhandelings het naby hierdie opbrengste gekom nie. Of, hulle sou nie as dit werklik uitgevoer is nie. "Dit is nie 'n speletjie nie, Zachary."

"Natuurlik is dit. Die hele monetêre stelsel is 'n speletjie. Elke land se geldeenheid word gemanipuleer. Jy is sekerlik nie so naïef nie? Ek sal Nathan se bedrog aanmeld, maar eers as ek al die beleggers se geld terug gemaak het."

"Zachary, hierdie is regte mense. Met regte verliese. Hulle verdien om onmiddellik te weet. Nóú, nie in twee weke nie."

"Jy dink ek weet dit nie? My belegging in die fonds is groter as enige iemand anders sin."

So dit is die rede. Nou maak Zachary se ommekeer sin. Dit is alles vir eie gewin.

Zachary loop om die lessenaar. "Kyk so daarna. As ons eers Nathan onthul, sal hulle die fonds toe maak, Edgewater se bates vries en die verliese is permanent. Edgewater verklaar bankrotskap en die hele gemors verander in jare se hofsake in."

Kat skud haar kop. "Jy kan nie ernstig wees nie."

"Natuurlik is en ernstig. Ek gaan eers my geld terug kry. Nathan gaan nêrens heen nie. Hy sal steeds aangekla word, maar ten minste sal die beleggers nie finansieel vernietig wees nie."

"Hoe kan jy moontlik soveel geld in twee weke maak?"

"Dit gaan nie maklik wees nie, maar dit kan gedoen word. Die hele internasionale monetêre stelsel is kunsmatig. My verhandelings. Die valuasie van elke land se geldeenheid. Selfs die World Institute se internasionale geldeenheid, wanneer ook al hulle besluit om dit te probeer. Dit is heeltemal verwyder van die werklike waarde van dinge en is al so vir dekades. Kyk hierna." Zachary trek sy beursie uit sy sak uit en trek 'n dollar uit. Hy laat dit op die lessenaar val. "Wat sien jy?"

Kat speel saam. "'n Dollar."

"Dit is wat daarop staan, maar wat is 'n dollar? Dit is net 'n belofte om te betaal. 'n Spoggerige skuldbrief van die regering. Dit is in essensie waardeloos."

"'n Vreemde ding vir iemand soos jy om te sê. Jy verhandel in geldeenhede vir 'n lewe."

"Nee, wat vreemd is, is dat ons in die eerste plek ons papier geld verhandel vir items van waarde. Lank gelede is daai papier met goud ondersteun. Nie meer nie. Voor goud het ons vir dinge onderhandel. Dalk geld vir kos. Iets van waarde is in ruil vir iets anders gegee. Dit is nou anders. Die belofte is nie die papier werd waarop dit gedruk is nie. Die papier geld wat vandag gedruk word, steek die waarde van die bates wat dit ondersteun verby, by die duisende, of meer."

"Wat het dit met Edgewater of Nathan se bedrog te doen?"

"Dit het alles daarmee te doen. Om Nathan se bedrog aan te meld beteken om dit te ontrafel. Ons praat van 'n massiewe aantal geld, Kat. Soveel dat dit gevolge ver verby Edgewater en die fonds het. Geld is gebruik tot die punt dat niemand weet wat agter dit steek nie, wat meer aangaan nie. Enige skielike skokke en die hele finansiële stelsel tuimel inmekaar."

"Jy oordryf. Edgewater se fonds is net 'n fraksie van die geld in sirkulasie. Jy kan sekerlik nie dink dat dit die internasionale finansiële stelsel kan destabiliseer nie. Dit gaan nie gebeur nie."

"Ek praat nie oor Edgewater self nie, Kat. Lyk na waar die gesteelde geld gegaan het. Na 'n geheime organisasie wat die wêreld se geldeenhede wil vervang. As mense hiervan hoor, sal hulle al hulle vertroue in die regering verloor, al hulle monetêre stelsels. Hulle sal al hulle beleggings oproep. Banke bestorm. Daar is nie genoeg geld om dit te keer nie."

"Jy kan nie ernstig wees nie. En moet dit nie as 'n verskoning gebruik om die onvermydelike uit te stel nie."

"Ek doen nie. Ek sê net, alles is verbind."

"Jy vertel my dat die internasionale monetêre stelsel net uit dun lig geskep word?"

"Basies. Dit is 'n baie groot poker spel. Almal dink hulle hande gaan wen. So lank as wat dit die geval is, hou hulle, en alles is goed. Die minuut wat hulle vou is hulle in die moeilikheid. Ons kan nie toelaat dat almal hulle geld op dieselfde tyd vra nie."

"Maar Nathan het Edgewater beroof. Jy het self gesê dat jy hom wil vernietig."

Hy sê niks nie.

In Daardie oomblik sien Kat dat Zachary presies dieselfde as Nathan wil hê, absolute mag. Hy het net 'n ander manier om dit te kry. Nathan wil die monetêre stelsel self beheer. In kontras hiermee wil Zachary verhandeling gebruik om dit uit te buit. Beide het dieselfde eindresultaat. Waardes gemanipuleer vir hulle eie persoonlike gewin.

"Ek gaan hom vernietig, maar nie ten koste van die marke en my lewensbestaan nie. Ek gaan eers die geld terugkry. Dan sal ek dit aangee. Moenie Edgewater se beleggers indoen nie, Kat. Jy sal dit vir jouself ook vernietig. Vir almal."

"Wie bestuur dit? Een of ander tyd sal hulle moet betaal. Om te wag maak dit net seerder."

"Niks is onvermydelik nie." Zachary draai die monitor terug. "Hoeveel Ponzi-skemas dink jy gaan op die oomblik in die wêreld aan?"

Zachary wag nie vir haar antwoord nie. "Honderde? Nee, duisende. Oral oor die wêreld, groot en klein. Meeste sal nooit ontbloot word tot daar 'n kontant tekort is nie. Solank as wat opbrengste, geld verskaffing en beleggers bly groei, weet niemand nie."

"Dit is dieselfde met die internasionale monetêre stelsel. Die bates wat dit ondersteun is 'n fraksie van die papier geld wat sirkuleer. Dit maak staat op mense wat nie hulle geld oproep nie. Solank as wat niemand 'n paniek slaan nie, bly genoeg belê en alles werk. Geld bly in die banke, en beleggers hou geld in hulle fondse. As dit nie 'n speletjie is nie, weet ek nie wat is nie. Dit is gevaarlik om iemand se bluf te roep wanneer dinge nie in jou guns tel nie."

"Ek verstaan nie, Zachary. Wat het geword van Nathan blootlê?"

"Hy sal kry wat hom toekom. Nadat ek sy verliese terug gemaak het."

Kat spring toe haar selfoon lui. Sy kyk na die skerm. Dit is die hospitaal. Sy sal Zachary later hanteer. "Ek moet hierdie antwoord."

Die vrou op die foon klink haastig. "Ek het 'n pasiënt hier, dring aan daarop om jou te sien. Hoe vinnig kan jy kom?"

Oom Harry moet beter voel. Die verpleegster is beslis meer beleefd as twee aande gelede. Sy besef nie dat Kat die een is wat Harry na die hospitaal toe gebring het nie. "Hoe gaan dit met hom?"

"Nie sleg nie. Wel 'n bietjie onsamehangend. Mompel iets oor 'n organisasie en geld."

Vreemd. Harry sluit gewoonlik haar finansies besprekings uit. In elk geval, sy is seker dat hy dit nie sal onthou nie.

"Ek was van plan om in 'n paar uur te besoek," sê sy. Die verpleegster se houding is heeltemal anders as in die besoeke wat onder toesig is en haar suspisieuse kyke. Wat het haar van plan laat verander?

"Ek hoop dat jy vinnig hier kan kom, dit sal hom dalk kalmeer. Hy dreig om te loop en ek kan hom nie keer nie. Hy het regtig mediese sorg nodig."

"Dit is dementia," sê Kat. "Hy raak maklik gefrustreerd in onbekende plekke." Kat is verbaas dat Harry selfs die World Institute en Nathan Barron onthou, nie te min om oor hulle te praat nie.

"Dementia? Ek dink nie so nie. Hy kom normaal vir my voor."

"Hy lyk eers oukei, dan herhaal hy homself binne minute." Hoe kan 'n mediese professionele die tekens mis? Harry lyk deurmekaar binne minute van 'n gesprek.

"Hy het nie sover nie. Ek kan jou verseker dat hierdie ou nie dementia het nie. In elk geval, hy is heeltemal te jonk."

"Te jonk?" Oom Harry kan jare jonger lyk as wat hy is, maar hy is steeds 'n bejaarde. "Hy is tagtig."

Die verpleegster lag. "Tagtig? Ek dink nie so nie. Praat ons oor dieselfde ou? "Sy wag nie vir Kat om te antwoord nie. "Hy het nie identifikasie nie. Net 'n selfoon. Dit is hoe ek jou nommer gekry het. Dit is in sy foon geprogrammeer as 'n noodgeval kontak."

Kat se hart slaan 'n klop oor. "Bruin hare, blou oë? Ses-drie of so?"

"Klink omtrent reg."

Hy is lewendig. "Sy naam is Jace. Jace Burton."

HOOFSTUK 58

at jaag in rekord tyd na die hospitaal toe, ten spyte van die verkeer, 'n vier-kar ongeluk en onmoontlike parkering. Sy parkeer in 'n wegsleep sone, al twyfel sy dat die bakkie daar gaan wees as sy terug kom. Wie gee om? Dit is die moeite werd om hier te wees.

Jace staar van die hospitaalbed op. Die regterkant van sy gesig is vol kneusplekke, sy oë toe geswel. "Vat my huis toe."

"Wie het hierdie aan jou gedoen?" Kat sit aan die kant van Jace se hospitaalbed en vryf oor sy voorkop. "Nathan Barron?"

Jace kreun. "Wat het Nathan Barron met enige iets te doen?"

"Hideaway Bay? Die hotelkamer? Onthou jy nie? Jy het langsaan saam met Roger Landers gegaan."

Hy krap sy kop. "Al wat ek onthou is dat ek in 'n kamer saam met jou en Roger Landers was. Jy was kwaad omdat hy alles in ons mini-yskas geëet het. Ek het nie Nathan Barron gesien nie. Ten minste, ek dink nie ek het nie." Jace frons. "Hoe het ek hier gekom?"

"Ek weet nie." Kat sluk die knop in haar keel. "Maar jy is al vir dae vermis. Ek dog ek sien jou nooit weer nie."

"Dae?" Hy vat haar hand en druk dit.

"Jy onthou nie dat jy langsaan gegaan het nie?"

"Nee." Jace skud sy kop. "Dit is alles 'n groot leemte."

Kat vertel hom van die onderonsie met Nathan en Victoria. "Dieselfde ding het waarskynlik met jou gebeur. Onthou jy dat jy hom gesien het? Of Victoria Barron?"

"Ek, ek weet nie. Iets anders het gebeur, ek kan dit nie heeltemal onthou nie." Jace frons. "Ek dink iemand het aan die deur geklop..."

"Probeer onthou, Jace. Jy het langsaan saam met Roger gegaan, die World Institute dokumente en my skootrekenaar saamgevat. Die skootrekenaar was steeds daar toe ek daar was. Weet jy wat met die dokumente gebeur het? Het Roger hulle gevat? Of Nathan Barron?"

Jace kyk in die kamer rond. "Ek probeer, maar dit wil net nie terug kom nie. Waar is my klere?"

Kat staan, voel 'n opwelling van hoop. Kan die dokumente in hierdie kamer wees? Dit is die sleutel tot die skakeling van Nathan Barron en beide Research Analytics en die World Institute. Die agenda en vergadering notules is besonder inkriminerend en 'n kritieke deel van Zachary se ondersoek.

Sy kyk rond, maar sien niks van Jace se persoonlike besittings in die klein hospitaalkamer nie.

"Jy was besig om 'n storie oor die World Institute te skryf. Jy en Landers het die internasionale monetêre stelsel en die World Institute se plan vir 'n enkele internasionale geldeenheid bespreek. Jy het my skootrekenaar en die papiere gehad."

En ons het baklei. Sy hoop dat Jace daai deel nie onthou nie.

"Die agenda? Jy wou nie gehad het dat Landers dit moet kry nie." Jace probeer homself tot 'n sittende posisie lig. Hy vloek en laat sy kop terug op die kussing sak.

Kat hou haar hand op om hom te keer. Sy druk die knoppie aan die kant van die bed tot die bed Jace stadig opdruk in 'n half sittende posisie in.

"Jy onthou wel! Wat het met dit gebeur?" Kat kyk in die kamer rond en sien 'n paar laaie in die muur ingebou. Sy beweeg om die bed en maak hulle een vir een oop.

"Ek weet nie." Jace gaap en strek sy arms. "Ek onthou die kamer 'n bietjie, maar alles is dof."

Jace noem ook nie sy half-geskryfde storie nie. Het hy daarvan vergeet? "Ek het uitgevind hoekom die *Sentinel* jou verbandbedrog storie getrek het. Kyk hierna." Kat wys die storie vir hom. "Kyk na die adres – 422 Cedar Straat."

Jace gee haar 'n leë staar.

"Global Financial se adres is 422 Cedar Straat."

"Ek volg nie." Jace gryp die plastiese koppie langs sy bedkassie af en suig deur die strooitjie.

"Global Financial, die maatskappy wat jy in jou verbandbedrog storie ontbloot het, het dieselfde adres as Beecham, Edgewater se opgemaakte ouditeurs." Al het Jace Beecham nagevors, het net Kat die werklike 422 Cedar Straat besoek.

"Dit is verbind?" Jace spring uit die bed op, mors die water oor sy hospitaaljurk. "Daar is baie aktiwiteit vir 'n leë erf."

"Jy was reg oor Pinslett, Jace. Ek werk nog die besonderhede uit, maar dit lyk of Global Financial se verbandbedrog Pinslett se bydrae tot die World Institute was. Net soos Nathan Barron geld van Edgewater oorgedra het, so ook het Pinslett. Behalwe Pinslett se befondsing het deur Global Financial gekom."

"Jy het die geld gevolg en dit het jou na die misdaad gelei." Jace vee die water met sy hand weg.

Kat knik. Om dieselfde adres te vind was 'n gelukkige breuk. Forensiese rekeningkunde is dan weer ook betrokke in die skepping van jou eie geluk. Die soek vir die patrone in die data verskaf dikwels leidrade, in dié geval 'n gedeelde adres. Dit is die katalisator wat die saak wawyd oop gebreek het. "Dit bewys dat wie ook al agter die verbandbedrog sit ook met die World Institute verbind is. Wie het die vermoë en begeerte om 'n storie uit die *Sentinel* te onttrek en is ook aan die World Institute verbind?"

"Gordon Pinslett." Jace trek die beddegoed van hom af en swaai sy bene oor die bed. "My storie. Ek moet hier uit kom."

"Jy gaan nêrens nie, skat."

Kat stop haar laai soektog en draai na die deur toe.

'n Mollige verpleegster stap in. Haar rubber sole piep op die linoleum vloer terwyl sy na die bed toe stap. "Nou, lê weer. Hoe meer jy ontspan, hoe vinniger sal jy hier uit wees."

Die verpleegster hou Jace se arm op. Dieselfde voorarm wat in die vuur gebrand het, het nou 'n ses-duim kneusplek aan die binnekant van sy elmboog se vou. Presies dieselfde plek as die een op haar arm. 'n Klein rofie versier ook die bokant van sy boarm. Óf morsige naaldwerk óf pasiënt weerstand. Waarskynlik beide.

"Ek sien jy het 'n besoeker." Die verpleegster knik na Kat, loop om die bed en lig Jace se ongedeerde arm. Sy sit 'n bloeddruk mou om sy arm en pomp dit op.

"Hy was onsamehangend toe ons hom opgetel het. Het nie eens sy eie naam geken nie." Die verpleegster kyk na die monitor en haal die mou af. "Alles goed, behalwe dat hy nog nie 'n honderd persent met die harsingskudding is nie. Sy geheue sal waarskynlik oor 'n paar dae terugkom. Moeilik om seker te wees."

Jace protesteer: "My geheue is terug. Ek is nou oukei."

Die verpleegster ignoreer hom.

Kat doen ook. "Hoe het Jace hier gekom? In die hospitaal, bedoel ek."

"Dieselfde manier wat ons almal doen, skat. Met 'n ambulans."

"Weet jy dit? Ek bedoel, is dit in sy kaart, of het jy hom sien inkom?"

"Ek was nie daar nie, maar ek het alles daaroor gehoor." Die verpleegster lyk geïrriteerd met Kat se vraag. "Dit is alles op die nuus gewees."

Die verpleegster let op Kat se pouse en gee haar 'n afkeurende kyk.

Kat skud haar kop. Sy was self besig om haarself gegooi te kry, behalwe dat sy gelukkig genoeg was om op 'n bankie by die waterfront treinstasie wakker te word. Maar om dit aan 'n verpleegster te verduidelik, sal haar net soos 'n malkop laat klink.

Die verpleegster se weergawe is ook in kontras met Landers se weergawe van gebeurtenisse. Die hele polisiestasie storie is klaarblyklik 'n leuen en sy voel simpel dat sy enige van Landers se leuens geglo het. Die ou is 'n patologiese leuenaar. Sy gaan voort met haar soektog deur die laai.

"Ék weet nie eens wat gebeur het nie," sê Jace. "Ek kan niks onthou voor ek hier wakker geword het nie."

Die verpleegster sit sy kaart terug en draai. "Jy het langs die hoofweg gelê. Bewusteloos. Polisie het gesê iemand het jou daar gegooi. Jy is gelukkig dat jy nie doodgevries het nie. Of dat iemand oor jou gery het nie." Sy draai na Kat toe. "Hy het net 'n uur terug wakker geword."

"Ek voel beslis nie gelukkig nie." Jace kreun en skuif op die bed rond."

Kat glimlag soos sy die onderste laai oopmaak. Dit het Jace se klere in. Kat haal die baadjie uit en voel in die sakke. Niks. Sy vou dit weer en sit dit terug.

"Glo my, jy is gelukkig," sê die verpleegster. "Matige hipotermie, vriesbrand op drie vingers en harsingskudding. Dit kon baie erger gewees het. Jy is amper omgery."

Die verpleegster draai en verlaat die kamer, voetstappe piepend oor die linoleum vloer.

Kat haal Jace se hemp uit ek soek deur die sakke. Ook niks. Net sy jeans bly oor. Sy haal dit uit die laai uit en steek haar hande in 'n agtersak in. In vier gevou en in die sak ingedruk, is 'n afskrif van die World Institute notules. Die ander dokumente is weg. Landers of Nathan het dit waarskynlik. Watter van die twee maak nie saak nie, aangesien hulle waarskynlik saamwerk.

"Ek het ook 'n onderonsie met Nathan en Victoria gehad." Kat vertel van die gebeure. "Landers het net daar gestaan en niks gedoen nie."

"Jou kliënt se eks-vrou?"

Kat knik en besef dat Jace nooit Victoria gesien het nie. Sy beskryf Victoria en Nathan se verhouding.

"Nou onthou ek," sê hy. "Sy was saam met Nathan. Ek het nie geweet sy is Russies nie."

"Russies?"

"Ja. Is Angelika se aksent nie Russies nie?"

"Angelika? Jy bedoel die skoonmaker by die Tides Resort?"

"Sy is die een wat my ingespuit het." Hy vryf sy arm. "Sy was saam met Nathan in die kamer. En Roger." Jace se oë vernou. "Die verraaier."

"Angelika?" Is dit hoekom die skoonmaker so vroeg in die oggend in hulle kamer ingekom het? Sy het vir iets gesoek, vir iemand.

Jace knik. "Dit is wat ek gesê het."

Svensson en Angelika. Angelika en Nathan. Is Nathan op een of ander manier betrokke by Svensson se moord?

Die verpleegster kom terug met 'n papier koppie en 'n paar pille.

Jace glimlag toe hy die pille sluk. Wat ook al in die pille is maak hom onbewus van die World Institute, die *Sentinel* en sy storie.

Kat se pols versnel. Die voorafbetaalde kredietkaarte. Nathan het 'n bondel van hulle en een van die tipe was in die skoonmaker se uniform. 'n Uniform van omtrent Angelika se grootte. Is dit 'n vorm van betaling? Indien so, was daar ander dienste gelewer?

Die verpleegster onderbreek haar gedagtes. "Hy gaan vir 'n tydjie nêrens heen nie."

Dit is die beste nuus wat Kat in 'n lang tyd gehoor het.

HOOFSTUK 59

Kat kom net voor middag by Harry se huis aan. Die sypaadjie is nie geskraap nie, in kontras met die netjiese sypaadjies van die res van die blok. Sy klim by die voorste trappe op en klop. As daar enigsins 'n kans is dat Hillary nie die yskas leeg gemaak het nie, moet sy haar hande op die lemoensap kry – dit moet die oorsprong van die gif wees. Maar daar moet 'n ander verduideliking wees. Voedselvergiftiging dalk? Sy wil die sap laat toets en sien of dit met Dr. Konig se teorie klop. As die sap vergiftig is, beteken dit dat sy ook vergiftig is.

Geen antwoord. Kat is verlig. Hopelik het Hillary nog nie die huis aan die paartjie, of iemand anders, verkoop nie. Dit is hoogs onwaarskynlik dat die koop so vinnig sou deurgaan, maar dit is 'n moontlikheid met Hillary. Veral as sy regtig geld nodig het.

Deur Hillary se geld voorsiening af te sny, het op niks minder as 'n ramp afgespeel nie. Dit het Hillary net terug gebring, Harry finansieel vernietig en hom amper sy lewe gekos. As Kat nie Hillary se toegang tot Harry se bankrekening en kredietkaarte afgesny het nie, sou niks hiervan gebeur het nie. Dit is alles haar skuld, maar watter ander keuse het sy gehad?

Sy is angstig om binne te kom. Sy klop egter weer en dwing haarself om nog 'n minuut te wag. Steeds geen antwoord nie. Sy leun teen die deur en luister vir enige teken van aktiwiteit.

Harry se diagnose van akute vergiftiging voel steeds onwaar. Aangesien sy en Jace saam by Hideaway Bay was gedurende die tydraamwerk van die vergiftiging, laat dit Hillary oor. Hoekom is sy nie 'n verdagte nie? Hoe kan sy Harry sonder toesig in die hospitaal besoek? Tensy sy 'n storie uitgedink het om Kat te impliseer.

Kat sidder. Harry is in onmiddellike gevaar aangesien Hillary steeds onbeperkte toegang tot hom in die hospitaal het. Daar is eenvoudig nie 'n ander verduideliking as Hillary vir die gif in sy stelsel nie.

Kat loer deur die kantvenster terwyl sy op Harry se stoep wag. Steeds geen antwoord nie en geen teken van aktiwiteit deur die gordyne nie. Dit is goed.

Kat gaan by die trappe af en volg die sypaadjie na die agterkant van die huis. Die sneeu is ongesteurd. Niemand het laasnag gekom of gegaan nie.

Sy loer by die kombuisvenster in. Verlate. Steeds sonder meubels soos dit op haar laaste besoek was. Selfs die skottelgoed wat langs die wasbak staan, is onaangeraak. Sy draai die sleutel in die slot en gaan binne.

Sy stap reguit na die yskas toe en gril toe sy die bitter nasmaak van die lemoensap onthou. Sy het nie gedink dat die sap enige iets anders as bederf was tot die dokter se diagnose nie. Beide sy en Harry het siek geword kort na ontbyt met die lemoensap. Sy het net 'n slukkie gehad, wat haar mindere simptome verduidelik. Maar die naarheid na daardie slukkie was onmiskenbaar. Saam met die bitter nasmaak. Kat besef dat sy nie Harry se lemoensap vir 'n paar weke gemeng het nie. Dit was reeds voorberei, 'n beker vol in die yskas. Dit, ten spyte van die feit dat Harry nie eet nie, skottelgoed was nie of self die kos wegsit nie.

En gedurende daai tyd het Harry van maagkrampe gekla, maar sy dokter het dit geïgnoreer, op sy Alzheimers diagnose gefokus. Vergiftiging verduidelik baie – sy gelaat, die sweetery en algemene malaise. Sy simptome fluktueer, teenstrydig met griep simptome. Maar sal Hillary so ver gaan as om Harry se vergiftig? Watter ander verduideliking is daar?

Kat maak die yskas oop. Die rakke is leeg. Waar anders kan sy kyk?

Kat vloek binnensmonds.

Geen twyfel dat Hillary enige bewyse vernietig het na Harry se diagnose nie. Maar die uitslae het eers vanoggend uitgekom. Die afwesigheid van spore in die sneeu beteken dat die bottel verwyder is voor gisteraand se sneeuval.

Kat haal haar selfoon uit en bel Connor Whitehall. Meer as enige iets het sy iemand nodig om mee te praat. Iemand wat sal verstaan. Sy kry Connor se stempos. Sy los nie 'n boodskap nie. In stede daarvan sak sy teen die kombuismuur na die vloer af en sit met haar kop in haar hande.

Sy is uit idees uit, maar moet iets doen. Vergiftiging blyk vergesog te wees, tog volgens die hospitaal is dit waar. Sy voel of sy deel van 'n vreemde realiteit TV program is waarvoor sy nooit ingestem het nie.

Sy kan 'n ander dokter vra om Harry te ondersoek, maar sy glo self die hospitaal dokter se diagnose. Vergiftiging maak sin. Die probleem is, om haar te verdink beteken dat hulle na niemand anders kyk nie.

Dalk is die sap beker in die motorhuis? Kat staan so vinnig op dat sy duiselig word.

Nadat sy beter voel, kyk sy in die kombuis vullis.

Leeg.

Sy maak die kombuisdeur oop en hardloop by die trappe af. Toe sy eers op die sypaadjie is trek sy die asblik se deksel af. Selfs in die koue val die reuk van die vullis haar aan. Sy maak die deur van die motorhuis oop en gryp Harry se tuinhandskoene van die werkbank af.

Sy begin die onplesierige taak toe sy na die vullisdrom terugkeer, sif deur die rommel. Sy steek haar hand deur die lae, deur beide deurdrenkte papier en vuil sakke. Dit is nie lank voor 'n glasstuk deur haar handskoen steek nie.

Sy lig die boonste lae af en gooi dit op die deksel op die grond. 'n Kwart pad af is die gebreekte glas. Dit is die lemoensap beker, gebreek.

Wat nou? Selfs al laat sy die houer toets, wat beteken dit? Al kan dit die dokter se agterdog bevestig, bewys dit nie haar onskuld nie. Erger nog, dit inkrimineer haar dalk meer, aangesien die hospitaal haar reeds verdink. Tog, dit is beter om dit te hou as wat dit in die vullishoop opeindig. Sy kry die stukkies en sit dit langs die asblik neer.

Sy kan Whitehall vra wat om volgende te doen.

Kat voel dat iemand vir haar kyk en kyk oor die pad om Mev. Brantford te sien. Harry se buurvrou staan by haar oop hek, kyk Kat met 'n mengsel van agterdog en nuuskierigheid aan.

Kat waai.

Mev. Brantford bring haar arm stadig op, lyk onseker. Sy waai stadig, draai dan weg, maak haar hek agter haar toe.

Vreemd. Mev. Brantford keer haar gewoonlik vas, gretig om te gesels. Maar sy het in elk geval nie tyd om te spaar nie. Sy keer terug na die motorhuis en soek vir 'n houer om die gebreekte glas in te sit. Sy sien 'n klein boksie en strek om dit af te trek toe sy drie Garden Heaven sakke op die werkbank sien. Sy is seker dat dit nie die ander dag daar was nie.

Sy kyk in een van die sakke in. Twee-pond sakke No-Gro plaagdoder. Sy trek een van die pakkies uit en vries toe sy die skedel en bene gif simbool sien. Het Harry ooit chemikalieë in sy tuin gebruik? Sy kan nie onthou nie. In elk geval, ses sakke is genoeg om alles op 'n klein plaas dood te maak, nie te praat van 'n tuin in 'n stadshuis nie.

Sy bestudeer die strokie. Die plaagdoder is twee weke gelede gekoop, kort voor toemaaktyd. Waar was Harry toe? Het hy die plaagdoder gekoop? Sy twyfel. Garden Heaven is 'n half-uur weg en sy motorhuisdeur was reeds gediskonnekteer teen die datum op die strokie. Dit beteken dat hy nie die Lincoln by die motorhuis sou kon uitkry nie. Die aankoop is ook rondom aandete gemaak, so hy sou saam met haar en Jace gewees het toe dit gekoop is.

Sy lees die etiket. Net onder die gif simbool is die lys bestanddele, alles onbekende en onuitspreekbare chemiese name. Sy het nog nooit van enige van dit gehoor nie.

Sy steek die Garden Heaven strokie in haar sak. Wie de hel koop plaagdoder in Desember?

HOOFSTUK 60

Kat kom uiteindelik net voor vyf by **Connor** Whitehall se kantoor aan. Sy skuur verby die sekretaresse en blaas reguit in Connor se kantoor in.

"Jy moet my help. Ek is seker Hillary probeer Harry vergiftig." Sy sak in die stoel oorkant hom in en staan net so vinnig weer op.

Connor kyk na sy rekenaarskerm. Hy draai om en kyk na haar. "Wel, hallo aan jou ook. Dit is 'n baie ernstige aantyging. Is jy seker?"

Kat vertel hom van haar vermoedens oor die lemoensap en Hillary. "Die enigste probleem is, dit is weg. Die enigste bewyse wat ek het, is die glasstukke." Sy noem nie die plaagdoder omdat sy seker wil wees voor sy 'n aantyging maak. Sy sal Garden Heaven eers uitkyk. Dalk kan sy uitvind wie dit gekoop het.

Sy gee die boksie met die gebreekte lemoensap beker vir hom aan. Dit het 'n paar duim-grootte stukke glas saam die plastiese hand-vatsel in. "Ek dink dat sy hom probeer doodmaak."

"Jy het meer bewyse as dié nodig."

"Die bewys is die motief, Connor. Sy is desperaat vir die geld en moeg vir Harry. Sy wil hom uit haar pad uit hê. Sodat sy wat ook al van sy boedel oor is kan kry."

Connor skud sy kop. "Nie genoeg nie. As die glasstukke vir

vingerafdrukke geanaliseer word, wat sal dit wys? Waarskynlik joune, Harry en Hillary sin. Presies wie jy sou verwag 'n glas sap sal skink. Jy het iets meer wesenlik nodig om te bewys dat Hillary 'n hand hierin het."

"Maar hoe? Ek is raadop."

"Ek weet nie presies nie, maar ek is seker dat jy 'n manier sal vind. Jy sal moet. Die hospitaal sal waarskynlik die polisie aanmoedig om jou aan te kla."

"Agterdog is nie feite nie. Daar is niks wat na my toe dui nie."

Connor waai haar weg. "Harry is altyd om jou. Jy maak sy kos en volgens jou eie verhaal is Hillary nooit in die rondte nie. Nabyheid is genoeg om jou 'n verdagte te maak. Wat my tot die volgende kwessie lei. Ek is nie 'n kriminele prokureur nie. As hulle voortgaan sal jy 'n goeie een nodig hê om jou te verteenwoordig."

"Ek kan dit nie glo nie. Ek is die enigste een wat vir Harry sorg – vir hom uitkyk. En om daai rede word ek daarvan beskuldig dat ek hom vergiftig!" Kat spring van die stoel af op. "Dit is nie regverdig nie!"

Connor beduie na die stoel. "Kalmeer. Jy is nog nie aangekla nie. Ja, die mediese personeel jaag dit na, maar dit vat meer as net hulle vermoedens om 'n klag te lê. Ek berei jou net voor vir wat dalk volgende kan kom."

Kat sit. "Maar hulle kyk glad nie na Hillary nie. Hoekom is haar besoeke nie onder toesig nie? Behoort hulle nie alle besoeke onder toesig te hê nie, net as 'n voorsorgmaatreël?"

"Waarskynlik, maar niemand het hulle 'n rede gegee om dit te doen nie. En om een of ander rede vermoed die dokter reeds vir jou. Het jy hom vergiftig?" Hy loer oor sy brille vir haar.

"Natuurlik nie!" Kat spring op, slaan die glas water op die hoek van die lessenaar om. "Hoe kan jy so iets vra?"

"Ek is jammer, maar ek moet vra." Connor staan en gryp 'n gholf-hemp van die baadjie rak af. Hy mop die water met die hemp op en gooi dit op die vloer neer. "Jy moet regtig kalmeer, Kat. Dit help sake nie aan nie."

"Jammer." Connor is reg. "En jammer oor die water."

Hy waai haar weg. "Ek het een van die dokters vandag gebring om Harry te sien. Hy lyk beslis of hy beter word in die hospitaal."

"Dit is omdat Hillary hom nie kan vergiftig terwyl hy daar is nie." Kat leun vooroor en rus haar elmboë op die lessenaar. "Ek weet hoe mal dit klink. Ek kan self nie glo dat Harry vergiftig is nie, maar ek het dit nie gedoen nie en wie ook al het, moet gestop word. Hoekom neem die dokter aan dat dit ek is?"

"Jy is die voor-die-hand-liggende verdagte. Jy het hom hospitaal toe gebring. Jy het self gesê dat jy vir hom sorg. Harry is die hele dag en soms na ure saam met jou by die kantoor. Bykans die heeltyd."

"Dit moet so wees. Harry kan nie alleen gelos word nie, Connor. Jy het self sy toestand gesien."

"Ek weet, maar jy kan die dokter se agterdog verstaan. Sy moet versigtig wees waar dit haar pasiënt betref. In elk geval, ek het 'n kans gekry om met Harry oor sy geestestoestand te praat. Hy dring aan daarop dat hy heeltemal oukei is."

"Natuurlik gaan hy dit sê. Hy kan nie sien wat fout is nie." Kat voel 'n knop in haar keel. Dit is alles 'n wrede sirkel.

"Hy het wel tot 'n mediese assessering toegestem. Om te bewys dat 'die dokters verkeerd is', soos hy dit gestel het. Ek sal probeer om dit voor die einde van die week gedoen te kry."

"Hy kan nie lank wag nie. Hy is nou haweloos, Connor. Baie ernstige gevolge vir 'n familie kibbel. Niemand neem finansiële mishandeling ernstig op nie. Hoekom?" Hillary het Harry dalk nie met 'n geweer gedreig nie, maar sy het hom nietemin besteel.

"Dis nie dat hulle nie doen nie, Kat. Dit is net dat die onus van bewys op die slagoffer val."

"'n Slagoffer wat nie meer vir homself kan sorg nie? Dit is nie regverdig nie." Kat voel hulpeloos. Sy kan niks oor die huis doen nie, aangesien Harry nie onbevoeg verklaar is in die tyd van die oordrag nie. Die nagemaakte handtekening is 'n moontlikheid, maar klagtes en 'n hofsaak is in die verre toekoms. Teen dan is Hillary lankal weg.

"Die polisie kan sekerlik iets omtrent hierdie doen?"

"Kat, jy het self gesê dat daar geen konkrete bewyse is nie."

Kat gooi haar hande in die lug op. "Hy het sy huis verloor,

Connor. Sy bankrekening is leeg gemaak en hy het lenings wat hy nooit terug sal kan betaal nie. Hillary is nou op die akte van die huis. Sy bestuur 'n Porsche en dra die juwele wat hý voor betaal het. Kyk wie baat. Hoe vanselfsprekend moet die motief wees?"

"Ek weet, maar die howe is swart en wit. Jy weet dit reeds. Jy moet 'n saak bou, met bewyse dat sy die geld gevat het sonder sy kennis of toestemming. Of bewys dat hy nie daartoe in staat was om sy toestemming te gee nie weens sy geestelike onvermoë. Moenie toelaat dat emosies jou oordeel verdof nie."

"Maar hy het nie die vermoë om te verstaan wat sy doen nie. Sy het hom vernietig."

"Dit mag dalk so wees, maar ons kan net vorentoe beweeg nadat hy as onbevoeg geassesseer is."

"So alles tot en met nou is verlore? Sy geld, huis, alles? Ek kan dit nie glo nie. Hoe kan die wet so onregverdig wees?"

"Dit lyk dalk onregverdig, maar ons kan nie terug gaan en sy bevoegdheid in die verlede bevraagteken nie. Daar was nie 'n objektiewe assessering van sy toestand op die tyd nie. Maak nie saak hoe hy sy geestestoestand onthou nie. Sonder 'n gekwalifiseerde mediese dokter se assessering, is dit net 'n mening." Hy tik haar op die hand. "Ek is regtig jammer. Ek is régtig."

Harry se geld is weg en nou is sy gesondheid in die gedrang. Wat sal dit vat om Hillary te keer? As niemand haar gaan help nie, sal sy dit op die harde manier moet doen. Die enigste manier om haar onskuld te bewys, is om Hillary se skuld te bewys.

HOOFSTUK 61

Tien minute later trek Kat by die Garden Heaven se grys bedekte parkeerarea in. Daar is net twee ander karre in die parkeerarea. Wie koop plante en tuinmaak gereedskap in die winter?

Die grys kraak onder haar voete soos sy na die voordeur stap. 'n Wind steek op en wapper 'n geskeerde banier aan die voorkant van die winkel. Sy rits haar baadjie oop en gaan binne.

"Kan ek jou help?"

Besigheid moet vandag stadig wees. Die vyftig-iets vrou val haar omtrent aan voor sy nog binne is. Sy dra 'n groen Garden Heaven gholf hemp met die naamplaatjie *Rosemary*. Sy vee haar hande aan die binnekant van haar los jeans af en glimlag vir Kat.

Kat glimlag terug en haal die strokie uit haar sak uit. "Ja. Ek soek bietjie inligting."

Rosemary frons. "Ek is bevrees dat die nie terug gebring kan word nie. Dit is verby die veertien-dag beleid." Haar oë flits na Kat toe, wag vir 'n reaksie.

"Ek wil dit nie terug bring nie – ek wonder net of jy die een is wat dit verkoop het." Kat hou die strokie uit.

"Watter verskil maak dit?" Nietemin vat Rosemary die strokie. Sy haal die brille wat op haar kop is af en bestudeer die strokie. "Ja, ek het hierdie opgelui. Ek onthou die dag."

Kat se hoop neem toe. "Onthou jy die persoon wat dit gekoop het?"

"Normaalweg nie, maar ek onthou – dit was my herdenking op die dag. Ek het bietjie vroeër toegemaak. 'n Vrou het hier ingejaag – ek het nog nie toegemaak nie. Ek het haar gesê dat ons toe is, maar sy het my geïgnoreer. Sy wou nie loop nie, so ek het uiteindelik opgegee om haar te vra. Sy is in vyf minute uit gewees en ek het nog nie die kas opgemaak nie. So ek het dit net opgelui. Dit was die maklikste manier om van haar ontslae te raak."

Kat haal 'n foto van Hillary uit. "Is dit die vrou wat jy gesien het?"

"Um...kan wees. Dan weer, dalk nie. Ek is nie goed met gesigte nie. Kan nie verseker sê nie."

"Oukei." Kat se skouers sak en haar hoop vervaag. Sy bedank Rosemary en stap deur toe. Dit is toe dat sy dit sien.

Garden Heaven het 'n kamera, reg bo die deur. Sy draai om en beduie na die kamera toe. "Rosemary, is daai kamera altyd aan?"

"Moet wees. Hoekom?"

"Ek ondersoek 'n bedrog. Stoor asseblief die video – moet niks uitvee nie. Dit kan dalk belangrik vir die ondersoek wees."

Rosemary se oë vergroot. "Watter soort saak? 'n Kriminele een?"

"Ja." Dit is nie regtig 'n leuen nie. Na Kat se mening is Hillary 'n krimineel. En Rosemary het nie spesifiek gevra of sy van die polisie is nie. Sy is ook nie van plan om uit te brei nie. "Iemand kan in gevaar wees. Ek veronderstel – nee."

"Veronderstel wat?" Rosemary se oë word helder.

Presies die belangstelling waarvoor Kat gehoop het.

Kat tik op haar horlosie. "Wel, ek hardloop teen tyd en ek het 'n paar leidrade. As ek net 'n vinnige kyk na die video kan kry, kan ek dié een in of uitskakel. Maar moenie bekommer nie, ek wil jou nie in die moeilikheid kry of iets nie."

Kat laat 'n groot sug uit, hoop om Rosemary se simpatie uit te lok. Dit werk.

"Dit is nie 'n probleem nie. Ek is die eienaar, so ek dan doen wat

ek wil. Dis is in elk geval vandag stil. Ons kan die video op my reke-
naar kyk." Sy beduie dat Kat haar na 'n lessenaar in die blomme afde-
ling moet volg.

Hulle sit minder as 'n minuut voor Rosemary se rekenaar. Rose-
mary begin 'n program en binne 'n paar klieke kyk hulle die video van
daardie dag. Nog 'n stadige dag van wat Kat kan sien. Rosemary speel
in sneloproltoets. Die deur maak oop en toe en mense kom en gaan
in vinnige bewegings. Minder as 'n dosyn kliënte sover. Presies wat jy
in Desember sal verwag.

"Wag. Gaan 'n minuut terug." Die laaste vrou is onduidelik, maar
daar is iets bekend aan haar. Kat se hart klop vinniger.

Rosemary speel die video stadiger.

Die klank op die video is deurmekaar, maar die prent is duidelik.
'n Vrou in swart kom by die winkel in en stap na die agterkant toe.
Rosemary volg haar en beduie na die deur; sê iets wat Kat nie kan
uitmaak nie. Waarskynlik dat die winkel toe is. Die vrou se rug is op
die kamera gedraai en sy dra 'n lang jas. Hillary dra altyd swart.

Niemand kom die winkel binne of verlaat dit in die volgende paar
minute nie. Rosemary rol die band vorentoe tot die figuur na die
kassier toe stap. Sy stoot 'n mandjie vol sakke van omtrent dieselfde
grootte en kleur as die plaagdoder in Harry se motorhuis.

"Nou onthou ek haar," sê Rosemary. "Sy was anders aangetrek,
weet jy? Meeste tuiniers dra nie hoëhakskoene nie. Dalk so af en toe,
die wat in hulle etenstyd inval of op pad huis toe is van werk af. Maar
dit is net voor toemaak. Nog iets – absoluut niemand koop plaag-
doder in Desember nie."

"Waarvoor word die plaagdoder gebruik?"

"Dit is breë spektrum, beteken dat dit alles doodmaak. Maar jy
moet 'n ernstige infestasie hê om iets so sterk te gebruik. Dit maak
absoluut alles waarmee dit in aanraking kom dood."

Kat sidder. "Selfs mense?"

Rosemary se mond hang oop. "Wel, dit is 'n gif. Het iemand
doodgegaan?"

"Amper. Enige kans dat ek 'n kopie van die video kan kry?"

Na 'n leeftyd van baklei om terug by die huis te kom in piekverkeer, sit Kat in haar studeerkamer en wonder hoe om die plaagdoder aan Harry se toksikologie verslag te verbind. 'n Verslag wat sy nie het nie. 'n Kopie van Garden Heaven se beeldmateriaal lê op die kant van haar lessenaar.

Om Hillary op 'n video te hê wat wys hoe sy die aankoop maak, is 'n groot stap vorentoe. Dit is nog nie genoeg om Hillary aan te kla nie, maar dit is genoeg om haar te maak hardloop. Kat wil seker maak dat sy geregtigheid vir haar aksies kry.

Sy sal Connor Whitehall se kantoor in die oggend met die video besoek en sy raad oor die volgende stappe vra. Is die strokie genoeg bewyse? Sy gaan dit nie eenvoudig aan die polisie oorhandig nie. Na alles wat in Hideaway Bay gebeur het, kan sy hulle nie net vertrou sonder 'n plan B nie.

Nou keer sy haar aandag terug na die plaagdoder self. Een vir een tik sy elke bestanddeel op die etiket in die rekenaar in. Sy wil na die hospitaal en die polisie met haar vermoedens jaag, maar sy weet dat sy eers 'n saak moet bou. Andersins sal hulle haar nooit glo nie.

Selfs sal het sy dit verwag, verstom die woorde haar steeds:

Kontak jou gifbeheersentrum of soek onmiddellik mediese aandag indien die produk ingeneem, ingeasem of kontak met die vel, oë of neusslymvliese gemaak het. Kan blindheid veroorsaak.

Inname kan gastro-intestinale probleme veroorsaak, insluitend naarheid, braking en maagkrampe, bleekheid, deurmekaarheid, delirium of dood.

Kat fokus op die laaste woord. Sy hardloop uit tyd uit. So ook Harry.

HOOFSTUK 62

Kat hardloop twee blokke in die reën na Harry se huis
toe. Na die sneeuploeg insident, vermy sy dit so veel as
moontlik om met Jace se bakkie te ry. Dit maak haar
ongemaklik na so 'n geteikende aanval. Sy hardloop om die hoek,
verlig om se sien dat Hillary se swart Porsche nie voor parkeer is nie.
Ook nie Harry se Lincoln nie, of enige ander karre nie.

Sy hoop dat sy nie te laat is nie. Sy vervloek haarself dat sy die
plaagdoder by Harry se huis gelos het. 'n Groot fout, aangesien dit
addisionele potensiële bewyse is van wat Harry vergiftig het. Wat as
dit weg is? Die strokie alleen is nie genoeg bewyse dat iemand hom
probeer seermaak nie. Om die plaagdoder by Harry se huis te los
beteken ook baie voorraad vir toekomstige dosisse. Wat het sy
gedink?

Hillary sal lankal weg wees, die dat sy reeds Harry se geld,
kredietfasiliteit en alles anders gevat het.

Kat wonder hoekom Hillary so 'n ekstreme stap sal neem. Sy het
reeds al sy geld en sy huis. Wat anders is daar?

'n Split sekonde later besef sy dat daar iets anders is. Harry het 'n
lewensversekeringspolis. Sy hardloop by die inrit op na die motor-

huis toe. Hillary gaan nie hiermee wegkom nie. Nie as sy dit kan help nie.

Die vriesende reën slaan hard neer, spetter modder op haar tekkies. Kat bewe, wens sy het iets waterdig aangetrek.

Sy land in 'n poel en kreun toe koue water in haar skoen kom. Hulle slof soos sy die laaste paar treë van die inrit na die geslote motorhuisdeur uithardloop. Sy steek haar gevriesde vingers in haar sak in en vis 'n sleutel uit. Sy sukkel met haar koue vingers, probeer om die geroeste slot oop te kry. Die sleutel draai uiteindelik.

Sy maak die motorhuisdeur oop en sit die slot in die deur terug. Sy sug van verligting toe sy die sakke plaagdoder sien wat steeds bo die werkbank staan, onaangeraak. Sy aarsel, onseker. Is dit 'n misdaadtoneel? Indien so, peuter sy met bewyse deur die sakke te verwyder? Maar sy kan dit nie los om weer gebruik te word nie.

Die donderende reën neem in volume toe soos sy die motorhuis binnetree, asof op aanvraag. Dit doof haar gedagtes soos 'n dirigent se crescendo uit. Kat kyk na die oop deur. Dit is swart buite behalwe vir die koue natrium lig van 'n straatlamp oorkant die straat. Die reën-druppels blik soos hulle na die grond toe jaag. Sy beter vinnig maak as sy nie dood wil vries nie.

Moet sy die plaagdoder vat, of die sak hier los?

Op die ou einde besluit sy om dit te vat. Hillary kan natuurlik net nog 'n sak koop, maar ten minste preserveer sy die bewyse. Sy trek die sakke een vir een af en sit dit op die werkbank neer.

Bewyse. Sy staar na haar hande. Sy het ook aan die sak geraak.

Die belangrikste is egter om die gif te verwyder. Dalk kan sy hierdie presiese sakke aan die Garden Heaven beeldmateriaal koppel. Kleinlotnommers kan verbind word aan datums en so aan. Dit maak natuurlik alles staat op haar vermoede oor die plaagdoder. Nog niks is bewys nie.

Sy berou dat sy nie in die bakkie gekom het nie. Die gedagte om tien pond plaagdoder vir twee blokke te dra is nie juis aanloklik nie. Sy soek deur Harry se motorhuis, kyk in laaie en bokse vir plastiese sakke om die sak van die reën te beskerm. Die plastiek sal ook die vingerafdrukke op die sak preserveer. Natuurlik sluit dit ook haar eie in.

Sy buk af en soek deur 'n emmer vol plastiese sakke.

'n Skaduwee blok die lig van buite en Kat draai na die deur toe.

"Wat doen jy hier?" Hillary se stem is onmiskenbaar.

Kat staan op en kyk na Hillary. Sy skop haarself dat sy nie besef het dat Hillary vir die gif sal terugkom nie. En om haar spore uit te vee.

"Antwoord my. Hoekom is hy hier, Kat? Dit is nie jou huis nie." Hillary staan in die deur, arms gekruis. Sy het jeans, stewels en 'n swart oortrektrui aan. "Jy hoort nie hier nie."

"Ek, ek kyk net op iets vir Harry." Kat bewe.

Hillary skim soos sy die motorhuis binnekom. "Kyk op wat? Harry het niks nodig nie. Beslis nie van jou nie."

Kat kyk na die werkbank. Dankbaar dat sy nie reeds die sak opgetel het nie. Ten minste sal Hillary nie weet dat sy agter die plaagdoder aan is nie. "Hoekom is jy hier, Hillary? Dit is ook nie jou huis nie."

Hillary grimlag, maar sê niks nie. In stede daarvan skud sy haar plastiese waterbottel en treë nader aan die werkbank.

"Ek het nie tyd vir jou belaglike beskuldigings nie, Kat. Ek het genoeg probleme van my eie sonder dat jy aan my karring." Hillary kyk op haar horlosie.

"Ek is seker jy het. Laat vir iets? Of dalk is dinge nie besig om so vinnig uit te speel soos jy gehoop het nie?"

Hillary laat haar waterbottel op die werkbank val, reg langs die sak plaagdoder.

Hillary dra tuinhandskoene. Het Hillary dit gedra toe sy die gif toegedien het?

Kat onthou die Garden Heaven video. Hillary het toe ook handskoene gedra. Is Kat se vingerafdrukke die enigstes op die plaagdoder sak?

Sy sidder. Dalk is sy net besig om paranoïes te wees. Die tuinsentrum besoek is die een onreëlmatigheid wat nie weggepraat kan word nie. Hillary was nog nooit 'n tuinier nie. Sy koester en groei beslis nie goed nie. Sy maak dit dood.

"Ek dink jy moet nou gaan," sê Hillary.

"Ek gaan nêrens heen nie." Kat staan haar man.

Hillary dui met 'n sneller vinger na Kat en lag. "Ek sal jou dertig sekondes gee om te verdwyn. Anders." Sy marsjeer na Kat toe, blok die lig van die oop deur.

Kat voel hoe alle idees van selfbeheersing haar verlaat. Genoeg is genoeg. "Hoe kon jy dit doen, Hillary?"

"Wat doen?" Hillary flits haar gebleikte tande, maar haar glimlag is koud.

"Jy dink ek weet nie wat jy aanvang nie?" Kat noem nie die plaag-doder nie. "Die kredietkaarte, die rekenings? Jou naam op Harry se akte? 'n Nuwe laagtepunt, selfs vir jou. Is jy so desperaat dat jy 'n ou man se hoop op 'n gemaklike lewe sal steel?"

"Hoe durf jý my van diefstal beskuldig! Jy behoort te weet. Jy het my lewe gesteel." Hillary keer teen die werkbank terug, voor die sak plaagdoder.

"Waarvan praat jy?" Kat beweeg nader. "Jy is vir jou eie lewe verantwoordelik. Niks wat ek doen verander dit nie."

"Hy is mý pa, Kat, nie joune nie. Ek is siek vir jou wat indruk, die helfte van alles kry. Jy het nie 'n reg op enige iets nie."

"Helfte van wat?"

Hillary antwoord nie. Sy gryp 'n skroewedraaier van Harry se werkbank af en steek dit in die sak plaagdoder in. Sy skeur dit oop en lig dit bo haar kop, laat 'n vlaag poeier los. Toe hardloop sy op Kat af.

Wolke poeier bars uit die sak uit, omvou Kat se kop en gesig. Kat snak toe dit haar gesig, nek en skouers dek, val haar neus en longe in. Sy laat haar kop sak en beskerm haar oë met haar arms, maar dit is te laat. Die poeier is orals. Dit plak aan haar nat klere, bedek haar skoene en lê oor die vloer. Sy stik, haal die plaagdoder in haar longe in. Sy swaai haar arms en slaan, momenteel verblind met die poeier wat haar oë brand.

Kat se oë brand toe sy een stadig oopmaak. Sy vee haar oë en strompel vorentoe. Sy moet die gif uit haar oë was, maar die naaste wasbak is binne die huis.

"Alles hier is myne. Is dit duidelik?" Hillary draai en loop weg, die half-leë sak in die een hand.

Dan slaan die deur toe en die slot klik.

"O en nig – ek sal seker maak dat ek vir Pa sê jy sê baai."

HOOFSTUK 63

Kat strompel blindelings **na die** werkbank en gly haar hande oor die oppervlak. Sy sug van verligting toe sy Hillary se waterbottel voel. Sy gooi 'n druppel op haar vinger en proe dit om seker te maak. Skoon water.

Hoekom het sy Hillary die voordeel van die twyfel gegee? Sy behoort teen nou te weet dat Hillary se aksies bedoel is om net een persoon te bevoordeel. Selfs al beteken dit om Kat, Harry of iemand anders te verraai.

Sy hou die bottel op en spuit die inhoud in een oog en dan die ander in, spoel hulle totdat dit ophou brand. Sy gebruik die oorblywende water om haar gesig so goed as moontlik af te spoel. Haar oë traan nog, maar ten minste kan sy hulle oopmaak om te sien.

Al die Garden Heaven sakke is weg.

Kat stoot aan die deur, weet dat dit nutteloos is. Sy het gehoor hoe Hillary die slot sluit. Hoe kan Hillary haar net hier los? Kat kyk in die motorhuis rond. Sy oorweeg dit om 'n venster te breek, maar besef dat daar 'n ander manier uit is. Die knoppie vir die deur.

Sy druk dit. 'n Minuut later staan sy buite in die laan, haal vars lug in en laat die reën die gif van haar vel en klere af was.

Sy het nie meer die plaagdoder sakke waarvoor sy gekom het as bewys nie. Hillary het daarvan seker gemaak. Nietemin, sy moet van die poeier versamel om getoets te word. Sy keer terug binne en gryp 'n leë jogurt houer van die stapel wat Harry onder die werkbank hou. Sy maak soveel as wat sy kan bymekaar.

Sy bel Connor Whitehall, maar kry nie 'n antwoord nie. Sy los 'n boodskap met instruksies om die monster en die video by haar huis te kry, saam met die ligging van die spaarsleutel. Sy het nie tyd om vir hom te wag nie. Sy moet by die hospitaal kom voor Hillary doen.

'n Uur later hardloop Kat by die hospitaalgang af, net om te ontdek dat Hillary reeds daar is. Sit in 'n stoel buite Harry se kamer en wag.

Ten spyte van haar nat klere, begin Kat sweet. Het Hillary dit gedoen? Het sy hom doodgemaak? Sy vries buite Harry se kamer. Wat kan sy doen?

Op daai oomblik kyk Hillary op. As sy geskok is om Kat te sien, wys sy dit nie. "Jy hoort nie hier nie." Sy wyf Kat weg met 'n gemanikuurde hand.

Kat ignoreer haar en hardloop by Harry se kamer in. 'n Halfdosyn verpleegsters en dokters is om Harry se bed met trollies vol toerusting en instrumente. 'n Verpleegster kyk op toe sy inkom. Dit is dieselfde een wat vroeër ongeskik was. Sy hou haar hand op, beduie vir Kat om te stop.

Kat se hart stop. Is sy te laat? Sy gaan weer buitentoe na waar Hillary met 'n reguit gesig sit.

Hillary se gehoor is weg, so ook haar trane. Haar wange is droog en haar grimering lyk nie enigsins slegter af nie. Sy weet beter as om met Hillary te praat, maar sy kan haarself nie help nie. "Wat het jy aan hom gedoen?"

Die verpleegster kom uit Harry se kamer uit. Sy ignoreer Hillary se gesnuffel en kyk direk na Kat. "Hy is erger."

"Huh?" Kat is geskok dat die verpleegster met haar praat. Nie net dit nie, maar haar oë wys besorgdheid. Hoekom sê sy dit nie vir Hillary nie? "Hoe erger?"

"Hy is in skok. Al sy simptome het teruggekeer, erger as voorheen. Hy het weer gif ingekry."

Sonder dat ek hier was. Skielik besef Kat hoekom die verpleegster simpatiek is. Sy weet nou dat Kat dit nie gedoen het nie. Maar besef sy Hillary het?

Die verpleegster kyk na Hillary, wie se snuffels in 'n gekerm in verander het.

Hillary se gehuil klink oortuigend, maar haar oë gee haar weg. Hulle beweeg heen en weer tussen Kat en die verpleegster, hoop op 'n reaksie.

Hillary moes Harry 'n finale dosis gegee het. Een wat groter as die ander was. Terwyl die mediese personeel probeer om sy lewe te red, is Hillary daarop uit om dit te neem. En het ook amper daarin geslaag.

Kat slaan Connor Whitehall se nommer in. Teen nou hoop sy dat hy die Garden Heaven beeldmateriaal en ook die plaagdoder monster het. As alles volgens plan gaan, handig Connor Whitehall dit op dié oomblik aan die polisie oor. Die monster sal met die gifstowwe in Harry se sisteem ooreenkom en die owerhede sal gedwing word om na aksie oor te gaan.

Hillary staan buite die kamer. Sy huil, harder en harder, soos 'n enkel oorlewende van 'n ramp. Elke paar sekondes kyk sy vir haar gehoor rond.

Binne 'n minuut is die gang heeltemal leeg aangesien al die mediese personeel in Harry se kamer in gehardloop het. Net Hillary en Kat bly buite, verbode om in te gaan.

Hillary se krokodil trane walg haar. Dink sy regtig dat sy iemand bluf?

"Hoekom het jy dit gedoen, Hillary?"

"Wat gedoen?" 'n Glimlag speel op Hillary se lippe. "Ek het nie 'n idee waarvan jy praat nie. Selfs as ek het, sal jy nooit weet nie. Niemand sal nie."

"Ek weet. En ek het bewyse."

Hillary lig haar wenkbroue. "Regtig? Wat presies?"

"Hulle weet dis jy, Hillary. Hulle weet van die geld en die gif."

"Wie is *hulle*?"

"Die dokters, die polisie. Bloedtoetse het vasgestel wat die gif is en die polisie het die bewyse. Van jou by die Garden Heaven; jy het die lemoensap vergiftig. Jy gaan nie hiermee wegkom nie." Kat voeg die lemoensap by net om Hillary se reaksie se sien.

"Jy bluf."

"Die polisie is nou op pad." Selfs as Connor die beeldmateriaal vir die polisie gegee het, twyfel sy dat hulle so vinnig sal wees, maar Hillary sal dit nie weet nie.

"Sê iets en ek sal seker maak dat jy jammer is dat jy ooit gelewe het," fluister Hillary terwyl sy om die hoek van Harry se kamer loer.

Maar niemand behalwe Kat hoor nie. Die mediese personeel is opgevang in hulle werk.

Hillary trek haar spieëltjie uit haar handsak uit en maak dit oop. Sy druk aan haar maskara met 'n snesie en gluur Kat aan. Weg is Hillary se histerie, afgeskakel soos sy altyd doen wanneer die gehoor weg is.

"Moenie die dorp verlaat nie, Hillary. Jy het verduidelikings om te gee."

Hillary staar haar terug aan, doodkalm: "Probeer om my te keer."

"Ek het reeds."

Hillary gluur Kat aan, haat brand in haar oë. "Ek sal jou hiervoor kry."

"Te laat daarvoor." Kat ontmoet Hillary se gluur, wonder hoe sy ooit in die eerste plek bang was. Sy was ook blind tot die feit dat Hillary nie daartoe in staat is om vir iemand anders as haarself om te gee nie. Met dié besef, het Hillary nie meer enige mag oor haar nie.

Kat behoort en sy het 'n reg om hier te wees. Maak nie saak wat Hillary sê of doen nie.

"Beskuldig my van enige iets en ek sal seker maak dat jy jammer is." Hillary frons vir Kat.

"Die waarheid sal uitkom, Hillary. Dit het reeds."

Hillary kyk na Harry se deur en rol haar oë. Sy aarsel 'n oomblik, dan draai sy op haar hakke om en marsjeer by die gang af en deur die saal na die hysbak toe.

As Kat haar ooit weer sien sal dit te vinnig wees.

<h1 style="text-align:center">HOOFSTUK 64</h1>

Kat sit 'n paar uur later in Zachary se kantoor, verstom oor wat Zachary haar pas vertel het.

"Jy het alles gebie?" Kat se mond hang oop, verstom dat Zachary alles op een verhandeling sal waag. "Hoekom, Zachary?"

Zachary staan voor sy rekenaarterminaal, sy moue opgerol. Hy het 'n koffie vlek op die voorkant van sy gekreukelde hemp en dit lyk of hy dae laas geslaap het. Vir die eerste keer voel Kat beter aangetrek as hy.

"Ek gaan dit alles terugkry, Kat." Hy glimlag. "My model werk. Ek moet net bewys dat..."

"Zachary, dit is te laat. Dit maak nie saak of jou model werk of nie. Edgewater beleggers en die owerhede moet weet van Nathan se Ponzi-skema. Nóú."

Zachary beduie na die skerm van sy terminaal. "Hulle sal, nadat ek die geld terug het. Kyk na die skerm. Die euro is op en ek het reeds van die verliese terug gemaak. Amper 'n biljoen sover." Hy trek 'n sakdoek uit sy sak uit en vee sy voorkop af. "'n Biljoen, Kat. Ek moet die ding ry terwyl dit hou."

Die televisie dreun agter Zachary. Die dollar het teen die euro geval. Dosyne verhandelaars sit vasgenael agter hulle rekenaarskerms, presies die teenoorgestelde as die toneel wat voor haar met Zachary afspeel.

Dit is die beleggers se geld, Zachary. Vat wat jy het en kom uit terwyl jy kan."

"Dit is mal. Ek maak 'n honderd miljoen vir elke tien basispunte wat die euro teen die dollar styg. Hoekom nou stop?"

'n Honderd basispunte is gelyk aan een persent in terme van verhandeling. 'n Biljoen dollar is gelyk aan die helfte van Edgewater se verliese deur Nathan se bedrog. "Dit kan maklik ander kant toe gaan, Zachary. Laat dit gaan."

Weg is die kaal paniek wat op Zachary se gesig was toe sy hom van Nathan se Ponzi vertel het. Sy uitdrukking het van kwesbaar na selfvoldaan verander.

Kat staar na die grafiek op die skerm. Die euro se lyn is groen, reeds een persent op teen die greenback vandag.

"Verkoop dit, Zachary. Kom uit terwyl jy voor is en gee die bedrog aan. Die beleggers sal verstaan dat dit Nathan was en nie jy nie."

"Nog nie."

"Wat as jy die bietjie wat oor is, verloor? Dit is 'n dobbelspel wat jy sekerlik gaan verloor."

"Moenie dit vervloek nie. Dit is nie 'n dobbelspel nie. My bie is groot genoeg om die mark op sy eie te beweeg. As dit eers momentum kry, sal ek 'n paar dae van nou terug in die swart wees, indien nie binne ure nie."

"Jy kan nie ernstig wees nie. Nadat jy gekla het dat Nathan Edgewater vernietig, is jy nou op pad om dieselfde te doen."

Zachary proes. "Ryk mense verstaan nie so 'n groot verlies nie, Kat. Hulle sal op wraakbelus wees as hulle eers hoor wat Nathan gedoen het. Hulle sal aanneem dat hy vir my ook die blaam vat. Of dat ek 'n idioot is, te dom is om die massiewe bedrog reg onder my neus te sien. Dat ek onbevoeg of 'n dief is. In iedere geval verloor ek."

"Met genoeg bewyse sal hulle jou glo." Kat beduie na die skerm toe. "Die winste is nie geseël nie. Dit kan maklik ander kant toe swaai. In stede van 'n twee biljoen verlies, kan jy veel meer verloor. Pak jou posisie uit en verduur die storm, Zachary. Jy het niks verkeerd gedoen nie, nog nie."

"En ek gaan nie. Dit is wettig. Daar is niks in die fonds prospektus wat sê dat ek nie kan nie."

Tegnies is dit wettig, maar is dit reg? "Jou beleggers wil sekerlik nie hê dat jy alles in een verhandeling moet sit nie. Wat sal hulle doen as hulle weet?"

Zachary antwoord nie, so Kat antwoord haar eie vraag. "Hulle sal hulle geld onttrek." Die euro se grafieklyn val weer, vat al die opbrengste van 'n paar minute gelede daarmee saam.

Zachary is net so moreel bankrot soos sy pa – die enigste verskil is dat hy nie die wet oortree nie.

"Hulle hoef nie te weet nie," sê Zachary.

"Hierdie is nie 'n Las Vegas dobbelsteenspeler nie." Kat staar na die skerm. Die grafieklyn word rooi. Nou wys dit 'n een persent verlies. Amper al die opbrengste van gister is ook weg. "Net soos ek gesê het, jy verloor."

"Sal jy stil bly?" Zachary waai sy arms in die lug. "Dit is nie 'n voorgevoel nie, dit is my model en dit werk. Ten minste tot jý ingemeng het."

Hy beduie na die stoel oorkant haar. "Jy trek my aandag af. Vat 'n sitplek of gaan. As jy wil sien hoe geskiedenis gemaak word, sal jy sien wat ek bedoel."

Kat sug en sit. Die laaste ding wat sy wil doen is om te sien hoe Zachary geskiedenis maak. 'n Ramp tref soos die euro nog 'n honderd punte verloor. Nou is die verlies twee biljoen.

Hulle staar in stilte na die skerm.

Dan, net toe alles verlore lyk, hou die euro op val. Stadig kom dit terug, 'n paar basispunte, dan 'n dosyn, dan dertig. Nou is die verlies net 1,7 biljoen. Net.

"Sien jy dit, Kat?" Zachary se paniekerige uitdrukking van 'n paar minute terug het in 'n selfvoldane een oorgeslaan. "Dit is ek. My bie werk nou."

"Hoe kan jy so seker wees?" Vir Kat is die grafieklyn soos die steilste klim na 'n nimmereindigende tuimeltrein. In 'n paar sekondes sal dit weer van die rant aftuimel, herhaal dan die wilde rit van die laaste twintig minute.

"Momentum, Kat. Dit is besig om om te draai." Zachary dui na 'n skerp deur op die grafieklyn. "Alles werk as die bie groot genoeg is."

In minder as tien minute is dit weer op. Zachary het nou 'n biljoen nodig.

"Hoe kan dit so eenvoudig wees?"

"Dit is 'n nul som speletjie. Wat ook al ek wen, verloor iemand anders. As ek groot genoeg bie kan ek die mark beweeg in enige rigting wat ek wil. Wanneer dit beweeg, volg ander."

Die grafieklyn hou aan klim. Nou word dit groen terwyl Zachary se fortuin aanhou klim.

"Maar die ekonome voorspel..."

"Wie gee om wat die ekonome dink? Verhandelaars maak die markte. Enige iemand wat anders dink, is 'n idioot."

"Wat van Svensson en die ander ekonome? As hulle werk niks beteken nie, hoekom gee hulle nie die Nobel-prys vir verhandelaars nie?"

"Dink jy die markte is op wetenskap gebaseer?" Zachary lag. "Dit is meer soos poker. Jy kan jouself na 'n fortuin toe bluf."

Zachary leun terug in sy stoel. Hy sit sy hande agter sy kop en glimlag.

Volgens die groen lyn is Zachary met twee persent op. Hy het al Edgewater se geld terug gemaak. Kat sou nie geglo het dat dit so vinnig kan gebeur nie, maar dit het.

"Maar jou model, jy het gesê dat jy 'n quantum spelteorie gebruik. Dat dit onfeilbaar is."

Zachary lag. "Net 'n bemarkingsophef. Ek sê dit vir mense om hulle te beïndruk en dit werk baie goed. Wat ek uiteindelik op bie, is hebsug. Niemand wil op 'n sekere ding uit mis nie."

"Maar dit is nie 'n sekere ding nie."

"*Au contraire.* Wie dink jy skep die geldeenheid fluktuering in die eerste plek? As hulle groot genoeg is, kan ek hulle intrek. Ek verkoop wanneer al die klein mense volg."

"Net soos die World Institute sal? Ten koste van die Edgewater-beleggers?"

"Gesofistikeerde beleggers weet wat die risiko's is. En as hulle nie gesofistikeerd is nie, moet hulle nie in die spel wees nie. Dit is so eenvoudig. Almal kyk uit vir hulle eie belange. Dit is net 'n kwessie van wie se belange die meeste mag het."

"Alles word gemanipuleer? Die eindresultaat is 'n uitgemaakte saak?"

"Natuurlik. Alles is reeds besluit, Kat. Net soos in Las Vegas. En ek is die huis."

Kat bly stil, vasgevang deur die skerm. Die euro bly klim, blykbaar onkeerbaar. Zachary het nie net al Nathan se verliese terug gemaak nie; hy het ook 'n ekstra biljoen gemaak.

"Ek is terug." Zachary klap sy hande saam en fluit. "Nie net is die fonds heel nie, maar ek het 'n profyt ook gemaak. En 'n lekker fooi vir Edgewater. Hoe hou jy van hierdie kanse?"

Las Vegas kanse. In die guns van die huis, natuurlik.

Kat staar na die skerm. "Tyd om jou profyt vas te maak?"

"Oor 'n paar minute." Zachary draai na Kat. "Nou, oor my egskeiding skikking. Ons moet die nommers hersien, terug hof toe gaan. Victoria gaan nie 'n dooie sent kry nie." Zachary is meer besorgd oor die geld as oor as Victoria en Nathan se verhouding.

Aangesien die egskeiding skikking op vervalste nommers gebaseer is, is Victoria tot minder geregtig as wat sy toegeken is. Kan die saak egter weer oopgemaak word?

"Ek kan môre iets vir jou hê." Kat staan op en draai om te gaan.

Maar Zachary luister nie. Hy leun oor sy rekenaar, byt op sy lip tot dit bloei. "Wat de hel...?"

Kat stop en kyk na die skerm. Al is dit nie haar geld nie, voel sy fisies siek. Die grafieklyn het van groen na rooi verander. Dit val weer in die verkeerde rigting in.

Hierdie keer is Zachary nie die huis nie. Edgewater se omkeer van fortuin is net so skielik soos die winste. Iemand anders het selfs groter gebie.

En gewen.

HOOFSTUK 65

Kat staan laat Vrydag middag in die voorportaal van die akte kantoor en kyk op haar horlosie. Hillary moes al dertig minute gelede hier gewees het. Sal sy opdaag voor die kantoor vir die naweek sluit? Natuurlik sal sy. Kat se plan gee haar nie 'n ander keuse as sy kriminele klagtes wil vermy nie.

Nie dat Kat wil hê dat dinge daardie roete moet gaan nie. 'n Saak soos hierdie kan jare vat om in die hof te kom. Dalk selfs jare meer as wat Harry oor het. Kat hou nie daarvan om afpersing te gebruik nie, maar dit is die enigste manier om vinnige geregtigheid vir Harry te kry.

Vyf minute later strompel Hillary by die trappe op en trek die deur oop.

Kat se maag knoop soos dit altyd doen wanneer sy haar niggie aanvat. Sal Hillary doen wat sy van haar vra? Hillary se beloftes is leeg, daarom het Kat stappe geneem om seker te maak dat sy saamwerk.

"Het jy van die video gehou?" Kat het 'n afskrif van die Garden Heaven video aan Hillary ge-e-pos met instruksies om haar hier te ontmoet. Die plaagdoder strokie en leë houers is verdere bewyse van Hillary se intensie om Harry te vergiftig.

"Moet my nie dreig nie." Hillary frons. "Ek is hier. Is dit nie genoeg nie?"

"Dit is nie 'n dreigement nie," sê Kat. "Dit is 'n belofte. As jy ooit weer so iets doen, sal ek jou ontbloot. My kopie gaan polisie toe."

Voor die polisie Hillary arresteer, is daar iets wat sy moet doen. Die wiele van geregtigheid draai te stadig om van die ongeregtighede reg te maak, wat sy van plan is om te doen.

Kat het aangedring om Hillary hier te ontmoet om seker te maak dat Hillary haar naam van Harry se akte afhaal. Dit beteken niks minder as amptelike bevestiging dat die eiendom terug op Harry se naam is nie. Sy is nie van plan om Hillary se woord daarvoor te vat nie.

"Kom ons gaan binne." Kat hou die deur vir Hillary oop.

Binne tien minute is al die papierwerk afgehandel. Hillary het haarself van Harry se akte afgehaal en Harry se eienaarskap is herstel.

Die polisie sal die fondse wat Hillary by Harry gesteel het, hanteer. Nie dat Harry dit ooit weer gaan sien nie. Die geld is spandeer en om dit van Hillary terug te probeer kry, is nutteloos. Ten minste is sy huis weer syne.

Hillary staan by die deur, krap in haar handsak. Sy lyk sleg. Haar swart hare is gekoek en haar maskara-gesmeerde oë bly na haar horlosie flits.

"Laat vir iets?" vra Kat.

Hillary se oë vernou. "Jy moet dankbaar wees dat ek dit geteken het. Ek hoef dit nie te gedoen het nie."

Ja, sy het. "Moenie 'n dankie verwag nie."

"Jy gaan hierdie berou, Kat."

Kat twyfel. Hillary se dreigemente het haar eens bang gemaak, maar nou is hulle leeg. Hillary is nie net vol van leë beloftes nie, maar ook leë dreigemente. Soos Nathan Barron en Gordon Pinslett is Hillary uit vir haarself. Hulle sirkel soos haaie vir 'n aanval, verorber hulle prooi en vat enige voordeel wat hulle kan. Dis net dat hulle tenks kleiner en kleiner word, tot hulle die enigste oorlewendes is. Haaie kan nie vir lank alleen oorleef nie.

HOOFSTUK 66

Twintig minute later hom Kat by die huis aan, uitgeput maar gelukkig. Harry gaan ten volle herstel en word amper ontslaan. Jy kan nie 'n bedrag daarop sit nie.

Terwyl hy sy huis terug het, kan hy nie ontsnap van die feit dat hy nou met skuld opgesaal is nie. Dit is tragies, eintlik. Die feit dat Hillary daardie aanklagtes in die gesig moet staar, is min vertroosting.

Kat skop haar skoene by die voordeur uit, hang haar baadjie op die armleuning en gaan boontoe. Sy is steeds verstom dat Zachary se verhandelings fiasko die min wat van Edgewater oor was, vernietig het. Hoekom hy alles wat oor was weggedobbel het, bly 'n misterie. Hy het skrams persoonlike bankrotskap vermy. Dalk is hy net nie gewoond daaraan om te verloor nie. Net jammer dat dit die beleggers se geld was waarmee hy gespeel het.

Kat bereik die boonste trap en vries.

Iemand is in die studeerkamer. Die stoel kraak, soos dit doen wanneer iemand daarin draai. Wie dit ook al is, tik ook op die sleutelbord.

Kat sien 'n besem in die oop gangkas en gryp dit. Sy tel dit bo haar kop en loer binne.

Die inbreker sit by die lessenaar met sy rug na Kat toe.

Sy is van plan om om te draai en te hardloop toe die stoel skielik omswaai.

"Jy is hier!" Jace glimlag en spring van die stoel af op. Hy stop en hou sy hande in oorgawe op.

"Moenie my slaan nie."

Kat laat die besem val en hardloop om hom te omhels. "Jy is uit die hospitaal uit! Ek dog jy moet nog 'n paar dae bly. Hoekom het jy my nie gebel nie?"

Jace leun terug om na Kat te kyk. "Ek dog ek verras jou."

"Het hulle jou reeds ontslaan? Maar ek dog..."

"Ek moet my storie uitkry, Kat. Voor iemand anders doen." Hy soen haar.

"Jy het jouself uitgeteken? Met harsingskudding?" Kat trek terug en raak aan sy voorkop. Jace se kneusplekke word pers en hy lyk soos 'n botsing slagoffer.

Jace antwoord nie.

"Jace, jy moes in die hospitaal gebly het." Sy trek aan sy goeie arm. "Ek vat jou terug. Sê my net wat jy nodig het en ek sal dit doen."

Jace skud sy kop. "Ek voel oukei, en in elk geval, ek moet, en wil, dit self doen. Ek wil sien hoe Pinslett en die res van die ouens gevang word."

"Jy is nie regtig iemand om 'n wrok te koester nie."

"Ek gaan nie hulle hiermee laat wegkom nie, Kat. Hulle kan nie aanhou doen net wat hulle wil sonder gevolge nie. Wette word gemaak vir almal om te volg, insluitend die rykes. Selfs Hillary."

Kat kan nie daarmee stry nie. "Ek weet, maar jy moet ten minste rus. Ons kan jou storie optel as jy herstel het."

"Te laat." Jace glimlag vir haar. "Pinslett kan nie die waarheid wegsteek nie. Hy mag dalk baie radio, televisie en koerante besit, maar hy kan nie sosiale media beheer nie. Kyk."

Hy dui na die rekenaarskerm. "My storie het viraal gegaan, dit is orals. Pinslett kan nie sy betrokkenheid in die verbandbedrog ontken nie. Ek het bewyse."

Kat bestudeer die skerm. Dit is waar. Pinslett het vinnig 'n perskonferensie gereël. Vir eens is die media-magnaat besig om te verdedig.

"En my storie is uiteindelik daar buite." Jace glimlag. "Ek het iets om te sê en Pinslett kan my nie keer nie. Noudat dit in die publieke oog is, is die owerhede verplig om dit te ondersoek. Tensy hulle publieke protes wil hê."

Kat bestudeer die videogreep, 'n herhaling van 'n nuuskonferensie vroeër vandag. Gordon Pinslett sit by 'n lang tafel saam met sy media makkers. Die *Sentinel* logo is prominent op die muur agter hulle uitgestal.

'n Trotserende Gordon Pinslett ontken enige betrokkenheid in die bedrog, dring daarop aan dat hy nie deel in die verbandbedrog en eiendom swaaiing het nie.

Maar selfs sonder die bewyse kan Kat 'n leuenaar uitken. Hy hakkel soos hy sukkel om die regte woorde te vind om die verslaggewers van sy rug af te kry.

"Ek sien nie wat verander het nie. Hy ontken dit steeds..."

"Wag daarvoor, Kat."

Die storie beweeg na 'n volgende greep toe, net 'n paar minute terug. Kat luister na die verslaggewer se stem soos Pinslett in boeie by die voordeur van sy media konglomeraat uitmarsjeer word. 'n Halfdosyn verslaggewers staan by die ingang, peper hom met vrae. Die onteerde media-magnaat ignoreer dit. Hy laat sy kop sak soos hy na die polisiekar wat wag begelei word.

"My storie het vanoggend gedurende sy konferensie uitgekom. Toe dit eers in die publiek is, kon dit nie geïgnoreer word nie. Selfs die tradisionele media moes daarop verslag doen. Niemand is bo die wet verhewe nie. Nie net dit nie, Roger Landers het ook inligting op hom. Blykbaar het Pinslett vir Landers gevra om die *storie te stop*."

"Landers het ons huis gebrandbom? Ek sal hom doodmaak."

"Ontspan, Kat. Pinslett het hom gevra om dit te doen, Landers het dit nie gedoen nie. Hy het egter 'n opname van die gesprek, saam met dosyne ander wat hy met die ou gehad het. Alles baie inkriminerend. Landers is dalk uit vir sy eie gewin, maar ten minste is hy oop daaroor. Hy wou net die storie gehad het, 'n ontbloting van die World Institute, net soos ek wou."

"Wat van al daardie goed oor Svensson se moord?"

"Soek seker vir 'n storie, of probeer om ons van die spoor af te kry. In elk geval, dit is iets wat die polisie sal uitsorteer."

Kat twyfel daaroor. Net soos sy gedink het, Landers probeer steeds Jace se storie steel. Maar Jace is reg. Landers is regtig onskadelik in vergelyking met Gordon Pinslett, Nathan Barron en die res van die World Institute. En met Jace se storie wat nou in die publiek is, is daar baie min wat Landers kan doen om sy oomblik te steel.

"Jy het die regte ding gedoen, Jace. Selfs al het dit jou werk gekos." Sy gee hom 'n drukkie. "Het jy regtig nie 'n wrok teen Landers nie? Hy het ons verraai."

"Dalk, maar ek voel jammer vir hom. Hy is so desperaat vir glorie dat hy bereid is om 'n storie op te maak. Hy is vernietig as joernalis. Wie sal hom nou ernstig opneem?"

HOOFSTUK 67

Angelika leun agteroor in eerste klas en glimlag vir die man langs haar. Hy glimlag terug, bloos van die aandag. Vyftig-iets, selfversekerd. Sal sy uitdrukking verander as hy haar geheime weet?

Oor 'n paar uur is sy weer in Londen, weg van Hideaway Bay, die World Institute en Nathan Barron. Weg van die man wat haar vertroue gesteel het en haar verraai het.

Sy vee haar hande met die natlappie af toe die lugwaardin haar skinkbord wegvat. Sy het nooit getwyfel dat Nathan 'n pleit ooreenkoms sal vat om sy eie gat te red nie. Hy sou haar in 'n oogwink opgee as dit tot sy voordeel is. Hy het haar met geen keuse gelaat as om hom dood te maak nie. Sy haat 'n morsige einde.

Teen dié tyd sal die skoonmakers Nathan Barron se liggaam gevind het, wat in die kas hang, met 'n belt strik. Nog 'n gebreekte, vernietigde man. Nog 'n tragiese selfmoord. Daar is onlangs 'n streek van hulle in Hideaway Bay.

Is dit die mistroostige weer? Nathan Barron se finansiële vernietigings. Skuld oor hy sy seun verraai het? Die Ponzi-skema het haar verras, maar dit pas haar plan perfek. Wat ook al die oorsaak, Nathan se selfmoord sal spekulasie vir maande aanvuur. Dan sal hy vergeet word.

Sy het Nathan 'n guns gedoen. In stede daarvan om kriminele klagtes en hordes woedende beleggers in die gesig te staar, is hy in sy finale rusplek. Sy het sy leiding stopgesit.

Moord is so 'n harde woord. Genadedood is meer akkuraat.

Nathan. Hoe kon sy so verkeerd oor hom gewees het?

Angelika het hom in Afrika ontmoet. Selous, Tanzanië, op 'n jagtog. In daardie afgeleë en wilde plek het hy vir haar gesing. Sy het hard vir hom geval, dronk op sy aandag, opgesweep in sy sirkel van mag. Sy sou enige iets vir hom doen, selfs vir hom doodmaak.

En sy het.

Nathan verstaan die dans tussen jagter en prooi. Elk is nodig om lewe te onderhou, om dit te lééf. Soos die spesiale verhouding met haar slagoffers. Svensson het haar ten volle vertrou, selfs op die oomblik van sy dood. Nadat hulle oor en weer oor die oorsaak van Svensson se dood gegaan het, het die lykskouer dit uiteindelik as 'n selfmoord verklaar. Angelika hou die meeste van daardie.

Geen rafelpunte nie.

Angelika kyk na haar sitplekmaat. Hy kyk by die venster uit, sy rug op haar gekeer. Buite vlieg die blou lug verby, vasgevang iewers tussen nag en oggend soos hulle oor vlieg.

Mense waardeer nooit gewone dae nie, of oorweeg hoe dit gaan eindig nie. Jag het haar dit geleer.

Maar Nathan het haar bedrieg. Sy het gedink hulle vennootskap was spesiaal; hy is een van die magtigste mense op aarde en sy, die professionele slypmoordenaar wat niemand ooit verwag nie. Sy pas nie die stereotipe nie, maar dit is deel van haar sukses. Niemand verwag ooit 'n vroulike slypmoordenaar nie, minder nog 'n jong, pragtige een.

Tot hy nie in Londen opgedaag het nie. Sy het Svensson se moord as straf uitgerek. Sy het gehoop vir 'n paniekerige oproep van Nathan, maar dit het nie gekom nie. So sy het saam met Svensson na Kanada gereis, met die hoop dat hy die inset verhoog voor sy Svensson by Hideaway Bay vermoor. Daar is iets intiem aan die laaste paar ure van 'n man se lewe saam met hom te spandeer. Veral as hy geen idee het dat die laaste ure van sy lewe aangebreek het nie.

Behalwe om haar te ignoreer, het Nathan haar ook ingedoen met die laaste betaling vir Svensson deur nie haar voorafbetaalde krediet-kaart vol te maak nie. Die kaarte is gerieflik omdat dit nie gespoor kan word nie, gerieflik om oor grense te vat. Nie-betaling is erg genoeg, maar Victoria was die laaste strooitjie. Het Nathan regtig verwag dat sy al die vuilwerk gaan doen terwyl hy met die botoks-feeks rondspeel? Angelika het nie 'n ander vrou verwag nie.

Mans los Angelika nie. As hulle doen, verlaat hulle die wêreld op haar voorwaardes, nie hulle eie nie.

Angelika kyk by die venster uit. Sy teug aan haar koffie terwyl die vliegtuig die sonsopkoms jaag.

Alles in ag genome, 'n perfekte dag. En nog een op die horison.

HOOFSTUK 68

Kat sit by **Harry se kombuistafel**, verstom oor die verskil in haar oom. Weg is die leë kyke, die skuifelende loop en die vergeetagtigheid. Dit is 'n wonderwerk.

Daar is 'n verduideliking, al het sy steeds moeilikheid om dit te glo. Die gif se uitwerking het die simptome van dementia nagemaak, wat tot Harry se Alzheimers wandiagnose gelei het. Harry het nooit dementia gehad nie.

Ja, hy is somtyds vergeetagtig, maar nie meer as enige ander tagtigjarige nie.

Nou, na 'n week in die hospitaal, is die gif uit sy sisteem verwyder. Harry het vinnig herstel, maar onthou nie veel van die laaste paar weke en maande nie. Sy herstel is niks anders as ongelooflik nie.

Kat kyk na die stapel saad katalogusse wat op die tafel lê. Harry beplan volgende jaar se tuin en kom selfs weer in aanraking met sy rolbal makkers.

"Hillary het 'n nuwe werk, Kat. Buite die dorp."

"Goed vir haar," sê Kat, wonder hoeveel van die storie Harry regtig glo. Of wil glo omdat die alternatief ondenkbaar is.

Kat het natuurlik ook baie van die leuens geglo wat Hillary oor die jare vertel het, wou haar die voordeel van die twyfel gee. Maar nóú sien sy haar vir wat sy is. 'n Parasiet.

Ongelooflik, dink Kat. Harry se finansiële nagmerries het begin rondom die tyd wat die dementia simptome begin het. Kat het natuurlik aangeneem dat sy delusies en vergeetagtigheid van die dementia is, net soos Harry se dokter.

Terugskouend het Harry se gesondheid baie skielik agteruit gegaan. Toe Kat sy kredietkaarte gekanselleer het en die bank gekonfronteer het, het sy die situasie vererger. Dit het Hillary se bron van geld afgesny. Die agteruitgang van sy gesondheid het nie sy finansiële gemors veroorsaak nie, dit is anders om. In haar pogings om Harry te beskerm, het Kat Hillary uit die duister opgeroep.

Harry is idealisties, weier om te glo dat sy eie dogter hom misbruik en finansieel vernietig het. Hy bly haar verskonings glo en haar geld gee; elke keer seker dat sy haarself uit haar huidige gemors sal kry.

"Een eier of twee?" Harry kry die eier van die karton in die yskas en slaan die deur toe.

"Twee." Toe die geld gestop het, het Hillary teruggekom, die keer met 'n meer desperate poging om Harry en sy bates te likwideer.

"Lemoensap?" Harry hou die beker op.

Alhoewel Harry nie baie van sy maande van hel onthou nie, is Kat seker dat Dr. Konig die gedokterde lemoensap genoem het. Sy kan hom egter nie blameer dat hy weier om te glo sy dogter het hom vergiftig nie. Dit is vir enige iemand 'n waarheid wat te seer maak.

"Ek dink ek sal dit oorstaan."

Harry draai na Kat toe. "Sy is net 'n bietjie roekeloos, Kat. Sy sal leer."

Selfs nou maak hy verskonings vir Hillary se gedrag, maar wat anders kan hy doen? Om te dink dat dit voorafbeplan was, is te veel om te oorweeg.

Kat sê niks nie. Sy is afgelei deur die geraas wat van die voorkant van die huis af kom.

"Ek is nou terug." Sy staan van haar stoel af op en loop na die sitkamer toe. Soos sy nader aan die venster kom, sien sy 'n figuur voor die Porsche afbuig.

Haar hart stop toe die masjienkap van Hillary se Porsche vorentoe beweeg. Hillary het terug gekom vir haar kar, ten spyte van die weerhoudingsbevel wat kontak met Harry verbied.

Kat maak haarself gereed. Hoekom breek Hillary die voorwaardes van die weerhoudingsbevel na een dag? Sy is reeds in genoeg moeilikheid – aangekla van moordaanslag en bedrog. Die polisie het haar aangekla, ten spyte van Harry se protes. Nou is dit vir die hof om op haar lot te besluit.

Kat gooi die deur oop, angstig om haar te keer voor Harry haar sien.

Dit is egter nie Hillary nie.

'n Sleepwa lig die voorkant van die Porsche.

Kat hardloop buitentoe. "Jy kan nie daai kar sleep nie, dis is wettig parkeer en daar is nie 'n kaartjie nie."

"Natuurlik kan ek. Die bank het dit terug gevat. Agterstallige betalings."

"O." Kat tree terug terwyl hy die kar lig. Op een of ander manier sal die bedrog ontrafel en uitsorteer word. As die finansies maatskappy dit sleep, sal dit ten minste veilig en sekuur van Hillary af weggesluit word. En die betaling kennisgewings sal stop. "Lekker dag vir jou."

Die sleepwa-ou glimlag terug. "Dit is nie iets wat ek gereeld hoor nie." Hy waai vir haar en klim in sy wa in.

Die sleepwa trek weg, sleep die Porsche agterna.

Kat kyk hoe die sleepwa hy die heuwel opgaan. Uiteindelik kom dit bo uit, waar die heuwel die lug raak, waar die wêreld wegval.

Die oggendson reflekteer vir 'n oomblik van die Porsche se stamper af. Dan dip dit stadig onder die horison in en verdwyn.

Hierdie keer is sy nie die een wat weghardloop nie.

Het jy *Spelteorie* geniet? Kry *Uitbarsting*, die volgende boek in die reeks.

Of gaan loer <u>hier</u> na al Colleen se boeke.

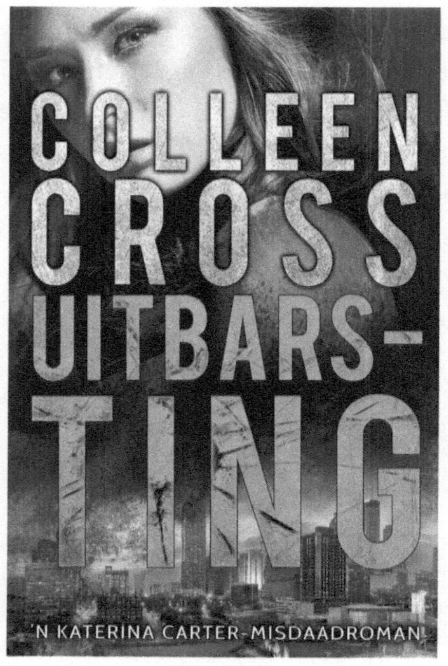

Somtyds is dit beter om die verlede begrawe te laat...
Bedrogondersoeker, Katerina Carter se uitstappie na 'n geïsoleerde eiland ontbloot 'n misterieuse 1920s okkult, geheime gange en gerugte van goue skatte. Die Aquarian Foundation se misterieuse geheime is verlore in die sand van tyd, maar 'n onheilspellende misdaad lê diep onder in die water.
Kat ontbloot 'n afgryslike waarheid wat een moordenaar ten alle koste sal beskerm. Om die geheim bloot te lê, sal die moordenaar weer laat toeslaan en net sý kan die moordenaar keer. As sy gelukkig is, sal sy met haar lewe ontsnap, maar het haar geluk reeds uitgehardloop?
'n Meesleurende psigologiese riller wat jy met die ligte aan sal wil lees!

SKRYWERSNOTA

Terwyl die meeste liggings in Spelteorie bestaan, doen Hideaway Bay nie. Dit is 'n samestelling van 'n paar klein gemeenskappe wat op die Sunshine Coast geleë is, deel van Kanada se suidoostelike kus. Die World Institute is ook fiktief, maar beslis nie buite die gebied van moontlikheid nie.

No-Gro plaagdoder is ook vanuit my verbeelding. Wanneer daar baie op die spel is, sal mense tot uitsonderlike vlakke gaan om beide geld en mag te bekom.

Bedrog fassineer my en ek is altyd verstom wat mense motiveer om hulself, ten koste van ander, ryk te maak. Ten spyte wat hierdie kriminele dalk dink, is dit net 'n kwessie van tyd voor hulle gevang word. Hulle maak op een of ander tyd 'n fout of word oorgerus. Forensiese rekenmeesters soos Kat het 'n paar metodes om die swendelaars te vind en te ontbloot, maar hulle fokus almal op een ding. Volg die geld en dit lei uiteindelik tot die misdadiger.

Ek hoop jy het *Spelteorie* soveel geniet soos wat ek het om dit te skryf. As jy dit geniet het, oorweeg asseblief om 'n kort resensie te skryf, sterre te gee of 'n vriend te vertel. Mondelinge oordrag is die skrywer se beste vriend! Solank as wat lesers soos jy my stories geniet, sal ek aanhou om hulle te skryf. As jy *Spelteorie* geniet het en graag my ander boeke wil uitkyk, kan jy hulle hier vind.

My boeke is al in vele tale vertaal. Kyk op my webtuiste vir die nuutste vrystellingsinligting.

Jy kan op datum bly met my nuutste vrystellings deur in te teken op my nuwe vrystellings nuusbrief by http://www.colleencross.com

Inligting word net gestuur wanneer 'n nuwe boek vrygestel word en sluit eksklusiewe inskrywer offers in.

Kom met my in verbinding op sosiale media
Facebook: http://www.facebook.com/colleenxcross
Twitter: @colleenxcross
Goodreads http://www.goodreads.com/author/show/5315300.
Colleen_Cross

OOK DEUR COLLEEN CROSS

Katerina Carter bedrog-misdaadromanreeks

Uittreestrategie

Spelteorie

Uitbarsting